颜廷瑞　宋维杰　著

辛弃疾

① 凭栏长啸

长江出版传媒　长江文艺出版社

图书在版编目（CIP）数据

辛弃疾 ：全三册 / 颜廷瑞，宋维杰著. －－ 武汉 ：
长江文艺出版社，2023.9
ISBN 978-7-5702-2359-6

Ⅰ. ①辛… Ⅱ. ①颜… ②宋… Ⅲ. ①长篇历史小说
－中国－当代 Ⅳ. ①I247.5

中国国家版本馆 CIP 数据核字（2023）第 031730 号

辛弃疾

XIN QIJI

责任编辑：田敦国   责任校对：毛季慧
封面设计：颜森设计   责任印制：邱　莉　王光兴

出版：长江出版传媒｜长江文艺出版社
地址：武汉市雄楚大街 268 号   邮编：430070
发行：长江文艺出版社
http://www.cjlap.com
印刷：湖北新华印务有限公司

开本：730 毫米×1060 毫米   1/16   印张：65
版次：2023 年 9 月第 1 版   2023 年 9 月第 1 次印刷
字数：866 千字

定价：160.00 元（全三册）

目 录

楔 子 梅雨梅雾中的追思

衰乱年月,时节不协,天气怪异。

宋宁宗(赵扩)开禧元年(公元 1205 年)六月十九日午后未时,梅雨细细,烟雾蒙蒙。梅雨梅雾,霉结了大地;霉结了四野;霉结了山林虎啸;霉结了农舍炊烟;霉结了从铅山城通往奇狮山谷的弯弯小路。就在这条梅雨梅雾交织的小路上,第三次遭受罢官贬逐的爱国志士、抗金英雄、政务干才、豪放词家辛弃疾,骑着一匹羸弱的栗色坐骑,由年轻的第七子辛秸(jiē)牵马护卫,踩着洼水泥泞,艰难地向前移动着……

辛弃疾,字幼安,山东历城四风闸人,时年已六十六岁。他头戴斗笠,身披蓑衣,神情憔悴,双目闭合,霜染两鬓,雪洒髭须,似仍陷于沉思状态,眉宇间堆积着一层厚厚的忧郁和肃杀之气。今年(公元 1205 年)三月,恰是他出知镇江府一周年,抗金北伐的各种事务已轰轰烈烈展开,特别是在招募健勇,校场教练事务上,已取得了"士气昂扬""武艺精进""战术契合"的成效。孰料三月二日,朝廷突下诏令,以"缪举张瑛"之罪,罢去他镇江府知府之职,并降两阶而为朝散大夫。他茫然不及上疏申辩,朝廷又突下诏令:"改知隆兴府。"他茫然不及隆兴之行,朝廷却于六月五日再突下诏令,以"好色、贪财、淫刑、聚敛"之罪,罢知隆兴府,贬逐回家。

荒诞的诬陷,荒诞的罪名,荒诞的诏令,荒诞的反复,暴露了执权者荒诞卑劣的用心——辛弃疾必须离开镇江府这个抗金北伐的前哨,退居山野。他怆然地离开了镇江城忙碌紧张的军政战备,离开了炽热沸腾的校场,离开了斗志昂扬、同仇敌忾的将士和黎庶,走向自医自疗创伤的巢穴——瓢泉园林。

江风波涛,梅雨梅雾,舟楫马背,颠沛流离,凄苦、孤独、愤怒、悲哀,充塞着他的心胸,他突然感到生命张扬中理想的失落,龙钟暮年心力交瘁的怆楚,突然感到大仇未报、大耻未雪的愧疚,突然感到平生所愿百无一酬的忧伤和岁月不待、鹈鴂将鸣的无奈,全然不知淅沥不歇的梅雨,顺着他的斗笠蓑衣滴答地浇灌在他胯下羸弱栗色坐骑的躯体上、脖颈上、鞍后负载的行囊包裹上和蹒跚的四蹄上。

辛弃疾胯下的栗色坐骑,确实是一匹高龄老马。二十五年前,辛弃疾任湖南安抚使,创建飞虎军,在购进的一百匹战马中,这匹栗色马驹吸引了他的目光,特别是马驹额部一团白色斑点,引起了他的兴趣,使他想起四十二年前(公元 1161 年)在故乡历城揭竿起义时乘坐的那匹以古时烈马名字命名的"青色的卢"和"青色的卢"在烽火战场上的神骏风采,遂仔细打量着这匹栗色马驹。此驹身高六尺,体长一丈二尺,凤头、狮腰、龙肚、鹿腿、耳若削笋、蹄若元宝,牙口三岁,其性暴烈。他飞身跃上马背,以试其能。栗色马驹仰天一啸,声有破石穿云之威;四蹄腾空,形有一跃三丈之捷;神骏无比,健捷无比,遂挑为坐骑,并命名为"栗色的卢"。辛弃疾有诗曰"青衫匹马万人呼"中的匹马,就是这匹"栗色的卢"。

二十五年来,"栗色的卢"陪同主人度过了十八年遭贬罢官的痛苦时日,在偏僻的带湖、瓢泉送走了潇洒壮年和风华中年。在仅有的七年官场飘蓬中,"栗色的卢"驮着主人,走遍了湖南、江西、福建的山山水水,主人呕心沥血地为国操劳、为民解忧,招来的却是第二次罢官遭贬。

二十五年来,"栗色的卢"曾驮着主人五次走进京都临安,三次是有雷无雨的皇宫召见,使主人失望沮丧,哀叹连连;两次是救援倒霉的朋友陈亮走出冤狱，使主人举杯畅饮，放歌云天。

二十五年中，"栗色的卢"曾驮着主人夜闯武夷山五曲峰，顶着朝廷株连的罪罚，为朝廷党争而死去的朋友朱熹献上凄凉的悼念，以"所不朽者，垂万世名。孰谓公死，凛凛犹生"十六字为亡友而呼。

二十五年中，"栗色的卢"曾驮着主人由瓢泉而绍兴，由绍兴而临安，由临安而镇江，追寻迟暮晚霞的辉煌。主人鞠躬尽瘁地筹划北伐方略，精研战场决机，实施军政战备，招来的却是第三次罢官遭贬。

风雨黄昏。此时此刻，梅雨如注，梅雾如涛，伴随着脊背上主人不尽不羁的沉思，更浓重了人世间英雄迟暮的凄凉。

二十五年的生死相随，"栗色的卢"似已体察到脊背上主人的苦怨哀愁，似乎要在这梅雨梅雾交织中，为沉思的主人提供一个平稳舒适的软榻，它用尽全力昂起沉重的头颅，呈现出老当益壮的风采；它老而不馁地竭尽心力，都是为了脊背上的主人不再为胯下羸弱衰老的"栗色的卢"分心分神。

终归是羸弱衰老，力不从心啊。一团梅雾翻滚着向马头扑来，"栗色的卢"眼前一黑，躯体一斜，险些跌倒。赖七公子辛秸挽缰肩抗急助，才恢复了躯体的平衡安稳，"栗色的卢"低头响鼻作谢。辛秸突然恍悟到梅雨浇灌带给"栗色的卢"负重的艰辛，急忙从马背鞍后取下湿淋淋的行囊包裹，背在自己的肩上。"栗色的卢"连连三声鼻响，似乎在向辛秸作谢。

辛秸，时年二十二岁，是辛弃疾成年八子中的第七子。其人身高七尺，健壮英俊，形容酷似其父，机敏多思，颇似其母，举止敏捷，孔武有力，因其诞生成长于父亲罢官遭贬之期，接受父亲严厉的管教和训练，其文武才情，为十个兄弟姊妹中的佼佼者。因其长兄辛稹（zhěn）、二兄辛秬（jù），皆寄身湖南，任飞虎军官佐；三兄辛稏（yà），寄身建康，任江阴提刑；四兄辛穮（biāo），寄身临安，任禁军教习；五兄辛禳（ráng）、六兄辛穟（suì），寄身福建，任左翼军官佐；大姐随姐夫范炎（字黄中，范如山之子）居晋陵县衙，二姐随姐夫陈成父（字汝玉）居福州，故前年（公元 1203 年）父亲奉诏出山时，他奉母命伴随父亲,充任差役,留八弟辛褎(xiù)居瓢泉以事母亲。两年官场,触目惊心,旁观父亲绍兴理政、临安听旨、镇江备战,始知官场风涛之可畏,始知父亲举止之艰难;人事当恤而无力,国事当解而无权,军事当谋而上疑,步步绳索,横竖皆非,时有临渊履冰之险。特别是镇江备战一年遭谤、遭诬、遭忌,艰辛难述。春秋易度,灾祸难料,父亲终于在谣诼诽谤中跌入朝廷特有的"莫须有"三字的陷阱,走上了这条梅雨梅雾、霉织世间一切理智良知的不归路。

梅雨细细,梅雾蒙蒙。马背上辛弃疾的思绪,缥缈地飞向逝去的年月,飞向梦魂萦绕的生命之根——四风闸,飞向绍兴十六年(公元 1146 年)四风闸辛府后院的中秋节之夜——

乌云遮月,秋气如磐,翠竹含泪。在翠竹流泉之间,祭案陈设。祭案之上,竖先师孔子画像;画像之前,置青铜狻猊香炉,三炷祭香已燃,紫烟缭绕。

祭案右侧,高背木椅上端坐一位长眉朗目、形容矍铄、身着缁色长袍的老者,那是辛弃疾的祖父辛赞(时年五十六岁)。

祭案左侧,设方桌座椅,桌上摆置酒肴瓜果;方桌两侧肃然端坐的是辛赞为孙儿辛弃疾开蒙延聘的两位文武西宾老师。其一是亳州名士蔡松年,另一位是亳州义士刘瞻。

蔡松年(字伯坚),时年四十一岁。相貌清俊,性情沉静,谈吐谦和,道德文章饮誉江淮。时辛赞官居亳州谯县县令,与其结交,相知相重,遂为孙子聘为西席,传授翰墨。

刘瞻(字岊老),时年三十八岁。形容魁梧威严,性情刚烈,心胸直爽坦荡,文武旷达。六年前(绍兴十年,公元 1140 年)任抗金名将刘锜(字信叔)帐下幕僚,佐刘锜率八字军破金兵于柘皋(安徽巢县东),遭秦桧忌恨,刘锜罢官,刘瞻即返回故里亳州,躬耕自娱。辛赞慕名而访,相语甚欢,结为忘年之交,遂为孙子聘为西席,传授武艺兵略。

祭案前,年当七岁的辛弃疾庄然跪立,手捧祖父为其草就的开蒙祷辞,高声朗诵:"顽童辛弃疾,年七岁,生于国破沦陷的历城四风闸。一岁时,父母惨死于金兵烧杀掳掠之灾,赖祖父抚育教养,方能存活于世。须臾不敢忘记祖父之训诲,须臾不敢忘记大宋赐予辛家祖宗五代之隆恩。始祖名讳维叶,任大宋大理评事,执掌朝廷刑律,蒙皇恩由甘肃临洮迁居历城;高祖名讳师古,任大宋儒林郎,执掌节度掌书记;曾祖名讳单字寂,任大宋宾州司户参军,执掌户籍赋税;祖父名讳单字赞,任大宋朝散大夫,从官五品,并授陇右郡开国男之爵;父亲名讳文郁,赠大宋中散大夫,官为五品。大宋之于辛家五代,皇恩似海,虽国破而不敢忘却,因国破更铭记于五内;金兵之于辛家,有血海深仇,虽国破而不敢忘却,因国破而更加仇恨。乞始祖、高祖、曾祖收我于门下,启我混沌,嗣我家门,昌我国教,弃疾当牢记祖父'思投衅而起,以纾君父之愤'的教诲,为收复国土、统一华夏而献身。恭请老师教我才智,授我胆略,引导我自立自强……"

童声朗朗,有凿石镂金之势;形容俨俨,有仇深似海之状。

读罢祷文,辛弃疾依祖父训示,向孔子画像行九叩之礼。又依祖父训示,向两位老师行三跪三叩之礼。

待辛弃疾礼毕,蔡松年携辛弃疾小手挺身而起,拱手向辛赞言道:"这开蒙祷文想是老先生草拟的吧,言浅意深啊!自靖康元年(公元1126年)金兵入侵,中原沦陷已历二十一年,金兵的铁蹄蹂躏,豪取强夺,毁坏了中原的锦绣繁华,致使田园荒芜,黎庶流离,哀鸿遍野……这祷文中蕴寄着老先生'思投衅而起,以纾君父之愤'的宿志啊!令孙辛弃疾虽尚年幼,然闻其声,抑扬有致、气韵铿锵;察其容,悲蕴双睛、郁结眉宇,有义愤填膺之象,可知文中之意,已可领略三分。此儿定是天资聪颖,可造之才。恭喜老先生家门有继,夙愿有托。松年定当勉力以授,不负老先生所托,教其知恨、铭耻,使'收复国土、统一华夏'之业后继有人。"

辛赞起身拱手,正待言谢,刘瞻捶桌而起,悲愤怒吼:"可恨临安朝廷,秦桧当权,奸佞得志。执权重臣,文恬武嬉,纸醉金迷于残山剩水,充耳不闻江南仁人志士的呼吁呐喊和中原黎庶百姓的怒吼悲号。四年来,岳元帅遇害,张浚罢官,刘锜遭贬,韩世忠被削去兵权,黑白颠倒,忠良含冤……"

辛赞悲愤亦炽,接口言道:"然社稷在民,安危在民,兴亡在民,民心终究不可侮啊!"

蔡松年从怀中取出一卷文稿,付与辛弃疾言道:"这是岳飞元帅所作的一首长短句《满江红·怒发冲冠》,仅知于军中将领友朋。现已为江南临安朝廷和中原金兵所禁读禁传。今传授于汝,权当首授之课,汝当读而思之。"

辛弃疾接过文稿,高声诵吟:

怒发冲冠,任栏处,潇潇雨歇。抬望眼,仰天长啸,壮怀激烈。三十功名尘与土,八千里路云和月。莫等闲、白了少年头,空悲切。　靖康耻,犹未雪;臣子恨,何时灭?驾长车,踏破贺兰山缺。壮志饥餐胡虏肉,笑谈渴饮匈奴血。待从头,收拾旧山河,朝天阙。

辛弃疾诵吟之声刚停,蔡松年询问:"诵吟之后,心有何感?"

辛弃疾回答:"热血沸腾,慷慨壮烈。晚辈心潮澎湃!"

蔡松年放声称赞:"善! 汝之学就从岳帅这首《满江红·怒发冲冠》开始吧!"

刘瞻挺身而起,坦荡语出:"蔡公所言极是。岳元帅之英之雄,在于文心剑胆,以文为种,以武为植。辛弃疾,今赐汝兵书一部,利剑一柄,《大宋山川战地要津图志》一册,愿汝以岳元帅为范而立德、立言、立行。兵书乃《孙子兵法》,为兵家必读之物;利剑乃抗金名将刘锜将军佩戴之物,遗我以为念;《大宋山川战地要津图志》一函共十幅,乃我十年来亲历川陕、中原、大江南北,双目所及,亲手绘制。今特赐予汝。"

辛弃疾跪拜而起,接过兵书、利剑、《图志》。

刘瞻再作训教:"汝年方七岁,兵书之精研,尚在来日;剑术之得,正值其时:练剑以强体,练剑以精气,练剑以冶胆,练剑以体得柔刚、缓急、轻重、进退之精妙。剑虽为一人敌,但在人生决胜的特殊时刻,一剑之威胜过千军万马啊!《图志》乃山川、湖泊、泽地、道路之浓缩,为将帅用兵决战之基本场所,汝当读之、识之,记其形态,察其关联,明其险峻,烂熟于胸,达到一目览而千军万马突现于眼前。"

辛弃疾已为刘瞻雄刚之论所激动,慷慨语出:"老师所教,朦胧而懂者仅为三分……"

刘瞻语出令下:"似懂三分,已属不易。剑术之妙,就在练剑中体味吧!从明晨四更起,闻鸡起舞,练剑!"

辛弃疾拱手应诺。

家仆捧盘上,盘中置三只细腰高足酒觚。《周礼》载:"献以爵而酬以觚。"此敬师礼之最!

辛赞行至蔡松年、刘瞻面前,长揖以礼,亲举盘中酒觚敬呈,并自举一觚作谢:"谢两位高师屈居西席,教之以鞭,琢之以斧,以孺子辛弃疾之天赐奇遇,亦辛家时来运转之征兆。唯举觚以醉,方能酬两位师长之恩和今夜中秋之相聚。"

蔡松年、刘瞻举觚站起,与辛赞碰觚两欢,发出友情洋溢的笑声。

蓦地一缕低沉哀怨的箫声传来,带着湿淋淋的沉重,冷清清的迷惘,凄惨惨的离情,驱散了辛弃疾马背上的追寻。辛弃疾知道这缕箫声是从驿站渔樵居楼上传来的,何方失落流离的文人壮士也在经受着人生无奈的折磨啊!他不忍再听这箫声断肠的呜咽,用力闭合不曾睁开的眼皮以遮目,顺手拉低头上的斗笠以遮耳。辛弃疾胯下的"栗色的卢"也许体察到主人的心意,也许要躲开这箫声的悲哀,它骤然加速了四蹄叩敲青石板路的节奏。

牵着马缰的辛秸也被这驿站渔樵居传来的凄苦的箫声搅得心境怆楚,喉噎鼻酸。他抬头向父亲望去,父亲正在拉低斗笠以遮耳。父子心灵相通,父亲也受不了这箫声带来的凄苦啊！他随着"栗色的卢"四蹄的加速而加快了脚步……

马背上的辛弃疾走过了驿站，远离了渔樵居，远离了哀怨的箫声，恢复了马背上的回忆和追思，绍兴二十四年（公元1154年）三月三日历城黄河渡口燕山之行的情景在心头闪现——

春光，春风，春草。

黄河滔滔，南山茵茵，一条弯曲山路载着黄河的滔滔浪声，由河边渡口旋上南山山顶。

南岸渡口，人群熙攘，多为商贾，用马驮车载之物，等待着北岸来船，历城官员、计吏，远离人群，坐于河边条石上，饮酒闲聊，谈笑北望……

南山山顶，少年辛弃疾傍祖父辛赞而立……

辛弃疾时年十五岁，身高五尺，绾发少年飘逸潇洒。去年（绍兴二十三年，公元1153年），金主完颜亮迁都于燕，以燕京为中都，以上京（黑龙江会宁）为北京，以辽阳府为东京，以云中府（山西大同）为西京，以开封府为南京，展示了巩固中原，举兵南下吞并江南的战略企图，并借机在燕京和中原各地州县举行科举，以笼络中原文人。辛府翰墨老师蔡松年已于去年被金国朝廷征调入燕京，任尚书左丞之职；辛府书剑老师刘瞻也为金国朝廷征调，刘瞻拒调而游侠民间，不知所在；辛弃疾也得到州县推举，已获得随计吏入燕京考取进士的资格，并限定时日成行。时祖父辛赞迁官为开封府知府，辛弃疾惶恐无依，派家仆辛勤快马奔开封府急禀，辛赞借病辞官，乘"青色的卢"倍道而归，为孙子辛弃疾设谋作断，遂成今日燕山之行。

辛赞时年已六十三岁，满头白发，腰身已驼，步履已艰，但思维仍精细深沉，他果敢决定借州县推荐入燕参加科举之机，让孙子辛弃疾进入金人中都燕京开眼界，见世面，长知识，并借机谛观形势，了解敌情，熟知沿途山川形势，观察沿途城郭政情、军情、民情，为来日"投衅而起"做准备。为安全计，他让孙子去华衫佩剑,以步代车,派家仆辛勤、书童辛茂嘉背囊挑担相随,以学子装束赴燕。

距离老少主人话别的三十步处,辛勤、辛茂嘉置背囊、挑担于草地,席草而坐,神情专注地望着老少主人的话别。辛勤时年十八岁,身高七尺,虎背熊腰,雄武剽悍,乃辛弃疾同村同族同辈,八年来,一直伴辛弃疾读书练剑,因其按大族排行第三,辛弃疾尊称他为"三哥"。辛茂嘉时年十三岁,身高四尺,体单力薄,生性聪颖,随辛弃疾读书练剑已有五个年头,悟性颇高,因其按大族排行十二,辛弃疾以"十二弟"称之。

山顶话别,义愤填膺。辛赞举目远眺,痛诉河山沦失之惨状:"河山破碎啊!淮水以北之地尽失,西北大散关以东之地尽失,东海楚州以西之地尽失,大宋江山十之六七已落入金人之手。去年,金主完颜亮迁都于燕,并以我大宋京都汴京为金人之南京,奇耻大辱啊!今临安朝廷所存国土,只有利州东路、利州西路、成都府路、潼川府路、夔州南路、京西南路、淮南西路、淮南东路、江南东路、江南西路、两浙西路、两浙东路、广南东路、广南西路、福建路等十七路。版图日蹙,国势日靡,君臣苟安,不思北伐,坐以待毙啊!汝明乎此,方能知耻近勇,方能自奋自强,朝夕必争啊……"

辛弃疾心酸胸涩,肃然恭敬地望着祖父,点头应诺。

辛赞详析深解,再论金兵将再度南侵之危:"金主完颜亮不可小觑啊!其人乃金太祖阿骨打之孙,年三十二岁,残忍凶狠,野心勃勃,行事有霹雳之威,征战善伺机突袭,以战功封海陵王。金熙宗(完颜亶)天眷元年(公元1138年),完颜亮任丞相,时年二十六岁;金熙宗皇统九年(公元1149年),完颜亮发动政变,杀熙宗而自立,并迁都于燕,文武兼施,为举兵南侵、吞并江南做准备。文治则借科举以笼络中原文人,并征调中原名士到金人朝廷任职;武略则借屯田军驻防之法,监视中原黎庶之反抗,并派出大量官员分赴各地,以清查'官田''荒田''牧地''逃绝户田''僧尼道士占田'等名义,强征土地,强掠财物,强取课税,强征人丁。此皆南侵之前奏啊!传闻完颜亮读柳永词作《望海潮·东南形胜》中'有三秋桂子,十里荷花'之句时,拍案叫绝:'当投鞭渡江,以睹临安此景。'汝明乎此人,当知金兵再度南侵之不可避免,当知未雨绸缪之必须。"

辛弃疾骤然感到心头压力之沉重,骤然感到大祸将来临的紧迫,理解了"未雨绸缪"四字的沉重。

辛赞指点江山,再论山川战地之要津:"金人暴政,将再次掀起中原黎庶反抗之高潮。此压力愈大,反抗力愈强之理,历代皆然。战场厮杀,山川战地关乎胜负,故兵家高度关注。汝读《孙子兵法》,可知孙子有关地形的论述?"

辛弃疾回答:"知道。《孙子兵法》有语:'地形有通形、挂形、支形、隘形、险形、远形六种。'"

辛赞再询:"能详解否?"

辛弃疾回答:"能。'通形'即畅通无阻之地,我可往,彼亦可来,要在先居高处以瞰制四周,以利越野机动,以保粮道畅通。'挂形'即山高坡陡挂碍之地,可以往,难以返,要在凭险而踞,瞰制敌军,隐蔽行动,巧妙利用地形,以收出奇制胜之利。'支形'即敌对双方各守高险,对峙相持之地,出军难以成阵,遇敌难以展开,要在以走诱敌,敌若蹑我,候其半出而伏兵击之;敌若先走以诱,我戒之蹑。'隘形'即通道狭窄之地,利于凭险防守,利于阻援疲敌,要在求胜于易胜,敌据隘,勿轻易进攻,更勿死拼硬打。'险形'即山川艰险梗塞之地,通常指关锁之地,而非兵家必争之险要。要在侦察明晰,若敌先踞之,当撤退而另觅进取之途。'远形'即敌对双方相距较远集结之地,不利于发动进攻,要在审时度势,先移近而后攻。辅之以刘先生所赐的《大宋山川战地要津图志》,孙儿对《孙子兵法》所阐六种地形之论的体会,似乎更为实在了。"

辛赞欣慰而称赞:"读书知解啊!但仅为书本所得,不算真懂。汝当实地考察,仰其所高,俯其所深,步其远近,履其险要,察其关隘之秘,考其山川走势,熟知其历史沿革和该地所经历的战况战史,方为真懂真知。而且汝需亲自动手,绘其山川沼池、断崖碉堡、关隘村落、井泉林木,以充实刘先生所赐《大宋山川战地要津图志》上的变化,以备来日之需。汝当牢记,战地山川津要,勿全赖天资记忆,天下记忆卓异之士,隔有时日,记忆亦会有误。"

辛弃疾突然恍悟到祖父的深沉用心,"投衅而起""纾君父愤"的实现,需要扎扎实实、一步一步地前行。他肃然感激地望着年迈苍老的祖父,想要吐诉心中的一切。

渡口人群炸起的欢呼声飞上山顶,截住了辛弃疾欲语的唇舌,截住了祖孙心系故国的话别。辛赞、辛弃疾移目向渡口望去,北来之船已近南岸,船夫的号子声浑厚雄壮,搅动人心。河岸条石上落座的历城计吏已曜然站起,向山顶猛力挥手,示意辛弃疾立即下山;家仆辛勤、书童辛茂嘉急忙背囊挑担,向老少主人走来……

辛弃疾双膝跪倒向祖父告别,辛勤、辛茂嘉亦趋前向辛赞跪倒告别。

辛赞双手扶起辛弃疾再作叮咛:"燕京今乃金人心脏,军卒对进城之人盘查甚严,汝当言行自律,勿恃才傲物,勿意气逞强,勿孟浪行事,谨慎为上。牢记牢记,平安归来。"

辛弃疾拱手应诺:"祖父训诲,孙儿牢记心头。"

辛勤、辛茂嘉向辛赞叩头站起。

辛赞精神一振,高声而语:"走吧,去燕京开眼界吧,开始你人生的颠簸闯荡吧!"

辛弃疾精神亦为之一振,拱手作别,带着背囊挑担的辛勤、辛茂嘉走下南山,向渡口走去……

辛赞将矍铄深邃的目光移向滔滔黄河,高吟起岳飞的词作《满江红·登黄鹤楼有感》,为孙儿送行——

遥望中原,荒烟外、许多城郭。想当年,花遮柳护,凤楼龙阁。万岁山前珠翠绕,蓬壶殿里笙歌作。到而今,铁骑满郊畿,风尘恶。 兵安在?膏锋锷;民安在? 填沟壑。叹江山如故,千村寥落。何日请缨提锐旅,一鞭直渡清河洛! 却归来,再续汉阳游,骑黄鹤。

辛赞悲壮苍凉的诵颂声,伴着孙儿辛弃疾走下南山,登上渡船。

黄河滔滔,余音回绕。辛弃疾伫立船头,回望南山,祖父刚健的身躯屹立山顶,渐行渐远,祖父苍凉的诵颂声似在耳畔心际愈鸣愈强。

突然,几声犬吠从奇狮村街巷的屋檐下腾起,驱散了马背上辛弃疾心头遥远的情景和遐想,袭来了现实山村中梅雨梅雾的阴湿潮凉。他不禁打了一个寒战,咳了几声。

辛弃疾胯下的"栗色的卢"首先察觉到主人的变化,急忙抖起精神,奋起四蹄,加快步伐,摆脱了街巷犬吠的打扰,希图以蹄奔生热的衰敝躯体,为主人增添几缕温暖。

牵着马辔的辛秸听到父亲咳嗽,起手向腰间的酒囊摸去,即刻意识到酒囊已空,已无酒为父亲驱寒了。他心头一酸,忍着眼眶里涌出的泪水,牵着"栗色的卢"穿过奇狮村,向奇狮桥走去……

马背上的辛弃疾,在犬吠打扰、雨雾送寒的片刻分心移神后,又恢复了马背上的回忆和追思,绍兴三十一年(公元 1161 年)九月九日四风闸村外烽火刀剑的情景在心头闪现——

烽火遍野,硝烟蔽空,铁骑突奔,沙尘飞扬……

黄昏,残阳如血……

秋风呼啸中的四风闸村外……

松柏苍翠的辛府墓地……

墓地中新筑的高大坟茔和高耸的玉石墓碑……

墓碑上"辛赞之墓"四字被残阳映得血红……

墓碑前一面"辛"字大旗高竖,在秋风中猎猎作响……

"辛"字大旗下,二十二岁的辛弃疾戴红色幞头朝天巾,手持利剑,血染白袍,立马墓碑前,神情凝重焦虑,似乎在思索、等待着什么,任胯下的"青色的卢"四蹄腾挪踯躅。他的身旁是年已十九岁,跨着一匹白马的辛茂嘉,此刻正在勒马提刀,神情亦凝重焦虑地注视着辛弃疾的一举一动。他的身后是整齐排列的两千起义兵马,征尘满衣,伏鞍荷戟,或血染衣袖,或伤及臂肘,或疲惫不堪,都同仇敌忾地把目光投向辛弃疾,等待着主帅发出新的军令。

一阵激越的马啸声和马蹄声从兵马阵列的背后传来,人们转头望去,一匹黑色战马飞过阵列,停步于辛弃疾面前,二十五岁的辛勤跳下马鞍,依军礼单腿跪地禀报:"哨骑回报:晏城金兵两千,已渡过黄河,声称要血洗四风闸;长清金兵一千,连夜北上,现已进驻历城,今夜就会进攻四风闸;章丘金兵一千,已进至郭店,距历城只有三个时辰的路程。"

辛弃疾跳下马鞍,跪拜于祖父辛赞的墓碑前,捧剑叩首,高声祭告:"祖父英灵明鉴,今天下形势,果若祖父所料,金主完颜亮举兵南侵,发动战争,亲领六十万铁骑,分四路向江南进攻了。西北一路,由河南尹图克坦哈喜、平阳尹张宗彦率兵十万,出秦州(甘肃天水)、凤州(陕西凤县)攻取四川;河南一路由太原尹刘萼、济南尹布萨乌哲率兵十万出唐州(河南唐河)、邓州(河南邓州市)攻取江陵(湖北荆州)、襄阳;入海一路由工部尚书苏保衡、益都尹程嘉率领战船六百艘,由海门山入钱塘江,攻取临安;安徽一路由金主完颜亮亲自率领尚书右丞李通、尚书左丞赫舍里良弼、御史大夫图克坦贞、同判大宗正事图克坦永年及兵马三十万,出寿春(安徽寿县)、宿州(安徽宿县)、亳州(安徽亳县),攻取淮安(江苏淮阴)、泗州(江苏盱眙)、扬州、建康。大宋之危,莫过于今日。孙儿遵奉祖父训诲,'投衅而起',聚集两千义士,为挽大宋之危难,揭竿而起,浴血战斗了!祖父英灵明鉴,今日中原黎庶,果若祖父所析,不堪金兵欺压迫害,怒而揭竿,聚啸山林。张旺、徐元起义于江苏东海,王友直起义于河北大名,耿京、贾瑞起义于山东莱芜、泰安,契丹人耶律斡罕起义于大同、阳高，魏胜起义于江苏海州。野火烧天，已成燎原之势。孙儿遵奉祖父'同舆同驰'的训诲，北结大名首领王友直，南结莱、泰首领耿京，并与江苏首领张旺、徐元、魏胜通好。'同舆同驰'，有援不孤啊！'辛'字大旗之高擎，是祖父'毁家纾难'遗训之落实！辛家累年所积粮米，已作军粮养兵；辛家累年所积银两，已作军饷购得器械马匹，武装成军两千；辛家所有田产，已分给四风闸无地黎庶；辛家所有房舍，已分给四风闸无屋贫民；辛家上下几十口人丁，妇孺已分散流离，寄居他乡，男丁皆提刀上马，杀入战场。孙儿之所为，只求义无反顾，无挂无牵啊！'辛'字义旗竖起半个月来，石破天惊之威，可慰祖父之遗愿。一破历城，再破大涧，三破西营，焚官衙诛金官，开官仓赈济灾民，破牢狱释放无辜。'辛'字义旗到处，农工欢呼，士商扬眉，黎庶箪食壶浆以迎送；金官鼠窜，金兵胆寒，官府惊慌仇恨而调兵围剿。现时，晏城、长清、章丘三处之敌约四千兵马已合围而来，恶战在即。孙儿决定率所部两千兵马，借夜幕掩护，飞奔东进，歼灭章丘西进金兵一千兵马于郭店，然后南下莱芜，投入耿京大旗之下，以细流成河、百川成海之势与中原金兵争锋。愿祖父英灵佑我此行成功！"

辛弃疾叩头向祖父英灵告别，举剑站起，跨上马鞍，高声发出军令："东进郭店，消灭金兵！同仇敌忾，此战必胜！"

马背上伏鞍荷戟的两千义士，精神一振，同声怒吼，气壮山河："东进郭店，消灭金兵！同仇敌忾，此战必胜！"

在震落晚霞的"东进"声中，辛弃疾放马急奔，辛勤、辛茂嘉左右随行，两千名义士掀起了令大地颤抖的奔马呼啸声……

梅雨作灾，梅雾狂卷。奇狮河暴涨的山洪，挟着呼啸的山风奔出山谷，猛烈撞击着奇狮桥，浪花飞溅、乘风作瀑的猖狂，驱散了马背上辛弃疾心头誓师东进的幻景和遐想。辛弃疾知道，奇狮桥上的这般奇景奇观，是由山势走形，山洪弯折，气流急旋猛涨巧妙交织而形成，遂以双脚轻叩马肚而向河水狂吼、飞瀑成幛的暴虐进击。

辛弃疾胯下的"栗色的卢"在主人双脚轻叩的提示中,立即领悟了主人的意图,马头一摆,跃身一起,奋力一搏,冲过飞浪瀑幛,飞过了奇狮桥,呈现出老而不衰的雄风。辛秸振奋于马儿的表现,脸贴马面,手抚马颈以示慰问,"栗色的卢"连打响鼻作谢,在辛秸的牵引下,转身南向,朝着五里外周氏冈走去。

梅雨作灾,梅雾狂卷。周氏冈原名前冈,高数十丈,乃花岗石断块,葱茏碧绿,玲珑似玉,秀灵之气,溢屏谷口;上下高冈之路,乃人工开辟,宽阔畅达;冈顶短松如伞,草茵如席,山花如火。辛弃疾勒缰而停马,把炯炯目光投向周氏冈下梅雨梅雾笼罩的瓢泉园林,神情变得凝重而怆楚。

辛秸知道,这座园林是父亲心血之所凝啊!十一年前,绍熙五年(公元1194年),父亲从一位周姓人家购得这块荒山,栖身于自己亲手搭建的竹茅小屋"听泉草堂",并亲自劳作,开荒置圃,伐木割藤,引山岩琼珠瀑布,成柳下明沼清池,并借前人诗文名篇名句抒胸中块垒,名茅茨屋舍,用两年时间建造而成。传说周家世祖乃金陵人,因避五季之乱而迁居于此,已三百年,中有五世祖为将军,厌官场倾轧而归此山中,安怡晚年,并以"汝等尽孝以事母,当以义协居"遗训儿孙。父亲嘉之,曾赋《最高楼》以赞赏:"周家五世将军后,前冈千载义居风。看明朝,丹凤诏,紫泥封。"希冀落空啊,今日前冈,义风浩荡,可"丹凤诏"下,"紫泥封"来,诏的是"罢官贬逐",封的是梅雨梅雾啊!辛秸的神情也凝重怆楚了。

辛弃疾端坐马背,把目光投向园林深处嶙峋突兀的苍壁岩,久久地凝视着,寻索着,目光凝滞而含悲……

辛秸知道,父亲在苍壁岩寻找那琼珠般滴流不息的瀑布,寻找那形状如瓢的清泉,那是父亲心中的"孔、颜乐处",是"箪食瓢饮"天然生成的神圣境界,父亲曾赋《水龙吟·题瓢泉》以颂之:"稼轩何必长贫,放泉檐外琼珠泻。乐天知命,古来谁会,行藏用舍?人不堪忧,一瓢自乐,贤哉回也。料当年曾问:

饭蔬饮水,何为是,栖栖者?……"可今日,雨漫泉声,雾遮琼珠,霉蔬难食,霉泉难饮,颜子又当何问?也许只有栖栖戚戚地哽咽流泪了。辛秸的双眼已是泪水欲滴……

辛弃疾端坐马背,把目光投向园林东侧竹林深处、高台之上的停云堂,目光含有更浓更重的疑惑……

辛秸知道,父亲在寻找停云堂左侧的清溪小桥,右侧的竹林短松,上空的云霭瑞气壮观,阶下微风轻拂的清爽,在寻找自己心通陶渊明、苏子瞻的诗句:"渊明避俗未闻道,此是东坡居士云。身似枯株心似水,此非闻道更谁闻?"可今日,停云堂云霭渺无,松竹无影,梅雾肆虐,梅雨声吼,陶令若处此地,心历此景,能有"东篱南山"悠然的诗句吗?苏子瞻毕竟是经历过巫山云雾的,"道"在梅雨梅雾霉结处,是闻不得,也不可闻啊!辛秸的目光也变得茫然疑惑了。

时近傍晚申时,梅雨细细,梅雾蒙蒙。沉重迷茫的凄凉、忧郁,窒息着瓢泉园林,使奇狮山谷泯绝了昔日的清风丽日、流泉竹影、诗酒笑语、百鸟声息。忽地,一缕琴音从园林中鹤鸣亭飞出,婉约悲切,若泣若诉,携着寻觅、挂牵以及深沉关切的情愫,回旋在瓢泉园林上空和奇狮山谷。有顷,一曲沉郁含蓄的歌声,驾着琴音而起,带着生气、感慨、雄健清刚的期待,激荡着奇狮山谷的梅雨梅雾,激荡着瓢泉园林中的忧郁凄凉。

此时的鹤鸣亭,梅雨淅沥,梅雾翻涌,雾漫高台,层楼,竹轩竹栏的竹茨厅堂。就在这间雾雨合围、琴音歌声飞起的竹茨厅堂里,女主人范若水带着八子辛褒,三哥辛勤,侍女整整、香香,为迎接丈夫辛弃疾、七子辛秸突然归来的家宴正在进行。

姜汤驱寒,清酒生暖,菜肴果腹,亲情解忧,侍女整整、香香弹唱着三年前辛弃疾在黄梅时节所赋的一首《鹧鸪天·漠漠轻阴拨不开》,恰当地表现出这次久别团聚中突然归来的欢乐和突然归来的不安:

漠漠轻阴拨不开，江南细雨熟黄梅。

有情无意东边日，已怒重惊忽地雷。

云柱础，水楼台，罗衣费尽博山灰。

当时一识和羹味，便道为霖消息来。

　　琴音歌声中，范若水神情从容，笑语盈盈，频频举杯，为丈夫归来祝福作贺；频频举箸，为七子归来夹菜夹肴。她以燕赵女子侠气柔情的洒脱，掩盖着眉宇间浅浅的忧思。她时年六十岁，生于巨鹿邢台，其母赵氏金花绮罗，为当今皇叔赵士经之女，有"宗室公主"之称；其父范邦彦，宣和年间大学士，行侠仗义，有"河朔孟尝"之誉，仕金为蔡州新息县令。宋高宗绍兴三十一年(公元1161年)，金兵南侵，渡淮而威逼建康，范邦彦借新息居地之便，在蔡州起义，举新息全境土地人丁归宗于宋，声威震动江淮。归宗于宋后，曾任湖州长兴县令、通判镇江府等职。其兄范如山，亦抗金豪杰，志在中原，曾任辰州卢溪县令、江陵公安县令等职。范若水其人，聪颖慧敏，淑静多思，精于音律，耽于诗词，悟性极佳，记忆力极强，幼时即有"范家才女"之称，与辛弃疾的相识、相爱，始于诗词，成于诗词。四十多年来，她既是辛弃疾诗词的首览者、评论者，又是辛弃疾诗词的记存者、释解者。此时她已猜知丈夫是遭贬而回，但不愿莽然说出，便命侍女整整、香香弹唱三年前辛弃疾的这首词作《鹧鸪天·漠漠轻阴拨不开》，就是要向丈夫传递她心底的挂牵和不安。

　　琴音歌声中，八子辛褒神情沉郁而拘谨。从父亲沉默不语的威严中，从母亲眉宇间浅浅的愁思中，他已感受到父亲第三次罢官遭贬的悲哀，却不愿自己的猜想成真。三年前父亲诵吟着"漠漠轻阴拨不开"的无奈，可今日的遭遇，是梅雨如注，梅雾如涛，霉结山谷啊！他言谈不敢大声，举止不敢粗心，他在向父亲捧杯敬酒时，双手也在微微地颤抖……

　　琴音歌声中，三哥辛勤黯然凝伫，已猜知冤情祸事的降临，睁着混浊的眼睛，注视着第三次遭贬归来的辛弃疾，悄然而悲，嘘唏而咽，老泪从沉陷的眼窝涌出,他急忙低头,伸出单臂右手遮掩。他时年已六十九岁,与辛弃疾有着六十三年的主仆兄弟情谊。绍兴十三年(公元1143年),他七岁进入辛府,仆役于族祖父辛赞膝前,奉茶斟酒,展纸磨墨,间以玩伴看护年仅四岁的辛弃疾;绍兴十六年(公元1146年),他十岁,奉族祖父辛赞训示,陪七岁的辛弃疾读书练剑;绍兴二十四年(公元1154年)和绍兴二十七年(公元1157年),他奉族祖父训示,两次陪辛弃疾随计吏前往燕京"谛观形势";绍兴三十一年(公元1161年),辛弃疾在毁家纾难,聚众起义,袭击历城、大涧、西营、郭店,投奔耿京,"决策南向",夜袭济州金兵大营,生擒叛徒张安国的重大事件中,他挥舞双剑,护卫于辛弃疾的前后左右,有"双剑霹雳"之称。在夜袭金兵大营之后,奉辛弃疾之命,留居扬州迷途知返的万余义军中,照应心存疑虑的义军兄弟。"归正人"命苦啊,一年之后,万余义军在"屯田自养"的名义下,遭朝廷遣散,报国无门,走投无路,遂与千余名义军兄弟,重归山寨,抗击金兵侵扰。惜在一次战斗中,因中金兵毒箭而失去左臂。之后,不论辛弃疾是在飘蓬不定的官场,还是在失路蜷居的山野,辛勤名为亲随为辛弃疾消解杂务,实为辛弃疾照顾赡养。主仆之义,使他俩甘苦共尝,忧乐共与;兄弟之情,使他俩荣辱与共,生死相随。今日,辛弃疾怆然归来,辛勤心胸深处突然感到从未有过的心堵和忧伤,他注视着眼前突显衰老的少主人,生命迟暮的凄凉和鹈鴂将鸣的悲哀,突然撕裂着他的心胸,他默默地用右手举起酒杯,一饮而尽。

琴音歌声中,侍女整整、香香在吹弹吟唱上格外谨慎和投入。她俩都是扬州人,有着扬州女子的聪颖慧敏;她俩又都是慕辛弃疾之名而托人引荐进入辛府,是辛府乐班歌伎中最年轻的两位,甚得范若水的爱怜。九年前,宋宁宗庆元二年(公元1196年),辛弃疾遭佞臣诬陷,第二次罢官遭贬,除罢去福州知府之职外,还罢去了武夷山冲佑观提举(宋初寺观制度之设,是朝廷恩遇五品以上官员落职后生活的最低保障)。辛弃疾在其朝廷断绝生计的困窘中,忍痛遣散了乐班歌伎钱钱、田田、卿卿、飞飞四人,留下了时年仅十二岁的整整、香香,以箫笛筝陪伴夫人古琴,以成诗词歌吟之律,更加深了她俩对辛弃疾、范若水亲昵崇敬的情愫,如女儿之对父母,如学生之对师长,她俩遂称辛弃疾为先生,称范若水为师母。今日,先生凄楚归来,梅雨湿衣,梅雾蒙目,师母命弹唱《鹧鸪天·漠漠轻阴拨不开》以迎迓,她俩把对先生的敬仰崇拜和对师母的亲昵敬爱,全部融入词句的弹奏吟唱之中。"当时一识和羹味,便知为霖消息来。"柱湿础雨,见微知著,盐梅和羹,雾霖为雨,十多天来,梅雨淅沥,梅雾翻滚,难道真的预示着有重大不幸要降临这瓢泉园林吗?她俩弹唱《鹧鸪天·漠漠轻阴拨不开》的玉指金嗓也在微微颤抖了。

琴音歌声中,辛秸神情沉重,双目含怒。他听着侍女整整、香香弹唱出《鹧鸪天·漠漠轻阴拨不开》中的词句"有情无意东边日,已怒重惊忽地雷",心底的愤怒真的要炸裂喷发了。他紧紧咬着牙关忍耐着……

琴音歌声中,更袍更衣的辛弃疾,似乎在着意地挥拂着舟楫马背上的劳累和心头胸腔中的愤懑,呈现出神情上的安详和目光中的飘逸,频频举杯,感谢大家的关怀。他举杯站起,从容而语:"诸位在瓢泉园林操劳的亲人,天道煌煌,人道汤汤,天遂人愿,弃疾第三次罢官遭贬,从今日起,要老居瓢泉了!请大家干杯!"

预感灵了,担心成了真实,说破的不幸如响雷炸裂,震骇了雨雾围困的鹤鸣亭——

琴音乍歇。

歌声乍停。

众人在失神失意中饮了杯中酒。

辛秸望着泪水盈眶、强忍痛苦的母亲,心头一颤,声音有些发抖了:"母亲,朝廷贬逐父亲的借口,是诬陷而罗织的八字罪名:'好色,贪财,淫刑,聚敛'。"

范若水惨然一笑,泪珠滚落,放声而语:"欲治其罪,何患无辞。朝廷执权者的才智,何其如此浅薄不堪啊!二十四年前,孝宗淳熙八年(公元1181

年),朝廷罢辛郎福建安抚使之职,贬逐回家,其罪名是'聚敛民财,奸贪凶暴,虐害田里,凭陵上司,用钱如泥沙,杀人如草芥'。真够得上'罪恶滔天'了,而且不许申诉,不容分辩。后经有司查证,乃监察御史王蔺居临安罗织而成,以此'莫须有'之臆想,葬送了辛郎的十年时光。十二年前,光宗绍熙四年(公元1193年),朝廷第二次罢辛郎福建提点刑狱兼代浙东安抚使之职,贬逐回家,其罪名是'残酷贪饕,奸赃狼藉'。罪状虽比第一次贬逐文字简短,其实质毫无二致,同样是不许申诉,不容分辩,后经有司查证,乃御史中丞何澹、左司谏黄艾居临安合伙罗织而成,以此'莫须有'的臆想,葬送了辛郎又一个十年时光。此次贬离知镇江府、贬罢知隆兴府的八字罪名'好色、贪财、淫刑、聚敛',只是前两次罢贬罪名的翻版,也是'莫须有'卑劣权术的阴险运用!欺人耶?欺天耶?'莫须有'三字妙法,乃朝廷自创的发明,昔日置岳元帅冤狱于风波亭,今日置辛弃疾冤案于鹤鸣亭啊!'好色、贪财、淫刑、聚敛'八字,故伎重演,天下还会有人相信吗?"

辛秬急忙接着母亲的话语说:"确如母亲所语,对父亲这次罢官贬逐,京口人士多有议论。有人认为是朝廷反对北伐的高官,如右相谢深甫、御史中丞史弥远之流的祸谗之心所致,怕父亲成为抗金北伐的统帅;有人认为是太师韩侂胄嫉贤妒能之心所致,怕父亲功高望重,赢得民心;有人认为是朝廷最高执权者猜疑之心所致,怕父亲成为第二个执掌兵权的岳飞。"

范若水高声哀叹:"辛郎命苦,此时此刻,梅雨成瀑,梅雾凝云,云暗园林,云磐山谷,这就是你说的'天道煌煌,人道汤汤,天遂人愿'吗?"

梅雨肆虐,梅雾翻涌,辛弃疾凭栏啸吟:

> 江头日日打头风,憔悴归来邴曼容。
> 郑贾正应求死鼠,叶公岂是好真龙。
> 孰居无事陪犀首,未办求封遇万松。
> 却笑千年曹孟德,梦中相对也龙钟。

辛弃疾啸吟之声刚落，雷声霹雳，山风骤起，梅雨稀疏，梅雾离散。范若水急抚七弦古琴，收辛弃疾啸吟之词入曲，整整品箫应和，香香巧弄琵琶而放声高歌，为辛弃疾啸吟之词插上了飞翔的翅膀。范若水和着琴音高吟："'江头日日打头风，憔悴归来邴曼容'，开口十四个字就凄然道破了世路艰险，英雄失途的悲哀。悲无处诉，哀无处消，只有借汉代贤人邴曼容的举止业绩自寻安慰了。贤人邴曼容为官清廉，俸薪不肯过六百石，养志自修，声誉昭著，然群小妒恨，朝廷不容，凄凄然以'辄自免去'而退居故园。辛郎引邴为师，为伴，为荣，顶着'好色、贪财、淫刑、聚敛'的八字诬陷，以憔悴年暮之躯而笑傲坎坷，真够得上邴曼容第二了……"

雷声消失，山风吹拂，梅雨停歇，梅雾散尽，范若水和着琴音高吟："'郑贾正应求死鼠，叶公岂是好真龙'，辛郎轻轻一嘘，借郑国商人的喜爱死鼠和汉代刘向笔下叶公子高的畏惧真龙，提示了朝廷重用奸佞、贬逐忠良的丑恶嘴脸。'孰居无事陪犀首，未办求封遇万松'，悲愤雄心的无奈，辛郎只好请来战国时主张合纵抗秦而遭贬的魏国宰相公孙衍(字犀首)对坐万松之中，举杯痛饮以笑傲官场了……"

晚霞映照山谷，峦峰斑驳陆离，山风轻拂，绿树轻摇，山花轻摆，范若水和着琴音高吟："垂暮之年，龙钟之态，力衰之躯，接二连三的遭贬，仍然禁不住生命张扬的追求，仍然泯灭不了执着的信念，这是人生的悲哀，还是人生的壮烈？'却笑千年曹孟德，梦中相对也龙钟'，龙钟的惺惺相惜，龙钟的心灵相通，清醒也好，梦中也好，古今相承也好，痴心痴想也好，三国时的曹操和曹操的诗句伟业，仍在激励龙钟年迈的辛郎笑傲人生……"

一阵凄厉高亢的鹤鸣声，延续了范若水的高吟，在雨后湿淋淋的山谷回响。辛弃疾举目远眺，晚霞映出的雨后长虹，桥架山谷，七彩斑斓，更托出奇狮山谷的壮丽秀美。七彩长虹桥下，一只展翅飞出的白鹤，掠过山坡林海的碧波，掠过山间竹林的绿浪，发出急切凄厉的嘶鸣声向瓢泉园林飞来。辛弃疾一时看呆了,默默心语:"白鹤啊,你来得神奇,来得适时啊……"

范若水停琴而奔向栏杆,望着飞来的白鹤纵声迎接:"久违了,白鹤!你是百鸟中的清正君子,你是辛郎与之为伴、与之相语的密友,热烈欢迎你长住鹤鸣亭啊……"

白鹤通悟人性,鹤鸣清爽响亮,似在回答,双翅一收,俯身一滑,轻轻地落在辛弃疾、范若水面前的栏杆上,鹤鸣朗朗,似在问候。辛弃疾手抚白鹤而仔细打量,它体长四尺,通体雪白,洁净自养之状如昨;它昂首而立,气宇轩昂,高傲自修之状如昨;它头顶朱红额痣,再呈深红染黑之色,这是年龄的增添,这是走向年暮的标志,辛弃疾的心头,骤然浮起一层凄凉,双手紧紧抱住了白鹤洁白的躯体。

鹤鸣唧唧,亲切柔和,似向辛弃疾吐诉心绪……

范若水笑语:"《易经》有语,'鸣鹤在阴,其子和之'。辛郎,该你向我们的老朋友诉说心绪了!"

辛弃疾手抚白鹤,话语苍凉:"《易经》有语,'我有好爵,当与尔靡之'。白鹤,我的密友,我今日之所有,是悲哀,是迷惘,是痛苦,是追寻。请你伴我追寻坎坷人生中悲哀的因由,迷惘的祸根,辛苦的渊薮,伴我唱出生命张扬中最后几声苍老清醒的挽歌吧!"

鹤鸣啾啾,似在忧伤……

范若水鼻酸目湿,泪珠滚落……

长虹消失了,晚霞消失了,夜幕悄悄降临,夜色笼罩了鹤鸣亭,笼罩了鹤鸣亭栏杆上的白鹤和凭栏沉思的辛弃疾。

夜静极了,偶尔传来白鹤凄厉悠长的哀鸣声……

一 鹤鸣亭苦吟

寂寞幽静的奇狮山谷,初秋早晚的凉意,已使葱绿碧翠的景物,显得更加沉闷凝重。忧郁笼罩着瓢泉园林,鹤鸣马嘶的凄凉,已使鹤鸣亭上的琴音,显得更加牵魂揪心了。

宋宁宗开禧元年(公元 1205 年)七月二十五日,辛弃疾回到瓢泉园林已经一个多月了。清晨,他漫步听泉草堂侧畔的马厩"神龙居",看视年迈衰敝的"栗色的卢",在它苍老的嘶鸣声中,带着忧伤与无奈,走过停云堂、秋水观,走过明沼小溪、曲径短桥,走上鹤鸣亭,走进追古思今,思考未来的苍茫境界。傍晚,他凭栏远眺,迎接日暮归来的白鹤,在白鹤苍老的凄厉声中追思过往。只有范若水的琴音,才能给他短暂的安慰与解脱。

午后未时时分,辛弃疾拍栏沉思,范若水抚琴歌吟相伴。深沉忧郁的琴音歌声,使秋日淡淡、秋景黯黯。详辨歌声,乃他十七年前贬居铅山带湖时所赋的一首《丑奴儿·书博山道中即事》:

> 少年不识愁滋味,爱上层楼。爱上层楼,为赋新词强说愁。 而今识尽愁滋味,欲说还休。欲说还休,却道天凉好个秋。

琴音歌声飞旋在鹤鸣亭,含蓄深永,跌宕有致的深沉愁怨,不正是辛郎今日心境之凄凉吗?"欲说还休",不正是朝廷文网密密对辛郎心灵的折磨吗？范若水泪珠滴湿了琴弦。

望着夫人泪湿琴弦的愁容，辛弃疾心中一颤，禁不住长啸而吟：

> 饱饭闲游绕小溪，却将往事细寻思。
> 有时思到难思处，拍碎栏杆人不知。

啸声苍凉，范若水抚琴而吟："难得的一首鹤鸣亭绝句啊！质朴无华，字字见心，确有鹤唳九天之哀绝苍凉。辛郎，我已感受到你的心在滴血啊。难得的一句'拍碎栏杆人不知'啊！其情之苦，其心之哀，确有《离骚》汨罗之沉郁悲愤。辛郎，我已无力用琴音为你消哀解愁了。"

辛弃疾转过身来，望着琴案前停琴呜咽、泪流满面的妻子，心如刀绞，他疾步趋前，紧紧握住妻子的双手，乞求似的诉说着："夫人，这一个月来，我身在瓢泉，心在京口啊。我忘不了京口的北固楼，忘不了北固楼下的滚滚长江，忘不了京口校场杀声沸腾的热血将士，忘不了在京口一年来苦心经营的战备，忘不了北伐战备中不及完善的人事军情，我更担心北伐伟业毁于朝廷奸佞之手啊！夫人，我明知这是枉自多情，穷操闲心，可我天生愚鲁，总是管束不住胸腔里这颗招诬招忌、招灾招祸的心啊。"

范若水哭出声来，扑身于辛弃疾的怀里，哀声吁叹："我的执着所思、九死不悔的苦命人啊！"

辛秸匆匆走上鹤鸣亭，急声向辛弃疾禀报："父亲，师兄廓之从临安回来了。"

辛弃疾神情一振，急声询问："廓之现在哪里？"

辛秸回答："师兄现在鹤鸣亭楼下，请见父亲。"

辛弃疾神情骤然迟疑而语出："夫人，廓之从临安来。这'临安'二字，骤使我心局促不安，请夫人以琴音为我壮胆。"

范若水苦笑："谢辛郎求助！此刻我始知'惊弓之鸟'惶惶然之可怜可悯

了,我当以十八年前辛郎专为廓之所赋的《醉翁操》一词迎接。"

辛弃疾神情转喜:"谢夫人相助。秸儿,快请廓之上楼!"

辛秸应诺离去。

范若水抚琴唱起《醉翁操》——

　　长松。之风。如公。肯余从。山中。人心与吾兮谁同?湛湛千里之江,上有枫。噫,送子于东。望君之门兮九重。

　　女无悦己,谁适为容?不龟手药,或一朝兮取封。昔与游兮皆童。我独穷兮今翁。一鱼兮一龙,劳心兮忡忡。噫,命与时逢,子取之食兮万钟。

　　辛弃疾夫妇此刻深情迎接的廓之,乃辛弃疾的门生范开。范开,字廓之,湖南零陵人,时年三十五岁左右,其祖疑为北宋熙宁、元丰年间史学大师范祖禹。范祖禹从司马光编修《资治通鉴》凡十五年,有大功,迁知国史院事、翰林学士兼侍读等职。宋徽宗崇宁元年(公元1102年),蔡京为相,以"附司马光变更新法"之罪,定范祖禹为"元祐奸党",贬逐永州(湖南零陵),卒于贬所,按朝制其子孙不得为官。范开受"元祐奸党"身世之累,耽书香博学之风,长于楚辞,妙于琴音,倜傥潇洒,以布衣行世。宋孝宗淳熙八年(公元1181年),辛弃疾以湖南安抚使调任江西安抚使,范开从湖南追至江西,从游于辛弃疾门下,时逾八年,"日从事诗酒间,意相待欢甚",以潜心学研之力,编辑《稼轩词甲集》,收集了辛弃疾四十八岁前官建康、滁州、湖北、湖南、江西时词作计一百一十首。

　　淳熙十六年(公元1189年),赵昚禅位赵惇,是为宋光宗。赵惇下诏,"甄录元祐党籍家""命国朝勋臣子孙之无见任者官之"。辛弃疾特赋词《醉翁操》送范开前往临安,以家世告诸朝。他以"长松""之风""如公""肯余从""山中"诸句,颂范开之为人与风节;他以《楚辞》中"人之心不与吾心同""湛湛江水兮上有枫"诸句,赞范开长于《楚辞》和对楚地文化博深的造诣;他以司马迁

"女无悦己""谁适为容"诸句，惋惜范开之没于蓬蒿；他以庄子"不龟手药""裂地而封"诸句，期盼朝廷识才识贤，重用范开；他以"昔与游兮皆童，我独穷兮今翁，一鱼兮一龙，劳心兮忡忡"诸句，诉说离情之苍凉；他以"命与时逢""子取之食兮万钟"等吉言吉语，为范开的临安之行祝福。

范开带着《醉翁操》中辛弃疾真挚的情感、期盼、祝福和他的《稼轩词甲集》走进临安，"以家世告诸朝"的结果是："甄"而不甄，"录"而不录，官场路塞，依然是布衣行世。究其原因："元祐奸党"身世之累未解，"从游辛弃疾门下"之累却沾上身来。范开携着《稼轩词甲集》文稿直奔临安炭桥河下橘园亭文籍书房，倾其所有，与书房业主雁荡舍人签订了三年镂版印刷《稼轩词甲集》的文书，并于宋光宗绍熙三年(公元 1192 年)使《稼轩词甲集》行世，给困居带湖山野的老师辛弃疾带来了些许的安慰和欢乐。之后的十多年间，他间断地从游辛弃疾于带湖、福建、铅山、绍兴、镇江等地，衰集冥搜，得辛弃疾带湖、七闽之作计二百余首，编辑为《稼轩词乙集》，于京口初定文稿。一个月前，辛弃疾被贬离京口，范开为镂版印刷《稼轩词乙集》事前往临安，辛弃疾难释北伐战备之不及完备，忍愤急书《重战备，知敌情，勿仓猝》一疏，特托范开带往临安，设法上呈赵扩，以尽贬臣之忠恳。故一个多月来，辛弃疾心中时有"北伐前程莫测"之虞。

范开在辛秸陪同下，迎着意挚情深的《醉翁操》琴音歌声走上鹤鸣亭。他风尘仆仆，举步沉稳，在长袍、芒鞋、葛巾飘动的潇洒中，隐藏着一股不安的沉重，此次临安之行上呈老师"奏疏"的无功而返，老师"奏疏"上呈后的招诬招忌，朝廷执权者在北伐壮举上的轻率昏庸，凝成的失望、痛苦、愤恨、忧愁，煎熬着他失落破碎的心。他为老师的谋略遭拒而痛苦，也为老师的忠耿遭诬而愤恨，他为老师的不幸言中而忧愁，也更忧虑老师年迈衰敝之躯，经不起这雪上加霜的折磨啊！范开在一个多月的临安之行中，寻找可以安慰老师的欢愉信息和欢乐事物，但所得甚少。歌舞临安，皆靡靡之音；桂荷临安，无阳刚之气；权势临安，蔽奸狡之风；锦绣临安，多汴京之梦；唯炭桥河下橘园亭文籍书房业主雁荡舍人的古道热肠,或可为老师带来一丝兴趣和安慰。

在登上鹤鸣亭的刹那间,师母弹奏的琴音,使他心头发热;师母吟唱的歌声,使他眼睛湿润;他长揖中叫了一声"老师,师母",便跪拜在辛弃疾和范若水的面前。

范若水急忙停琴站起迎接,辛弃疾急忙扶起范开落座,辛秸急忙捧茶致意,家庭般亲和无隔的气氛洋溢在鹤鸣亭。范开呷茶润喉,观察照应着辛弃疾的情绪心境拱手禀报:"禀报老师,朝廷原知枢密院事许及之大人,向老师问好。"

许及之,字深甫,时年七十岁,原为吏部尚书,谄事韩侂胄,为祝贺韩侂胄生辰,曾从门间俯偻而入;为迁任知枢密院事,曾屈膝于韩侂胄面前而哀求,故朝内有"由窦尚书,屈膝执政"之讽。因其谄事韩侂胄,故在知枢密院事任上,积极拥护北伐,并在北伐战备中给了许多方便。辛弃疾与其亦有交往,故漠然点头。

范开再禀:"禀报老师,朝廷右相陈自强大人,也向老师问好。"

陈自强,字勉之,时年近八十岁,谄事韩侂胄,节气全无,呼韩侂胄为"恩王""恩父"。因其趋于韩侂胄,对北伐之举甚为热心,辛弃疾与其少有交往,故皱着眉头而微微点头。

范开见老师皱眉而不悦,急忙以谒见丘崈(chóng)之事禀报:"禀报老师,焕章阁直学士丘崈大人,向老师致意,向师母问好。"

丘崈,字宗卿,是辛弃疾之友,在政见上亦多相同。辛弃疾闻范开之语喜形于色:"丘崈宗卿,已有三年不曾相晤,我思念宗卿啊。"

范若水亦放声回答:"谢宗卿先生关怀。"

范开见辛弃疾心境转佳,遂将话题引向上呈奏疏事:"禀报老师,老师上呈的'重战备,知敌情,勿仓猝'的奏疏,已上呈皇帝了。"

辛弃疾欣然,遂即询问:"是借助及之深甫、自强勉之、丘崈宗卿之力吗?"

范开摇头，尽量以平和之语回答："许大人已被韩侂胄罢去知枢密院事之职，当年张口闭口不离'北伐'的几分勇气，现已全然消失，览老师奏疏而摇头吁叹，说自己已有半年不曾进太师府和皇宫了。他仅以'我敬稼轩'四字托学生转致老师。"

辛弃疾默然。

范开的话语尽力保持着平和："右相陈大人昏庸如故，贪鄙有加，虽曾为太师韩侂胄的童子师，却畏惧韩侂胄如严父，览老师奏疏而双手颤抖，喃喃作语：'此等奏疏徒惹太师生气啊！'并以'稼轩不知深浅'一语，要学生转告老师。"

辛弃疾默然摇头。

范开的话语依然是平和的："焕章阁直学士丘大人热情如故，亲切如故，坦直如故，览老师奏疏而连声叫绝：'此奏疏三事，实制胜千里之论，特别是勿仓猝三字，直刺朝廷执权者的鬼迷心窍。'丘大人坦言：'稼轩此论，与丘某的谏言恢复之志不可忘，恢复之事未易举相暗合。丘某之谏言，已触怒韩侂胄，不日将被韩侂胄逐出临安，故不敢以倒霉之身为稼轩奏疏作介。此非畏惧韩侂胄之淫威，而是怕累及稼轩奏疏的命运啊！'丘大人仅以'人间兕虎'四字，托学生转致老师。"

辛弃疾吁声哀叹："宫墙高厚，狮守台阶，奸佞当道，忠贞路绝，真是难为廓之了！"

范开的话语依然是平和的："学生无奈，窃老师之声威，假以特使之名，身闯太师府，径呈老师奏疏于太师韩侂胄。韩侂胄览老师奏疏而闭目深思，学生借机请太师转老师奏疏于皇上。韩侂胄在深思中默默点头。"

辛弃疾吁声而赞："布衣廓之，智能廓之，机敏廓之，胜朝廷公卿多矣！廓之啊廓之，宫中有何反应？"

范开婉转回答："学生静候宫中、太师府信息十日，渺无所得，礼部进士毛自知却放出话来，竟谓老师奏疏中'勿仓猝'一事是阴有所图。"

辛弃疾意外，面呈愠色，放声哀叹："'阴有所图'？何来其'阴'？我光明磊落上呈奏疏，所'图'者，乃北伐之胜利啊！毛自知，韩侂胄之文胆，韩侂胄之吹鼓手，善于以'文'杀人，这'阴有所图'四字，只怕是谗言加害的'莫须有'啊。"

范开的话语更加谨慎了："领阁门事苏师旦也放出话来，竟谓老师的奏疏是企图东山再起，是要抢夺太师韩侂胄北伐之功。"

辛弃疾怒色浮起，话语激愤了："东山再起抢夺太师北伐之功，大约就是毛自知所谓的'阴有所图'吧！苏师旦是韩侂胄的心腹，是随韩侂胄步步攀升的家奴，是韩侂胄派往皇帝身边的耳目，这些居心险恶的诬陷，也算是太师府念给皇帝入梦入迷的又一篇'经文'啊！"

范开的话语仍然是谨慎的："侍御史邓友龙向学生透露，早在一个月前的六月五日，皇帝已诏内外诸军密为行军之计；近一个月来，韩侂胄分别密召扬州都统郭倪、鄂州都统赵淳、京西北路副都统皇甫斌、御前诸军都统吴曦等人密议，北伐之举大概真的要仓猝开始了。"

辛弃疾怒不可遏，忽地站起，一股哭笑不得之感涌上心头：扬州都统郭倪，虽志在北伐，但素不知兵；鄂州都统赵淳，虽出自宗室，但志大才疏；京西北路副都统皇甫斌，虽为武进士出身，但有勇无谋；御前诸军都统吴曦，虽为抗金名将吴璘之孙，但为人轻佻，声色犬马，懂得什么打仗！召此等人物商决军国大事，其后果堪虑啊！他颓然地落座于藤椅上。

范若水、辛秸急忙趋前，安抚神情凄然的辛弃疾。辛弃疾极度痛苦地闭上眼睛深思着："一切都明白了，狂叫高喊的北伐者比反对北伐的主和者更为可怕啊！主和苟且的帝王佞臣，是可以口诛笔伐的，对于帝王，只需隐去姓名罢了。可这些狂叫高喊的北伐者，是帝王，是太师，是重臣，是自己一年来顶礼膜拜的执权者，他们扛着北伐的大旗，是不可反对的，也是反对不得的。可现时，他们都赤裸裸亮出了不计后果的心机。皇帝急需北伐之功以显示其天纵英明，太师急需北伐之功以巩固其权位，重臣急需北伐之功以博取高官厚禄。可这肮脏的一切,是不可揭露的,是不可说破的,是不可反对的。江南江北黎民百姓期盼几十年的北伐,就要断送在这些狂叫高唱'北伐者'的手里了!一切都明白了,盲目自信比愚蠢昏庸更加可哀!昏庸者可以谏奏,愚蠢者可以提醒,可这些盲目自信的帝王、太师、重臣是天下无药挽救的。战备完善了吗?敌情弄清了吗?谋略落实了吗?粮秣充足了吗?兵器精良了吗?士气高涨了吗?胜利有把握吗?他们茫然无知,又帏幄醉酒,金屋作乐,谁也不去百里之外的兵营、校场、战地、马厩察看检阅。仓猝的帝王,仓猝的太师,仓猝的重臣,驱赶着一群仓猝的将领,只能赢得一个仓猝悲哀的结局啊。"

范开看得清楚,忧郁压心的悲哀使老师似乎显得更加衰老了。他急忙把老师从凄苦的沉思中拉了出来:"老师,朝廷虽然拒绝老师的谋略,怀疑老师的忠贞,诋毁老师的人格,但临安黎庶百姓心中有秤,都为老师的贬离京口愤愤不平。现时临安街巷的酒楼、茶馆、歌场、学府,都在谈论老师的被贬被逐,都在为北伐壮举担忧。"

辛弃疾眉梢一动,似已停止了苦思。

范若水察知范开为老师解忧之意,放声询问以配合:"廓之,临安真有这样的情景吗?"

范开回答:"师母,临安黎庶现时同情老师之状,可以用'奔走呼号'四字概之。其奔走呼号最力者,是雁荡舍人。"

范若水追询:"是橘园亭文籍书房业主雁荡舍人吗?"

"正是此人。雁荡舍人已接收《稼轩词乙集》文稿,并决定在一年之内镂版印刷出书。"

范若水照应辛弃疾而语:"辛郎,你听见了吗?古道热肠的雁荡舍人,又向我们伸出了援手。"

辛弃疾睁开了眼睛。

范开再禀:"老师,雁荡舍人向老师致意,并以'稼轩在民,稼轩不孤'八字,托学生转禀老师。雁荡舍人已召集橘园亭文籍书房全体人员宣布,在镂版印刷《稼轩词乙集》的同时,再版《稼轩词甲集》五百部,与乙集同时行世,以满足江南词坛文苑、士民学子对辛词的热爱和对老师的敬仰。"

辛弃疾感激语出:"雁荡舍人,是没于蓬蒿莽林的人中龙凤啊!"

范开急忙从怀中取出一首词作禀报:"老师,雁荡舍人特托学生有一事求证于老师。"

辛弃疾的神情更为关注了。

范开款款而语:"这首词名《念奴娇·我来吊古》,近一个月来,流传于临安的酒楼、茶馆、歌场,为歌伎们必唱之词,并流传于民间。黎庶借以展示兴亡之感,学子借以发泄愤怒之思,文人借以表达吊古伤今之念,且相传为老师之作。雁荡舍人断定此词当作于建康,内涵深邃,气势奔放,情感沉郁,均为老师的艺术风格。但老师官居建康,当在隆兴、乾道年间(公元1163—1169年),而《稼轩词甲集》中并未收入,疑为疏漏,遂遍访临安,寻觅此词的真迹原件。几经周折,终于从一歌伎手中,以黄金十两购得劣纸几页,上书《念奴娇·我来吊古》词句,且字迹潦草,近于涂鸦,虽署有老师姓名,但全然不是老师笔墨。雁荡舍人失望之余,托学生求证于老师。若是老师之作,当于《稼轩词甲集》再版时补入。此词呈上,请老师目鉴而定。"

辛弃疾接过纸稿,举目审视,摇头叹息:"字迹潦草,徒叹奈何!廓之,请你代为一读吧!"

范开应诺接过,兴致昂扬地读起来——

　　我来吊古,上危楼,赢得闲愁千斛。虎踞龙盘何处是? 只有兴亡满目。

辛弃疾摇头叹息:"虎踞龙盘,建康形势之雄伟险要啊,三十多年不曾睹虎踞龙盘之势了! 曾否赋得此词,记不清了。"

范开兴致陡落,低声询问:"老师,还要读下去吗?"

不待辛弃疾回答,范若水朗声背诵而出:

柳外斜阳,水边归鸟,陇上吹乔木。片帆西去,一声谁喷霜竹?……

辛弃疾惊诧而倾耳,范开惊诧而出声:"师母,你……"

范若水急声吩咐:"廓之,请你对照手中抄本,查我记忆是否有误?"

范开应诺,急忙展开抄本目视。

范若水背诵而出:

却忆安石风流,东山岁晚,泪落哀筝曲。儿辈功名都付与,长日唯消棋局。宝镜难寻,碧云将暮,谁劝杯中绿?江头风怒,朝来波浪翻屋。

范开惊喜而呼:"一字无差,此词果为老师之作,失而复得,可喜可贺!师母博学强记之功力,亘古无二啊!"

范若水惊喜而呼:"辛郎,你忘了四十五年前建康赏心亭上的宴会吗?彼时呈献给建康知府兼行宫留守史致道大人的这首词名《念奴娇·我来吊古》。词作中'宝镜难寻'四字的霹雳震撼和泣血愤啼吗?"

辛弃疾悲怆而啸:"四十五年的坎坷风雨,泯灭了记忆中的雄心壮志,唯独泯灭不了'宝镜难寻'四字的凄苦悲绝和终生难以摆脱的血枷泪锁!而今,一份《奏疏》招来的'阴有所图',不正是这'宝镜难寻'如影随形地猜疑和追杀吗?官场二十二年,闲居二十三载,四十五年间,我都是带着朝廷的枷锁镣铐蹒跚而行啊!夫人,请为我弹奏歌吟这首几乎失落无闻的心血之作,带着你我两颗老迈衰敝的哀心,飞向'虎踞龙盘''声喷霜竹'的建康城吧!"

范若水含泪点头,急抚琴弦,吟唱起《念奴娇·我来吊古》——

我来吊古,上危楼,赢得闲愁千斛。虎踞龙盘何处是?只有兴亡满目。

柳外斜阳,水边归鸟,陇上吹乔木。片帆西去,一声谁喷霜竹? 却忆安石风流,东山岁晚,泪落衰筝曲。儿辈功名都付与,长日唯消棋局。宝镜难寻,碧云将暮,谁劝杯中绿? 江头风怒,朝来波浪翻屋。

琴音歌声回旋着,把辛弃疾的凄凉心境引向四十五年前虎踞龙盘的建康城。

二 电闪雷鸣的历史

宋高宗绍兴三十一年(公元 1161 年)十二月的建康城,似乎在一夜之间,突然消失了数百年来浓重因袭的流萤百啭、闺情春怨、长袖轻纱的六朝遗风和现实生活中残山剩水、惶惶终日的苦愁;突然火爆了数百年来中断消失的龙腾虎跃、琴剑交鸣的俊逸神韵和现实生活中鸿鹄翻飞、捷音频传的舒畅。

紫金山上苍松盘曲;清凉山上石城倨傲;长干里店铺飘红结彩;白门湾绿柳虬梅吐黄绽紫;下水门内的建康府衙和面江而立的赏心亭,百官穿梭;上水门内的建康行宫和鳞次栉比的巍峨殿宇, 忙碌着成百上千巧夺天工的艺匠;西州城内的驿馆院落,住满了江北江南匆匆赶来的客人;秦淮河、桃叶渡、玄武湖岸边的亭台楼阁和水面上游弋的画舫彩船,日夜飞腾着激越的琴音和昂扬的歌声,反复弹唱着新近突然冒出的一首词作《水调歌头·闻采石矶战胜》——

雪洗虏尘静,风约楚云留。何人为写悲壮,吹角古城楼,湖海平生豪气,关塞如今风景,剪烛看吴钩。剩喜燃犀处,骇浪与天浮。 忆当年,周与谢,富春秋。小乔初嫁,香囊未解,勋业故优游。赤壁矶头落照,淝水桥边衰草,渺渺唤人愁。我欲乘风去,击楫誓中流。

这是一首颂扬战争胜利之歌。采石矶之战,雪洗了大宋三十一年来偏安苟活的奇耻大辱。

这是一首激励人心斗志之歌。采石矶之战,激励着人们收复失地的信心。此时建康城里的仁人志士,不是都在烛光之下擦拭着手中的杀敌刀剑吗?

这是一首颂扬英雄之歌。三国时"小乔初嫁"的周瑜,东晋时"香囊未解"的谢玄,都在年轻时创建了赤壁之战、淝水之战的不朽业绩。采石矶击溃金兵入侵的不朽业绩创造者,不也是我们这个时代的英雄吗?

随着这首词作《水调歌头·闻采石矶战胜》在建康城的传唱,人们都把最为关切的话题,集中于石破天惊的采石矶之战上。

采石矶之捷,确实是石破天惊的奇迹。

绍兴三十一年(公元1161年)九月,金主完颜亮率兵六十万南侵,在以屠城围剿等血腥手段摆脱中原各地起义兵马的干扰牵制之后,便以霹雳之势分四路向江南大举进发:

西北一路:金朝河南尹图克坦哈喜、平阳尹张宗彦率领的十万兵马,迅速占据秦州、陇州、洮州、兰州地区,与大宋四川宣抚使吴璘率领的八万兵马对峙于大散关。吴璘急遣飞骑报警,临安惊骇。

河南一路:金朝太原尹刘萼、济南尹布萨乌哲率领的十万兵马,渡淮南下,攻取襄阳,兵临荆南,威逼武昌。大宋荆南军都统制吴拱急遣飞骑报警,临安震动。

入海一路:金朝工部尚书苏保衡、益都尹程嘉率领的六百艘战船,直逼钱塘,与大宋浙西马步军副总官李实率领的五百艘战船对峙于唐家岛、石臼山水面。李实急遣飞骑报警,称金兵又遣二百艘战船参战,临安惊呆。

安徽一路:金主完颜亮亲自率领精兵三十万,渡淮南下,直逼庐州、池州,建康府知府兼行宫留守张焘(字景元)惊慌失措,急遣飞骑报警,临安震骇,乱作一团。左仆射(宰相)沈该暗地遣家眷逃匿;原右仆射、现行宫留守、侍读、秦桧心腹汤思退(字进之)暗地遣家仆运珠宝逃匿;参知政事杨椿(字元老)因不附秦桧而罢官家居,近年平反复职后,心灰意冷,斗志全消,闻惊而装病卧床不朝。群臣效尤,朝廷呈垮散之势。

皇帝赵构闻紧急军情而心惊胆寒,日夜徘徊于福宁宫,惊恐、忧愁、绝望交织于心,往日的端庄、潇洒和在琴棋书画上的才气,似乎一下子瘫失无存了。他时年五十四岁,是大宋开国以来十个帝王中的苦命儿,他的登基典礼是在汴京失陷,父亲徽宗赵佶、兄长钦宗赵恒被金兵俘虏北去的过程中草率完成的;他的帝王生涯,是在金兵南下追击,自己避敌鼠窜、东藏西躲中开始的;他的帝王业绩,是以偏安东南,畏缩求和,信任秦桧,杀害抗金名将岳飞,收回抗金名将韩世忠、张浚、刘锜等人的兵权,签订《绍兴和议》,对金人纳贡称臣等屈辱行径昭示于世的。每当忆及三十一年前(建炎四年,公元1130年)金兵南下追击,自己避敌航海,搁浅章安、狼狈舟山,绝粮浙东、夜渡钱塘、卧病萧山的种种苦难和难堪,心中就蓦然腾起走投无路的悲哀和绝望……恰在此时,侍读、行宫留守汤思退深夜入宫晋见,跪倒在赵构面前,叩请"伴君左右,听君驱使,代君水火,与金朝再次议和"。赵构心底苦涩地浮起了难以明言的感激:用心深沉的汤思退,你哪里知道朕此时难战、难和、难逃的无奈啊!

皇子赵眘(shèn)闻紧急军情而热血沸腾,睹朝廷混乱之状而愤情澎湃,他要直陈于父皇而至福宁宫,被福宁宫太监拦阻于门外。他不敢莽然行事,日夜伫立于福宁宫门外等候着父皇御旨。他时年三十四岁,三十年来有着险恶的经历,与赵构有着特殊的情感。他是宗室子孙中的幸运儿,生于秀州,原名单字羊,父亲赵子偁是秀州学堂里的一位学监,按宗室族谱,他是宋太祖赵匡胤的七世孙。三十一年前一个偶然的机遇,改变了他的命运。当时赵构在避敌鼠窜中,"蓦然惊愕,逆病熏腐",失去了生育能力,"后宫皆绝孕",其独生子赵旉(fū)年仅三岁,亦受惊吓而薨。为求子嗣,遂令宗室安定郡王赵令畴在江南地区,访求宗室七岁以下儿童十人,入宫备选,他侥幸被选入十人之列,又侥幸被选入由赵构亲自审定的二人之列。其二人,一肥一瘦,年均四岁,肥者名伯浩,瘦者名羊。一日,赵构亲定子嗣于福宁宫外间,肥者赵伯浩,瘦者赵羊并肩而立,赵构目光一扫,御旨随出:"留肥遣瘦。"并令太监赐瘦者白银二百两以作补偿。瘦者赵羊跪拜谢恩,将离去,赵构御旨再出:"肥瘦二人叉手而立,再作目视。"恰在此时,忽有一只花猫走在肥瘦二人面前,肥者赵伯浩以足蹴之,花猫惊叫逃逸。赵构不悦而语:"此猫偶过,何为遽踢之,轻易如此,安能任重?"遂出御旨"留瘦遣肥"。瘦者赵羊好运啊,花猫为赵羊挽回了机遇。也许因为肥者伯浩的健壮身体太令赵构看重了,再出御旨:"肥瘦二人,同选育宫中。"并赐肥者伯浩名璩,赐瘦者赵羊名瑗。绍兴十二年(公元 1142 年),赵构封赵璩为恩平郡王,封赵瑗为普安郡王。时秦桧执政擅权,喜恩平郡王赵璩之机巧,惮普安郡王赵瑗之英睿,力谏赵构立恩平郡王赵璩为嗣。赵构各赐宫女十人于恩平王府和普安王府,名为赏其年近弱冠,实为考核其德性。时绍兴进士史浩(字直翁)为普安王府教授,密谓赵瑗:"上以试王,当谨奉之。"阅数日,赵构召所赐宫女回福宁宫,经检查,赐予恩平王府的十名宫女皆被赵璩奸淫;赐予普安王府的十名宫女皆完璧无损,赵构遂决定立赵瑗为嗣。史浩和十名宫女成全了赵瑗最后的一搏,恩平郡王赵璩出为温州都监。绍兴三十年(公元 1160 年),赵构立赵瑗为皇子,赐名昚,封建王。

赵昚伫立福宁宫门外等候御旨不出,遂离开福宁宫,直接问计门下省、枢密院的军政大臣——

他走进左仆射沈该的府邸,沈该装病卧床不起,呻吟声大作。

他走进同知枢密院事叶义问的府邸,叶义问恭迎于门外,胆气昂然,然因素不习军旅之事,所谈应敌举措,乖谬荒诞,并愿以六十三岁之躯,亲赴江淮前线视军督战。忠勇可嘉而伐谋之才不足啊!

他走进参知政事朱倬的府邸,七十五岁的朱倬力主抗击,并陈述备战、应战之策,但难解燃眉之急啊!

他走进参知政事杨椿的府邸,六十七岁的杨椿装聋作哑,指耳以对,所答皆非所问,可恶至极。

他走进太学正、国子博士、宗正少卿史浩的府邸,史浩以师友之谊畅其所思,言无隐藏,言及金兵之强大剽悍,面呈畏缩之色,竟以喃喃"和议"二字应对。令人失望啊!

他走进吏部侍郎凌景夏的府邸,凌景夏假装昏庸,直言"臣将奉圣上之诏而行"。

他走进户部侍郎刘岑的府邸,刘岑圆滑老到,连声叫苦:"战端未开,粮草先行,臣日夜为筹措粮秣发愁啊!"

他走进谏台梁仲敏的府邸,梁仲敏张口就是谏奏弹劾之语:"同知枢密院事叶义问,战前准备不足,今日应对无策,当以误国误军之罪惩治。"真是可厌、可恶、可杀的乌鸦嘴啊!

他走进右仆射陈康伯(字长卿)的府邸,这位六十四岁的朝廷老臣,大节凛然,见识卓越,独具舟楫迎眷属入临安,以实际行动制止群臣惶惶欲作鸟兽散之状,以示与临安共存亡;并举荐中书舍人虞允文(字彬甫)兼任参谋军事:"虞允文,年五十一岁,少有大志,博学强记,以父荫入宫,颖藏于囊,乃不可多得之才。虽以文学居舍人院,其才智可解今日战局之危,请皇子信而任之。"

赵昚大喜,径入舍人院长揖于虞允文面前问计。虞允文惶悚感激,以"民心在战"应对,并出人事调动方案以应对江淮战局之需,以草拟的抗金北伐诏令呈皇子,并恳请皇子恩准自己亲赴江淮战场犒师。赵昚拜谢,采纳其奏,持虞允文草拟的抗金北伐诏令进入福宁宫,跪奏于赵构脚下。

金主完颜亮在挥师南下的同时,对中原地区日益壮大的起义军进行"上山为盗贼,下山为良民"的利诱和"各个击破"的围剿,特别对山东地区势力最强、兵马最多的耿京起义军,调动兵马五万,进行"斩草除根"的强势围剿。

耿京，济南人，出于田垄，时年三十多岁，为人坦直刚正，略通文墨，胆大心细，善思敢断，组织能力极强。济南地区金兵占领者疯狂的压榨盘剥，致使十室九空，民不聊生。绍兴二十八年(公元1158年)，二十岁的耿京集结义士李铁枪等几十人起义抗金，进入东山，树起了"耿"字抗金大旗。当地农民踊跃投奔旗下，数日之内达万人之众，遂纵横于莱芜、泰安地区，杀官吏，毁府衙，开粮仓，破银库，为民解饥，声威大振而民众归心。蔡州起义军首领贾瑞、胶东起义军首领赵开、临沂起义军首领郭定、济宁起义军首领朱嘉、兖州起义军首领张安国、淄博起义军首领邵进均率部来投，济南僧寺和尚义端自树一帜，起义反金，率部来投，四风闸起义军首领辛弃疾率部来投。

百川成江，百川成海，数年之间，"耿"字旗下，集有二十五万之众，成了中原义军中的"马首"，也就成了完颜亮必除必灭的眼中钉。

绍兴三十一年(公元1161年)十月二十日，耿京在泰山山麓大营召开军事首领会议，商讨应对金兵五万兵马逼近的艰危形势。与会者有副帅贾瑞，各营首领李铁枪、郭定、朱嘉及掌书记辛弃疾等二十多人。这些山寨汉子在强敌逼近山寨的艰危形势下，不似临安君臣那样的心惊胆寒，而是一句"二十年后又是一条汉子"的纵声叫喊，气势激昂而壮烈，但对应对当前艰危之策，则无一语涉及。耿京似乎明白他麾下的这些首领，和自己一样，都是从垄沟里杀出来的，有的是热血勇敢，缺的是心计谋略，不可强求。他亲自捧起酒坛，为各营首领斟酒致谢，然后回到大帅之位，从怀中掏出字迹工整的一份"决策南向要点"高声说道："强敌压来，我们总得有个应对之策，除各位首领敢拼敢杀的英雄气概外，今后的仗怎样打？今后的路怎样走？我这里有几点想法要和各营首领商议，请大家仔细听真！"

大帅发话，各营首领果然神情专注了。

耿京放慢语速，逐字逐句认真说出："一，我军现有兵马虽有二十五万之众，但都是拿着锄头种地的兄弟，不谙打仗，不明战术，要对付久征惯战的金兵铁骑，确实是困难的、危险的。当前和金兵的战法、打法，都得从这个现实情状出发，尽量做到少死人。"

各营首领都注目凝神，会场呈现罕见的安静。

"二，我们今后的仗怎么打？还是依靠着老百姓打。老百姓是我们的衣食父母啊！还是联合各地起义军兄弟打，众人拾柴火焰高啊！今天新增加一条，就是联络江南临安朝廷的兵马打，搞南北配合，朝廷的军队是王师，是主力，我们是偏师，是义军，我们要迎接王师进入中原，赶走金兵。明白这个道理，我们的责任更加重大，我们心里就不孤单了！三，我们的出路在哪里？立即派人过江，去建康，去临安，与朝廷联络。我们要和朝廷讲清楚，我们的抗金造反，与朝廷的北伐是同一目标，都是恢复疆土，中兴大宋；我们要和朝廷讲清楚，我们二十五万兵马，愿听皇上的谕示，南北配合，做朝廷大军北伐的内应；在与金兵的生死搏斗中，一旦我们处于中原无立足之境地，朝廷应允许我们进入朝廷辖境之内，以便我们休整恢复，再度进入战场；我们要和朝廷讲清楚，一旦朝廷北伐，可把我们二十五万兵马改编为朝廷名正实在的正规军队！各营首领们，如果上述大计方略能够实现，我们的心就安定了，我们迎接王师的心愿就落在实处了！"

耿京的话音刚落，副帅贾瑞首表赞同。接着各营首领争相表态，拥护大帅的设想计谋。

耿京令其身边亲随，捧起"决策南向要点"至各营首领面前，请其签名或按手印，以示达成共识，然后捧着签名的"决策南向要点"上呈。耿京接过后朗声说道："谢各位首领签名认可，我们就同心同力地奋斗吧！这是'耿'字大旗下二十五万义军的光荣和骄傲！可这光荣和骄傲，不是我耿京设想的，不是我耿京规划的，我耿京粗人一个，没有这样的本领。"

会场上各营首领全蒙了，不解地睁大眼睛。

耿京迎着大家的目光站起，指向坐在会场末位的那个年轻人高声说道："是他，我们的掌书记辛弃疾，是他设想规划的这个方略要点！"

耿京着力地一举，把年轻的辛弃疾推到了二十五万义军的领导层。

耿京继续着他对辛弃疾的赏识：“辛弃疾是我们中间唯一的读书人，也是一位书剑全才的义士，更是一位年轻的武艺高强的起义军首领。大家知道，两个月前，投奔'耿'字大旗的济南佛寺抗金首领义端和尚背叛义军，盗去义军大印投奔金兵，辛弃疾单人单骑追缉捉拿，在飞马奔驰二十里的官道上，飞剑摘取了叛徒的头颅。真是'上马能杀贼''下马能草檄'啊！辛弃疾，他和我们一样，都有一颗抗击金兵，盼望王师北上的心，但他的心比我们的心大得多，眼睛也比我们看得远。不仅看见了眼前的泰山，还看到了北方的燕京，江南的建康、临安和我们根本想不到的江河湖海啊。”

辛弃疾感动了，他双目含泪，走近耿京，依军礼单腿跪倒，诚恳禀报：“大帅，你折煞辛弃疾了！只有大帅的果断决策，大胆决策，才是壮大和坚强'耿'字大旗下二十五万义军的根本啊。”

耿京离座步出，双手扶起辛弃疾，发出了军令：“掌书记辛弃疾听令，三日之内，拟定'决策南向'奏疏一份，以便上呈朝廷！”

辛弃疾拱手应诺。

耿京再发军令：“各营首领听令，三日之内，各营拟定迎击金兵进犯的具体方案，按时上呈，不得有误，以便分地配合，阻止金兵进犯泰山大营，牵制金兵南下！”

各营首领拱手应诺。

耿京转身低语贾瑞：“辛苦副帅了，三日之内做好'奉表南下'的一切准备，请副帅亲自出马，为二十五万义军打通一条通往朝廷的道路！”

贾瑞拱手应诺，躬身低声请求：“大帅，贾瑞目不识丁，更不懂朝廷礼仪，乞偕掌书记辛弃疾同行！”

耿京挽贾瑞之手高声说道：“好，遵从副帅之意，带上辛弃疾摸一摸临安君臣的态度吧！”

自囚于福宁殿惶恐无措的赵构，在赵眘跪地不起的泣咽奏请下，在中书舍人虞允文草拟的抗金北伐诏令鼓舞下，决定与金兵一搏而观形势的发展，遂决定把虞允文草拟的抗金诏令于十月一日颁布全国：

朕履运中微，遭家多难。八陵废祀，可胜抔土之悲；二帝蒙尘，莫赎终身之痛。皇族尚沦于沙漠，神京犹陷于草莱，衔恨何穷，待时而动。未免屈身而事小，庶期通好以弭兵。属强敌之无厌，曾信盟之弗顾，怙其篡夺之恶，济以贪残之凶，流毒遍于陬隅，视民几于草芥。赤地千里，谓暴虐为无伤；苍天九重，以高明为可侮。辄因贺使，公肆嫚言，指求将相之臣，坐索汉、淮之壤。皆朕威不足以震叠，德不足以绥怀，负尔万邦，于兹三纪，抚心自悼，流涕无从。方将躬缟素以启行！率貔貅而薄伐，取细柳劳军之制，考澶渊却敌之规，诏旨未颁，欢声四起。岁星临于吴分，冀成淝水之勋；斗士倍于晋师，当决韩原之胜，尚赖股肱爪牙之士，文武大小之臣，勠力一心，捐躯报国，共雪侵凌之耻，各肩恢复之图。布告遐迩，明知朕意。

随着抗金诏令的颁布，关于人事调动的诏令也遣飞骑发出：

诏令同知枢密院事叶义问兼任江淮督视军马，督师抗战。

诏令中书舍人虞允文兼任参谋军事，前往江淮前线犒师。

诏令镇江守将刘锜，任江淮制置使，移军瓜洲备战。

诏令观文殿大学士、判潭州张浚，速至建康府待命。

诏令宁国军节度使，池州御前诸军都统制李显忠，任建康府御前诸军都统制。

诏令浙西马步军副总管李宝，任浙西沿海制置使、靖海节度使。

诏令刚刚发出，任职将领尚未到位，同知枢密院事兼江淮督视军马叶义问和中书舍人兼参谋军事虞允文刚刚抵达建康城，江淮战场全线溃败的军情迎头而至——

十月九日，完颜亮亲率精骑三十万沿庐州、池州一线挥师东进。庐州守将、建康御前诸军都统制王权惊慌失措，引兵退至昭关；庐州知事、直秘阁、主管淮西安抚司主事龚涛，弃庐州城而逃。

十月十二日，完颜亮进驻庐州城，进逼昭关，王权再遁濡须；金兵追逼，王权三遁江口。建康城人群震怖，惊移而去者十之五六，知建康府张焘，唯搓手徘徊而哀叹："焘以死守留钥，遑恤其他。"

十月十四日，虞允文星夜兼程犒师至芜湖，说服真州御前步军司左军统制邵宏渊、池州御前诸军都统制李显忠，左右出击以援王权。王权四遁和州，闻金兵接踵而来，传令哄骗将士："已得旨，弃城守江。"遂引兵登车船渡江，驻兵于东采石。

十月十五日，完颜亮派遣万户长萧琦率精骑十万，攻取花靥、滁阳、藉塘诸镇，占据清流关，直逼滁州。滁州知事、右朝大夫陆廉弃城而逃，金兵进占滁州。

十月十七日，金兵进攻真州，真州御前步军司左军统制邵宏渊与金兵激战于胥浦桥，兵败，真州城失陷。金兵追击，邵宏渊再败扬子桥，金兵径自山路攻占扬州，与镇江守将、江淮制置使刘锜对峙于瓜洲。时刘锜六十三岁，病疴卧于竹榻，恐瓜洲人心不固，乃遣人自镇江住宅取妻儿至瓜洲，以安民心。

十月二十日，完颜亮亲率精骑五万追击王权至西采石杨林渡，下令抢掠沿江民间船只，捕捉工匠，赶造战船，加紧进行水面训练，尽快使金兵熟习水性，为渡江征战做全面准备。他亲自率领都督完颜昂、副都督富里珲及各营将领一千人，以隆重仪式祭祀西楚霸王祠，以项羽"死不渡江"的怅惜而训示部曲，并以三十一年前(建炎三年，公元 1129 年)梁王完颜宗弼(金兀术)追逐赵构入海逃遁的辉煌战绩鼓舞部曲，拉开了渡江征战的序幕。

王权居东采石而隔岸观火，与左朝请大夫、知太平府王傅相谋，庇匿不报。经太平州学学谕汪余庆、教授蒋继周责问，王傅心悸，飞骑临安，一日八奏,言金兵已攻占采石,但未言明是西采石还是东采石,致使朝廷大骇,三省、枢密院官员挈家眷出逃,临安一片混乱。

十一月一日,王权忽见对岸金兵二百多艘战船横江,船头旌旗蔽空,北岸铁骑阵列,惊骇丧胆,知金兵将大举渡江,深夜即带领护卫亲兵,潜回建康城,致使宋军帅位空虚,群龙无首,军营呈解体之状。水陆各军统制张振、王琪、时俊、戴皋、盛新等人,惶惶然亦作弃守南遁之计。当涂县黎庶及沿江渔民,知主帅王权逃遁,官兵欲去,愤怨哀伤至绝,叫骂之声遍于采石港湾。就在这军心涣散、民怨沸腾之时,虞允文在扬州会见刘锜将军之后,率领所属给节度、承旨官、观察使等二十余骑,奔入东采石宋军大营。

虞允文毕竟是胆识过人的。他立即召集水陆各军统制张振等人,布置应敌之策。他以不容置疑的声威宣布皇上"谕旨",罢建康御前诸军统制王权之职,追捕归案,依军法严惩!诏令池州御前诸军都统制李显忠接替王权职权,将建康御前诸军。

虞允文此举鼓舞了将领士卒的斗志和信心。果然水陆各军统制张振、王琪、时俊、戴皋、盛新等人,都恢复了刚毅和镇定,军营里很快就腾起了杀敌报国的雄风。

才智超群的虞允文坦诚地致语水陆各位统制:"金兵若渡江成功,我等皆无葬身之地。今前控大江,地利在我,值得一搏。我们只能死中求生,一报国家三十年来的养育之恩。现时,李显忠将军未至,而金兵即将渡江,我愿以一介书生之躯,身先进死,与诸位将军并肩,与金兵决一死战!"

虞允文语停,随手从背囊中取出一沓"会子",置于桌案之上,语重情切:"请诸位将军明鉴,这是朝廷拿出的犒师内帑金帛九百万缗,请诸位以功领取。这几位给节度、承旨官、观察使都在诸位身边,有功者即发犒赏之,即书告授之!"

虞允文的话音未落,张振、王琪等人皆同声而语:"今有大人决策督战,必败金兵!"

虞允文处事有方。他听取了陆师统制张振"隐蔽欺敌"之策,隐战船于港湾,隐陆师于山崦;听取了水师统制盛新"封堵杨林河口,以制敌船"之策,以快船二十艘组成了快速封堵船队;听取了水师统制戴皋"敌船底阔如箱,行动不稳;我船底尖若犁,轻便快捷。敌系客军,不谙江道;我乃主军,江道在胸"之分析,决定与金兵决战于大江中流;听取了陆师统制王琪"步骑强弩护岸"之策,决定布陆师于江岸要津,以强弩火箭反击金兵登岸,采石矶下数里,划为王琪军控制之区;听取了水师统制时俊"沿江渔民可用,海鳅船踏车可用"之见,亲自拜访太平州名士汪余庆和蒋继周,请其组织沿江渔民登海鳅船踏车以助战,组织采石山四周黎庶登采石山扮作疑兵以壮宋军声威。汪余庆、蒋继周欣然受命,并极好地遵照虞允文之所托,率领沿江黎庶箪食壶浆犒劳宋军,并登上采石山以壮声威。

虞允文临危不惧,三天之内整治了一支一万两千兵马濒于解体的队伍,安定了采石山四周数十万愤怨哀伤的黎庶,拟定了一个军民同仇敌忾的作战方案。前景如何?胜负难测,荣辱难料!他独自承担责任,把自己和沿江数十万军民的身家性命和一生的苦乐祸福、理想抱负,都献给了采石矶下波浪壮阔的长江。

十一月七日清晨,北风大作,江波翻涌,涛声雷吼,金兵战船三百余艘横列满面,气势森森;战船上甲兵列阵,挽弓持刀,杀气腾腾;北岸纵深,金兵铁骑阵列,黑压压一片,若乌云涌江;杨林河河面,战船首尾相衔,帆樯蔽空,如一条长龙,直至目光尽处;一艘巨大舻船,突起于江面船列中央,旌旗舞风,甲兵环立,皆持火铳弓弩,呈高傲凶狠之气。

完颜亮时年三十九岁,体魄魁梧,精明干练,为人诡诈,在战场上以心狠手辣著称,麾下将领皆惧威而慑服。他是金太祖完颜旻的孙子,是完颜家族第三代中的佼佼者。此时,他高踞于舻船楼台,自执小红旗为发号施令之物;楼台前左方,武将列阵;楼台前右方,文臣恭立;文武官员皆屏气噤声,神色庄穆,衬托着完颜亮喜怒无常的威严。执礼官先是刑黑、白马各一以祭天,又刑羊豕各一以祭江,继而捧祭酒一坛跪呈楼台上的主帅。完颜亮接过酒坛,一饮而尽,旗指对岸宋营而询问:"宋营战船寥寥,帆樯不起,何故?"

武平军都总管阿林,神情慌乱地喃喃作答:"宋军主帅王权逃遁累极,现时也许还在梦中。"

完颜亮摇头,再作询问:"对岸采石山上,何人影绰绰而似悠闲啊?"

武捷军副总管阿萨面呈惧色而喃喃作答:"宋军主帅王权昏庸糊涂,不知我军即将渡江。"

完颜亮摇头而三次询问:"难道宋军有诈?"

宿直将军温都沃喇跨步出列,拱手作答:"对岸宋军仅一万两千兵马,且为屡败之师,诈又何妨?"

完颜亮喜其所答,纵声大笑,忽地站起厉声下令:"有敢违抗军令者,斩!有敢畏缩不前者,斩!有敢晕船卧舱者,斩!有敢跳水逃生者,斩!有敢杀敌不力者,斩!"

随着五个"斩"字出口,完颜亮举起小红旗猛地甩下,舻船上环立的甲兵,同时点燃高举的火铳,发出霹雳惊天的渡江信号。金兵呐喊之声腾起,金鼓号角齐鸣,战船扬帆,离岸射出,在宽约三里的江面上,三百艘战船一字排出,掠波碾浪,向对岸东采石宋军大营扑去。

采石矶之战,冶炼着虞允文战场上的胆识。当金兵船队驶近长江中流时,他果敢地下令宋军虚张声势以扰敌:港湾帆樯突起,旌旗招展;战船上鼓声乍起,掀波鼓浪;采石山上呐喊声起,疑兵隐现,地动山摇,傲慢而目空一切的金兵大骇而心怯。

恰在此时,北风忽停,金兵船队征帆垂落,前进受阻。完颜亮惊骇而醒悟,初悔轻敌之鲁莽,再疑天意之不助,急令舻船环立甲兵,鸣金而令船队退却靠岸。真是不识水性的昏招啊,船行江上,不似精骑在陆,调转进退,谈何容易,顿时导致阵形散乱,战船各自随波漂移。

机不可失,虞允文抓住金兵船队居中流而阵形散乱之机,急令水师统制戴皋,率领二百艘战船从港湾杀出,以宋军战船轻便快捷之长,冲击金兵战船行动不灵之短。激战不到两个时辰,金兵船队就被宋军船队裂为三段,成左右失协,前后无应之状;接着,又令水师统制时俊率领三百条渔民驾驶的海鳅踏车从浅滩杀出,以单人单船的自由驰骋,以船头安置的尖利铁锥,洞穿金兵战船,在三日三夜的激战中,仅海鳅船洞穿金兵战船使其沉没,多达百余艘;陆师统制王琪接令,沿江以劲弓利箭射杀流散金兵战船,俘获落水金兵。在三日三夜的激战中,沿岸陆师共缴得金兵战船五十余艘,俘获金兵四百余人;虞允文急令陆师统制张振坐镇采石大营,自己偕水陆统制盛新率领封堵快速战船二十艘夜闯对岸要津杨林河口,以强弩利箭射杀守卫金兵,以十艘装满巨石的战船沉没于河道,封堵杨林河口,以硫黄火箭,焚毁杨林河口内停泊的金兵战船百余艘。

在熊熊火光中,金兵炸营呼号,完颜亮率领精骑万人仓皇逃奔瓜洲。此时,病卧扬州大营的刘锜接到虞允文的塘报,急令所辖战区各营统制官魏胜、陈敏、戚方、昝朝、朱宏、王选、庄隐等人,乘采石矶大捷之威,举行反攻,先后收复海州、泗州、唐州、邓州、陈州、蔡州、许州、汝州、嵩州、寿州。两淮失地,基本收复。

采石矶之捷,是大宋三十一年来第一次打败金兵南侵的胜仗,而且是以少胜多,以弱胜强的胜仗。三日三夜之间,埋葬了金兵的四百多艘战船和四万精骑,埋葬了完颜亮十多年来的霸气霸威。

采石矶之捷,战神显灵似的激励了西北战场,湖北战场,钱塘江战场,镇江,瓜洲战场上的抗金战争,使其反败为胜,进而促使了金朝内部纷争的总爆发。十一月二十七日,完颜亮被其部下完颜元宜、完颜旺祥、武胜军总管图克坦守素等人杀害于瓜洲。留守金朝东京(会宁)的完颜雍被拥立为帝(是为金世宗),晋升完颜元宜行左军副大都督,并令完颜元宜率兵北还。为避免宋军的乘胜追击,特遣投降金人的成忠郎张真携带牒函前往建康城请求议和。

采石矶之捷,把一介书生虞允文推上了英雄的高台,把战争中冲锋陷阵的中下级军官张振、王琪、时俊、戴皋、盛新等人写入史册，把战争中舍生忘死、洞穿敌船的海鳅踏车渔民奉为勇士，把战争中身居淮北敌后策应宋军，不断袭击金兵的起义者耿京、辛弃疾、王友直、张旺、契丹人耶律斡罕等人奉为义士。民心大振，朝廷人事安排也随之改观：参知政事陈康伯晋升为左仆射兼枢密使，中书舍人虞允文擢任试兵部尚书兼江、淮、荆、襄宣抚使，主战派将领张浚、李显忠、邵宏渊等受到重用。

采石矶之捷，也成全了青年词家、抚州知府张孝祥在词坛上的地位和影响。他是和州乌江人，字安国，时年二十九岁，宋高宗绍兴二十五年（公元1154年）举进士第一，任礼部员外郎、起居舍人等职，因触犯秦桧而下狱。他为人正直，其词作风格清丽婉约，在词坛上稍有影响。采石矶战斗期间，他因访友而滞留建康，采石矶之捷，使他激情沸腾，其词作《水调歌头·闻采石矶战胜》喷涌而出，成为时代的强音。其后他的词作风格，以继承苏轼的豪放激越而雄踞词坛。

采石矶之捷，更是成全了赵构的天纵英明，十月一日发往全国的诏令，成了战胜金兵的精神武器和力量源泉。临安城一个月来的沮丧混乱，突然间变成了歌舞狂欢以通宵达旦。三日不息的热情洋溢，颂扬着皇恩的浩荡。年老的赵构一下子变得年轻了，决定驾临抗金前哨建康城，为采石矶之捷抚师，并诏令虞允文立即前往建康城措置宏大的迎驾事宜。

三 炽热辉煌的建康城

采石矶大捷和赵构的即将驾临，使抗金前哨建康城成了各路英雄聚集之地。

十二月五日，虞允文肩负着为赵构驾临建康城措置的重任，悄悄进入建康城。同知枢密院事、江淮督视军马叶义问和建康知府张焘迎接于西州城内驿馆门外。市民们得知虞允文至，争睹其风采，深夜不散。

十二月十日，淮北敌占区蔡州新息县县令范邦彦（绰号"河朔孟尝"），率领家眷、门人、养士及起义归宗官员三百余人进入建康城。这是中原陷落、淮北失守三十年来，第一个以州县名义归宗之壮举，有着极为强烈的震动和影响。虞允文十分重视这件"开失地自行归宗先河"的事件，便与叶义问、张焘商定，亲自率领建康府官员出城迎接，其所率三百多骑，均于西州城内驿馆安置，并设宴为其洗尘。

十二月十五日，河北起义军首领王友直和山西起义军首领契丹人耶律斡罕率领部曲五十骑进入建康城，请求归宗。王友直时年三十五岁，起义于河北大名府，麾下兵马达五万之众；契丹人耶律斡罕时年二十八岁，起义于山西大同、阳高，麾下兵马有一万五千之多。他俩因举事地区均在金主卧榻的燕京之侧，遭受到金兵更为残酷的围剿和镇压。他俩曾联合作战，相互呼应；后又合二为一，同生共死。至十月下旬，其所率兵马，仅存五十骑，只得昼伏夜出，渡淮南下，借采石矶之捷、金兵溃退之机，渡江归宗。虞允文闻知，急至城外迎接。眼见将领士卒,皆破衣烂衫,面容消瘦,战马皆通体血渍泥痕,瘦骨砟硌,嘶鸣凄凉,虞允文忍不住泪水滚落!他握着王友直的双手,一双伤痕累累、皮包骨的手,他一时嗓噎,什么话也说不出来;他抚着耶律斡罕的双肩,这个二十多岁的契丹汉子,精干而剽悍,刀撕火焦的衣襟下露出的胸膛,布满着刀伤、箭伤的疤痕。这是兄弟情谊的见证,这是忠于朝廷的赤胆忠心啊!虞允文把王友直、耶律斡罕及所率五十名将士接至西州城内驿馆安置,为其设宴洗尘,并请求张焘为归宗战士发放衣物御寒。建康市民闻知归宗起义者中有契丹汉子十名,新奇惊诧,竞相至驿馆附近,睹其风采。

十二月十八日,池州御前诸军都统制李显忠进入建康城,接替王权出任建康府御前诸军都统制兼淮西招抚使,虞允文亲至城外迎接。李显忠,字君锡,陕西清涧人,时年五十一岁,金兵陷陕西,他计擒金兵主帅撒里曷,并推堕山崖以毙之,率领起义兵卒归宋,其家眷二百多口皆为金兵杀害。

十二月二十日,观文殿学士、判潭州张浚至建康,接替张焘为建康知府,虞允文迎接安置于西州城内驿馆。张浚,字德远,四川绵竹人,时年六十四岁,绍兴五年(公元1135年)曾任尚书右仆射,因力主抗金,遭秦桧排斥于京外二十年;一个月前,在赵构赞成的人事调动中,商定张浚出任建康知府兼江淮宣抚使,以抗金北伐之重任相托。此时张浚、虞允文相会,张浚神情黯然,虞允文询之,始知江淮宣抚使之职,赵构已授于同安郡王、殿前都指挥使杨存中。

杨存中何许人耶?杨存中,字正甫,山西代县人,时年五十九岁,秦桧心腹,一贯反对抗金北伐。

"圣心有变啊!"虞允文心情沉重了。

十二月二十三日,北方俗称"小年",虞允文派人邀请采石矶战斗中的有功人员来建康过年,实为等候皇帝接见和赏赐。他们是采石驻军统制张振、王琪、时俊、戴皋、盛新、海鳅船踏车渔民代表二十人和参战的全体渔民名单。虞允文亲自至城外迎接,安排他们住进西州城内驿馆,有时还陪他们游览建康名胜和去街坊店铺购物。特别是二十名海鳅船踏车渔民代表出现于建康城，引起了市民的广泛关注，随着海鳅船洞穿敌船故事的流传演义，二十名渔民代表忽地成为州学学子、书坊文人、瓦肆歌伎、勾栏艺人追逐拜访的对象，为建康城的炽热辉煌增添了浓重的亲情感悟。

十二月二十七日午后未时，一队精骑十五人从江边呼啸而来，闯进建康城南门正阳门。这十五匹坐骑，皆黑色蒙古大马，披黑色鞍鞯，戴黑色辔头，神骏飘逸；十五名壮士，皆北方大汉，着黑色戎装，挎黑色剑鞘，戴红色幞头，雄壮英武。府衙守将急率护卫十人一字排开，刀剑出鞘拦阻，并怒声叱斥："尔等来自何处？"

壮士中一位领队头目，年约二十岁，书生模样，拱手回答："我等来自山东。"

"来此意欲何为？"

"请见建康知府张焘张大人。"

"你与张大人有亲？"

"无亲。"

"有故？"

"无故。"

府衙守将轻蔑讥讽："张大人是尔等随便见的吗？"

青年头领强硬回答："我等千里而来，有军国大事禀报，张大人官居抗金前哨建康城，不能不见！"

府衙守将惊骇："尔等何许人耶？"

青年头领回答："烦将军禀报张大人，我等是山东二十五万义军首领耿京大帅派来的代表，有重要军情禀报张大人转奏朝廷。"

府衙守将被这"二十五万义军"几个字镇住了，延误军情是要杀头的，他急忙转身走进府衙议事厅。是时，张焘正在议事厅与叶义问、虞允文、张浚、李显忠等商议迎接皇帝驾临建康城的隆重礼典，忽听府衙守将禀报，一下子懵懂了。他根本没有听到过"耿京"这个名字,更不知山东还有"二十五万义军"这码事,便把懵懂的目光投向朝廷专管军旅的叶义问;叶义问管的是江南各地的军务,对江北敌后的黎庶起义情形根本不知,也懵懂地皱起眉头;张浚久判潭州,对敌后起义军情状也不知情;李显忠朗声而语:"听说过耿京义军纵横山东地界,黎庶多附而从之,金兵亦畏其强悍,但人数是否有二十五万之多,就说不准了。"

虞允文毕竟是有心人,中书舍人的职位使他的听闻接触,多于朝廷昏庸的高官和一般封疆大吏,"耿京"这个名字,突然勾起了他的记忆:就是这个名字,几年前就震动山东莱芜、泰安地区啊!他十分重视"二十五万义军"这个数字,便说了一句"我去看看",便随着府衙守将向府衙门外走去……

辛弃疾代耿京呈上《决策南向》奏表恭请虞允文审阅,并请转呈皇上。虞允文展开阅览,目光所触,心神肃然,为奏表所体现出的胆识和谋略所倾倒。心下决定为皇帝招揽此才智之士,引荐辛弃疾为皇上领军北伐!

虞允文待人的亲切热情,论事的精辟、深邃,处事的决断、周密,都使辛弃疾心悦诚服。他确信这位才智道德超群的长者,会是自己今后最可信赖的人。

七天之后,绍兴三十二年(公元 1162 年)正月五日,赵构驾临建康城,把建康城的炽热辉煌推向绝无仅有的境界。

今日的建康城正阳门,已改变了原有的模样:城楼彩绘一新,飘紫飞红,二十幅巨大的黄缎迎驾瑞幛垂天而落,庄穆而隆重;正阳门前左右两侧,分置金鼓手、号角手各一百人,皆着戎装,威武而雄壮;正阳门前广场上,五张酒案排列,十坛美酒摆置,叶义问、张焘、张浚、李显忠、虞允文等官员率领辛弃疾等一百余人,依序排列,顶礼膜拜,恭迎皇帝驾临。

从正阳门通向上水门内行宫长达十里的宽阔街道上,黄沙铺路,柔软平展;街道两边鳞次栉比的店铺楼阁及其台基、门面、窗牖均以金粉涂饰,与黄沙铺路融为一体,构成一条金色十里的长廊,直通金色天堂般的行宫。在这条金色的十里长廊里,庆祝采石矶大捷、欢庆上元节的各式彩灯,组成了层层叠叠、高低有致的灯海。

在这条金色十里长廊里,等距离地搭起了四座戏楼,均高为二丈,宽为十丈,深为五丈,争奇斗艳,各具特色。

虞允文亲选定金戈铁马之作交乐伎、歌伎、舞伎演唱。这些诗词作品是张孝祥的《水调歌头·闻采石矶战胜》、陆游的诗作《送七兄赴扬州帅幕》、陈亮的《念奴娇·危楼还望》、岳飞的《满江红·怒发冲冠》。是时,戏楼幕布已经拉开,歌伎、舞伎化妆已毕,乐班抚琴握管,等待着皇帝的驾临。

中午未时正点,赵构在二百精骑的护卫下出现在正阳门外三里处,除皇子赵昚外,其扈从人数多达三百人。坐骑逶迤,仪仗巍峨,直逼正阳门而来。

是时,原建康知府张焘举手为号,正阳门前左右金鼓骤响,号角骤鸣,张焘及迎驾的臣民将领一千余人,唰地跪伏于地,山呼"皇上万岁",迎接赵构勒马于正阳门广场。张焘叩头站起,急趋酒桌前,斟酒于金樽之中,双手捧樽跪拜于赵构坐骑前,高声禀奏:"臣张焘跪迎圣上幸巡建康,捧酒呈献,以表达建康城七十万黎庶忠贞热忱之心。"

赵构接酒,依礼制洒酒于马前,放声称赞:"建康自古虎踞龙盘之地,今日乃各路英雄聚集之所。朕谢建康七十万黎庶百姓。"

张焘叩头谢恩,山呼"皇上万岁"之后,从侍役捧来的银盘中,取酒四杯,分呈右仆射兼枢密使陈康伯,权给事中辛次膺,行宫留守汤思退,御前都指挥使杨存中,并致迎迓之意。陈康伯等依礼制洒酒于马前,向建康城黎庶百姓致谢。礼毕,赵构勒马高声询问:"新任知建康府张浚何在?"

张浚急忙站起出列,直趋赵构的马前跪倒叩奏:"臣观文殿大学士、知建康张浚叩见圣上。"

赵构神情凄然:"二十三年不见,卿已是两鬓如霜了。"

张浚叩头谢恩:"秦桧盛时,若非圣上保全,臣无此身矣!"

赵构惨然而语:"秦桧,媚嫉之人也!"

群臣欢呼:"皇上万岁!万万岁!"

赵构发出诏令:"宣中书舍人、参谋军事虞允文晋见!"

虞允文闻声急忙站起,急趋赵构马前,不待跪地叩奏,赵构诏令身边侍卫:"赐虞允文坐骑!"

侍卫应诺,顺手从侍卫骑列中牵出一匹备用御马至虞允文身边。

赵构放声而语,似在昭告天下:"一介书生,创采石矶之捷,且以少胜多,以弱胜强。符朕之望,体朕之思,消朕之虑,解朕之忧。中书舍人虞允文,朕感谢你了!快上坐骑,伴朕前往建康行宫!"

虞允文扑通跪地叩头谢恩,含泪喊出"皇上万岁"的唱赞,跪地迎驾的一千多名臣民将士,八百随驾官员护卫也欢呼起来,欢呼声经久不息,回旋于天宇。虞允文含泪跨上坐骑,伴着赵构,提马走进建康正阳门。迎驾官员将领叶义问、张焘、辛弃疾等一千余人,起身徒步拥驾而随行。

走进正阳门的赵构,映入眼帘的是离奇的金色十里长廊,是长廊里欢舞的十万军民,是天空中迎风而舞的十万彩灯,是长廊两边红浪翻舞、节奏有力的十万彩旗。赵构兴致极佳,放声称赞:"美哉!一个王朝应当有这样的气势,一代帝王应当拥有这样的荣耀啊!虞爱卿,这是你精心为朕措置的吧?"

虞允文马上拱手回答:"禀奏圣上,十月一日圣上诏令颁布,军民欢腾。民有雪洗侵凌之志,军有捐躯报国之心,军民勠力,共赴采石矶之战,赖圣上德威而克奏肤功。今日建康倾城欢舞以迎圣驾,乃军民忠君爱国之心初现啊!"

赵构大喜:"好!谢建康军民忠君爱国之心,待光复汴京,朕将与天下军民共庆三日。"

恰在此时,一曲昂扬悲壮的歌声从身边的青溪戏楼飞起,赵构勒马观望,戏楼上五六彩衣乐手,执号角、横笛、琵琶、羯鼓、红板,伴着名女杖子头柳盈盈放声高歌,戏楼下青年男女放声唱和。赵构立马静听,其曲为"水调歌头",其词为——

　　雪洗虏尘静,风约楚云留。何人为写悲壮?吹角古城楼。湖海平生豪气,关塞如今风景,剪烛看吴钩。剩喜燃犀处,骇浪与天浮。　忆当年,周与谢,富春秋。小乔初嫁,香囊未解,勋业故优游。赤壁矶头落照,淝水桥边蓑草,渺渺唤人愁。我欲乘风去,击楫誓中流。

　　赵构高声诵吟:"'雪洗虏尘静''剪烛看吴钩''赤壁矶头落照,淝水桥边蓑草''渺渺唤人愁''击楫誓中流',真是字字珠玉啊!此刻,朕切实地感悟到'民心在战'的可嘉可歌啊!"他提缰策马,似乎仍在回味着歌唱的字字珠玉,自语似的发出询问,"这首《水调歌头》何人所作?"

　　虞允文一愣,急忙拱手回答:"禀奏圣上,臣已打听清楚,这首词作者是抚州知事张孝祥,是绍兴二十四年(公元 1154 年)圣上殿试中亲点进士第一。"

　　"此人年龄几何?"

　　"禀奏圣上,臣已打听清楚,张孝祥时年二十九岁。"

　　赵构移眸询问身边的右仆射兼枢密使陈康伯:"陈卿可知抚州知事张孝祥其人?"

　　陈康伯马上拱手回答:"禀奏圣上,臣从未听说过张孝祥这个名字。但这首词作中'湖海平生豪气,关塞如今风景,剪烛看吴钩'的激越形象,却使臣有'志趣壮烈'之感。"

　　赵构放声诏出:"你我君臣同心啊!张孝祥,春秋鼎盛,志趣壮烈,当重用以展其才智。"

　　陈康伯拱手应诺。

　　陈康伯的话语未尽,一曲凄婉的歌声从身边桃叶戏楼上传来,赵构举目望去,六名妙龄女乐,以琵琶、洞箫、古筝、阮咸、哀胡、拍板伴着名女杖子头

辛真真放声歌唱,十名纤身婀娜的舞伎舒袖起舞而伴和。其歌为:

> 初报边烽照石头,旋闻胡马集瓜洲。
>
> 诸公谁听刍荛策,吾辈空怀畎亩忧。
>
> 急雪打窗心共碎,危楼远望涕俱流。
>
> 岂知今日淮南路,乱絮飞花送客舟。

凄婉激越的琴音、歌声、舞姿,组成了一幅凄婉激越的《乱絮飞花送客图》。虞允文向赵构投去关注的一瞥,赵构已是神情专注,眉宇间浮起了一层肃穆。是啊,此时赵构的思绪情感,已完全融入了诗句营造的深邃意境中:起联两句所述之急危,使朕心神战栗;颔联两句所述之愤怨,使朕羞愧于心;颈联两句所述之怆楚,使朕泪水盈眶;尾联两句所述之壮烈,使朕神情振奋、心潮澎湃啊!诗为心声,诗为情寄,这首激愤深沉的七律,也与朕的心境情感相融相通啊!赵构猛地抖缰策马,放声询问身边的虞允文:"这首七律的作者是谁?"

虞允文急忙拱手回答:"禀奏圣上,这首七律的作者是枢密院编修官陆游。"

"是被临安文苑称作'小李白'的陆游吗?"

"禀奏圣上,正是此人。"

"陆游诗送何人?客往何处?"

"禀奏圣上,陆游赋诗送其堂兄陆滨赴扬州帅幕。"

"卿何知之甚详?"

"禀奏圣上,十月一日圣上诏令颁布,臣奉诏犒师江淮,陆滨自请前往扬州帅幕,陆游赋诗为其七兄壮行,适臣与陆滨同舟北上,亦享受此诗之鼓舞。"

赵构喟叹:"真情出真诗啊,'急雪打窗心共碎,危楼还望涕俱流'。没有一颗忧国忧民之心,是断乎吟不出这样的诗句的。"

应和着赵构的喟叹,一曲志雄万夫、起顽立懦的歌声,从马头前的长干戏楼上袭来,赵构策马迎上,举目向戏楼望去,空荡荡的戏楼,一位三十多岁的布衣汉子,凝神品箫,伴着三十多岁的著名杖子头董山山引吭高歌。箫声的幽怨悲壮,歌声的愤悱磅礴,离奇地形成了气溢楼台、势逼街衢的淋漓震撼。赵构勒马静听,其曲牌是气势恢宏的《念奴娇》,其歌词是:

> 危楼还望,叹此意,今古几人曾会?鬼设神施,浑认作、天限南疆北界。一水横陈,连岗三面,做出争雄势。六朝何事,只成门户私计?　因笑王谢诸人,登高怀远,也学英雄涕。凭却长江,管不到,河洛腥膻无际。正好长驱,不须反顾,寻取中流誓。小儿破敌,势成宁问强对。

赵构在杖子头董山山一曲三唱的回味中,立即体察到作者这首登临镇江北固山多景楼,远眺江北军事重镇扬州的吟唱,原是一首壮怀激烈的政治宣言,骤然感到一股讥讽抨击的力量,强烈地冲击着心胸,好一句"危楼还望,叹此意,今古几人曾会",问得深刻啊!天险长江,兵家必争,六朝以来,帝王将相都以此天险为屏障,苟安江南,直至灭亡。有几人以此天险为进取中原的前哨跳板?朕羞于回答啊!好一句"六朝何事,只成门户私计"?入骨的抨击啊,东吴、东晋、南朝宋、齐、梁、陈诸国,都在建康立都,都以划江图存而亡,有谁为进取中原、统一华夏而图强?朕居临安三十年,不也是为"门户私计"而混时日吗?好一句"正好长驱,不须反顾,寻取中流誓"。气壮山河的呼号,气势磅礴的鼓舞,知耻近勇,朕也许应当痛下决心,长驱北上,进取中原失地了……赵构提缰策马,放声询问身边的虞允文:"这首《念奴娇》的作者是谁?"

虞允文急忙拱手回答:"禀奏圣上,这首词的作者,是婺州永康人陈亮。"

"这个陈亮现任何职?"

"禀奏圣上,陈亮身为布衣。"

"年龄几何？"

"十八岁。"

"年仅十八,天才啊！陈亮现在何处？"

"一个月前,臣与陈亮相识于瓜洲,现时也许仍滞留于瓜洲。"

赵构诏出:"立即派人前往瓜洲,诏布衣陈亮速来建康！"

虞允文拱手应诺。

建康城的炽热辉煌,似乎随着赵构的情绪昂扬而澎湃沸腾。人群欢舞,跪拜起伏,"皇上万岁"的唱赞,惊天动地,遏云制风;胭脂戏楼上传来的震撼人心的歌声,引起了戏楼前街道两侧黎庶百姓的唱和,并递次传应,化为成千上万人共同唱出的心声,形成了悲壮、自信、慷慨、愤恨的强烈氛围,激荡着赵构的心胸。

他惊骇地向胭脂戏楼望去,数十人组成的盛大乐班,吹奏拨击着大鼓、腰鼓、琵琶、横笛、洞箫、笙、筑、筝、篪等诸多乐器,为著名杖子头落天雷领唱的数十名男女歌伎的合唱而伴奏,其势排山倒海,其声破竹裂石。赵构勒马静听,其歌声为:

> 怒发冲冠,凭栏处,潇潇雨歇。抬望眼,仰天长啸,壮怀激烈。三十功名尘与土,八千里路云和月。莫等闲,白了少年头,空悲切。 靖康耻,犹未雪;臣子恨,何时灭？驾长车,踏破贺兰山缺。壮志饥餐胡虏肉,笑谈渴饮匈奴血。待从头,收拾旧山河,朝天阙。

这是岳飞写的《满江红·怒发冲冠》啊！这是一首用生命写就的歌,生命被屈杀了,歌被禁唱了、禁传了。可在江南二十年之后,今日却突然出现在建康城,成了万人合唱的壮歌、豪歌,并借以追念含冤而死的抗金英烈。

虞允文被这骤然出现在眼前的情状惊呆了,他原来的措置,只想用岳飞写就的《满江红·怒发冲冠》唤起赵构对岳飞的记忆,坚定皇帝抗金北伐的决心。谁知落天雷图新争强,临场更新表演方式,突出演唱中愤悱之气,而且是声情并茂,超水平发挥得淋漓尽致。过犹不及啊,看来这沸腾建康城炽热辉煌的最后一招,真的闯下大祸了。他用胆怯的目光向赵构望去,只见皇帝双眉带蹙,神情肃穆,目光似乎也捉摸不定了。

是啊,此时的赵构已不再品味《满江红·怒发冲冠》的悲壮慷慨、壮怀激烈,而是陷入沉痛的思索之中:朕对岳飞有着特殊的情感,这种特殊的情感,使岳飞在短短的二十年间,由一个兵卒晋升到一路兵马元帅的高位;朕对岳飞的死有着难以启口的内疚,十二道金牌的下令退兵,也是这种特殊情感突然异化而驱使啊!二十年过去了,岳飞仍活在黎庶的心里,可朕呢……这都是虞允文的措置啊,为了抗金北伐?为了进取中原?为了取得朕的支持?但这种超乎寻常的借着死人压活人、借着元帅压皇帝的做法,也是抗金北伐的需要吗?虞允文只是一个中书舍人,与军队将领无任何来往,采石矶的战争,只是应急而为,显示了超群的才智胆识,可这位才智胆识超群之士为什么要玩这种愚蠢的拙招,难道就不怕朕小拇指一弹而断其性命吗?也许这种危及他自己性命的拙招,也如采石矶的招数一样精妙,会借此机会为岳飞平反,洗刷朕生命和情感上的耻辱,彰显朕的天纵英明啊!

赵构毕竟是通晓权术的,他抓住这个千载难逢的机遇,立马挥手,制止了戏楼前街道两侧黎庶百姓的欢呼喧嚷,用最高、最洪亮的嗓音高呼:"伟哉《满江红·怒发冲冠》,千古不朽的战歌啊!抗金必胜!北伐必胜!"

人群欢呼声起,如浪如潮,如雷如霆。

就在人群经久不息的欢呼声中,新近登基的金国皇帝完颜雍派遣的使者成忠郎张真带着议和的牒函,悄悄潜入建康城。

四 范府庭院的琴音歌声

建康城绝无仅有的炽热辉煌,在满城人潮、满城华灯、满城歌舞的夜晚继续着。

赵构摆脱了随驾重臣恭顺殷勤的干扰,仰卧于福宁堂龙吟轩的软榻之上,在薰炉散发的奇香温馨中,思索着今日在建康城的所见所闻,特别是措置今日一切活动的中书舍人虞允文:其才可嘉,其心难测啊!

赵昚在随驾建康十里金色长廊的目睹耳闻中,开了眼界,沸了激情,壮了胆子,添了心力。这是三十多年来第一次见识到的人文壮观啊!他似乎从这一壮观中,看到了黎庶百姓抗金北伐的决心,感受到了黎庶百姓抗金北伐的力量,增强了自己抗金北伐的胜利信心。他赞赏张孝祥词作《水调歌头·闻采石矶战胜》中"我欲乘风去,击楫誓中流"的结语,骤然觉得晋人祖逖"扫清中原"的抱负已在激荡着自己的心胸了;他赞赏陆游诗作《送七兄赴扬州帅幕》中"诸公谁听刍荛策,吾辈空怀畎亩忧"的吁叹,心里暗暗决定,近日一定要拜访这位屈居枢密院的编修官,虚心听取陆游的治国之策;他赞赏陈亮词作《念奴娇·危楼还望》中"正好长驱,不须反顾,寻取中流誓"的呼喊,骤然感悟到,这位年轻的永康才子,似乎是在特意鼓舞自己,莫要徘徊瞻顾,莫要迟疑不决,当以晋人祖逖为榜样,廓清中原啊;他赞赏岳飞的词作《满江红·怒发冲冠》中"待从头,收拾旧山河,朝天阙"的高尚心境、坚定信心和壮烈情怀,这正是自己的追求啊!他特别赞赏父皇当众喊出的对岳飞词作的赞语:

"伟哉《满江红·怒发冲冠》，千古不朽的战歌啊！"这是谕示，这是圣旨，这不也隐喻着对岳飞的平反吗？他兴奋至极，躯体虽疲惫不堪，却毫无倦意，便在驻所听雨轩设茶置果，并以师礼请来左仆射兼枢密使陈康伯、参知政事杨椿、权给事中辛次膺、宗正少卿史浩，围炉品茶，共享建康随驾之乐，共话建康黎庶昂扬抗金北伐之志，共度慷慨无眠之夜。陈康伯、杨椿、辛次膺、史浩与赵眘心灵相通，兴致相应，借机议论采石矶之捷后的进取形势。

此时的汤思退，因心神疲惫不堪而仰卧于住所闻莺轩里的软榻之上。今日十里金色长廊沸腾的景象，使他感到压抑和烦闷，特别是皇帝喊出的那句赞语，更使他心神惊骇，预感到有一种更加沉重的打击向自己逼来。岁月难再啊！他闭上眼睛，思绪骤然间回到十六年前繁花似锦的岁月：绍兴十五年（公元1145年），在临安廷试中，自己考取了博学宏词科，丞相秦桧亲自赐马游街，并除秘书省正字之职。此馆职乃文官清贵之选，极不易得，自己却唾手摘取了。春风得意啊！五年之后，也就是绍兴二十年（公元1150年），晋升签书枢密院事，承受诏旨，传达王命，参与政事，皆丞相秦桧之所予。风华正茂啊！三年之后，也就是绍兴二十三年（公元1153年），晋升签书枢密院事兼权参知政事，以副宰相之职辅佐秦桧区处军政事务。权势日隆啊！两年之后，也就是绍兴二十五年（公元1155年）十月，秦桧以建康郡王之尊而病亡，皇帝依其临终前"萧规曹随"的奏言，晋升自己为中书门下平章事，再晋左仆射，继续施行秦桧的内外方略。权极人臣啊！但自己毕竟不是老谋深算的秦桧，而遭贬离开朝廷的老臣如张浚、辛次膺、陈康伯等，抱怨怀恨结伙而起，举表弹劾，把对秦桧的仇恨泼洒在自己身上，群臣随和，临安黎庶起哄，皇帝迫于舆论，忍痛下诏，罢去自己左仆射、中书门下平章事之职，而以观文殿大学士、临安行宫留守之虚职留于皇帝身边，也算是皇恩浩荡、待起有时啊！可这意外的、不可名状的"采石矶大捷"，真能改变宋、金之间的力量对比吗？这近乎疯狂的建康城的炽热辉煌，真能再掀起又一次的抗金北伐高潮吗？江北敌后来的一群"叫花子"，真能起到偏师的作用吗？素不知兵的一介书生虞允文，真能成为另一个资兼文武的岳飞吗？这骤然间改变了六朝遗风的建康城，真能消除皇帝内心"惧金惧战"的痼疾吗？虞允文的头脑发热了，张浚的头脑膨胀了，李显忠的头脑冒烟了，陈康伯、辛次膺之辈又要兴风作浪了，特别是那位日夜谋划早日继承皇位的螟蛉子赵眘又要高喊"抗金北伐，廓清中原"了。他按捺不住心头翻腾的不安、惊恐、愤怒和仇恨，嚯地挺身坐起，整衣理冠，走出闻莺轩，向着福宁堂右侧殿前都指挥使杨存中居住的虎啸轩走去。同声相求，虎啸轩灯火辉煌。

建康府衙的夜半，仍然保持着沉重的庄穆威严。华灯下门前排列的警卫士卒，着甲戴胄，刀剑出鞘，强化着府衙内外深夜沉寂的警觉；府衙四周街巷不时传来强烈昂扬的鞭炮声、锣鼓声、歌唱欢呼声，更加烘托了府衙内古老林木笼罩下的深邃莫测。

在一株古榕覆掩的府衙议事厅里，在一盏烛光照映下，虞允文和张浚围着一盆炭火而坐，炭火盆铁架上的铜壶，冒着热气，嘤嘤地响着，温馨着他俩的娓娓交谈。

张浚长长吁了一口气，端起茶杯，呷茶一口，神情沉郁地说："采石矶大捷，鼓舞了士气，鼓舞了人心。我一颗久置而冰冷的心，能不化而生热，能不热而沸腾吗？可我现年已六十五岁，历经沧桑，不再以年轻时的鲁莽而轻信人言人行了。我此时的忧虑，是怕庙堂之上秦桧再生、伯英（张俊字）再现啊！"

虞允文的神情更加凝重了，二十年前那场抗金北伐的悲剧，蓦地闪现在心头：绍兴十年（公元1140年）五月，金兵统帅完颜宗弼举兵五十万分四路南侵，战线西起陕西，东至淮水下游。江淮尽失，江南告急，临安处于风雨飘摇之中。赵构为了保住皇位，下令各路统兵元帅韩世忠、岳飞、刘锜、吴玠、张俊抗金北伐。韩世忠以三万兵马挺进河南战场，收复汝州、伊川、郏县，屡创金兵，使敌人闻风丧胆；刘锜以三万兵马挺进安徽战场，取得顺昌（今阜阳）大捷，收复了颍上、寿县、淮南等城，声威大震；吴玠以五万兵马，与金兵鏖战于和尚原，挫败了金兵入川的企图；岳飞以十万兵马从湖州德安府（今安陆）出发，向北挺进，分东、西、南三路攻击金兵，连克颍昌（今许昌东）、陈州（今淮阳）、郑州、河南府诸城，并遣部将梁兴、董荣、孟邦杰等人暗渡黄河，联络河北、太行起义兵马，断敌军需，焚敌粮食，在河北大名、澶州、赵州、磁州、山西绛州等地，掀起袭击金兵的高潮。绍兴十年七月，金兵统帅完颜宗弼组织反击，以十万步兵、三万骑兵袭击宋军大营颍昌，岳飞以七万兵马迎战于颍昌南的郾城地区。金兵以连环铁骑拐子马冲击宋军阵地，岳飞出去敢死部卒五千，用长柄锋利长刀，专砍金兵拐子马腿，使其拐子马的疯狂进攻战术瘫痪；岳飞亲自率领六十铁骑杀入金兵阵地，为冲杀的士卒开路，宋军将士用大斧、长矛、利剑、钢刀与金兵展开了肉搏战，骁将王贵、张宪、岳云、牛皋、徐庆、杨再兴等人的甲胄、战马，均为鲜血当红，以"人为血人，马为血马"的勇敢惨烈，摧毁了金兵的顽抗，金兵统帅完颜宗弼（金兀术）逃回开封，准备渡黄河而北遁。岳飞率领兵马推达朱仙镇，距故都汴京只有四十五里，收复故都的胜利就在眼前。就在这功到垂成之际，赵构变心了，秦桧发出了停战求和的叫喊，淮西安抚使、宋军五大统帅之一张俊迎合秦桧的叫喊，擅自引兵还屯寿春，放弃了士卒用鲜血收复的淮北土地，并与秦桧勾结，排挤刘锜出知荆南府，解除韩世忠的兵权，杀害岳飞于风波亭，演出了大宋历史上残害军队将领最为阴毒卑鄙的悲剧。

火盆里火炭结节突地发出的爆裂声打断了虞允文的回忆，他眸子含泪地向对面的张浚望去，老将军沉郁的神情已托出一层凝重的愤怒。他急忙从火盆上提起铜壶为老将军斟添热茶，并俯首请教："闻德老'秦桧再生、伯英再现'之论，惊悚心神，恭请详赐教诲。"

张浚慨然而语："虞公当知，汤思退何许人耶？秦桧之口舌。秦桧独相十七年间，热衷和议，结党营私，控制台谏，屡兴大狱，残害忠良，斥逐异己，其种种罪恶活动，汤思退皆参与其中，并狂呼号叫，引经据典，编造堂皇理由，以致造谣诬陷，为秦桧张目造势，用口舌杀人，并恬不知耻地媚语秦桧：'思退之口舌,专为丞相之心声生耳。'故能在二十年间,由一进士而至权参知政事,并在秦桧死后,仍由中书门下平章事而晋左仆射。前年,绍兴三十年(公元1160年),虽遭群臣弹劾为'秦桧死党'而罢职,但又以观文殿大学士、临安行宫留守的新衔头而居皇帝之侧。虞公难道不觉得二十年前低压风波亭的那块黑云已飘临头顶吗?"

虞允文沉痛默然。

张浚语转激愤:"杨存中何许人耶?秦桧的鹰犬。其人由张伯英推荐而任御前中军统制,唯秦桧之命是从,在秦桧独相的十七年间,迁主管御前司公事,再迁殿前司统兵官,三迁殿前都指挥使,成了殿前兵马的最高统制官,实为秦桧安插在皇帝身边的耳目。二十多年来,朝廷发生的种种大事,如张伯英还兵寿春,刘锜遭贬,韩世忠赋闲,岳飞被害,绍兴议和,主战大臣将领被迫离开临安,都与此人骗、谗于皇帝耳边有关。今日此人以殿前都指挥使兼江淮宣抚使居皇帝左右,虞公难道不觉得二十年前那场抗金变为和金、亲金、谄金,北伐变为内杀、内贬、内罚的荒唐悲剧又在酝酿发酵吗?"

虞允文沉痛点头。此种悲惨的历史情结,自己怎能不知,只是没有老将军身受体验的沉重悲哀啊!他抬头正要宽慰老将军的痛哀,张浚却发出了绝望的哀叹:"秦桧居中,岳飞难活啊!二十年前精忠抗金的将帅,至今已荡然无存了!吴玠战死于和尚原,岳飞冤死于风波亭,韩世忠忧愤而死于西湖宅院,张伯英自毁名节,为世人唾弃而亡,侥幸存活的刘锜也于前月病亡于镇江军中,就连当年冲锋陷阵的将领,如王贵、张宪、岳云、牛皋、董先、梁兴、孟邦杰、董荣、杨再兴等,或战死于疆场,或冤死于朝廷的牢狱,或心灰意冷而浪迹山林。大宋军队中仅有的一点豪气、壮气、血气、刚烈之气,硬是被这伙阴险毒辣的奸佞斫伐殆尽了。"

虞允文义愤填膺而欲放声呼号,但老将军张浚绝望欲衰之状,使他心悸而恐。他沉思良久,猛地抬起头来,神情激昂,话语坚定:"往者惨惨,警世警人!往者殷殷,昭示未来。学生观今日朝廷人事之状,德老所示'秦桧再生,伯英再现'之虞,或可避免。"

张浚惊诧凝神:"虞公今日所观朝廷人事之状者何?"

虞允文拱手回答:"德老明鉴,学生所观,一曰帝心在战。"

张浚茫然。

虞允文侃侃谈起:"德老明鉴,金兵南侵,四路告急,皇上毅然下诏抗金北伐,其决策之迅疾,是二十年前那场抗金战争不曾有过的;采石矶之捷传至临安,皇上毅然决定亲自驾临建康抚民劳军,并立即成行,也是二十年前那场抗金战争不曾有过的;今日建康正阳门外的君臣会见,皇上于马上呼德公至马前,并以'秦桧,媚嫉之人'一语宽抚德老,更是二十年来不曾有过的;今日皇上面对十万黎庶百姓,将领官员,高声赞扬岳飞元帅心血之作《满江红·怒发冲冠》,更是惊蛰苏土的九天春雷啊!凡此种种,切切实实地熔结为四个大字:帝心在战。皇上真的要抗金北伐了。"

张浚没有兴奋,脸上掠过一层惨淡的微笑,心底默默地叨念着:虞允文一介书生,哪里知道帝心多变啊!他苦笑摇头,发出一声吁叹:"天可怜见,北伐大业真的有望了。皇上是英明的,皇上应当是英明的。"

虞允文当然明白张浚吁叹的含意,"帝心在战"的鼓吹,原是自己心底一种急切的希冀啊!他迎着老将军怆楚的疑虑,激情不减地说道:"德老明鉴,学生之所观,二曰德老复出。"

张浚惊诧。

虞允文言之侃侃:"德老绍兴八年(公元1138年)任尚书右仆射,中书门下平章事兼枢密院事,部署沿江、两淮诸路兵马,以备北伐,气壮全军,气壮韩(世忠)、岳(飞)、刘(锜)、吴(玠)四路元帅。时秦桧执政,频频遣使与金朝议和,德公五次上书,慷慨陈词,反对议和,怒斥秦桧误国。朝廷大臣如枢密院副使王庶、兵部侍郎张焘、吏部侍郎晏敦复、礼部侍郎曾开,枢密院编修胡铨及军中元帅韩、岳、刘、吴,皆以德老马首是瞻。秦桧惧德老之论,嫉德老之威,惧而谗之,嫉而陷之,朝廷最高执权者热衷于秦桧的说教,竟然做出以半壁江山换取一时偏安和平的抉择,遂斥逐德老远离朝廷长达二十三年。马头遭陷,群臣失恃,忠良遭贬,奸佞盈朝,并于绍兴九年(公元1139年)正月,达成宋金和议:大宋向金称臣,每年向金呈献白银二十五万两、锦绢二十五万匹。如此惨痛的奇耻大辱,仅换得一年的偏安和平。绍兴十年(公元1140年)五月,金兵又以五十万铁骑分四路南侵,岳飞被害,韩世忠、刘锜遭贬,绍兴十一年(公元1141年),宋金再次订立《绍兴和议》:宋金间以西起大散关,东沿淮河之线为界;宋割唐州、邓州、商州、泗州、和尚原、方山原等地予金;宋向金称臣;宋每年向金贡纳白银二十五万两、绢二十五万匹;金归还徽宗棺木与皇帝的生母韦氏;宋以'誓表'形式向金国皇帝发誓'世世子孙,谨守臣节'。屈辱至极啊!德老,这就是你离开朝廷二十三年间的庙堂之灾和举国之耻,你能视而不见,听而不闻吗?今日德老应诏而复出,是民望,是国需,是军队的期盼,也是对故去的抗金元帅韩、岳、刘、吴的祭告,是对那个舛戾年代冤情冤案的昭雪。德老,仁人志士都盼望德老举旗领兵北伐啊!"

张浚激情难耐,老泪蒙蒙,语出情切:"知我者虞公,怜我者虞公,二十三年间,我飘蓬于连州、台州、永州、潭州,闻忠良遇害而心碎,知国事蒙辱而泣血,岁月消磨豪气,贬逐之囚,枷锁四蹄,只能伏枥而哀鸣,我心不甘啊!虞公之所望,我只能竭其心力相报。请虞公再以其所观教我。"

虞允文急忙拱手作谢:"谢德老垂爱,学生之所观,三曰皇子可倚。"

张浚意外而瞠目:"皇子者谁?"

"原名赵羊,后赐名赵瑗,现赐名赵昚。"

"是养育于宫中的那个懦弱瘦者?"

虞允文急忙申述其所见:"正是此人。此人貌似懦弱,但在紧要处却有担当之胆气。德老离开朝廷二十三年,头脑中对皇子的印象仍然是二十三年前养育于宫中的赵羊的形影,是自然的事。二十三年过去了,当年年仅十二岁的赵羊,今天已是三十五岁的皇子赵昚了。学生仅举皇子行事两例,请德老察析。其事一:绍兴二十五年(公元1155年)春,秦桧进封建康郡王,其子秦熺进封少师,封嘉国公,其孙秦埙试尚书工部侍郎,朝政权柄,尽操秦桧一家;秦桧权令智昏,霸而潜越,架空皇帝,矫令私行,朝臣皆知,莫敢抗违,莫敢异论,朝廷成了秦氏宅院。时皇子仅十八岁,居普安郡王,闻得秦桧矫令而告发于福宁殿,并当众痛斥秦桧之僭越。皇上见矫令而猛省,嘉普安郡王精明,怒斥秦桧阴逆当罪。由是秦桧失宠失恃,惊恐而病亡。"

张浚赞语出口:"洞察帝王'大权旁落'之痛,故能一举而败落执权十七年的奸相,其人可佩啊!"

虞允文接着申述:"其事二:此次金兵南侵,分四路突进,塘报纷至告急,朝廷惊悚失态,重臣中装病卧床者有之,阴遣家眷逃匿者有之,暗输金银珠宝于故里者有之,私劝皇上割地输款和议者有之,阴与金人暗通关节者有之,皇上计无所出,日夜徘徊于福宁宫,又欲桴海避敌;群臣行无所恃,乱哄哄做逃离临安之备;临安黎庶视朝廷之状心寒,出城避难避灾者十之四五。在此慌乱之时,皇子坚定砥出,恭临众重臣府邸,问计请教,呼吁抗争,并进宫鼓舞皇上诏告天下军民抗金北伐,并制定将领大吏调整方案以适应战争,遣使犒劳江淮之师,遂有采石矶之胜利。今日在建康十里金色长廊里,皇上眷顾皇子有加,德老难道不觉来日有望吗?"

张浚似乎一下子心明眼亮了,神情昂扬,出语深沉:"'来日有望',来日有望啊!虞公识时识人,老夫受教了。但战乱之时,兴国在军,安邦在军,明主居位,更需未来之韩(世忠)、岳(飞)、刘(锜)、吴(玠)啊……"

虞允文似乎受到鼓舞,情更诚挚,语更急切:"谢德老指点。学生之所观,四曰:岳飞已现。"

张浚德远情急而起,高声询问:"此人是谁?"

"辛弃疾。"

"辛弃疾?"张浚一时蒙了,没有听说过这个名字啊!他用焦灼的目光望着虞允文。

建康驿馆,是绍兴十二年(公元1142年)为接待南来北往的使者、大吏、高官修建的,沿一条溪流分为东、西两区,有几座短桥相通。东区为驿馆官员及其家眷办公生活之地,由十幢民居样式的建筑组成,屋舍宽敞而简朴;西区为招待使者、大吏、高官居住之所,由十六幢样式各异的院落组成,青藤篱笆散发着江南的秀巧,短松翠竹洋溢着江南的幽雅,小桥浅溪流露着江南的柔丽,曲径回廊展现着江南的妩媚,亭台楼阁闪烁着江南的神韵。二十年来,金朝南来使者歇脚驿馆的傲慢凶蛮和宋朝北上使者歇脚驿馆的畏缩哀愁,已使驿馆中的草木山石、流泉清风、丽质神韵含泪萋萋了。

此刻,在驿馆西区一座短松围绕的青砖灰瓦院落的餐厅里,辛弃疾和他的伙伴贾瑞、刘云等十五人,正借着佳肴美酒,抒发着生命中从未有过的豪情。纯朴坦直的副帅贾瑞已是七分酒醉,举杯向身边的兄弟罗圈一拱,高声说道:"这趟'奉表南下',咱们是走对了,朝廷看重咱们,虞允文大人亲自嘘寒问暖,让咱们迎接皇上,让咱们跟随皇上巡游十里长街,真是祖宗八辈想不到的荣耀光彩啊!这都是掌书记幼安兄弟'决策南向''奉表南下'的主张给咱们带来的。来,兄弟们举起酒杯,为幼安兄弟开怀畅饮!"

辛弃疾急忙举杯拦阻:"别,可别这样!说到'奉表南下',都是耿大帅、贾副帅决策的结果。兄弟们,咱们举杯给贾副帅敬酒!"

众兄弟欢呼,在辛弃疾率领下逐一向贾瑞敬酒。贾瑞兴起,伸手从酒案上提起一坛"秦淮春",打开封泥,一饮而尽。

在众兄弟的喝彩欢呼声中,辛弃疾再次举起酒杯:"兄弟们,此刻咱们在建康城,身居驿馆,华屋暖室,美酒佳肴。可此刻咱们的耿大帅,或在大营军帐谋划战事,或在风雪之中查营看哨,举目南望,惦念着咱们啊!来,兄弟们,咱们遥敬耿帅一杯!"

众兄弟欢呼赞同,贾瑞连声叫好,从酒案上抓起一坛"秦淮春"面向北方,神情肃穆喊了一声:"耿大帅,兄弟贾瑞给你敬酒了!"语毕,仰颈举坛,豪饮而尽。

刘云、赵开、刘弁、王任、孙肇、辛勤、辛茂嘉等，皆依贾瑞之所为，展示了对耿京的尊敬和忠诚。

辛弃疾也依贾瑞之所为，举坛、面北、致语、豪饮。一坛佳酿落肚，眼前蒙眬，耿京的形影出现在他的眼前，越来越显得真切，他转头欲告知副帅贾瑞，贾瑞已醉酒瘫软在地；再凝眸细眺，刘云、赵开、刘弁、王任、孙肇等人，已醉伏于餐桌座椅，横三竖四，不省人事；他吩咐辛勤、辛茂嘉扶起贾瑞，架入寝室安歇，便信步走出餐厅，走进五彩夜色，沐浴着清冷夜风的轻拂，在北斗星下，寻觅着他的大帅耿京的身影。

夜风醒酒！辛弃疾默默地计算着"奉表南下"的时日。离开山东大营已经二十一天了，由于虞允文大人的提携和张罗，拥有二十五万兵马的耿京义军已经引起了朝廷的重视，耿京这个名字已在朝臣中流传爆响。今日的迎驾随驾充分表明，山东二十五万耿京义军已经进入了皇上的视野，这真是一个极好的开头啊。

夜风醒酒！辛弃疾默默地思索着"奉表南下"的前景。几天来在与虞允文大人的多次接触中，虞大人明确表示：上呈皇帝的奏表当亲自转呈；奏表中所论"南北呼应，迎接王师"之策，当谏奏皇帝诏枢密院议论。按照今日皇帝所言所行，这"南北呼应，迎接王师"之策，当会赢得皇帝的赞同。况且，转呈这份奏表之人，是采石矶大捷的创建者，其时又是建康城倾城狂庆采石矶大捷之时。天时、地利、人和，真算是"时来天地皆同力"啊。

辛弃疾默默地筹划着来日敌后战场波澜壮阔的"迎接王师"的斗争。前天拜访了同住于驿馆的河北义军首领王友直和山西义军首领契丹人耶律斡罕。王友直虽因遭受重创而神情沉郁，但壮心不已，意志更为坚定，声称将重返燕赵聚集旧部，搅动风云；耶律斡罕败而不馁，以契丹人特有的山林坚韧气概，声称他将重返大同，登高一呼又是一万五千兵马组成的精骑，又将纵横于长城内外。王友直和耶律斡罕的话语，画龙点睛似的完成了辛弃疾心里筹划将成的清晰图景：燕赵齐鲁合为一体，北结大同、阳高之耶律斡罕，南联东海、海州之张旺、徐元、魏胜，敌后起义兵马将达四五十万之众。以此偏师迎接王师北上，底定中原，当无疑义。他的思索骤然转向如何辅佐大帅耿京完成与王友直、耶律斡罕、张旺、徐元、魏胜等义军首领的联合结盟事宜上。

蓦地，一缕琴声打断了辛弃疾的思索，他倾耳听辨，琴声是从一片翠竹林中传来，清幽而含怨，怆楚而激越，他心神往之，循着琴声前行，走近竹林，眼前一亮，一座青藤篱笆环绕的院落呈现在翠竹林中，青砖灰瓦的廊檐下，一溜儿十几盏巨大的红灯高悬，灯光辉映庭院，营造了一片红绿交宜、热凉相融的奇特世界。透过篱笆，辛弃疾瞧见在红灯照亮的镂柱雕栏的廊檐下，酒肴盈桌，瓜果置几，古琴横列，一窈窕淑女抚琴而歌，男女七八人各置其位，或横笛伴奏，或洞箫相和，或击节鼓掌以助。

辛弃疾凝目细察，抚琴而歌的窈窕淑女年约十六岁，身着浅蓝紧腰夹衫，外披浅红洒金斗篷，清甜美秀的神韵伴着琴音从十指间飞出，搅动人心！古琴左侧，一位年约二十七岁的靓丽佳人，以横笛伴奏，笛声激越悠扬，其人着藕荷色紧身长袍，披朱红洒金坎肩，形神机敏而干练；古琴右侧，一位年约十三岁的少女，着绿色短衫短裙，冠饰双环髻，坐在一只圆凳上，品洞箫以和，箫声呜咽而沉重，酒桌旁，一位年约五十岁的阿婶倚椅而坐，全神贯注地关切着抚琴而歌的淑女。她眉目清朗，神情慧敏，"胭脂小字点眉间，○衣更箸雍容意"，呈华贵之气，有落落之风，想必是抚琴淑女的母亲；阿婶身后伫立着一位年约三十岁的男子，浓眉凤目，体魄魁梧，着蓝色长袍，神情诚挚而稳重。他手抚着阿婶的双肩，眼睛关注着抚琴而歌的淑女，关爱之情聚于眉梢，想必是抚琴而歌的淑女的兄长了。此时的抚琴淑女，急弄琴弦，琴音由激扬而转缓，淑女和琴而歌：

> 昨夜寒蛩不住鸣，惊回千里梦，已三更。起来独自绕阶行，人悄悄，帘外月胧明。　白首为功名，旧山松竹老，阻归程。欲将心事付瑶琴，知音少，弦断有谁听。

　　这首词作《小重山·昨夜寒蛩不住鸣》，是岳飞元帅被害前一年写的，也算是遗世之作了。十年前，也就是绍兴二十二年（公元 1152 年）大年破五，"钱塘倜傥公子"王琚（字伯玉）从临安北上至蔡州新息县与范邦彦相晤，酒宴之上，主宾共忧国事之艰危，共悲岳元帅之被害，共话岳元帅之遗业，王琚遂吟岳元帅这首被禁、被封、被埋的遗作以悼岳元帅之英灵。时范邦彦女儿若水侍酒于侧，间而闻之，不意竟熟记于心，十年不忘，且度之入曲，歌唱出这首词作中岳元帅的委屈、苦闷、坐卧不安、心潮澎湃，歌唱出岳元帅对故乡的眷念，对故乡松竹情操的赞誉，对中原失地的关念渴盼。生性早慧的若水，博览强记的若水，在这首词作的弹奏歌唱中，这种心通岳元帅，情通英烈的聪质颖魂，对一个女子来说，是祸是福啊？

　　歌声激扬而含怨，青藤篱笆外的辛弃疾静听着，神情惊奇而迷离：是酒醉的幻影？是夜游的恍惚？是神思缥缈而驰入仙境？他用上牙狠狠地咬住下唇，皮肉之痛验证了此时此地神志实实在在的清醒。

　　蓦地，一阵豪放爽朗的笑声由屋内传出，辛弃疾闻声望去，一位气宇轩昂的老伯在一位管家模样的中年汉子的陪同下由室内走出。老伯年约五十岁，长眉朗目，着红色长袍，潇洒飘逸，有凛凛之风。辛弃疾骤然恍悟，这不是今日午前在正阳门外见到的新息县县令、举土归宗的"河朔孟尝"范邦彦大人吗？那位阿婶想必是他的夫人"宗室公主"赵氏了。那位魁梧的男子想必是他俩的儿子；那位"靓丽佳人"想必是他俩的儿媳；那位弹琴高歌的才女，想必是他俩的宝贝女儿；那位身着褐色长袍、神情精明干练、陪同而出的汉子，想必是范府管家、颇有名气的郭思聩啊！不待辛弃疾缓过神来，范邦彦放声高诵："我家有才女，琴歌惊鬼神！若水，你为岳元帅这首词作《小重山》插上了翅膀。"

　　范若水压低琴音，笑声朗朗而语："谢父亲夸奖教诲，女儿有桩心事，怕吓坏了母亲，特禀于父亲恩准。"

范邦彦大笑："女儿有了心事,喜煞老父啊! 快讲出来!"

范若水轻抚琴弦而禀："女儿想明天置琴于十里长街的十字路口, 终日弹唱这首《小重山·昨夜寒蛩不住鸣》,让岳元帅的这首遗作传遍建康城!"

范邦彦急声称赞："好! 好一桩奇妙的心事,不愧是我'河朔孟尝'的女儿。"

赵氏惊骇而嗔怪："范郎你又在娇惯女儿了! 我家女儿在街头弹唱,成何体统? 再说,岳元帅词作属被禁文字,街头张扬,招灾招祸啊!"

魁梧男子忙为妹妹辩护："母亲勿忧。皇上今日已当众放声为岳元帅的词作《满江红·怒发冲冠》叫好了!"

范若水更显任性："谢哥哥支持。母亲,皇上能称赞岳元帅的词作,难道女儿就称赞不得吗?再说,皇上称赞岳元帅的词作,未必是出于真心,女儿称赞岳元帅的词作,确是出于一片至诚。"

赵氏出言呵斥："住口,你越发是语出无忌了! 范郎,快管管你这无法无天的女儿!"

范邦彦大声附和："夫人所言极是。若水,你确是语出无忌,近乎无法无天了!却道出了黎民百姓与帝王的不同。思隗,你是范府的谋臣,你对若水这般近乎无法无天的'心事'是怎样看的?"

郭思隗含笑拱手禀报："禀报夫人、老爷,时逢祝捷之日,皇上在街头已开了法戒,小姐随皇上之后而宣传岳元帅词作,虽惊世骇俗,但也算有天有法。范府今晚当开怀畅饮! 夫人,你最有资格为生了一位惊世骇俗的才女骄傲啊!"

赵氏欢笑语出："郭思隗,才智之士,巧思慧辩,我转忧为乐了! 如山,斟酒开宴! 若水,还不赶快谢过为你辩解的郭叔!"

魁梧的男子范如山急声应诺,立即走向酒桌,摆杯、捧坛、斟酒。

范若水停止抚琴,向郭思隗鞠躬致谢,与嫂子张氏、侍女若湖及男女家仆拥席入座。

赵氏甜甜一笑，与范邦彦联袂而起，举起酒杯。

篱笆外的辛弃疾，目光和思绪全然被这个名叫若水的女子吸引了。她的才情、神韵、聪颖、大胆、潇洒、脱俗，使他骤然感到这个女子的卓尔不群和超凡傲骨，让他痴醉。

篱笆内范家开怀畅饮的欢笑声，惊扰了篱笆外辛弃疾醉迷的神思，范邦彦豪放豁亮的话语飞过了篱笆："我家有才女，夫人最疼她。我的无法无天的女儿，街头弹唱之思，虽新颖别致，似不可行，当遵母亲训诲，星夜抚琴，一歌三唱，把这首被禁、被封、被埋二十年之久的《小重山·昨夜寒蛩不住鸣》，唱给夜空的点点繁星，唱给天宇中的耿耿银河，唱给建康城寤寐怀念岳元帅的黎庶，唱给岳元帅的在天之灵吧！"

"遵母亲意愿，遵父亲教诲。"范若水欢声应诺，落座琴案，抚琴而歌。

范邦彦击节而和；赵氏拊掌而和；范如山及妻子张氏轻声而和；郭思隗及范府男女仆役放声而和。篱笆外的辛弃疾全然神迷了。

"铮"的一声，弦断歌歇，范若水伏案默然。

赵氏惊异，范如山与妻子张氏惊愕，郭思隗及范府男女仆役惊诧。

范邦彦语出询问："是用心过急耶？是用情过切耶？是用力过猛耶？"

范若水低语："篱笆外有人偷听。"

范邦彦放目篱笆外而高呼："篱笆外的听琴人，我这里有请了！"

篱笆外的辛弃疾猛地醒悟，古人有训，非礼勿视，非礼勿听啊！他的心神一下子慌乱了：是走？是留？是应而现身？是进而拜会？……

就在辛弃疾尴尬难决之际，范若水说话了："篱笆外的听琴人听真，请而不至，只好捉了。哥，现一现你的身手，把篱笆外的偷听者捉来见我！"

范如山拱手应诺，正要奔下廊檐高台，篱笆外传来急促的脚步声、禀报声、问答声："少主人，中书舍人虞允文大人偕一位老者前来造访。"

"虞大人现在何处？"

"我远远望见少主人在此听琴，遂急忙前来禀报，虞大人也随我而来。少主人你看,他们来了。"

范如山闻声停步,范邦彦闻声走下高台,赵氏也闻声悄然站起,倚廊柱而倾耳静听。范若水离开琴案傍母亲而立,他们都关注篱笆外发生的一切。

篱笆外,几盏红灯照路,几个护卫相随,虞允文偕新任建康知府、抗金名将张浚抵达范邦彦居住的院落门外,辛弃疾急忙趋前拜见。不待辛弃疾行礼开口,张浚便以长者居高临下之势朗声询问:"你就是山东历城毁家纾难,揭竿起义的辛弃疾吗?"

辛弃疾拱手回答:"小人便是。"

"春秋几何?"

"痴年二十二岁。"

"现任何职?"

"在山东义军首领耿京麾下任掌书记之职。"

"掌书记,掌管军务笺奏机要之职,自然知道耿京麾下兵马的确切数字?"

"山东泰安、莱芜、东平等地各路起义兵马,皆会集于耿京麾下,总兵马人数为二十五万,训练有素的精兵约五万人。"

"看来你颇有儒雅之风,不知师从何人?"

"小人恩师有二人。亳州名士蔡松年授我翰墨,亳州义士刘瞻授我武略。惜从两位恩师之学仅为七年,尚未入其门槛。七年前,蔡师被金人征调入燕京而遇害,刘师因抗拒金人征调而浪迹江湖。"

张浚大喜,握辛弃疾之手而语:"我是新任建康知府张浚。蔡松年,亳州名士,饱学而坚守大义,我心仪而无缘结交,实为憾事。金主完颜亮慕其才智声望,征调入燕京,授以尚书左丞相之职,旋即以毒酒杀害,其中隐情虽不得知,但蔡师'心在汉室'当无疑义。刘瞻,我不仅相识,而且交谊甚厚,其人知兵、知阵、知略,且武艺高强,居刘锜元帅帐下执笔,绍兴十年(公元1140年),我与刘锜元帅联军,大破金兵于安徽柘(zhè)皋,全赖刘瞻执笔设谋,后遭秦桧迫害而离开军旅。命运坎坷啊，不意刘瞻于七年前再次浪迹江湖。情不得已，其抗金北伐之志，是断不会改变泯灭的。愿来日辛郎再搅中原风云，你师徒两人也许会相逢于金戈铁马的战场。"

辛弃疾拱手作谢："谢德老关怀，谢德老教诲！"

张浚笑语身边的虞允文："虞公，夜访辛弃疾的真心诚意，请你尽为表达吧！"

虞允文点头，向着辛弃疾拱手相邀："幼安，德老阅你'决策南向'奏表，甚为赞赏，再起提携后进之念，已在下水门城头赏心亭设茶，又亲自移驾驿馆，请幼安赴赏心亭共赏建康夜景，并倾心一叙。"

辛弃疾拱手作谢："德老、虞公之关爱，弃疾铭记五内！"

几盏红灯照路，几个护卫相随，辛弃疾应张浚、虞允文之邀前往赏心亭。临行前，辛弃疾回首范家居住的院落，深深一揖，诵起岳元帅词作《小重山·昨夜寒蛩不住鸣》中词句，高声作别："'欲将心事付瑶琴，知音少，弦断有谁听。'篱笆内的旷世才女，听琴人山东历城辛弃疾向你告罪致歉了。"

辛弃疾离开了，留给篱笆内范家父母兄妹的是其高大雄武的英姿，是不同凡响的经历，是豪爽知礼的谈吐，是真诚坦率的告罪致歉，是令人喜悦的爱慕。

赵氏赞叹出声："好一位英武的山东汉子啊！"

范如山和妻子张氏赞叹出声："好一位惊世俊才啊！"

范若水走向父亲，悄声低语："父亲，我要见一见篱笆外那个偷听我弹琴歌唱的小人。"

范邦彦双手一摊，做无奈状："他已被中书舍人虞允文拉走了。"

范若水低声央求："誉满大江南北的'河朔孟尝'、资深大学士，就没有一点办法吗？"

范邦彦悄声："我叫你哥哥如山把他捉来？"

范若水摇头。

范邦彦低语:"我亲自出马,把他请来?"

范若水摇头。

范邦彦叫苦:"女儿,父亲已是计无所出,就听你的安排了。"

范若水耳语:"父亲,女儿要您把他给我捆来!"

范邦彦大笑而赞叹:"我家有才女,叫我惯坏了!"

赵氏和儿子范如山、儿媳张氏、管家郭思隗都不解地愣住了,范若水笑着扑在爹的怀里……

五 弦断有谁听

辛弃疾被虞允文拉走了。就在这个正月初五的深夜，在下水门城头赏心亭观赏夜景的品茶中，由于在抗金北伐上的同心同德，辛弃疾结识了大名鼎鼎的张浚，并得到张浚关爱后进的赞扬。

就在正月初七酉时府衙怡园以张浚名义举行的宴会上，虞允文热忱地把辛弃疾引见给右仆射陈康伯、权给事中辛次膺、宗正少卿史浩。

陈康伯，字长卿，时年六十五岁，信州弋阳（今江西弋阳）人，宋徽宗宣和二年（公元 1120 年）进士。在朝廷近三十年的政治生涯中，以不附秦桧而闻名。在这次抗击金兵南侵的关键时刻，以荐举虞允文出任军事参谋而声望更隆。他赞赏辛弃疾毁家纾难、揭竿义举的年轻有为，更赞赏辛弃疾义从耿京、献策"决策南向"的深谋远虑；他当然知道今晚这个以老友张浚名义举行的宴会，是为这位齐鲁汉子铺路架桥，他更猜得出，这个铺路架桥之举，肯定是出于虞允文之所谋。是啊，耿京麾下的二十五万义军，确实是一股不可轻视的力量，对来日朝廷的北定中原有着极为重大的意义。他决定再做一次荐举俊才贤士的伯乐，把这位年轻的齐鲁汉子推荐给皇帝。

辛次膺，字起季，时年七十岁，山东莱州人，宋徽宗政和三年（公元 1113 年）进士。在朝廷充任右正言的十多年间，主张抗金，力斥和议，为秦桧忌恨、诬陷，贬职奉祠十六年之久；秦桧死后，起知婺州，擢权给事中。辛弃疾带着耿京的名字和二十五万义军的声威进入建康城，使他惊喜而骄傲，"桑梓消息好，男儿起雄风"，他决定以其年迈癯瘁之躯，为桑梓这位奇男儿披荆开路。遂以同姓同宗之义，当场认辛弃疾为族孙，并举杯笑语陈康伯、史浩曰："此吾家之千里驹啊，乞二位贤人多加教诲。"

史浩字直翁，时年五十六岁，明州鄞县（今浙江宁波）人，绍兴二年（公元1132年）进士。历任余饶尉、温州教授、太学正、国子博士、秘书省校书郎、普安郡王府教授、宗正少卿等职。其人聪颖博学，有辩才，颇具心机，由于在官场上长期处于权力的下层和边缘，养成了观人观事的敏锐和处人处事的诡诈。他当然清楚眼前这位背靠二十五万义军的山东汉子在张浚、虞允文心中的分量；他当然清楚此刻张浚、虞允文把自己与陈康伯、辛次膺等量齐观的原委，不是自己的心志才情，而是与赵昚的特殊关系；他当然清楚此时赵昚在强烈追求中的所需，需要以抗金北伐的时代最强音为其登上皇位而鸣锣开道；他当然更清楚这是一个十分难得的机遇，只要自己能够把这位山东汉子和其身后的二十五万义军拉到赵昚身边，自己的前程、地位也许真的会和陈康伯、辛次膺等量齐观的。他应着辛次膺的举杯请求，朗声诵起唐代诗人杨敬之的一首诗作《赠项斯》：

> 几度见诗诗总好，及观标格过于诗。
> 平生不解藏人善，到处逢人说项斯。

史浩诵毕，举酒站起向陈康伯、辛次膺、虞允文敬酒，并关照辛弃疾而出语谦恭："学生谨遵陈老、辛老、虞公吩咐，定将竭尽心力，为雄姿英发的辛郎宣扬鼓吹。"

正月初九夜晚，辛弃疾和虞允文走进听雨轩，拜见了赵昚。

今夜三十五岁的赵昚，着一件蓝色宽襟长袍，盘发于顶，形容清秀，双目炯炯，呈现着儒雅之风，比四天前随驾巡视十里金色长廊时的马上形容，似乎年轻了许多。其时，他在史浩的陪同下，迎接虞允文、辛弃疾于客厅门外，显示了礼贤下士的谦恭，特别是躬身请进、让座和亲手执壶斟茶的亲切举止，在辛弃疾心中激起了涟漪，虞允文大人曾以"皇子可倚"四字赞誉斯人，确是言之不诬啊！

在饮茶交谈中，赵昚询问山东义军首领耿京之状，辛弃疾以"大智大勇"四字答对；赵昚问及山东义军副首领贾瑞之状，辛弃疾以"侠猛忠义"四字答对；赵昚问及河北义军首领王友直之状，辛弃疾以"胆识过人"四字答对；赵昚问及山西义军首领耶律斡罕之状，辛弃疾以"坚忍卓绝，心在宋室"八字答对。赵昚神情崇敬而笑语："辛卿尽识诸人之贤之奇，请自鉴其所怀志趣如何？"

辛弃疾坦然作答："生性愚鲁，所怀平实，纾君父之所愤，解黎庶之所忧，行北伐之壮举，求华夏之一统。"

赵昚大悦，击案而起，举茶而致赞语："好！虞公赞辛卿之忠义谋略，史师赞辛卿之志趣才情，心神仪之，相见恨晚啊。"

正月十二日巳时的行宫福宁堂，虽不似临安福宁殿的壮丽宏伟、庄穆森严，但禁军着甲戴胄，执刀佩剑，环绕福宁堂警戒的刀光剑影，仍呈现着皇帝龙居之所的神圣。

随驾重臣、官员和建康府的高官大吏五十多人，整装顶冠，依序分左右两队鸦雀无声地低头跪拜，更呈现了皇帝至尊的威严。

是时，五十五岁的赵构着明黄色锦缎绘龙朝服，戴明黄色飞檐垂帘朝冠，据高台御椅，呈居高临下之势。赵昚着暗黄色朝服，戴暗黄色朝冠，侍立于左；御前都指挥杨存中着甲戴胄，侍立于右。

赵昚用清亮的传旨声打破了福宁堂的寂静："传中书舍人、参谋军事虞允文，偕山东义军奉表使贾瑞、辛弃疾，河北义军首领王友直，山西义军首领耶律斡罕入福宁堂晋见！"

赵昚的宣旨声刚落，虞允文偕贾瑞、辛弃疾、王友直、耶律斡罕四位北方汉子走进福宁堂，迎面扑来的，是高台御椅上赵构关注的目光和高台下左右两边君臣审视的目光。众目睽睽,如锥如箭,四位北方汉子不曾见过这种金銮殿上神圣威严的阵势,一时全然懵懂了。

辛弃疾因近几天来随着虞允文走动于朝廷重臣之间,尚能在慌乱中自持,并且很快地镇定起来,而贾瑞、王友直、耶律斡罕三人,则已是迷了神志,乱了方寸,一时不知所措了。

四位北方汉子,在跟随虞允文行进在至高台前的十几步距离中,形体高大魁梧的贾瑞、耶律斡罕,竟然神情木呆,双腿发软,脚步沉重,几乎绊倒同行的王友直,引得群臣窃笑,连皇上也笑出声来。

在各自向赵构请安唱赞中,贾瑞与耶律斡罕竟然忘记报出自己的籍贯、职务和姓名,引得群臣窃议,连皇上也慨然摇头了。

辛弃疾在一时慌乱,旋即镇定之际,举目一扫两边的群臣,敏锐地发现群臣中几位年轻官员的目光是热情的、友好的、鼓舞的,他神情一振,壮气勃发,举目打量着高台御椅上的皇帝。比起四天前驾巡十里金色长廊时马背上金色甲胄、红色披风的高大形象,此刻的皇上显得形体单薄,面色苍白、皱纹伸向眼角,面颊有点松弛,眼神失去了光彩,目光中含有一丝悲凉摇曳。近处看花,褪去了意想中的神化、美化的色彩,一切都归于自然真实了。他骤然产生了一种亲近感、敬重感和晚辈人对长者的照应体贴感,他迅速地梳理着激动的心绪,准备应对皇帝的询问。

赵构也许出于同情四位北方汉子首次晋见的慌乱尴尬,也许出于担心君臣答对中会出现更大的尴尬慌乱,也许出于他自信的英明天纵,无须再对四位北方汉子有所询问,他临时取消了原定的君臣答对,蓦地提高嗓音,发出谕示:"山东义士贾瑞、辛弃疾,河北义士王友直,山西义士耶律斡罕,你们的忠义之心使朕感动啊!你们身陷齐鲁燕赵之地,面对凶残之敌,举旗倡义,心向朝廷,以刀剑热血牵制南侵之敌,大义凛然,大勇昭然,朕的满朝文武官员,皆当以中原义士为范。更有'奉表南下',举兵归宗,以忠义谋略,迎接王师北上之奏请,朕能不欣然听从而行吗?"

群臣垂首静听着、思索着：二十多年来，不曾听闻过皇上有这样的谕示啊！

四位北方汉子垂首聆听着、思索着：皇帝的谕示温暖人心啊！

赵构的话语更加动情了："朕思念故都汴京，朕思念长城内外、燕赵大地、齐鲁之壤和汉淮之域的黎庶百姓，朕思念金兵践踏下失陷区的一草一木，朕思念泰山山下的耿京将军和二十五万忍饥受寒、浴血战斗的义军士卒啊！"

赵构的声音哽咽了，群臣抬头望着动情的赵构，神情凝重，采石矶大捷，真的使皇上情近黎庶了？

赵构的声音哽咽了，四位北方汉子抬头望着动情的赵构，忠恳敬仰之情涌动翻腾，皇上情念中原啊。

赵构耐着激情，吩咐赵眘："元永（赵眘字），代朕宣示对中原义士的褒奖授职吧！"

赵眘应诺，高声宣示："皇帝谕示：制授山东义军首领耿京为天平军节度使，知东平府兼节制京东、河北路忠义军马，赐金带；制授山东义军副首领贾瑞为天平军诸军都提领，补敦武郎、阁门祇候，赐金带；制授山东义军掌书记辛弃疾为天平军掌书记，补右承务郎；制授河北义军首领王友直为天雄军节度使、检校少保；制授山西义军首领耶律斡罕为天佑军节度使、检校少保；制授天平军节度使耿京麾下二百名将领相应官职。着枢密院派遣使者，奉官诰节钺，随贾瑞、辛弃疾前往山东，亲授耿京将军。并责令从速成行。"

制授虽非诏令，检校官员虽非正命，天平军、天雄军、天佑军、知东平府、敦武郎、承务郎等职虽系空头虚职、寄禄职，但毕竟是朝廷官员，毕竟是"奉表南下"的归依，毕竟是朝廷对失陷区黎庶百姓的关爱。贾瑞、辛弃疾、王友直、耶律斡罕感激而心潮沸腾，高呼"皇上万岁"，群众也随北方四位汉子情出肺腑的唱赞而欢呼，"皇上万岁"的声浪响彻福宁堂。

辛弃疾、贾瑞一行十五人定于正月十四日清晨寅时正点离开建康城北上。正月十三日夜初酉时,虞允文和张浚在下水门城头赏心亭设宴,为辛弃疾、贾瑞一行人饯行。应邀参加者,有同知枢密使叶义问和枢密院官员、北上使者吴革、李彪。

同知枢密使叶义问,字审言,时年六十四岁,严州寿昌(今浙江建德)人。建炎二年(公元1128年)进士,曾任临安府司理参军,掌刑狱勘鞫事,因其治事不避权贵,忤触秦桧,被贬出临安,任江州通判。绍兴二十五年(公元1155年),秦桧死,被召回临安,擢任殿中侍御史。绍兴三十年(公元1160年),拜同知枢密使。在这次抗击金兵南侵中,虽亲临前线,但因素不知兵,措置乖谬,已遭言官弹劾,现时正处尴尬待罪之境。

枢密院官员、北上使者吴革、李彪,均四十岁左右,因其熟悉任免事务,且任事细致谨慎,遂被叶义问挑选为北上山东奉官诰节钺专使,与辛弃疾、贾瑞同行。

今晚的宴会,简朴平实,置三桌,主桌为张浚、虞允文、叶义问、贾瑞、辛弃疾、吴革、李彪设座,左右两桌,为山东义士刘云、刘弁、赵开、王任、孙肇、辛勤、辛茂嘉等十三人设席。酒为官酿黄粱,肴为肉鱼菜蔬,既无乐班歌伎弹唱,又无投壶、射覆凑趣,却聚集着近日来官场周旋成功的喜悦,延续着昨日福宁堂皇帝召见、授官的欢愉,感受着皇帝激情澎湃、意在北伐的狂欢,升华着心头憧憬"北定中原"的激越。

张浚酒气拂眉,举杯祝愿辛弃疾一行北上途中"马啸春风"。

叶义问醉眼蒙眬,举杯祝愿辛弃疾一行北上途中"关山坦途"。

虞允文神采奕奕,举杯致语辛弃疾:"海州地近齐鲁,京东招讨使李宝,志在北伐,热肠侠胆,重信重义,辛郎可与其相通,缓急间可引以为援。"

辛弃疾此刻已是豪情沸动,义胆炽热,他忽地站起,眼含热泪,举手招来左右酒席上的十三名伙伴,整齐列队于主桌之前,依礼单腿跪地,高举酒杯,同声唱赞,向虞允文等人敬酒告别。虞允文、张浚、叶义问亲自送别十五位北上义士至下水门城门之外,拱手送别之际,都洒下了热泪。

十五位北上义士回到西州驿馆,已是翌晨丑时一刻,做好一切准备后,在似睡非睡中,等待着出发时间寅时正点的到来。

辛弃疾在喂马后倚椅假寐之时,突觉有一事搅心,他疾步走出屋宇,在朦胧的月色中走近竹林中范邦彦居住的院落,停步于门前。他猛然想起几天来因忙于官场行走,而迟误了答谢范老前辈两次不遇的拜访,心中不免有些自责,情不自禁地低声吟诵起岳元帅词作《小重山·昨夜寒蛩不住鸣》。

明月沉落,夜色昏暗,辛弃疾取下自己头上的红色幞头朝天巾,双手捧起,恭敬庄重地放在柴门旁的青藤篱笆上,向"河朔孟尝"一家告别。

天色放亮,寅时已至,马声萧萧,马蹄嘚嘚,辛弃疾和他的伙伴飞马奔出驿馆,他们将在正阳门外会合枢密院官员吴革、李彪,奔向山东义军大营。

六 风云诡谲

绍兴三十二年(公元 1162 年)正月十四日寅时,辛弃疾离开建康城北上了,赵构对"采石矶大捷"有功官员将领的褒奖授职,以"诏令""制授"的朝制,于正月十四日午时正点公布于行宫门前昭示台的木榜上。

范邦彦得知赵构的"诏令"和"制授"是当天傍晚申时一刻,是他的儿子范如山在行宫前昭示台目睹"诏令""制授"并熟记于心带回家的。

"诏令"在建康城再次掀起的炽热狂潮,驱散了"范家庭院"因辛弃疾留下幞巾、匆忙离去而产生的疑惑、沉寂和清冷。

"诏令"中关于主战派官员将领的被重用,给"范家庭院"带来了强烈的振奋。范邦彦乐观地估计着眼前的一切,他举酒豪饮以祝贺,似乎有些沉醉了。

"诏令"中关于"制授"范邦彦充任湖州长兴县县丞的任命,给"范家庭院"带来了极大的喜悦。赵氏舒心地赞叹:"谢天谢地,范郎忠义之举终于赢得了皇帝的眷顾。长兴县县丞虽是副职,但毕竟是朝廷的命官啊!更为可喜的是,范郎所率归宗官员数十人,一律于长兴县按原职安排,这不仅体现了皇恩浩荡,也消解了范郎渡江二十天来一直重压在心头的焦虑啊!"

范如山接连着母亲喜悦的话题说道:"今日行宫昭示台前,人们对这项'制授'议论纷纷,其中一位老者登上高台,放声铿锵,激情澎湃地说:'二十年来,朝廷对待来自沦陷区的归正人(主要指汉族、契丹族的士人)、归明人

（主要指契丹族、女真族的黎庶）、归顺人（主要指契丹族、女真族、蕃部的官员）、归朝人（主要指原宋属燕山府诸路军人），均心怀猜疑，热而不亲，口惠无实，或置于园林令其劳作自食，或置于山寺养而不用。今日对'河朔孟尝'及其所率官员的厚加恩遇，表明朝廷政策在变，皇帝的圣心在变，这是朝廷二十年来第一次打出'南北一家、遐迩一体'的旗帜啊！听众激情应和，为老者唱赞，为朝廷唱赞，为皇帝唱赞！"

范如山激情洋溢的声音刚停，范若水的感叹声陡起："可怜的老者，可怜的听众，可怜的哥哥啊！你们的烧香唱赞敬错了神灵，我只为我的母亲和我的父亲唱赞！"

范邦彦、赵氏、范如山闻言，一时都诧然了。

范若水粲然一笑，语出道："什么朝政在变？什么圣心在变？什么南北一家、遐迩一体？全是一颗'抗金北伐心'想当然的联想！今天父亲及其所率官员的例外恩遇，只怕是缘于母亲的身世和父亲的名声吧！"

赵氏摇头。

范如山沉思。

范邦彦会意微笑。

范若水望着父亲询问："父亲，十天前虞允文大人来访，不是曾询证过母亲的身世吗？"

范邦彦点头。

范若水侃侃而语："我的外祖父士经公，是赵氏宗室的王公，论辈分，是当今皇帝的叔父，够高贵的吧！我的母亲，是赵氏宗室的金枝玉叶，论辈分，是当今皇帝的妹妹，够显赫的吧！我的父亲是赵氏宗室的乘龙快婿，而且以'河朔孟尝'之名遍于大河上下，大江南北，够威风的吧！这样一对皇亲国戚，吏部尚书能按照朝廷一贯对待归正人、归顺人、归明人、归朝人的常例，安置于山寺园林，令其劳作田垄，顺着垄沟觅食吗？况且，现时在朝廷执政的，正是真心抗金北伐的陈康伯和虞允文两位大人。"

范邦彦赞语出口："一针见血的联想！真不愧是我'河朔孟尝'的女儿。"

赵氏截住了丈夫的话语，嗔怪地说："范郎，你又在娇惯她了！"

范邦彦微笑拱手向夫人致谢，继续着女儿的话题："聪明的女儿，你的联想能不能更大胆一些。如果真心抗金北伐的陈康伯和虞允文两位大人，正在借用你的母亲的身世，促使皇帝、朝廷改变其二十多年来对待归正人等人的歧视怀疑政策，不也是一件极其重大的事吗？"

范若水恍悟而喜，扑在父亲的怀里致谢："谢父亲教诲，女儿无知，短视了。"

范如山亦恍悟而喜，急声说道："父亲教诲极是。今日昭示台木榜上，与皇帝诏令同时颁布的，还有朝廷制授中原义军首领耿京、贾瑞、王友直、耶律斡罕等人官职的命令。"

范邦彦惊喜语出："有这样的事情？"

范如山回答："确有此事。"

赵氏放声赞叹："谢天谢地，皇帝终于把目光投向中原了。看来，中书舍人虞允文确是干才。"

范如山兴致更浓，其情更切："山东义军掌书记辛弃疾，也被朝廷制授为天平军掌书记，并补右丞务郎之职。"

范邦彦急问："这个辛弃疾现在何处？"

范如山回答，神情不无憾意："孩儿当时亦多方询问，一位从行宫走出的年轻的朱姓官员告知：昨日午时，皇帝在福宁堂召见了辛弃疾等人，制授耿京麾下二百名将领相应的官职，并叮嘱辛弃疾善辅天平军节度使耿京壮大义军，纵横中原，迎接王师北上。今日清晨，辛弃疾已偕同枢密院专使，奉官诰节钺急返山东了。"

范若水默默站起，走向琴案，落座于琴案前，捧起红色幞头置于案头，双手抚琴，唱起岳元帅的词作《满江红·遥望中原》，为思念中的辛弃疾送行。

就在这天人联欢的热闹中，十天前潜入建康城的金国使者——成忠郎张真,通过特有的门路,把金国大都督府签署的议和牒函,送进了行宫闻莺轩,送到了侍读、临安行宫留守汤思退的手中。

辛弃疾离开建康城北上了,赵构的"诏令"在建康城迅速落往实处——

新任左仆射兼枢密使陈康伯立即把主要精力投入军事筹划,连夜召集枢密院随驾官员,研制北伐方略,准备呈奏赵构核定。

新任试兵部尚书虞允文连夜召集随驾兵部侍郎、郎中、员外郎,研讨江淮战区、荆襄战区、川陕战区、东海战区各路兵马的战斗力情状,并派出飞骑,催促采石矶驻军水陆统制张振、盛新、戴皋、王琪、时俊等人,立即前往亳州、宿州、安庆、庐州、光州等地,熟悉战场,加强战备,训练兵马,锤炼精兵,待命出征。

新任建康知府张浚以雷厉风行之势,在过完元宵节的第二天,即下令建康驻军三万兵马,进入建康城外四大校场,进行临战操练,并于正月下旬二十四日、二十五日、二十六日、二十七日,恭请赵构莅临校场检阅,在建康城掀起了北伐战备的高潮。

新任湖州长兴县县丞范邦彦,在接到"制授"的第二天,便对门下养士侠友三十人做了安排,十人留居建康,十人前往临安,十人前往镇江军营。他偕儿子范如山率领原新息县随行官员四十人和随行民众二百人前往湖州长兴县。他设想其随行官员四十人遵照皇上的"诏令"安置于长兴县衙,当无困难;其随行民众安置于长兴县山寺园林劳作自养,可能会有一番周折,但凭自己新任县丞一职,终会解决的。

新任建康留守张孝祥,在忙于增强建康城防务、筹措军用粮秣之余,以其词家的热情和敏感,以极快的速度写出了另一首词作《水调歌头·猩鬼啸篁竹》,并印发建康城内勾栏、歌场、茶馆、酒肆的乐伎、歌伎弹唱:

猩鬼啸篁竹,玉帐夜分弓。少年荆楚剑客,突骑锦襜红。千里风飞云厉,四校星流彗扫,箫剑剉春葱。谈笑青油幕,日奏捷音同。 诗书帅,黄阁老,黑头公,家传鸿宝秘略,小试不言功。闻道玺书频下,看即沙堤归去,帷幄且从容。君王神武,一举朔庭空。

就在这歌腾建康城,情沸建康城的正月二十九日午时,海州京东路招讨使李宝派出的飞骑奔进建康城,把"山东义军首领耿京遇害,山东二十五万义军溃散解体"的塘报,呈现在张浚的面前。张浚惊诧失色,不敢怠慢,立即上呈;虞允文、陈康伯、赵昚、赵构突然间似乎都陷入失措和无语,似乎都惧怕这份塘报的哀音从自己的口中泄出。

正月三十日午前巳时,北上的贾瑞、赵开、刘云、王任等人护卫着枢密院专使吴革、李彪进入建康城,进入行宫。他们沮丧的神情、惶恐的沉默和坐骑蹒跚的四蹄,立即印证了塘报中禀报的一切。

吴革、李彪匆忙交回官诰、节钺的举止和心神惊悸的禀报,更加重了张浚等人心头的忧虑与不安,更加重了赵昚心头的震撼,更加重了赵构心头的惊骇和失落,他们的心头似乎正在形成一个共同的哀愁:偏师已失,北伐难举啊!特别是吴革、李彪关于辛弃疾率领五十余骑杀向济州五万金兵大营的禀报,使张浚等人惊骇而瞠目,使赵构惊骇而绝望。

汤思退看准这个时机,于当天深夜戌时,悄悄进入福宁堂龙吟轩,把成忠郎张真传递的金国大都督府签署的议和牒函,呈献在赵构的面前——

大金国大都督府牒大宋国三省、枢密院:国朝太祖皇帝创业天基,奄有天下,迄今四十余年,其间讲信修睦,兵革寝息,百姓安业。不意正隆失德,师出无名,使两国生灵,枉被涂炭,奉新天子明诏,已行废殂。大臣将帅,方议班师赴阙,各宜戢兵以敦归好。须至移牒。

大定元年十一月三十日牒

赵构览毕,闭目深思良久,长吁口气,低声询问:"传递此牒函者谁?"

汤思退低声回答:"内侍成忠郎张真。"

赵构惊诧睁目。

汤思退急忙禀奏:"成忠郎张真持诏令至扬州军中,适遇战事,被金兵俘虏,金兵审知其身份,特遣回以传递此牒函。"

赵构再询:"金人果有诚意吗?"

汤思退急忙回答:"完颜亮死,完颜雍立,金国处于交替混乱之时,完颜雍下旨与我议和以巩固其新据之位,当是有诚意的。"

赵构复闭目沉思,汤思退悄悄退出。一个时辰之后,龙吟轩传出御旨,皇帝染病卧床,朝政委托赵眘处理。

此旨一出,群臣震惊。染病是假,变卦是真,被金兵吓破胆子的皇帝又要议和投降了!

辛弃疾一行十五人,偕临安朝廷枢密院使臣吴革、李彪等人,奉官诰、节钺、委任状,渡江北返,于正月二十日行至海州。海州城内,气氛紧张,街巷人影寥寥,店铺关门落幌。

辛弃疾、贾瑞等人惊诧而疑惑,他们风尘仆仆地进入驿站庭院,马不及卸鞍,人不及洗漱,京东招讨使李宝急忙迎上。

李宝,字仲诚,江苏扬州人,年约四十岁,体魄刚健,举止敏捷,有北伐复疆之志。初从岳飞为马弁,后任统领,现置身海州前线,倾力于兵卒教练和战场建设。在南宋各路地区中层统兵官员中,李宝的才智、政见、武艺都是佼佼者。

李宝询知是辛弃疾来临,急趋于前,拱手为礼,急切语出:"久闻四风闸辛郎英名,心仪久矣,不意今日相逢,竟是以噩耗相告,山东义军首领耿京大帅,五天前已被叛徒杀害了。"

五雷轰顶的噩耗啊!辛弃疾及其同伴全都惊呆了。

李宝再告："耿帅被害,二十五万义军瓦解离散,金兵已在莱芜、泰安、东平、兖州等地屠城报复,连这海州城已是人心惶恐。我已于三日前派出飞骑,塘报建康府。"

贾瑞愤恨填膺,"哇"的一声吐出血来,跌倒在地。刘云、赵开、王任、刘弁、孙肇、辛勤、辛茂嘉等人,由惊骇而悲痛,哭出声来。

枢密院使臣吴革、李彪由惊呆而惊恐,神情畏缩,低语辛弃疾,请求准许他们返回建康。

辛弃疾此刻已是怒火中烧,杀气腾起,他短语安抚吴革、李彪之后,拱手向李宝请教："李公可知杀害耿帅的凶手是谁?"

李宝回答："谍兵查实,杀害耿帅的凶手是二人合谋而为。一个叫张安国,据说原是山东地界一支农民起义军首领,投奔耿帅后任义军老营护卫,被金兵收买;一个叫邵进,据说也是山东地界一支起义军的首领,投奔耿帅后,居义军老营,掌管银两财会。"

"李公可知叛徒张安国、邵进现在何处?"

"谍兵查实,叛徒张安国已被金人任命为济州(山东巨野)知府;叛徒邵进也随张安国赴任济州通判。据说,叛徒张安国用谎言欺骗义军一万多兵马随行。"

辛弃疾略做思索,立即从辛勤背的图囊中取出刘瞻所赐的《大宋山川战地要津图志》,迅速察看由海州通往济州的山川道路,拱手请求李宝："李公能否借我五十名武艺高超、健勇刚毅之士?"

李宝反问："辛郎意欲何为?"

辛弃疾回答："为耿帅报仇,为大宋除害,为义军雪耻。"

李宝再询："如何报仇?如何除害?如何雪耻?"

辛弃疾回答："夜袭济州,取叛徒首级,召回被骗义军士卒。"

庭院中的人们闻言惊骇。

贾瑞急忙劝阻："幼安,此举断不可为!海州距济州四百多里,长途奔袭,凶险莫测啊！"

刘云亦起而劝阻："掌书记，今大帅被害，中原黎庶含泪期盼信任之人，唯贾副帅和辛掌书记二人。此举冒险，若有差错，损失无可计啊！辛掌书记明察，二十五万义军瓦解，但绝非全军覆没，只要贾副帅和辛掌书记接过'耿'字大旗，登高一呼，瓦解离散义军将会再度纵横齐鲁，与金兵周旋。"

吴革、李彪再次走近辛弃疾，喃喃作语："辛右承务郎，今耿京已殁，义军已散，中层官佐无存，我俩理应返回建康复命。辛右承务郎夜袭济州之举，既非圣命差遣，亦非理智所为，我俩是决计不会参与的。"

李宝厉声喝断了吴革的嘟囔，再次拱手求知辛弃疾之所谋："辛郎当知，济州地居鲁西南，西邻河南，南靠安徽，乃金人屯兵之所。谍兵查实，近两年来，济州金兵大营驻有精兵五万，辛郎夜袭济州，面临路远、地生、敌众三险之危，以五十轻骑奔袭五万之众，有取胜之可能吗？"

辛弃疾拱手作答："谢李公关爱。弃疾近两年来三走济州，其山川形势、金兵营盘，了然于胸，故无盲目飞马之虑；长途奔袭，实兵家所忌，然时有不同，势有异变，金兵五万之众，蚁居一穴，运转不灵；我以雷霆之势直捣心腑，待其察觉，我已飘然而去。"

李宝赞语急出："好！辛郎好胆识啊！我当亲率五十轻骑，听辛郎调遣！"

辛弃疾单膝跪倒，语出肺腑："中书舍人虞公以'热肠侠胆、重信重义'八字称赞李公，诚不诬啊，弃疾当感念终生。李公现镇守抗金前线海州，责任重大，不可轻离，乞赐麾下爱将率轻骑五十与弃疾同行，并乞李公下令五十轻骑每人携带硫黄火箭二十支，以备夜袭金营使用。"

李宝急忙扶起辛弃疾，慨然允诺："好！遵辛郎意愿，我立即派遣京东路统制官王世隆率五十轻骑听命于辛郎。五十轻骑每人除携带二十支硫黄火箭外，每人并将携带清油两囊。"语罢，拱手离去。

辛弃疾转身，急语辛勤、辛茂嘉："三哥、十二弟，事急如火，请你俩立即飞马济州，先一日摸清叛徒张安国、邵进之所在。"

辛勤、辛茂嘉拱手应诺。

辛弃疾再做叮咛:"进入山东地界,立即扮作金兵,对金兵大营的警戒情状的侦察,务必做到详细准确。"

辛勤、辛茂嘉拱手离去。

辛弃疾走近贾瑞恭敬禀报:"副帅吐血伤身,不可长途奔袭。且枢密院使臣吴大人、李大人,身负圣命,关乎朝廷声誉,其祸福安危,均在你我肩上,出不得半点差错。请副帅率刘弁、孙肇等几位兄弟保护吴大人、李大人速回建康复命。"

贾瑞点头允诺。

辛弃疾走近吴革、李彪,拱手致意:"吴大人、李大人身负圣命圣恩,鞍马劳顿,慰劳齐鲁二十五万义军官佐士卒,弃疾在此致谢了。愿二位大人即日南下,回建康复命,一路平安!"语罢,辛弃疾深深向吴革、李彪一躬。

吴革、李彪感激之情形于面色,正欲说些什么,一阵马蹄声急促传来,停落在驿站门外。

京东招讨使李宝带一位中年将领大步跨入驿站庭院。辛弃疾凝眸望去,其人身高八尺,年约三十岁,虎头豹额,浓眉大眼,髭须连络,着缁色夜行服,背插双刀,英气逼人,不待辛弃疾目光转移,李宝高声作介:"辛郎请看真切,此人即京东统制官王世隆!"

王世隆大步趋前,拱手禀报:"京东统制官王世隆,恭候辛掌书记军令调遣!"

正月二十八日夜晚。

月黑风高。济州城外。金兵大营,军帐千百,纵横排列,绵延数里。大营内灯火万千,蔚为壮观。金营辕门,红灯高悬,哨兵荷戟巡游;营内管弦声张,笳声悠扬;金营中央,一座蓝色军帐灯光灿烂。军帐之内,金兵孛堇(官长)、猛安(千夫长)、谋克(百夫长)及叛徒张安国、邵进正在寻欢作乐。

辛弃疾率领的五十余骑,轻若狂飙冲向金兵大营,战马四蹄皆用黑布包裹,马上勇士皆着夜行黑衣;前锋十骑,迅若猿猱,利剑闪光,辕门巡游士卒猝然倒地;铁骑闯入金兵大营,分十队展开,捷若飞豹,冲向各自的目标;辛弃疾、王世隆率领的五匹铁骑,势若猛虎,直扑金营中央蓝色军帐,剑劈门窗而入,营伎惊呆,字董不及开口,已被辛茂嘉利剑刺喉;猛安、谋克欲做反抗,已被王世隆、辛勤刀劈剑刺而亡;叛徒邵进欲逃,辛弃疾剑挥头落;叛徒张安国跪地求饶,辛弃疾将其倒提而出,飞身上马,以仰天长啸为军令。闯营士卒闻啸音而杀声四起,同时射出硫黄火箭飞向金兵军帐,刹那间烈焰腾起,火乘风力,金兵大营成了一片火海。

辛弃疾乘混乱高声宣判叛徒张安国、邵进之罪行,号召被骗义军反正归队,打起"耿"字大旗,挟着叛徒张安国率领轻骑冲出金兵大营。

一个时辰之后,金兵大营镇防军主将才控制了金兵大营的混乱,率领五千精骑追击。他追击得到的,只是辛弃疾南归而飞起的一路灰尘。

辛弃疾率领五十余骑渡过淮河之后,安置万名义军反正追随者于扬州,留下刘云、辛勤管理,以待朝廷谕示。

就在建康城人心煎熬,即将崩溃后,二月二日午前辰时,辛弃疾率领的五十余骑,驰入了建康城的正阳门。

五十余骑马蹄叩击长街的嘚嘚声,如战鼓急擂,敲碎了建康城凝重的沉默,马镫上吊挂着叛徒邵进的头颅,马背上捆绑着叛徒张安国的躯体,除奸雪耻的正义雄风,释解了建康城凝重的猜测,拯救了朝廷君臣的失落和沉沦。

虞允文紧紧握着辛弃疾的双手,语出喃喃:"资兼文武,资兼文武啊!"

陈康伯看着血染戎装的辛弃疾,赞语连连:"将才,将才,难得的将才!三国周郎之才,东晋谢玄之才……"

史浩看着烟尘熏染、气宇依然轩昂的辛弃疾,放声吟出唐代诗人刘禹锡的诗句:

旌旗入境犬无声，戮尽鲸鲵汉水清。

从此世人开耳目，始知名将出书生。

赵眘激情难捺，接着史浩的诗吟高声而语："伟哉，唐代诗人刘禹锡的诗句！辛弃疾一介书生，地位低微的右承务郎，以五十余骑奔驰四百里，夜袭金兵大营，其胆略，大开世人耳目！这一以少胜多的辉煌战例，当晓谕全军将领士卒，令其实行之、发扬之！右承务郎辛弃疾，你的忠勇功绩，杰出才智，将得到皇帝的赞赏，你率领的五十余骑，都将得到皇上的嘉奖！"

七 虎啸龙吟

二月二日傍晚,辛弃疾和他率领的五十余骑离开行宫,驰向朝廷为他们安置的临时住处——建康驿馆西区的三座庭院。当他们驰进驿馆,驰上东区通向西区的短桥时,一曲琴音蓦地从"范家庭院"传来,强烈地撞击着辛弃疾的心。他猛地勒住马缰,目光向琴音起处投去,优雅动情的歌声,似着意迎接他的归来而飞起:

　　遥望中原,荒烟外,许多城郭。想当年,花遮柳护,凤楼龙阁。万岁山前珠翠绕,蓬壶殿中笙歌作。到而今,铁骑满郊畿,风尘恶。　兵安在?膏锋锷;民安在?填沟壑。叹江山如故,千村寥落。何日请缨提锐旅,一鞭直渡清河洛!却归来,再续汉阳游,骑黄鹤。

辛弃疾心潮澎湃了:"这是岳元帅的一首遗作《满江红·登黄鹤楼有感》。七年前,祖父曾吟诵此词送我北渡黄河,进访燕京;今日'范家才女'弹唱此词迎我重返建康。感慨良多,思绪难理!聪颖的才女,你是在询问今日中原的情景吗?中原情景,依然是'铁骑满郊畿,风尘恶'!中原黎庶,依然是'千村寥落'!洒脱的才女,你是用岳元帅的词句'何日请缨提锐旅,一鞭直渡清河洛'的神圣希冀,消解我心中的忧愁吗?谢你情意,心神愧怍啊,今日的情状是主帅遇害,义军溃散,我身边只有五十余骑。这五十余骑,还是从京东招讨使李宝将军麾下借来的。"

辛弃疾沉浸于琴音歌声中，茫然不知他率领的五十余骑已在驿馆官员的引导下驰向居住的庭院，只有辛茂嘉默默站在他的身后。他抬腿跳下马鞍，迎着琴音歌声，走近青藤篱笆，忽见一位身着红衫红裤的妙龄女子从柴门走出，举止从容，笑意微微，向辛弃疾施礼询问："先生是山东义士、右承务郎辛弃疾辛大人吗？"

辛弃疾凝眸打量，认出此女乃范家夜宴的品箫少女，急忙拱手回答："在下正是山东鲁莽汉子辛弃疾，特来拜访范老前辈及其夫人，向两位老人道二十七天前不辞而别之咎。"

妙龄少女嫣然一笑，朗声而语："我家老爷及少主人已去湖州长兴县多日，夫人和小姐致语辛先生，先生以五十余骑闯五万金兵大营，且出入安然，实乃大智大勇之举，功莫大焉！先生在虎狼窝中，枭首叛逆，活捉首恶，率万名迷途义军南归，实乃惊天动地之举，德莫显焉！"

辛弃疾急忙拱手谢辞："谢夫人和小姐关爱，弃疾愧不敢当。"

妙龄少女微笑："夫人和小姐还致语先生，我家老爷和少主人不日将由湖州归来，那时将于寒舍设宴为先生作贺。我家小姐特意致语先生，届时万勿推辞。"妙龄少女语毕，微笑告别，转身欲去。

辛弃疾施礼询问："请问小姐，能否赐知芳名？"

妙龄少女微笑回答："谢先生询问，贱名若湖。"

辛弃疾脱口而出："是'范家才女'的妹妹？"

妙龄少女回答："先生误会了，我是夫人身边的侍女。承夫人怜爱，视若亲生女儿，赐名若湖，先生就叫我范若湖吧！先生，你二十七天前留给我家小姐的那件红色幞巾，我家小姐放置琴案，时时观赏啊！"语毕，飘然而入院内。

辛弃疾的思绪全然乱了，心底蓦地腾起一种别样的滋味：甜在心头，乱在心头……

第二拨向辛弃疾祝贺唱赞的是枢密院随驾到建康的四大编修官:洪迈、陆游、周必大、朱熹。

洪迈,字景庐,号容斋,饶州鄱阳(今江西鄱阳)人,绍兴十五年(公元1145年)进士,是建炎年间(公元1127—1130年)徽猷阁待置、礼部尚书洪皓的第三子,时年三十九岁。其人形容伟岸,目光含芒,聪颖好学,博极载籍,稗官虞初、释老傍行,靡不涉猎,生性刚正,敢说敢当,有乃父之风。

陆游,字务观,号放翁,越州山阴(今浙江绍兴)人,时年三十七岁。其人性情豪爽,才华横溢,志在中原,呼号北伐,少有文名,时人以"小李白"称之。

周必大,字子充,吉州庐陵(今江西吉安)人,绍兴二十一年(公元1151年)进士,时年三十六岁。其人长身瘦面,状若野鹤,举止飘逸而懒散,见事敏捷,出语尖刻,不避权幸。

朱熹,字元晦,徽州婺源(今江西婺源)人,生于福建剑州尤溪,绍兴十八年(公元1148年)进士,时年三十二岁。其人形容俊秀,剑眉朗目,性情执着而坚韧,博学广识,于经学、史学、文学、音律均有涉及,尤喜北宋理学,力主抗金北伐,崇尚诸葛孔明,木刻其像以祀。

洪、陆、周、朱四大枢密院编修官,虽性情各异,但志趣相投,在秦桧弄权时期都有被压制、被迫害的经历。

洪迈因"父罪"而遭秦桧迫害。其父洪皓(字光弼),建炎三年(公元1129年)以礼部尚书名义出使金国,被金国拘留十三年,坚贞不屈,至绍兴十一年(公元1141年)返回临安,时人以汉代苏武誉之。洪皓回到临安后,因反对秦桧"苟安钱塘"而被贬,死于去袁州的途中。绍兴十二年(公元1142年),洪迈试博学宏词科,因其是洪皓之子而被黜;绍兴十五年(公元1145年),洪迈始中第,授两浙转运司干办公事;绍兴二十一年(公元1155年)十月秦桧死后,洪迈始调至临安,任枢密院编修官。此官职无定员,掌编纂文书事,实为秘书之役。

陆游,因"才气"而遭秦桧迫害。陆游年十二岁能诗文,名传两浙。绍兴二十三年(公元 1153 年),朝廷荫补登仕郎,浙漕锁厅(贡院)荐送陆游为第一,秦桧之孙秦埙(xūn)为第二。秦桧怒,亲至主司,擢其孙秦埙为首,降陆游为末而黜落。绍兴二十四年(公元 1154 年),陆游应礼部试,名列首茅,因论"恢复中原"事再次遭秦桧黜落。秦桧死后,陆游先除敕令所删定官,再任枢密院编修官。

周必大因"火灾"而遭秦桧党羽迫害。其于绍兴二十一年(公元 1151 年)中第,任太府寺和剂局门官,掌修合良药并出售事,宅居临安漾沙坑,与秦桧党羽御史马舜韶的亲戚王某连栋。绍兴二十六年(公元 1156 年)六月某日,王某府邸饮宴失火,殃及四邻,首焚周必大之居。时秦桧虽死,其党羽仍据权位,其淫威依然猖獗,临安帅治韩仲通知火自王府,但畏御史马舜韶之权势,遂执周必大及邻比五十余人下狱,奏行三省勘会。周必大询问狱吏:"失火延烧,在律云何?"狱吏回答:"当徙。"周必大再询:"我以一身承之,以贷比邻,罪居何等?"狱吏回答:"除籍为民。"周必大高声而呼:"人果可救,吾何吝一官。"遂自诬服,落职离开临安,依其妇翁居于广德山村。其负重救人之侠肝义胆,誉于朝野。几个月后,周必大返回临安,任枢密院编修官。

朱熹因"言论"而遭秦桧迫害。绍兴十八年(公元 1148 年),朱熹在殿试中,以"偏安江左,委靡颓废"八字讽论朝廷现状。秦桧怒,出朱熹为泉州同安主簿。秦桧死后,朱熹任枢密院编修官。

二月三日午后未时,风和日丽,洪、陆、周、朱四大编修官,博带宽袍,举止狂放地闯入建康驿馆,他们各自掏出"官告",吓退了喝声拦阻的驿馆官员,在询知辛弃疾的居所之后,便顾盼谈笑地走进几株红梅缀枝的庭院。时辛茂嘉正在庭院晾晒伙伴们几天来急行军浸湿的鞍鞯甲胄,忽见四位气宇轩昂的客人来访,急忙拱手迎接。

朱熹询问:"此庭院可是山东义士辛弃疾幼安先生之所居?"

辛茂嘉急忙称是。

陆游为庭院中晾晒的十多副鞍鞯甲胄所吸引,赞叹出声:"壮哉!金戈铁马之威振奋心神啊！"

周必大遍视鞍鞯甲胄而高吁："威慑心神！联想五十余骑夜袭五万金兵大营之状，我心神战栗啊！"

洪迈向辛茂嘉拱手："请小将军传禀山东义士幼安将军，客居建康城的四个无用文人慕名求见。"

辛茂嘉大声应诺，转身欲进屋内传禀。辛弃疾短装盘发出现在屋外台阶上，正要拱手施礼，却觉眼前四位客人似曾相识，他突然想到，这四位来客不就是正月十二日在行宫福宁堂皇帝召见时，为自己送来鼓舞目光的四大枢密院编修官吗？

辛弃疾刹那间的诧异和迟疑，引起了四大编修官"来访唐突"的恍悟和歉意，他们跨步向前，拱手自荐：

"在下洪迈。"

"在下陆游。"

"在下周必大。"

"在下朱熹。"

辛弃疾惊喜若狂，跳下台阶，拱手致意，语出急切而诚挚："弃疾三生有幸，得四位先生垂爱，欣喜之至，感激之至。"

洪迈急挽辛弃疾之手而语："幼安过谦了。《史记》有语：'同恶相助，同好相留，同情相成，同欲相趋。'幼安以金戈铁马演奏抗金雪耻之曲，壮声英概，懦士为之兴起，胜我等空谈空论多矣，特前来祝贺！"

辛弃疾深深揖拜相邀："恭请四位先生内厅赐教！"

陆游挽辛弃疾之手而致语："谢幼安雅意，礼岂为我等设啊！此刻，庭院之中，春光灿灿，春风习习，胜内厅正襟危坐多矣。况且，身畔鞍鞯甲胄环列，英气卷地而起，更增添了一层雅趣！"

洪迈、周必大、朱熹同声附和。辛弃疾拱手拜谢，高声吩咐辛茂嘉道："洁几垫凳，洗杯进茶！"

春光灿灿,品茶论政。

陆游询问辛弃疾"今后将何往"?辛弃疾以"再返齐鲁,再举义旗,再聚二十五万离散之众,迎接王师北上"应之。朱熹壮其志,周必大嘉其谋,洪迈以"非察是,是察非"的哲理否之。陆游引而深之,结而论之:"夜袭金营之后,幼安乃金人追捕的魁首人物,纵然以知返的万余义军做基,但要再聚二十五万兵马绝非易事。现时朝廷军队所急需者,乃领军北伐之俊才,幼安两个月来,尽现文武兼备之资,赢得朝野眷顾,就连近日'因病卧床'、不再早朝的皇帝,也于今日卯时突然病愈早朝了。'非察是,是察非',两相辨之,幼安留住朝廷也许胜于北上。"

辛弃疾急忙拱手致谢。

朱熹说出了看似可喜的朝廷,却隐藏着可哀的祸胎:"皇上在抗金北伐上,并非如人们想象的那样坚定,对岳飞蒙冤一案至今仍拒绝公开平反啊!"

周必大哀而和之:"皇上身边仍然站着一文一武,文者临安行宫留守汤思退,武者御营宿卫使、同安郡王杨存中。此文武二人,乃秦桧之左膀右臂啊!"

陆游愤而继之:"近日福宁堂传言,杨存中将兼任江、淮、荆、襄四路宣抚使,诏令将于近日发出。"

洪迈悲声而高吟:

春还消息访寒梅。赏初开,梦吟来。映雪衔霜,清绝绕风台。可怕长洲桃李妒,度香远,惊悉眼,欲媚谁?　曾动诗兴笑冷蕊。效少陵,惭《下里》。万株连绮,叹金谷,人坠莺飞。引领罗浮,翠羽幻青衣。月下花神言极丽,且同醉,休先愁,玉笛吹。

洪迈声停,辛弃疾急询:"此词可是令尊光弼公在拘留于金国期间所赋《江梅引》四首中的《访寒梅》?"

洪迈点头。

陆游愤声而吟："'可怕长洲桃李妒,度香远,惊愁眼,欲媚谁?'光弼公预言成真啊,岳元帅辉煌的抗金胜利又有谁会欣赏呢?到头来还不是梅花落,玉笛吹,'万株连绮,叹金谷,人坠莺飞'吗?"

洪迈哀叹:"绍兴十一年(公元1141年)的故事当作镜鉴,不怕金兵猖獗,就怕内奸出卖啊!我是担心这次万民欢腾的'采石矶大捷',会步当年岳元帅'颍昌大捷'的后尘,又一次与金人签订辱国丧权的《绍兴和议》啊!"

辛弃疾拍案而吼,声若雷霆:"内奸之徒,猪狗不如,当挥刀斩之!"语出,自觉情急鲁莽,神情赧然。

洪迈、陆游、周必大、朱熹皆闻声而神情悚然,旋即同时鼓掌赞之。周必大语出:"辛弃疾毕竟是辛弃疾啊!出手亦果敢霹雳,不似我等愤怒与缠绵相交相蚀啊!"

这次会晤给辛弃疾注入了力量、信心和视野上的一次飞跃……

第三拨向辛弃疾祝贺唱赞的,是建康知府张浚和建康留守张孝祥。

他俩都是建康城的主官,对二十多天来炽热辉煌中朝政波诡云谲的莫测变化,都有着极为敏锐的察觉。山东二十五万义军的溃散,动摇了赵构抗金北伐的念头,借病不再早朝,就是"故疾复发"的明证;行宫传出御营宿卫使、同安郡王杨存中将兼任江、淮、荆、襄四路宣抚使的讯息,隐约表明皇上将置抗金名将张浚于冷室,又准备与金人和议了。就在这微妙时刻,辛弃疾率领五十余骑奔袭金兵大营奏捷,召唤万名迷途义军归来,并活捉叛逆首恶献俘于建康行宫,制止了朝臣的惊骇惶恐、民心的疑虑猜测和抗金北伐形势的诡谲逆转。赵眘第一次挣脱了谨小慎微的谦恭缚绳,激情澎湃地向朝廷重臣发出了训令——张扬辛弃疾"夜袭金营"的奇功,以昭示于朝野军民官吏。

张浚原本是身经百战的沙场老将,他当然知道辛弃疾的"夜袭金营"一事,在意志、胆识、组织能力上都是超群的,但其战斗本身,相当于一次侦察性的干扰,金兵的损失,只不过是几百顶军帐被焚,几百名官佐兵卒死亡罢了;只是万名被骗义军的迷途知返、接踵南归,确是创造了奇迹。真是波诡云谲啊,这样一场"夜袭金营",此时竟然关系到朝廷的决策、皇帝的动向、国家的安危。不可错失良机,张浚决定与陈康伯、虞允文、赵鼎联手同步,借辛弃疾"夜袭金营"的奇功,全力推动抗金北伐事业的实现。

张浚在思虑成熟之后,便以全部精力投入战斗。他吩咐张孝祥调动建康城的一切力量,为辛弃疾的奇功组织一场规模宏大的祝捷会,当以金戈铁马的磅礴气势,镇压朝中那些乌鸦的鼓噪谣诼!

张孝祥高声应诺……

张孝祥虽然年仅三十岁,体质文弱,且新任建康留守,但其官场短暂的八年经历,却充满了霜杀冰封的苍凉:绍兴二十四年(公元 1154 年)他举进士第一,时年二十二岁,借机上疏"请昭雪岳飞冤情",遭秦桧忌恨,被打入牢狱。翌年十月,秦桧病亡,他出狱而知抚州。也许因为他的"疏请昭雪岳飞冤情"之罪依然附身,居官已逾三年,朝廷仍置之不问。在知抚州的六年间,他终于参悟了官场因循苟且的种种,在忠愤与怆楚中度日,以待云散天晴。"时来天地皆同力"啊,"采石矶大捷"惊天动地催生了他的一首词作《水调歌头·闻采石矶战胜》,这首词作唱出了建康黎庶的心声,唱进了皇上的耳朵,改变了他的命运,也把他和抗金北伐大业联系在一起。作为建康留守,他已与建康知府张浚同心同德,成了张浚有力的助手。

张孝祥不仅是文人词家,也是一位行政干才,有着极强的政治敏感和组织才能。他从张浚的吩咐中,想到了大宋历史上鲜有的几个英雄将领之一的李纲(字伯纪)。李纲在徽宗赵佶宣和年间任太常少卿,刺臂血上疏,请徽宗号召天下军民官吏抗击金兵南侵;李纲在钦宗赵恒靖康年间,任兵部侍郎,反对钦宗迁都避敌,并积极备战,逼使金兵撤退,并在汴京沦陷之时,保护时为康王的赵构突围而出,是为当今皇帝,立有不世之功;李纲在自建炎元年(公元 1127 年)至绍兴十年(公元 1140 年)的十三年间,虽因屡上奏疏反对议和而遭权臣诬陷而离京外任,以致含恨病亡,赵构仍谥"忠定"二字以褒之。并由此想到李纲所赋的那些抗敌御侮、脍炙人口的诗词,如《念奴娇·汉武巡朔方》《水龙吟·太宗临渭上》《喜迁莺·晋师胜淝上》等,这不正是抵御朝中乌鸦鼓噪谣诼的甲胄吗?

张孝祥思虑周密。他在祝捷地点、祝捷时间、祝捷规模、祝捷形式、祝捷人员组成、祝捷节目安排和祝捷邀请来客等方面都做了反复的斟酌。

在祝捷地点上,他决定放在府衙门前的广场上,以"地灵"凸显庄重;在祝捷时间上,他决定放在夜初酉时三刻至戌时,以"华灯齐放"凸显张扬;在祝捷规模上,他决定以四百人为限,以"精练"凸显紧凑;在祝捷形式上,他决定以酒会为媒,以"新颖"凸显魅力;在祝捷人员组成和节目安排上,他决定调动军队士卒和军内艺伎主演,歌唱李纲的词作和唐代边塞诗,在邀请来宾上,他决定邀请各界代表各三十人参加。

但在邀请行宫随驾重臣的人选上,他着实搅动了一阵脑汁,最后选定了宗正少卿史浩。史浩不同于陈康伯和虞允文,他虽然掌管着皇族宗庙事务,但不是执权人物,不会引起皇上的猜疑;史浩曾为普安郡王府教授,乃潜府旧人,与赵眘有师友之谊,可借其耳目口舌为"祝捷会"做证,即可将"金戈铁马的磅礴之势"上达天听;史浩多才多艺,亦词坛人物,有了他祝捷会将会更加丰富多彩。

经过短短两天的筹备组织,一场别开生面的祝捷会,在建康城上演了。

二月四日夜初寅时三刻,"祝捷会"的开始。

府衙门前宽阔的高台上,一百名军中艺伎排列成阵,五十名乐手,正在演奏着拂空荡云乐章,强烈地撞击着人们的心弦。

不多时,军乐演奏声突然转向古曲众器合奏,营造出朔方战地风云狂卷和风沙弥漫的天地玄黄。军中艺伎杖子头"军中霹雳"领唱的歌声出喉,裂石穿云,震荡九霄,高台上军中五十名歌手应和而歌:

> 茂陵仙客,算真是,天与雄才宏略。猎取天骄驰卫、霍,如使鹰鹯驱雀。

鏖战皋兰,犁庭龙碛,饮至行勋爵。中华疆盛,坐令夷狄衰弱。 追想当日巡行,勒兵十万骑,横临边朔。亲总貔貅谈笑看,黠虏心惊胆落。寄语单于,两君相见,何苦逃沙漠。英风如在,卓然千古高著。

史浩突然恍悟了:这不是李纲的词作《念奴娇·汉武巡朔方》吗?汉武帝刘彻确实是历史上一位"天与雄才宏略"的帝王,他派遣张骞两次出使西域,使乌孙、大月氏、大宛、康居、大夏、安息诸国,增强了与汉王朝的关系,加强了汉王朝对西域的统治;他派遣中郎将唐蒙出使夜郎,在西南建立七郡,加强了汉王朝对西南的统治;他派遣大将军卫青、骠骑将军霍去病进击匈奴,解除了来自北方的威胁,巩固了北部边防。此刻,张浚、张孝祥借用李纲的这首词作为辛弃疾唱赞,呼吁当今皇帝效法汉武而北伐,颇具匠心,耐人寻味啊! 他听着激越澎湃的歌声,默默地思索着……

威撼天地、情动山川的《念奴娇·汉武巡朔方》的乐曲歌声,在广场人群深沉凝重的宁静中停歇了。史浩猛然警醒:天时予我,何所辞啊!我不仅要做张浚、张孝祥借以驱魔打鬼的钟馗,更要借机猎取君王的信任和黎庶百姓的好感,走向决断万机的阁台啊!他高举酒杯,曛地站起,声音激越而响亮:"好一首激励人心的《念奴娇·汉武巡朔方》! 李伯纪逝世二十二年,他的理想和追求,仍永存于大宋的山川湖海之上和黎庶百姓之间。这震天撼地的乐章,是他留给人间的呐喊;他赞颂'天与雄才宏略'的汉武帝亲巡朔方,我们天纵英明的皇上,今日不也驾临建康城吗? 他赞誉'鹰鹯驱雀'的卫青、霍去病,我们的右承务郎辛弃疾和他率领的五十余骑,不也使五万金兵'心惊胆落'吗?辛弃疾就是我们大宋的卫青、霍去病,我们当高举酒杯,为我们天纵英明的皇上唱赞,为我们的英雄辛弃疾祝酒欢呼!"

广场内欢呼声腾起,为皇帝唱赞,为辛弃疾祝福。

张浚会心地笑了:张孝祥知人知事,俊彦之士啊!

张孝祥会心地笑了:史直翁机敏出众,辩才出众,确有登高一呼之长!

史浩会心地笑了：一呼百应，舒心舒意地开头啊！

辛弃疾却在皱着眉头急剧地思索着：李纲这首抗敌御侮的词作，原本是暗含讥讽的，酒会主人借其声势军威，为"抗金北伐"张扬鼓吹，情理系之，可公史直翁如此生硬地解读，并近于荒唐地用于今日，媚欺具然，情理悖然。何也？也许只是为了对付宫中那些暗中涌动"和议"的"长洲桃李"吧？

桃叶渡勾栏杖子头辛真真、长干里勾栏杖子头董山山、胭脂井勾栏杖子头落天雷，率领各自的伙伴，分三路拥向辛弃疾及其伙伴所据的酒席向诸位敬酒。

长干里勾栏杖子头董山山抢先登上高台，借军乐之威，唱起唐代诗人王昌龄的边塞诗。桃叶渡勾栏、长干里勾栏、胭脂井勾栏歌伎九十多人，散立于高台之下放声唱和：

秦时明月汉时关，万里长征人未还。

但使龙城飞将在，不教胡马度阴山。

青海长云暗雪山，孤城遥望玉门关。

黄沙百战穿金甲，不斩楼兰终不还。

大漠风尘日色昏，红旗半卷出辕门。

前军夜渡洮河北，已报生擒吐谷浑。

胡瓶落膊紫薄汗，碎月城西秋月团。

明敕星驰封宝剑，辞君一夜取楼兰。

九十多位勾栏歌伎声情并茂的唱和，使广场内外数万黎庶沸腾了血液。

他们同声欢呼着"辛弃疾"这个名字，使得辛弃疾从席间站起，向广场内外的人群鞠躬致敬。

乐曲歌声停落了，在人群刹那间的沉静中，辛真真和落天雷，举酒走近辛弃疾，同声相邀："民心所向，当有所答；民心所期，当有所许。恭请右承务郎或示数语,或歌一曲,以慰民情沸腾之所望。"

辛弃疾含笑站起,向辛真真和落天雷拱手致谢,接过她俩手中的酒杯,畅饮而尽,然后步上高台,向军中艺伎总管深深一揖,请赐古曲相助,并以唐代诗人岑参的诗作《走马川行奉送封大夫出师西征》相告。

军中艺伎总管乍闻《走马川行奉送封大夫出师西征》之名而骇然,向辛弃疾投去惊诧的目光,是善意的质疑,是善意的担心,是善意的劝阻,但得到的回应却是辛弃疾从容坚定、自信的感谢。他神情一振,意气飞扬,转过身躯,面对乐班,挥手掀起长号、龙笛、洞箫、檀板、琴瑟波澜壮阔的交响,营造出西北边塞飞沙走石的奇壮声威。

辛弃疾和乐高歌:

君不见,走马川,雪海边,平沙莽莽黄入天。

轮台九月风夜吼,一川碎石大如斗,随风满地石乱走。

匈奴草黄马正肥,金山西望烟尘飞,汉家大将西出师。

将军金甲夜不脱,半夜行军戈相拨,风头如刀面如割。

马毛带雪汗气蒸,五花连钱旋作冰,幕中草檄砚水凝。

虏骑闻之应胆慑,料知短兵不敢接,车师西门伫献捷。

辛弃疾用激越的情感、洪亮的嗓音、高超的歌唱技巧,唱出了在走马川风沙肆虐、斗石飞滚的恶劣环境中不畏艰险的唐代军人的精神面貌,唱出了临战前"将军金甲夜不脱"的紧张和唐军"马毛带雪汗气蒸""幕中草檄砚水凝"的战斗豪情,唱出了诗人岑参时为安西北庭节度判官,长期生活于军营,与出征将士融为一体的血肉情谊。

壮奇豪迈的歌声,强烈地激励着广场内外人群的心志;壮奇峥嵘的歌声,强烈地激动着广场内外人群的豪情。一曲三唱,他们已与辛弃疾情感交融,心志交融,会唱者放声,不会唱者哼吟,整个的建康城,似乎都在歌唱《走马川行奉送封大夫出师西征》。

张浚忘情而呼，书剑、琴瑟、风雅集于一身，辛弃疾天生之才，难得之才。

史浩忘情而呼，痛快、淋漓，傲视万物，辛弃疾的才智风度，果然不凡！

史浩的呼叹声伴随着乐曲歌声而停落，市肆商贾团行执掌王金陵和医卜工役团行执掌徐涛，各率领代表五人举杯走向辛弃疾所据之酒席。王金陵，年约四十岁，形容清秀，传说是唐代金陵首富王昌的后代；徐涛，年近三十岁，体高而壮，颇显精干。他们在向史浩等人敬酒之后，王金陵捧出一份临时拟定的"献金礼札"，呈献于知建康府张浚的面前，长揖而语："不听军旅之歌，不知军营之艰苦；不听军旅之歌，不知军人之忠勇；不听军旅之歌，不知征战中军人之伟大；不听军旅之歌，不知我辈锦衣美食之所倚所障。无雄壮威武之师，无以抗金；无必死则生之师，无以北伐；无铜墙铁壁之师，无以自强自保。我市肆商贾团行二十名代表共议献金一千万缗，以助军饷。请知府大人收讫。"

"献金"之事实出突然，张浚一时蒙了，目视张孝祥、史浩求解，张孝祥正在沉思，史浩亦茫然无措。

医卜工役团行执掌徐涛，亦捧出"献金礼札"呈献于张浚面前，深深一揖说道："抗金北伐是百姓的心愿，是国家的大事，靠的是各路兵马。我医卜工役团行，虽然都是衣食勉强可保的草民，但心系军队，情通军旅，仅献金三百万缗，以尽绵薄之力。请知府大人收讫。"

张浚急忙拱手谢拒："谢诸位拥军爱军之情谊，但献金助饷之事，万万不可……"

张浚话语未尽，州学学子二十名举杯站起，在年轻学子杨炎正率领下拥向辛弃疾所据的酒席。杨炎正，吉州吉水人，时年十七岁，是枢密院编修官杨万里的族弟。其人体魄单薄，面颊眉间尚留稚气，但形神聪颖，性格豪放。他举酒礼拜于史浩面前："史大人，您是朝廷梁柱，请大人恩准我等二十名学子投笔从戎，追随英雄辛弃疾大人抗金北伐吧！"

二十名学子同时举酒跪倒在史浩的面前，同时发出披肝沥胆的呼号："投笔从戎，仗剑报国，抗金北伐！"

好一个"献金助饷"，好一个"投笔从戎"，人心已成力量，力量已成趋势，这正是皇子所期望出现的形势啊！史浩抓住机遇，举杯站起，回答广场的内外人群的期待："皇上圣明，必将关切商贾、医卜、工役们的'献金助饷'！必将关切州学学子们的'投笔从戎'！必将亲率王师'抗金北伐'！明日午时正点，将在城西刑场处斩叛徒张安国！皇上圣明，将于近日再次召见我们的英雄辛弃疾！"

史浩语落，"皇上圣明"的唱赞欢呼声腾地而起，响彻夜空，经久不息。

人们似乎已把皇上看作唐太宗李世民；似乎已相信皇上也会像唐太宗李世民一样"觇虏营，只从七骑"；大家沉醉在北伐的意念中，不知子夜已至。

八　暗流涌动

二月五日午时正点,在城西刑场处斩叛逆张安国的声势浩大的举动,使建康城万人空巷,抗金北伐之势再掀高潮。

二月五日未时,辛弃疾刚从城西刑场回到驿馆,不及更衣洗漱,就接到随驾给事中辛次膺派人送来的一封信函,其内容是草书两行:明日辰时,上将召见于福宁堂。

辛弃疾神情一振,忘记疲劳,心跳骤然加剧加速,他突然意识到,该为明日的皇上召见做答对上的准备了。他关上寝居的房门,仰卧床榻,闭目思索:该离开建康城了,该带着暂住扬州的万余义军士卒返回山东了,该再举义旗纵横中原了。

在辛弃疾心回故乡的思索中,建康城留守张孝祥匆忙来到驿馆,打断了他的思索。张孝祥是奉张浚的委托而来,首先转达了皇上将于明日辰时单独召见辛弃疾的消息,并转达了张浚关于辛弃疾职务的意见:"张公前日奉诏进入行宫面圣,曾奏请江、淮备战事,其要点有三:一、奏请于两淮、荆、襄之间,创为四大镇,如维扬、合肥、蕲阳、襄阳,增城浚隍,以立守备,农战交修,以待天时;二、大江之南,控制吴、蜀,凤有屯兵,据其险阻之地,当建为五帅,由镇江而上,至于建康、九江、江夏、公安,各以两万人为屯,附以属城,供其刍粮,列置烽燧,增益楼船;三、选择兵官,教习诸路将领、禁军、士兵、弓手,以求久安。张公在奏请'选择兵官'中,着意谈及幼安的才智及暂驻扬州万余义兵,并奏请皇帝安置幼安于维扬兵镇或镇江帅营。张公派我前来特别会知幼安:'明日皇上召见,若以维扬、镇江两地安置幼安和暂驻扬州的万余义军,请幼安万勿推辞。'"

送走张孝祥之后,辛弃疾返回寝居,正要梳理这支义军再造再建的方略,虞允文便装来到驿馆,坦言告知辛弃疾明日福宁堂答对中应切记之事:"关于辛郎职务的安排,近日重臣议论颇多:有北上齐鲁之说,冀辛郎领暂驻扬州万余义军,纵横中原,策应王师北伐;有留居维扬、镇江之说,冀辛郎率领暂驻扬州万余义军,编入江南东路建康节度;有进入临安兵部、枢密院之说,冀辛郎暂以员外郎、编修官之职,发挥参谋军务之才。辛郎切记:明日晋见中,皇上若征询辛郎职务之所向,当以'唯圣上之命是从'答之;皇上若询及处置暂驻扬州万余义军之所向,辛郎亦当以'唯圣上之命是从'答之;皇上若询及中原金兵情状,辛郎当本着'轻藐仇寇'的精神答之,以坚定皇上北伐之志。"

虞允文语毕,即拱手告辞,将出寝居之门,低声告辞辛弃疾:"明日午时正点,皇上即起程返回临安,辛郎之前程行止,也许将决定于明日之君臣一晤。辛郎当把握机遇,大胆进取!"

虞允文离开了,辛弃疾的心情翻江倒海了:"'北上齐鲁'之说,也许是赵眘的主意,在昨夜府衙门前广场的祝捷酒会上,宗正少卿史浩已露出了端倪,这也是自己之所期啊!'留居维扬、镇江'之说,肯定是抗金老将张浚的主张,张孝祥刚才的说辞和叮咛,把一切都讲明白了。释解心忧啊,值得庆幸啊,暂驻扬州的万余名迷途知返的兄弟,能编入朝廷军队,耿大帅地下有知,当可舒心一笑啊!'进入兵部、枢密院'之说,也许是虞公设计的,前日枢密院四大编修官来访,陆游即有此说。惹人深思啊,难道真如陆游之所语,进入朝廷胜于北上啊!感谢皇子的关切,张公的垂爱,虞公的栽培!在这些真心实意的感激中,突然恍悟到:他的命运行止,自己已是不能做主了。虞公两次强调'唯圣上之命是从'的叮嘱,使他在诚惶诚恐中,突然恍悟到宫廷纷争的复杂和皇上心意的莫测。"

辛弃疾的心情沉重了,他转身仰卧于床榻之上,按照虞允文的指点,以"轻蔑仇寇"的精神,对中原金兵情状进行梳理,但根本想不进去,他几经翻身,强迫自己闭目凝思,但终不见效。他长吁一声,猛地挺身坐起,贾瑞、王弁、赵开、王任、孙肇、王世隆等人恰在此时推门闯进寝居。

贾瑞热情横溢,急声询问:"幼安,明天皇上真的要召见吗?"

王弁大声高喊:"奏请皇上,带上暂驻扬州的万余兄弟返回故乡,再斗金兵!"

辛弃疾苦笑而呼:"唯圣上之命是从啊!客厅摆酒,我们开怀畅饮,为'唯圣上之命是从'干杯!"

贾瑞、王弁等人不解此刻辛弃疾心情的沉重,发出赞同的热烈欢呼声,等待着皇帝明日辰时的召见。

入夜酉时,在辛弃疾他们为"唯圣上之命是从"开怀畅饮的同时,建康行宫里,汤思退从居住的闻莺轩走出,快步走向赵构居住的福宁堂龙吟轩。

汤思退已经是四个晚上不曾安枕了,苍白的脸色,紧锁的双眉,下垂的眼角,含怒的目光,显露着他内心的焦虑、阴沉和仇恨。他是正月十八日深夜把成忠郎张真悄悄送来的、由金国大都督府签署的"和议牒函"悄悄上呈赵构的。当时皇上急拆阅览,面呈释重释忧之色,沉思良久,在询问"张真何许人耶?""此牒函可靠否?"之后,便移题而言他,汤思退不得要领,茫然退出;十天之后,也就是正月二十八日深夜,皇上密召他于龙吟轩,以"北伐果可操胜算否?""金人果有议和诚意否?""劳卿密而察之"而示其心底所向。皇上依然是十年前的皇上,皇上心底的治国方略,依然是十年前的治国方略啊,张真带着皇上的这个"暗示"连夜渡江北去了。谁知就在这次君臣密议的第三天,山东汉子辛弃疾再度归来,以奔袭金兵大营的传奇胜利,冲击了皇上心底之所向,在建康城再次掀起"抗金北伐"的浪潮。皇子赵眘,左仆射兼枢密使陈康伯,中书舍人、试兵部尚书虞允文,知建康府张浚及随驾至建康的中、下级官员,都为辛弃疾的"夜袭金营""生擒叛逆""召回万余迷途义军"而唱赞张扬,并借辛弃疾的侥幸得逞,煽惑黎庶,挟惑兵卒,迷惑皇上,为北伐造势,硬是把一个山东莽汉辛弃疾捧上了天,竟迷得皇上乱了心神,准备于明日辰时召见这个再度南来的"叫花子",特别是昨夜府衙门前广场上的"祝捷酒会",其声势之浩大,组织之缜密,完全佐证了组织者用心之深沉。他们把一场自我张扬的演唱,变成了"歌颂皇上神武"的盛会,并借用宗正少卿史浩一张善吐莲花的嘴巴,把这场"祝捷酒会"的盛况上呈天听。天威难测啊,惯于一时心血来潮的皇上,极有可能在明日辰时的召见中,再次下诏,把"叫花子"辛弃疾提上坐镇领军的高位。这是断乎不可的!所幸今日清晨,张真由江北盱眙归来,带来了"北方"的重要信讯,也许会使头脑膨胀的皇上冷静清醒过来。

福宁堂龙吟轩森严的门禁,止住了汤思退的脚步,也止住了汤思退焦虑愤懑的思索。内侍押班甘昇进入龙吟轩禀报去了,汤思退强做笑容,等待着皇上的召唤。

此时的赵构刚刚送走了史浩,仰倚在软榻上,兴致勃勃,神采飞扬,仍然沉浸在史浩描绘的昨夜府衙门前广场"祝捷酒会"神话般的别样激情壮观中。他似乎真的感觉到汉武唐宗雄才宏略的附魂附体,果敢地否定了张浚"留置辛弃疾于维扬、镇江"的奏请,虞允文"调辛弃疾进入兵部、枢密院"的奏请,采纳了赵睿"遣辛弃疾北上齐鲁"的奏请,决定在明日辰时的召见中,诏令辛弃疾接替已故耿京的职位,为天平军节度使,知东平府兼节制京东、河北路忠义军。他突然感觉到果敢决事后的轻松畅快,吁声叹息:"朕擢一区区右承务郎为一节度使,并节制齐鲁燕赵各路忠义兵马,这该是心系北伐的臣子和建康城喊破嗓子的黎庶所期盼的吧!"

龙吟轩的门打开,甘昇传出"汤卿请进"的召唤。汤思退急忙端出笑容,弯腰趋步走进龙吟轩。辉煌灿烂的华灯使他眼前一凛,双膝跪倒在赵构倚坐的软榻前："臣汤思退恭请圣安。"

赵构身子一欠，表示了对臣下的优渥，微笑语出："汤卿请起叙话！"

汤思退刚刚落座，赵构放声而语："几日不晤先生，甚念。此刻至，何以教朕？"

汤思退急忙拱手禀奏："禀奏圣上，臣掬心捧胆，恭祝圣上选贤择将之喜！"

赵构诧异而恍悟："'选贤择将之喜'？哦，先生指的是右承务郎辛弃疾吧？"

汤思退拱手而欢呼："圣上英明。这几天来，辛弃疾这个名字如春雷滚动，响彻建康城，大街小巷都在谈论着辛弃疾及他夜袭金兵大营的传奇功绩。特别是经过昨夜的祝捷酒会，一夜之间，辛弃疾这个名字已与大汉盛唐的贤臣良将齐名齐肩了。"

赵构大笑而语："好好！我朝思退进之先生也与史浩直翁、张浚德远、允文彬甫同声同调，为辛弃疾的才智功业鼓吹张扬了！"

汤思退笑而拱手答对："形势使然，臣不敢落后于同僚诸贤啊！圣上，臣夜读唐人韩愈退之的诗集，其中有《晚春》一首，颇富奇趣，臣很是喜爱。"

赵构知道，这位善于思索的心腹之臣，已有心腹之论要禀奏了，便肃穆神情，出语以励："先生之喜爱，朕必嘉之，愿闻韩愈《晚春》诗句。"

汤思退清嗓一咳，朗声吟出：

草树知春不久归，百般红紫斗芳菲。

杨花榆荚无才思，唯解漫天作雪飞。

赵构放声嘉之："好一幅热闹的送春情景啊！春之将去，万木竞相挽留，百花争艳，万紫千红，妙在乏色少香的杨花榆荚，不甘寂寞地漫天飞舞，扮着雪花凑着热闹留春。此诗确奇，奇得有趣，朕深嘉之。朕想知道，此时在先生的心中,这'杨花榆荚'所指何人?"

汤思退急忙回答:"圣上明鉴,'杨花榆荚'者,乃臣汤思退啊!"

赵构喜而高呼:"妙,朕愿听先生'杨花榆荚'之言!"

汤思退拱手致谢,朗声谈起:"圣上明鉴,辛弃疾资兼文武,确是一位难得之人才。史直翁以汉代之卫青、霍去病誉之,张德远以汉代飞将军李广誉之,左仆射兼枢密使陈长卿以唐代军事家、卫国公李靖誉之,这些赞誉,自然是出于一片至诚,但都带有溢美不当之嫌。臣赞服而倾心者,是虞允文大人对辛弃疾的赞誉。"

赵构询问:"虞允文之赞誉如何?"

汤思退答对:"虞允文之赞誉是简简单单的四个字:'岳飞再生'。"

赵构的神情骤然变得凝重了。

汤思退似不曾发觉皇帝神情的变化,侃侃谈起:"'岳飞再生'这四字赞语,确实是卓然之论,臣以此论为导,潜心思索,蓦然发现今之辛弃疾与昔之岳飞,有着惊人的相似。"

赵构神情严峻了:"朕愿听先生之'蓦然发现'!"

汤思退似不曾发觉皇帝神情的再度变化,依然是侃侃而谈:"圣上明鉴,辛弃疾与岳飞惊人相似之处甚多:一、辛、岳同为中原人。岳飞家居相州汤阴,辛弃疾家居济南历城,二人俱为率部渡淮之士。故其二人的思虑行事中,有着相同的故园情结。二、辛、岳有着相似的童年。岳飞早日丧父,由其母姚氏抚养,并以'尽忠报国'四字刻镂于岳飞之背;辛弃疾幼年父母双亡,由其祖父辛赞抚育,并以'纾君父之愤'五字遗训于辛弃疾。故其二人的思虑行事中,有着相似的血缘情结。三、辛、岳有着相似的启蒙开智老师。岳飞的老师是陕西奇人周侗,辛弃疾的老师是亳州名士蔡松年、刘瞻。据臣所知,宣和年间的周侗和十年前的蔡松年、刘瞻都是露才扬己、谤诽朝廷之人。故其二人的思虑行事中,有着相同的'露才扬己'的师承情结。四、辛、岳有着相似的起事经历。岳飞于徽宗宣和五年(公元1123年)结伙张显、汤怀、王贵、牛皋等人,借朝廷武举选能之机,大闹武科场,枪挑小梁王、扰乱京师后,投奔河北真定宣抚使刘韬麾下,任下级军官秉义郎,辖领兵卒五十人;辛弃疾于去年八月,纠集暴民两千人,起事于济南历城四凤闸,纵横历城、西营、郭店、章丘地区,投奔于山东义军首领耿京麾下,任掌书记之职。故其二人的思虑行事中,有着相同的冒险情结。五、辛、岳有着相似的传奇经历。建炎元年(公元1127年),圣上登极,身为区区秉义郎的岳飞,竟然不知天高地厚地上书圣上,反对朝廷南迁,被真定宣抚使刘韬革职后,投奔知磁州宗泽麾下,任统制之职,辖领兵卒八百。建炎三年(公元1129年),金兵统帅完颜宗弼(金兀术)南侵,岳飞于广德、宜兴地区,以八百兵马大破金兵一万五千精骑,遂名声大噪,'岳家军'横空而出;去年(公元1161年)十月,区区掌书记辛弃疾,竟然以'决策南向'之谋获耿京信任,并代表耿京晋见圣上,得到群臣赞赏和圣上垂爱,授予右承务郎之职,并于北返途中,以五十余骑奔袭五万金兵大营,创造了战场上少有的传奇,被别具心机的重臣将领和狂热盲目的黎庶百姓捧为罕见的英雄。故其二人的思虑行事中,有着相同的机巧情结。六、辛、岳有着相似的文思才情。岳飞虽为武将,但平日留意翰墨,礼贤下士,无一般武将之鲁莽,具有文人谋士精于韬略之素质,是我朝武将中唯一工于诗词歌赋的行家里手,其所作《满江红·怒发冲冠》《满江红·登黄鹤楼有感》《小重山·昨夜寒蛩不住鸣》及所赋《五岳词盟记》,以其凛然爱国之激情和慷慨豪壮之气势,震撼着天下人心啊!辛弃疾,亦非鲁莽之武夫,魁梧的体魄,沸动着文人之儒雅和谋士之深沉,以其相似于岳飞的奇特魅力,在建康城仅有的几次露面中,已赢得了建康城黎庶的好感和朝廷官员的赞赏。其人且文思才情天赋极高,昨夜在'祝捷酒会'上,放声高唱唐代诗人岑参所作的《走马川行奉送出师西征》,声情相偕、气势磅礴,使数万黎庶官员同声狂呼,叹为观止。故其二人的思虑行事中,有着相同的文人谋士惯于韬晦的难测情结。七、辛、岳有着相似的性格。岳飞貌似庄重谦和,实则生性倔傲刚勇,自信自愎;平日里温文尔雅,堪称谦逊,战场上决事果敢,近于残忍;处于顺境,尚能自律,处于逆境,则负恩成仇;更可畏者,为达目的,敢于生死一搏。辛弃疾虽初临朝廷,谦和之状已得众人赞许,但从其身世、经历、战绩考察,实具有岳飞性格中的倨傲刚勇、自信自愎、决事果敢、近于残忍,为达目的,敢于生死一搏的可畏情结。八、辛、岳有着相似的幸运机缘。建炎四年(公元1130年),岳飞于这座建康城叩见圣上,遂青云得路,扶摇升腾,短短十年间,由统制成了与韩世忠、张俊、刘光世、吴玠并列的大帅。诚如岳飞自誉:'曾未十年,官至太尉,秩比三公,恩类视二府,宠荣起躐,有逾涯分。'实为历代帝王恩遇臣下之罕见;辛弃疾也是一个幸运儿,确实有着与岳飞相似的机缘:在惶惶中晋见圣上,恰在建康,恰得圣上垂爱,而且即将第二次得到圣上的召见,其青云蒸腾之状,亦当如岳飞之'宠荣起躐,有逾涯分'啊!"

赵构双目强作闭合,汤思退归纳的"辛、岳八条惊人相似",如烈酒焦油注入他的心胸,翻起了他爱恨情仇交织的苦涩心潮:对岳飞的怀念,怨恨,仇结,难于诉说的种种……

汤思退适时地闭合了嘴巴,他要让赵构在沉静中细细品味这"辛、岳八条惊人相似"中饱含的一切,他眯着眼睛,注视着赵构清秀消瘦的面容,注视着这张脸上每块肌肉细微的变化:眉梢低垂,眉宇间的细纹轻轻闪动。他知道,赵构的思索,已进入了"辛、岳八条惊人相似"的迷雾境地。

赵构在默默地思索着,心吟着:"朕怀念三十二年前在这座建康城与岳飞的风云际会啊!那是建炎四年(公元1130年),岳飞率八百铁骑大败金兵于静安、清水亭地区,一举收复了建康城,为朕这个四处逃亡、居无定所的帝王找到一个立足之处。朕时年二十三岁,岳飞时年二十七岁。四处逃亡的尴尬、迎驾保驾的奇功、青春年岁的相仿,使朕在惊喜感激中,产生了对岳飞的好感、信任、倚重,朕曾面语岳飞:'卿忠智冠世,朕倚重于卿。'并擢任通泰镇抚使兼知泰州以表心迹。岳飞确是战场上的奇才,不负朕之所望;绍兴元年(公元1131年),伪齐刘豫部将李成、曹成与金兵合师南侵,岳飞率部痛击,歼敌数千,使李成、曹成龟缩北遁;绍兴二年(公元1132年),岳飞率部屯戍九江(今安徽寿县),多次粉碎金兵渡淮南侵,稳定了淮南东路、淮南西路的战局;绍兴四年(公元1134年)岳飞率部讨伐伪齐刘豫,收复襄阳六郡,歼灭伪齐兵马三万之众,严惩了投敌裂土的叛逆;绍兴五年(公元1135年),岳飞率部进剿鼎州龙阳(今湖南汉寿)暴民杨么的暴乱,使杨么被俘伏法,暴乱平息,恢复了东起岳阳,西及鼎、澧,北抵公安,南至长沙广大地区的秩序;绍兴六年(公元1136年),岳飞率部深入伪齐境内,收复洛阳西南州县数十,逼近黄河,与太行义军结盟,营造了极为有利的北伐格局……难忘的七年间的君臣相处啊,一个区区的统制,一跃而成为统兵十万的宣抚使,其实力凌驾于老将韩世忠、张俊、刘光世、刘锜、吴玠之上,朕虽不敢自誉英明,总算没有埋没岳飞的才智功绩吧!辛、岳有惊人的相似,难道辛弃疾果真有岳飞资兼文武的才智吗?"

汤思退依然沉默着,潜心注视着赵构神情的变化:双眉紧锁,眉宇间愁云堆积。他知道,皇帝的思索,已进入猜疑的深谷……

赵构默默地思索着、心吟着:"资兼文武的将领是最难驾驭的。绍兴七年(公元1137年)二月,岳飞陪朕从平江到建康,在谈论收复失地的军事打算时,岳飞请求率师北伐,朕嘉其忠勇,准其所请,并允诺岳飞指挥除韩世忠、张俊所辖兵马外的所有兵马,以竟其功。时宰相秦桧得知,以'敌强我弱,不可轻动干戈''兵权至要,当防尾大难掉'谏阻;时枢密使张浚也以'尾大必折,古人所戒'反对置兵权于一人。朕遂取消成命,停止北伐计划。岳飞知朕食言而大怒,竟于四月十六日愤然辞职,不等朕批准,竟擅自奔上庐山,为其亡母姚氏守孝,弗顾皇恩,弗顾皇威,弗顾朝纲,其跋扈飞扬之状,为我朝二百年来之所未有,朕曾为此事暗暗伤心垂泪啊!'辛、岳有惊人相似',难道辛弃疾也有岳飞这种飞扬跋扈的性情吗?"

汤思退依然沉默着,潜心注视着赵构神情的变化:眉宇间的愁云已凝固成团,眉梢已在微微颤抖。他知道,皇帝的心境已由猜疑转为愤怒了……

赵构默默地思索着、心吟着:"资兼文武的将领总使朕心神不宁啊!绍兴十年(公元 1140 年)五月,金兵统帅完颜宗弼(金兀术)毁宋金签订的《绍兴和议》,率领兵马五十万分四路南侵,攻势疯狂而猛烈,江南处于风雨飘摇之中,朕不得不起而抗争,遂擢少师、京东、淮东宣抚处置使韩世忠为太傅,封英国公;擢少傅、淮西宣抚使张俊为少师,封济国公;擢武胜、定国军节度使,开府仪同三司,湖北、京西宣抚使岳飞为少保兼河南、河北诸路招讨使以鼓励军人之气,诏令各路兵马抗金南下。真是军队左右乾坤啊!京东副留守刘锜以两万兵马,败金兵五万于顺昌(今安徽阜阳),后又与张浚会师,驰援淮西,破金兵于柘皋(今安徽巢县),遏制了金兵在中路的进攻;京东、淮东宣抚使韩世忠,以三万兵马出楚州,与金兵鏖战于淮阳东南二十五里处,水陆转战,攻克海州,遏制了金兵的东线进攻;淮西宣抚使张俊率五万兵马出合肥西征,恢复寿春,攻克宿州、亳州,遏制了金兵在淮西的进攻;秦凤路经略宣抚使吴璘(已故大将吴玠之弟),以三万兵马与金兵五万战于和尚原,大捷,乘势恢复秦凤、熙河、永兴三路所辖州县十六座,粉碎了金兵进入四川的企图;岳飞率师十万,从驻地镇安(今湖北安陆)出发,挺进河南地区,连克颍昌(今河南许昌)、陈州(今河南淮阳)、郑州等城,太行义军闻岳家军北上而配合,连克大名、澶州、绛州、赵州、磁州、相州诸城,截断金兵辎重南下的补给道路。七月六日,完颜宗弼一万五千精骑与岳飞率领的两万兵马决战于郾城(今河南郾城),岳飞出一万步兵,以长柄锋利长刀,专门对付金兵的拐子马。据报:‘飞诫步卒,以麻扎刀入阵,勿仰视,第斫马足。’拐子马相连,一马仆,二马不能行。战阵失措,岳飞亲率四十骑冲入敌阵,岳家军以长斧肉搏战挫败金兵。七月十三日,完颜宗弼因郾城之败而愤懑失智,率领十万步兵、三万精骑,再次与岳飞决战于颍昌,岳飞以所部王贵、岳云、牛皋、董先所率的八万兵马参战。是日,天气燥热,大地流火,两军厮杀呐喊,地动山摇。牛皋率师三万,从右路冲击敌阵;董先率师三万,从左路杀入敌阵;王贵率游奕军铁骑一千,岳云率背嵬军铁骑八百,两相策应,如两条飞龙,扑向完颜宗弼的大营,杀声震天,刀光飞扬,所向披靡,‘人为血人,马为血马’,完颜宗弼大惧而遁,金兵战阵溃崩,争相逃逸,金兵副统帅被杀,金兵统军使、金吾卫上将军、完颜宗弼的女婿夏某被岳云斩于马下。岳飞进军朱仙镇,距汴京城仅四十五里,与完颜宗弼对垒而阵,岳飞再遣岳云出背嵬铁骑五百破之,完颜宗弼遁入汴京城。

"刘锜的捷报,韩世忠的捷报,张俊的捷报,吴璘的捷报,岳飞的捷报,郾城决战的捷报,颍昌决战的捷报,进占朱仙镇的捷报,势薄故都汴京城的捷报,使朕欢欣若狂,使朕兴奋不已,使朕传谕临安黎庶:百戏歌舞,狂欢三日,为北伐祝捷。但在临安城三日三夜的君臣黎庶狂欢中,朕突然感到一种冰冷的、惊魂惊魄的恐惧袭扰着心灵。这种恐惧不是来自败北的金兵,而是来自功高震主的将帅,来自德高望重的韩世忠,来自工于心计的张俊,来自精于骑射的吴璘,来自资兼文武的岳飞。岳飞,人中凤麟,军中战神啊!时宰相秦桧以'金人求和'密告,枢密使张浚以'各路兵马伤亡惨重,急需补充'奏报,朕一念之取舍,遂诏令全线停战班师。淮西宣抚使张俊伯英接诏后立即班师,弃寿春、宿州、亳州三地,返回合肥;京东副留守刘锜接诏后不解,飞马呈表质询,抗诏三日后,离开柘皋,返回顺昌;京东、淮东宣抚使韩世忠接诏后,一面上表抗争,一面撤部分兵马离海州大营返回楚州;秦凤路经略安抚使吴璘接诏后,留一万兵马驻守和尚原,率大部兵马撤回秦州;岳飞接诏后,按兵不动,据报:岳飞取诏令示属下将领,众皆愤惋,朱仙镇黎庶得知,聚行辕门前跪地挽留者达数万之众,哭声震野,岳飞竟泣泪而语人群:'十年之功,毁于一旦,所得州郡,一朝全休,社稷江山,难以中兴,乾坤世界,无由再复!'煽惑黎庶之语,其矛头指向朕啊!朝廷派出飞骑持金字招牌催促班师,凡十二次。十二道金牌,朕的权威失落殆尽,朕是以帝王的无奈,向岳飞屈膝乞求啊!"

汤思退依然沉默着,潜心注视着赵构神情的变化:眉宇间杀气腾腾,两腮上的肌腱突起。他知道,皇上对岳飞已至积恨成仇了……

赵构默默地思索着,心吟着:"'重文轻武,以文制武'的祖制家规是断乎不可忘记和丢弃的。为了秦桧与金人的暗中和谈能够顺利成功,为了防范韩世忠、岳飞因班师而'郁郁不乐''愤而辞职'的不满,朕听从秦桧之谋,于绍兴十一年(公元1141年)四月,效祖上'杯酒释兵权'之法,开始解除三大统帅韩世忠、张俊、岳飞的兵权。四月二十四日,朕发布诏令,擢韩世忠、张俊为枢密使,擢岳飞为枢密副使,名义上升迁他们成为朝廷执掌全国兵马的最高长官;四月二十七日,朝廷颁布命令:撤销京东、淮东路、淮西路、湖北、京西路等三路宣抚司,其三路诸统制兵马,直属'御前',使他们成为无蹄之马,断翅之鹰,并诏令韩世忠、张俊、岳飞来临安朝见。命令发出后两日,张俊首先从合肥飞马至临安,带头交出兵权,并要求以'枢密院之人'调换手下的亲兵,表现出恭顺的忠诚;命令发出后三日,韩世忠方由楚州郁郁而归,交出兵权后,即散去手下亲兵,乞假居西湖岸边的宅第,闭门不出;岳飞迟张俊七日、迟韩世忠六日从鄂州归来,虽然交出兵权,其手下亲兵俱发回鄂州,并拒绝'枢密院之人'充任亲兵,其形迹可疑。经查访,岳飞爱将张宪之副手王俊状告:'张宪知岳飞罢官,阴谋裹胁大军由鄂州移屯襄阳,逼朝廷发还岳飞兵权'。并揭发'张宪与岳飞之子岳云同谋'。大理寺遂收岳飞、张宪、岳云核查。朕爱心生怜,爱心生宥,多么盼望岳飞迷途知悔,哪怕是说出一句歉疚之语也好。但岳飞在狱中,拒不认错,竟绝食抗争,并大书'天日昭昭,天日昭昭'八字以示其决不屈服。'天日昭昭',说明岳飞完全清楚这桩案件的起因和图谋。'天日昭昭',与其说是岳飞在鸣冤,不如说是岳飞对朕的讥讽和唾骂啊!岳飞死了,死于祖传的'以文制武'的家规中,死于金兀术'必杀岳飞,而后和可成也'的威逼要挟中,死于秦桧'莫须有'三字的巧妙辩解中。岳飞死了,成了天下黎庶心目中的英雄。可朕背负着'昏君''凶手'的罪名,被天下黎庶暗暗诅咒着,至今已诅咒了十年,只怕是渺无终期啊。辛弃疾,又一个岳飞,真是中书舍人虞允文所谓的'岳飞再生'吗?人言可畏,人言可信,朕将于明日特意召见的辛弃疾,竟然在朕的冥冥思索中,与当年的岳飞混为一人了。可怕的辛弃疾,可怕的又一个岳飞啊!"

汤思退依然沉默着,潜心注视着赵构神情的变化:眉宇间的杀气消散,两腮的肌腱坍落,满脸的肌肉松弛,一副衰敝的情状显露着隐隐的痛苦。他知道,该用皇上期盼的信息为皇上解忧消愁了,便轻声地开了口:"禀报圣上,张真今日清晨已从江北扬州归来。"

赵构依然闭合着眼睛,但眉头一动,脸上松弛的肌肉似乎一下子紧缩了。

汤思退略微提高了声音:"张真北上扬州,恰遇金国户部尚书梁球巡视金兵大营,遂经金兵大都督府左监军高忠建引荐而晋见。梁球透露,金主完颜雍已清除了朝中完颜亮的心腹,组建了忠于自己的朝廷中枢:以张浩为太师尚书,以耶律元直为平章事,以完颜默音为金兵右副元帅,以张景仁为礼部侍郎。圣上明察,张浩其人六年前曾任金国宰相,因主张与我和睦相处,被完颜亮罢官;耶律元直其人原是金兵南侵东线战场都统,因反对完颜亮黩武南渡而遭训斥,遂阴结党羽,刺杀完颜亮于瓜洲军中,因此功被完颜雍晋为左领军大都督事,再晋为御史大夫,三晋为平章事;张景仁其人,原是金国礼部一郎中,曾多次出使临安,今晋为礼部侍郎,专司南北和议事。此三人官居要津,也许就是金主完颜雍对我和议方略的体现。"

赵构满脸衰敝之状在慢慢地消散,急促的呼吸声也显得轻松舒畅了。

汤思退俯身前倾,断续着他的禀奏:"梁球还有所透露,金兵右副元帅完颜默音,倒是一个值得关注的人物。其人时年五十四岁,是金国源郡王完颜娄室的儿子,原来官居牌印祗候,生性暴烈,桀骜不驯,武艺高强,粗通兵法,使一条金蛇长矛,达出神入化之境,近二三年来,燕赵、大同一带的举旗义军,均为此人所剿灭,据说,齐鲁义军耿京所部的溃散败亡,亦与此人的'追剿收买'谋略有关。此人已于十天前抵达江北战略要地盱眙,其所谋高深莫测。"

赵构刚刚舒展的气息又急促了,眉宇间又堆起了愁云。汤思退看得清楚,恰到好处地放松了逼迫:"梁球特别要张真转禀圣上,金主完颜雍时年三十九岁,是金太祖阿骨打的嫡孙,在金国朝野颇有威信。其人喜读书,善思索,敢决断,去年十一月借完颜亮与我对峙于瓜洲之机,毅然于辽阳登上皇位,以霹雳手段断送了完颜亮的继位野心,就是一次出手不凡的表现。今决定南北和议,绝非一时之策,而是出于关切天下黎庶之久安。"

赵构长长地吁了一口气,慢慢地睁开眼睛,神情肃穆而威严,久久望着眼前紧闭嘴巴的汤思退,轻声语出:"先生辛苦,夜已深,该安歇了……"

二月六日的早朝,是赵构驾临建康城一个月来百官毕集最积极、最快速、最齐全的一次早朝,皇上将于今日午时正点回驾临安的决定,更为今天的早朝增添了圣上将有临别训示的庄严和隆重。

是日,天色晴朗,晨风微微,寅时三刻,随驾百官和建康城帅治人物已整齐列阵于福宁堂前,群臣都在期待着皇帝回驾临安前的重要谕示。辛弃疾虽然已被皇帝制授为右承务郎,属空头无实虚职,无资格参加早朝,但因其今日将被皇帝召见,张浚遂带领其至行宫门外候旨,贾瑞、王世隆陪伴而来。特殊的时机,特殊的早朝,此时的臣子们,都怀有一个共同的期盼:皇帝已在建康城熏陶了一个月, 在此回驾临安之际,定会拿出一个周密的抗金北伐方略。近日来传出的"皇帝将召见辛弃疾",也许会爆出一串石破天惊的火花。

卯时的钟声响着,福宁堂的大门打开了,没有护卫的禁军侍卫拥出,没有导路的唱赞太监出现,没有举罗撑扇的宫女走出,没有殿前都指挥使、同安郡王杨存中的若隐若现。

在群臣懵懂、木呆的无措中,赵眘出现在福宁堂门口。

愁眉苦脸,强作欢愉,举止僵硬的皇子,一下子使臣子们的心空荡了。

赵眘陡地猛省,生硬地振作精神,大步走到群臣面前,大声说道:"圣躬安!圣上为了今日午时正点率领臣子回驾临安,方才接受了殿前都指挥使、同安郡王杨存中的奏请,蓄锐待发,故今日不再亲临早朝。有四条谕示,委托我向诸位传达。"

群臣在更加懵懂中弯腰跪倒,高呼"圣上万岁",抬起头颅,屏气噤声以待。

赵眘传谕之声起:"皇帝谕示:朕驾临建康城月余,烦扰黎庶多多,心中甚感不安。今日回驾临安,当悄然而行,黎庶万勿上街,百官不许送行,禁止一切豪华竞逐之风,倡导俭朴清廉之习,以践朕亲民爱民之衷。"

群臣傻眼了,皇帝即位三十多年,何时有过这样的谕示啊!这是皇帝立志图新的宣言,还是皇帝别有所图的预示?陈康伯沉思着,虞允文沉思着,辛次膺沉思着;汤思退突然感到一股暖流浮起心头,他默默地品味着;史浩突然感到一阵心寒,这道"谕示"难道与前天晚上府衙门前广场的"祝捷酒会"有关?他心悸不安地回头向建康城帅治张浚、张孝祥望去,他俩都耷拉着脑袋,想必也是寒意侵心。是啊,皇帝这道"谕示"一出,张浚、张孝祥就知大祸临头了。他俩在耷拉着脑袋的思索中,头脑中竟然是一片混乱。

赵眘传谕之声再起:"皇帝谕示:为加强江、淮、荆、襄四路北伐战备事宜,诏令御营宿卫使、同安郡王杨存中任江、淮、荆、襄宣抚使。并已诏令杨存中班回陈州、蔡州、许州、汝州、嵩州、寿州六郡之师,以强化唐州、邓州、海州、泗州的防务。"

群臣惊诧了,江、淮、荆、襄之职,半个月前皇帝已口头任命张浚担任,何变化之速?张浚失落,江、淮、荆、襄失恃啊!群臣面面相觑,皆瞠目结舌。

陈康伯在沉思:杨存中,秦桧遗孽!有北伐之心吗?

辛次膺在沉思:杨存中,守门犬耳,有能力纵横战场吗?

史浩在沉思:杨存中,奸佞之徒,军中将领能信服吗?

虞允文惊心惊胆了:采石矶之战收复的十郡疆土,刹那之间自弃六郡,何其荒唐,何其用心啊!"天纵英明"的圣上真是昏了头吗?

汤思退当然是心领神会,欢愉于心。"自弃六郡疆土"是向金国新的皇帝完颜雍发出的"议和"信号啊!他故作不解地摇头叹息。

赵眘传谕之声三起:"皇帝谕示:为加强川陕战区抗金北伐事宜,诏令中书舍人、试兵部尚书虞允文为川陕宣谕使,措置招兵买马,并与吴璘相见议事。"

群臣恍悟了，惊骇了，宣谕使权在宣抚使之下，掌宣谕德意，监督地方，已不执掌兵权，虞允文也在张浚失落之后失落了。上心有变啊，北伐者，画饼耳！抗金者，呓语耳！

陈康伯惊心惊魂，图穷匕首见，主战者厄运至矣！

史浩惊魂失神，先罢张浚兵权，再逐虞允文离开朝廷，这招来得凶狠啊！

辛次膺惊魂伤心，欺骗人心，能有人望吗？自毁城垣，能有安宁吗？荒唐而愚蠢的决策啊！

虞允文此刻已是恍悟镇定了，他嘴角浮出痛苦而轻蔑的微笑，斜眸向身边故作痛苦情状的汤思退一瞥，神情骤然变得严峻森厉了。

赵眘传谕之声四起："皇帝谕示：为北伐全局着想，诏令参知政事杨椿督促敦武郎贾瑞，率领暂驻扬州万余义军，就地屯田自养，以待来日北上齐鲁，策应王师北伐。诏令京西招讨使李宝属下统制官王世隆，率领属下五十骑，返回海州。诏令擢升右承务郎辛弃疾为江阴签判。"

群臣愤懑了，哀伤了，英雄遭忌，军旅遭忌，北伐之梦破灭了！

张浚愤懑而落泪，暂驻扬州的万余义军，在"屯田自养"名义下遣散了。参知政事杨椿何人耶？昏庸贪懦，专务诡谀以取悦皇上之人！

张孝祥愤懑而心痛，五十骑英雄团队在"为全局着想"下遣散了！可怜的辛弃疾在"擢升"的名义下落荒了，被逐出军旅了！自欺耶？欺人耶？欺天耶？

陈康伯愤懑而心寒，遭猜忌者，何止英雄，何止军旅！手无缚鸡之力的文臣，亦在猜忌之列啊！

辛次膺愤懑而心酸，声威雄于建康城的辛弃疾就这样一晃之间消失了！人们为他设想的北上齐鲁、东去镇江、南去临安的三条军旅之途，都被封杀了。真是天命难违，竟被禁步于江阴官衙了。

史浩愤懑而心哀，可怜的辛弃疾，遭受猜忌的辛弃疾，只怕是今生今世折翅难飞了！

虞允文愤懑而心疚，自己的不智，累及辛弃疾，累及五十名英雄，累及万名义军士卒啊！我用真诚的心智为朝廷推荐谋臣、为军队荐举将帅，谁知事与愿违，导致了如此的结局。百思不解其中的奥秘啊！

在群臣愤懑哀伤的沉默中，人们的身后陡地响起一串高扬激越的朗诵苦吟声：

> 春还消息访寒梅。赏初开，梦吟来。映雪衔霜，清绝绕风台。可怕长洲桃李妒，度香远，惊愁眼，欲媚谁……

哀伤沉默中的春雷啊，群臣回头望去，一位年轻潇洒的官员，昂首挺立高吟着：

> 曾动诗兴笑冷蕊。效少陵，惭《下里》。万株连绮，叹金谷，人坠莺飞。引领罗浮，翠羽幻青衣。月下花神言极丽，且同醉，休先愁，玉笛吹。

赵眘和群臣似乎都在品味着这首词中"可怕长洲桃李妒"的恐怖和"月下花神言极丽"的悲哀，在哀伤的愤懑中酝酿着愤怒……

赵眘似乎在忘情欣赏中陡地猛省，厉声急询："吟词者谁？"

年轻官员回答："枢密院编修官陆游。"

赵眘再询："所吟之词，是故礼部尚书洪皓先生所赋的《江梅引》四首中的《访寒梅》吧？'可怕长洲桃李妒，度香远，惊愁眼，欲媚谁？'真是怆楚的绝唱啊！"

陆游疾步前行，至赵眘面前跪倒，拱手呼号："殿下，圣上高唱的抗金北伐大业，断不可被奸佞小人妒谗断送啊！"

赵眘怒声训斥："胡言乱语，无稽之谈！"

陆游拱手欲辩，赵眘发出命令："退朝！"

群臣用纷乱无力的"皇上万岁"声，为深居福宁堂内的赵构唱赞。

九 鸷鸟不群,琴瑟交鸣

赵构回驾临安了,留给建康城的是疑惑、失望、愤怒和痛苦。

热情洋溢的沿街欢送圣驾的建康城数万黎庶,在突然间被阻止、被驱散的冷落中,立即感受到形势的变化。他们根本不相信"诏令"中所讲"禁止一切豪华竞逐之风,倡导俭朴清廉之习"的高调,断定朝廷必定有重大的事情发生。人们骤然间对皇帝、朝廷失望了。四大勾栏的歌伎们由失望而愤怒,专门唱起唐代诗人的军旅之歌,发泄心中的愤懑。

张浚、张孝祥在惊骇、哀伤之后,心情冷静了。张孝祥低语张浚:"公遭'长洲桃李妒',已处于圣上犯忌之中,也许只有'主动求去'一途,方可解生命之危。公当知,公是手握兵权之人啊。"

张浚思之良久,浩然而语:"我为朝廷老臣,年已六十有五,何惧生命之危啊!此时,我不敢再伤害建康黎庶的心啊!"

张孝祥拱手而语:"公忠义昭昭,孝祥当以公马首是瞻,誓不退缩。"

几天之后,张浚连续发出三份奏疏,向回驾临安的皇帝,发出了强烈的挑战。

建康驿馆里心身憔悴的辛弃疾,顶着厚重的夜色,默默地伫立于短松环绕的庭院中。他凝眸于相邻不远处青藤篱笆环绕的"范家庭院",心在颤抖,心在煎熬。他默默地摇着头,似乎在摆脱心中不愿丢弃的留恋。是啊,明日清晨,就要离开这熟悉留恋的驿馆,前往陌生的江阴城了。

五天来,他用苦酒浇灌着心灵,用苦酒麻木着痛苦。他来自山东农村,根本不知皇帝特有的"天纵英明";他来自山东义军大营,根本不知朝廷特有的波诡云谲;他不解自己以勇敢忠诚赢得了皇帝的关注,却在突然间又遭到皇帝的遗弃;他不解暂驻扬州的万余义军为什么弃而不用,偏偏要"屯田自养";他不解五十骑英雄好汉为什么不予褒奖,反而要分散离开;他不解自己为什么不能北上齐鲁,东去镇江,南下临安,偏偏要调离军旅,去充任自己根本不知不懂的江阴签判;他更不解朝廷砥柱、中书舍人、试兵部尚书虞允文为什么不能留在临安,偏偏要宣谕川陕?他的心蒙了、乱了、糊涂了。

五天来,他怆然含泪地送走了恩师虞公,他声咽语塞地送走了新交的朋友洪迈、陆游、周必大、朱熹,他碎心失声地送走了生死伙伴贾瑞、刘云、赵开、王任、刘肇、王世隆等人,似乎送走了希望,送走了志同道合的慷慨,送走了生命中的烈焰。他的心黯淡了,着实地感到失落、无依和孤独。

此刻,一阵轻盈疾速的脚步声从门外传来,辛弃疾循声望去,一个亭亭身影从短松下闪出,轻捷地推开柴门,辛弃疾疾步迎上,不及开口询问,来者揖礼语出:"向辛大人问安……"

辛弃疾心头一震,从声音中判知了来者:"你是若湖?"

范若湖笑语:"谢大人记得若湖这个名字。大人,我家老爷、公子昨日从湖州返回,得知大人将前往江阴,定于明日夜初在寒舍设宴为大人饯行。我家小姐特遣若湖禀报大人,勿再做'留巾作别'的傻事。"

辛弃疾急声应诺:"谢小姐关照。"

范若湖揖礼作别:"大人牢记,明日夜初,我家公子将亲来此邀请迎接大人。"语毕,飘然而去。

弯月从云隙露出,繁星在流云中闪耀,庭院中的红梅青松在微风中抖动着。辛弃疾似乎从梦境中醒来,鼻酸眼湿了。

二月十二日晚一更时分,在建康驿馆范邦彦居住的屋舍厅堂里,送别辛弃疾前往江阴的家宴正在进行。华灯高悬,厅堂如昼,沉重缓慢的一更鼓声为这个饯别宴会蒙上了一层凄凉的阴影。一张方桌，几把座椅，几坛美酒，几样佳肴，展现了"河朔孟尝"的随和；辛弃疾迫居上席，范邦彦和夫人分居左右陪席，少主人范如山礼居末席的安排，展现了"河朔孟尝"为人处事的疏狂；特别是范若水的居侧抚琴伴酒，强烈地展现了这次家宴对客人的重视和关爱。此刻，范若水正在轻弹吟唱着曹操的诗作《短歌行》：

> 青青子衿，悠悠我心。
> 但为君故，沉吟至今。
> 呦呦鹿鸣，食野之苹。
> 我有嘉宾，鼓瑟吹笙。

琴音歌声，伴陪着主人和客人觥筹交错中强作欢愉的寒暄和祝福……

酒过三巡，琴音骤变，凄婉苍凉，范若水吟唱起深情怆楚诗章，拨动着人们愁结的心弦：

> 高台不可望，望远使人愁。
> 连山无断绝，河水复悠悠。
> 所思竟何在？洛阳南陌头。
> 可望不可见，何用解人忧？

客人和主人都知道，这是南北朝时南朝梁国文学家、诗人沈约（字休文）的诗作《临高台》，这是一首"可望不可见"的愁歌。沈约其人，家贫好学，一生坎坷，有功于梁武帝萧衍，曾任尚书仆射，终因自负才高而遭梁武帝猜忌，忧郁而亡。这首《临高台》也许就是沈约遭猜忌于建康时之所作。此时的范若水也有着沈约之愁，愁南北之对峙，愁国土之分裂，愁在中原，愁在洛阳南陌，愁如山峦之重重叠叠，愁如河水之浩浩汤汤。在这凄怆的抚琴吟唱中，范若水十指战栗,歌声发抖,泪眼蒙蒙……

辛弃疾的心滴泪滴血了。中原已不可见,故乡已不得归,战场已经寂寞,战友已经离散,这青藤篱笆环绕的庭院,即将成为梦中的记忆。去江阴干吗?江阴签判何为?他举起酒杯狂饮。

范邦彦的心如煎似熬了。他是耳通八方之人,他留在建康城的门下侠友昨日已向他提供了一个十分重要的信息,金人已暗里派遣使者与皇帝议和。他用这个"信息"解剖皇帝近日颁布的"四项谕示",得到的却是碎心裂胆的忧愁:诏令杨存中为江、淮、荆、襄,意在从主战派手中收回兵权,并束缚主战派的手脚;调任虞允文为川陕宣谕使,意在砍掉主战派的马头,使主战派群龙无首;诏令参知政事杨椿筹划暂驻扬州万余义军士卒的"屯田自养",完全是朝廷对待南来归正人、归顺人、归明人、归朝人歧视怀疑政策的实际实施,并在"屯田自养"的名义下,解除这支残存的万余义军武装。可怜的辛弃疾的被抛弃,只是皇帝刻意砸向主战派的一块砖头罢了。所有这一切,都是皇帝向金人传送的一个信号——和议的信号。可悲、可耻的信号啊!如果这个判断不幸而中,大宋将再次遭受秦桧弄权年月的浩劫:主战臣子遭贬,主战将领人头落地!但这一切都是不可说破的。

赵氏的心已经是如锥如炙了。她与范邦彦琴瑟相谐地生活了几十年,对政坛风云的变化,有着聪慧女人特有的敏感。赵构颁布的"四项谕示"的转向,即将引起朝廷的纷争,这场纷争的结果,必然是主战者付出惨重的代价。下一步就该公开和议了,而调任川陕宣谕使的虞允文和眼前这个蒙在鼓里的辛弃疾,只不过是赵构献给"和议"祭台上的祭品。

赵氏着实为她的丈夫担心了。她想到二十年前的"绍兴议和",想到和议中金兵元帅完颜宗弼(金兀术)致信朝廷"必杀岳飞,而后和可成也"的凶残要挟,想到岳飞的蒙冤被害。她的丈夫的"率众归宗南渡",震动天下,开中原地区官员举土抗金归宗之始,已成为金兵通缉追捕之要犯。在这次赵构突然转向的"和议"中,酥软了骨头的朝廷,难道不会再次屈从金兵的要挟,再次演出一场风波亭般的冤剧吗?年轻有为的辛弃疾才刚刚崭露头角,就遭到封杀。天理何在啊!也许缘于女儿若水所恋所爱的情结,一股别样的疼爱涌上心头,她举起酒杯,泪眼蒙蒙地打量愁容沉重的辛弃疾,哽咽语出:"黄钟毁弃,瓦釜雷鸣,谗人高张,贤士无名,孩子,你受委屈了! 心里有话就说出来吧!"

辛弃疾早年丧母,不知母爱,赵氏暖心之语令他感激涕零。他捧起酒杯站起,猛地饮下杯中酒,怆声请教:"伯母,皇上恩典,擢中原一鲁莽小子居江阴签判之高位,我知恩了! 但我不解,皇上何以有'四项谕示'的突然之变啊?"

赵氏抚辛弃疾之手而示其落座,含泪微笑而语:"'天意从来高难问,况人情易老悲难诉',皇上的心意,谁摸得着、说得清啊! 屈子有语:'鸷鸟之不群兮,自前世而固然。何方圜之能圆兮,夫孰异道而相安。'幼安今日之灾,就在于卓立于世,不同凡响,故而招忌招怨。雄鹰能与凡鸟同群吗?猛虎能与猪豕为伍吗?政见不同之人能同道同行吗?幼安当为自己的不同凡响而藐视朝廷中那些奸佞之人。"

话音刚落,范邦彦举酒朗声高吟:"伟哉,夫人之言! 壮哉,夫人之指点! 幼安当牢记而勿忘。"

辛弃疾急忙站起,拱手致谢。

范邦彦朗声谈起:"人生于世,忽而在天,忽而在地,皆官场之必然,不必为怪,不必为奇,不必哀伤,不必泄气。屈子曰:'阽余身而危死兮,览余初其犹未悔。'本着屈子的这种精神做人,不论身居何处,都可以昂首于天地了。莫再为皇上的'四项谕示'伤神伤思了。皇上的转向已成定局,不可更改。前往江阴吧,江阴也是大江下游的战略要地,屏障常州、无锡、太湖。我们都是南来的归正人,正好借此机会熟悉江南的风土人情、山川要津、江河湖海。幼安是执兵布阵之人,当知熟悉战地与临阵决机之重要。从这个角度观之、思之,皇上弃幼安于江阴,实在是皇上猜疑疏漏中对幼安的真正恩典。"

辛弃疾的心潮汹涌了,眼前这位见识高远的"河朔孟尝",可以为师为范了! 辛弃疾举起酒杯,正欲向眼前的两位老人致谢,侧畔的琴音陡地转为高扬婉转而深情。辛弃疾惊异,抚琴人范若水以她特有的大胆果敢,放声高歌:

> 风雨凄凄,鸡鸣喈喈。
>
> 既见君子,云胡不夷。
>
> 风雨潇潇,鸡鸣胶胶。
>
> 既见君子,云胡不瘳。
>
> 风雨如晦,鸡鸣不已。
>
> 既见君子,云胡不喜。

这是《诗经·郑风》中的一首民间情歌《风雨》,描写一个女子在风雨交加中思念情人和见到情人时喜悦欢愉的心情。聪慧机敏的范若水借这首民间情歌,向辛弃疾表达着自己真挚的情感,送去了比父亲母亲更为强劲有力的支持。她等待着辛弃疾的回应,等待着父亲母亲的恩准。

厅堂的气氛骤然紧张而凝重。赵氏怕女儿的坦直招来相反的效果,她用故作镇定的双眸余光注视着身边的辛弃疾。

范邦彦却是神情豁达,举酒细品,脸上袒露着自得的英气。他把目光投向辛弃疾,资兼文武的山东汉子,你有我女儿坦直无畏的胆识才情吗?

辛弃疾此刻的心, 全然被范若水的才情胆识折服了:这是困境中的支持,是苦难中的赠予,是人间最纯真的情爱! 他不知所措了,忘记了回应,忘记了他思念中的恋人正在焦虑地等待着的回答。

范若水的一曲三唱,似乎着意用激越婉转、高扬不绝的琴音歌声,加剧浓重着这种特殊的凝重紧张。

范如山情急出智,他举酒轻声对辛弃疾低语:"欣闻幼安善歌,前日在府衙门前广场的'祝捷酒会'上,应成万黎庶之邀,高歌唐代诗人岑参的《走马川行奉送封大夫出师西征》而名震建康城。"

辛弃疾猛然醒悟,举酒向范如山致谢:"谢范兄指点!"语毕,自斟一杯,起身行至琴案前,长揖为礼,呈酒于范若水,并请求赐予《卫风》一曲。

范若水长揖还礼,接过酒杯,一饮而尽,坐落琴前,抚琴而出《卫风》之曲,辛弃疾轻声唱起《诗经》中的一首民间情歌《木瓜》:

　　　　投我以木瓜,报之以琼琚。

　　　　匪报也,永以为好也。

　　　　投我以木桃,报之以琼瑶。

　　　　匪报也,永以为好也。

　　　　投我以木李,报之以琼玖。

　　　　匪报也,永以为好也。

琴声悦耳,歌声醉心……

厅堂里的愁云消散,欢情融融。

范如山的妻子张氏偕侍女若湖和女佣三人,举酒走进厅堂,为老爷、夫人祝贺,为一对恋人祝福,她们也加入了情歌《木瓜》的合唱,并围着一对恋人载歌载舞。范邦彦与夫人赵氏、儿子如山,在张氏和若湖的邀请下,激情难禁地加入了载歌载舞的行列……

载歌载舞,举酒而欢。

建康城钟鼓楼上的三更鼓声传来,沉重凄凉,舞止曲停,辛弃疾要离开了,人们在更鼓声中沉默了……

范若水离开琴案,走向酒桌,她举起第一杯酒,向父亲、母亲、哥哥、嫂嫂致敬,一饮而尽;她举起第二杯酒,向若湖和女佣致谢,一饮而尽;她举起第三杯酒,向辛弃疾送别,一饮而尽。然后她坐落琴案前,抚琴高歌,为辛弃疾送别:

梦绕神州路。怅秋风,连营画角,故宫离黍。底事昆仑倾砥柱,九地黄流乱注?聚万落千村狐兔。天意从来高难问,况人情易老悲难诉。更南浦,送君去。 凉生岸柳销残暑。耿斜河,疏星淡月,断云微度。万里江山知何处?回首对床夜语。雁不到,书成难与?目尽青天怀今古,肯儿曹、恩怨相尔汝?举大白,听《金缕》。

这是当代词家张元幹(字仲宗)为遭受秦桧迫害而谪贬新州的枢密院编修胡铨(字邦衡)饯别之作《贺新郎·梦绕神州路》。词家以"梦绕神州路"的悲凉,揭示了中原陷落的悲哀,以昆仑崩坍、黄河泛滥、狐兔成群的凄惨,展现了金兵的残暴和朝廷的"和议"误国,并以"天意难问"的悲愤,谴责了奸佞弄权、忠良遭贬的荒唐。其时代背景,与今日之状何其相似乃尔。范若水以怆楚强烈的琴音歌声为辛弃疾送别,厅堂内回荡着惊心动魄、牵肠挂肚的歌声……

辛弃疾举酒痛饮之后,在哀怨怆楚的《金缕曲》中离去了,范家上下人丁都在无声的咀嚼着余韵不尽的悲壮。范邦彦移步于女儿若水的背后,抚慰着女儿的双肩开了口:"若水,这凄凉销魂的《金缕曲》是不是太过哀伤了?"

范若水停止抚琴,转身扑在父亲的怀里,语随泪出:"父亲,让我跟随辛郎前往江阴吧?"

范邦彦俯首于女儿的耳边,轻声说道:"不!明天你随老父去临安,那里是新的战场,是各种信息汇集之地,你的辛郎也许更需要你发自临安的铮铮琴音啊!"

厅堂里安静极了,华灯生辉,范若水仰面望着神情肃穆的父亲,凝思着……

范家庭院壮行夜宴的第二天清晨,辛弃疾带着辛茂嘉去了江阴城。同日午时,范若水带着琵琶跟随父亲去了临安城。他们住进了一位江湖朋友的家,"钱塘偬傥公子"王琚在余杭门内的一座小院——听风楼。

十 凤尾龙香拨

二月十八日午时,赵构从建康回到临安。夜初,在皇宫福宁殿里,皇后吴氏偕刘贵妃、仙韶院菊夫人,用琴酒歌吟之欢,为赵构消解一个多月来巡视建康之累和回驾临安十多天来的鞍马颠簸之劳。恰在此时,甘昇捧着辅台送来的三份注有"紧急"字样的奏疏,呈于赵构的面前。

奏疏打扰了赵构已达沸点的兴味,他厌恶地瞥了一眼奏疏,"建康府"三字撞入眼帘。赵构心头一凛,吁叹一声,伸手打开第一份奏疏阅览:

> 臣观文殿大学士、判建康张浚奏言:圣上巡视建康,军民被恩,得天独厚。为忠实贯彻圣上巡视中关于"北伐备战"的谕示,急需为沿江诸军建造舟船二百只,以备来日北伐渡江。经建康留守张孝祥与工匠详加算计,共需款项十九万缗。臣恳乞圣上令其有关部门尽速赐予,以便早日开工……

赵构眉头紧锁,面呈不悦之色,皇后、贵妃和菊夫人屏气噤声地注视着。赵构微微摇头,打开第二份奏疏阅览:

> 臣观文殿大学士、判建康张浚奏言:圣上巡视建康,军民被恩,得天独厚。为忠实贯彻圣上巡视中关于"北伐备战"的谕示,急需改变军籍日益凋寡之状。臣以为西北之人,能战忍苦,方可为仗。臣欲招募两淮地区强勇可

用之士三万入伍,以补集军籍之缺。特恳乞圣上恩准……

赵构紧咬牙关,满面怒色,皇后、贵妃、菊夫人神色惶惶地注视着。赵构"哼"的一声,打开第三份奏疏阅览:

> 臣观文殿大学士、判建康张浚奏言:圣上巡视建康,军民被恩,得天独厚。为忠实贯彻圣上巡视中关于"北伐备战"的谕示,臣已按战场实战之需教练将领士卒。臣认为敌长于骑,我长于步,制骑莫如弩,卫弩莫如车。臣与建康留守张孝祥商议,拟从建康田赋收入中动用款项十万缗,为诸军专制弩、车,以确保北伐征战之需。特报请圣上恩准……

赵构怒而拍案,厉声怒吼:"张浚!张浚!可杀的张浚!……"

皇后、贵妃、菊夫人惊恐失色,皇后急忙轻声劝慰:"官家……"

赵构从愤怒中醒过神来,闭上眼睛,轻声说道:"朕累了,卿等安歇吧!"

皇后、贵妃、菊夫人离去了,赵构的心重新落到远在建康的张浚身上,这是借着朕的谕示反对朕啊!这种别具心机的臣子可用吗?可纵容而不惩罚吗?可这声称"军民被恩,得天独厚"的三份奏疏能作为惩罚张浚的罪证吗?"北伐备战",这种光灿灿的时尚言行,是反对不得的!再说,近二十年来,张浚因主张北伐而贬离朝廷,赢得了天下军民的同情敬佩。今日,朕将何为?隐忍以待时日吧。

二月十九日,就在赵构回到临安后的第一个早朝上,酝酿十多天的朝政矛盾,不顾赵构的隐忍爆发了。

给事中金安节首先站起奏事,猛烈地弹劾杨存中兼任江、淮、荆、襄四路宣抚使:"比者金人渝盟,陛下亲御六军,视师江浒,大明黜陟,号令一新,天下方注目以观。凡所擢用,悉宜得人,况欲尽获群雄,兼制数路,大柄所寄,尤当审图。杨存中已试之效,不待臣等具陈,顷以权势太盛,人言籍籍,陛下曲示保全,俾解重职。今复授以兹任,事权益隆,岂唯无以慰海宇之情,亦恐非所以保全杨存中也……"

赵构闻言色变……

起居舍人兼权中书舍人刘珙继而站起,拱手禀奏:"臣刘珙附给事中金安节之论。关于江、淮、荆、襄四路宣抚使一职,倘中书舍人、试兵部尚书虞允文资历未深,未可专任,宜别择重臣,以副盛举……"

赵构怒而叱斥:"汝所谓'别择重臣'是不是指为判建康张浚耶?"

刘珙直言无隐:"圣上除杨存中兼任江、淮、荆、襄四路宣抚使之职,中外失望,群臣谔谔。判建康张浚曾任尚书右仆射,同中书门下事兼任枢密院事,久历军旅,将领士卒拥戴,力主抗金,曾遭秦桧迫害,人望赫然,胜杨存中多矣!"

赵构震怒,拍案而语群臣:"刘珙之父为张浚所知,刘珙之言专为张浚而发,朕岂能为相私之巧言所惑!散朝!"

皇上拂袖而离朝,群臣慌恐无状,都为金安节和刘珙担忧。金安节、刘珙泰然以对,并联署所言成奏章,上呈皇帝,宰执陈康伯劝阻:"呈此奏章,将累及张公。"

刘珙、金安节执奏如初:"珙等为国家计,故不暇为张公计;若为张公计,则不为是,以是累之!"仍呈奏章于皇帝案头。

就在皇帝闹心罢朝三日之后,右谏议大夫梁仲敏把弹劾参知政事杨椿的奏章送进福宁殿:

> ……参知政事杨椿,辅政期年,专务谄谀以取悦同行,议政则拱手唯唯,既归私第则酣饮度日,以备员得禄为得计,朝廷何赖焉……

接着,殿中侍御史吴芾亦呈上弹劾杨椿的奏章:

……杨椿自为侍从,已无可称,其在翰苑,所为词命,数皆剽窃前人,缀缉以进。冒登政府,一言无所关纳,一事无所建明,但为乡人图差遣,为知旧干荐举而已。去冬警报初闻,有数从官谒椿,勉以规画,又以危言动之,椿竟不动,但指耳以对,其昏庸之状,竟至于此……

继之,左正言刘度也加入了弹劾杨椿的行列,呈奏章于皇帝的案卷:

……杨椿贪懦无耻,顷为湖北宪,率以三百千而售一举状。自为侍从,登政府,唯听兵部亲事官及亲随之吏货赂请求。望赐罢免,以肃中外……

台谏弹劾杨椿之声鹊起,其势汹汹,赵构在震怒之中尚有分辨:梁仲敏、吴芾、刘度的三表所奏,皆陈年旧事,朝臣尽知,且杨椿素有聩疾,其参政所仰循者,是宰相诺亦诺,宰相拜亦拜,何曾取罪于台谏?来日台谏之所为,分明是由朕的"四项谕示"而起,缘朕令其督办暂驻扬州万余义军"屯田自养"而发,名为弹劾杨椿,实为责罪朕躬,且与金安节、刘珙有暗中勾结之嫌,甚至与张浚相呼应。

他恼怒至极,决定将台谏三个奏章掷向台谏,以"妄奏不实""煽风点火"之咎,煞煞这股歪风,以儆效尤者,然后专意追究这次风波的内幕实情。他正要召唤内侍押班进屋,甘昇却未唤而至,并把参知政事杨椿的奏疏呈上,他以为是杨椿自辩之表,反击之表,急忙打开阅览,目光所触,他全然懵懂了:这是杨椿主动认罪之疏,这是杨椿主动乞免职务之疏,他的头脑忽地空荡了,胸中的愤怒也忽地消散了,一种苍凉的、苦涩的、被臣子愚弄戏弄的感觉浮上心头……

就在赵构因朝臣内外夹攻而心烦意乱的孤独中,闰二月二十六日,扬州幕府派遣飞骑送来塘报:金国骠骑上将军、金兵大都督府左监军、报登位使高忠建和金国礼部侍郎、报登位副使张景仁,率领金国使团二十人入境,要求直赴临安,传达金国皇帝完颜雍登上皇位的信息。赵构阅"塘报"而心喜。在与汤思退、杨存中等心腹之臣密议之后,便于三月一日早朝中向群臣宣布了金国使团将来临安的消息;诏令枢密院编修官洪迈为接伴使,赴扬州接伴金国使团来临安;诏令皇子赵昚、尚书左仆射陈康伯负责接待金国使团,并与金国使团会谈,应对金国使团可能提出的各种要求。

朝臣惊骇,议论蜂起,悟其皇帝早已心存和议,其屡屡高唱北伐之调,乃为欺诳臣下之技耳!其纷纷攘攘之愤情,立即转为凄凄惨惨之沉默。

三月十一日,金国报登位使高忠建、张景仁等二十人至临安,陈康伯迎接于紫宸殿。按旧仪:北使当跪地进书,内侍启匣取书,宰执读书毕,使北使陛殿,跪传北主语,问上起居,客省官宣问毕,北使下殿起居。是时,金国使者高忠建极其骄横,引《绍兴和议》中"宋向金称臣"条款,拒不下跪,反责宋廷不行臣礼,并要陈康伯跪地接旨。陈康伯以义折之,高忠建语塞,乃请陈康伯受书,并要求朝廷归还采石矶之战后宋军收复的江淮诸郡。双方在驿馆会谈中,金国使者拒绝海宁观潮之邀,拒绝天竺游览之请,以居高临下的蛮横,勒令朝廷归还海州、泗州、唐州、邓州、陈州、蔡州、许州、汝州、亳州、寿州十郡。

驿馆会谈,攻守争执,互不相让;垂拱殿里朝廷臣子却在"名、实孰重"中争论着,接伴使洪迈认为"土疆实利,不可与;礼际虚名,不足惜也"。礼部侍郎黄中反讥"名定实随,百世不易,不可谓虚;土疆得失,一彼一此,不可谓实"。权兵部侍郎陈俊卿认为"今力未可守,虽得河南,不免为虚名。臣谓不若先正名分,名分正,则国威张而岁币亦可损矣"!……

三月二十一日,赵构采纳了陈俊卿"先正名分"的高论,面受报书,用敌国礼,遣客省官宣谕:

> 皇帝起居大金皇帝,远劳人使,持送厚币。闻皇帝登宝位,不胜欣喜。继当专遣人钦持贺礼……

金国使者高忠建等捧受如仪。

同时,赵构诏令起居舍人兼国史院编修官洪迈,假翰林学士,充贺大金登宝位国信使。

可怜的枢密院编修官洪迈,只是因其父亲洪皓曾出使金国,被金人囚禁十多年而坚贞不屈,便令其接父班而出使金国,这是信任重用,还是不幸而遭"长洲桃李妒"啊?……

金国使团带着大宋朝廷的"贺大金登宝位国信使"洪迈离开了临安城。金兵借"会谈"之机,在江淮地区同时发起进攻,不经任何战斗地进占了宋军自弃的陈州、蔡州、许州、汝州、亳州、寿州六郡,并向宋军固守的海州、泗州、唐州、邓州四郡发起了猛烈的攻击。

赵眘和陈康伯在震惊中恍悟了:胜负决于力啊,金人在战场上轻易地拿到了他们想要的东西,我军四个月前恢复的江淮十郡即将丧失殆尽。他俩想到了远去川陕的虞允文和身居建康的抗金老将张浚……

五雷轰顶啊!赵构在震惊失魂了:可恨的金人,竟在临安城打了朕的耳光,竟在临安臣民面前辱没了朕的脸皮,又一次和议误国,朕威望尽失啊!他窝火于心,又一次"卧病不朝"了……

群臣在震惊中哗然:各种言论鹊起,呈火烧蜂房之状,其矛头皆指向宿卫都指挥使兼江、淮、荆、襄四路宣抚使杨存中的失职失地,夹棒带刺地影射着赵构……

临安城黎庶在震惊中愤怒了,声讨"和议"之声再起,要求"北伐"之论雷动,国子监的学子们冲出禁地,请愿于丽正门前,临安城酝酿着一场惊天动地的风潮。

临安六月,六龙回日,六龙生辉。

由于众所周知和众所不知的原因,六月八日,赵构诏令立赵眘为太子。六月九日,赵构发出谕示,昭告天下:

朕宅帝位三十有六载,荷天地之灵,宗庙之福,边事寝宁,国威益振。唯祖宗传序之重,兢兢焉惧弗克任,忧勤万几,弗遑暇佚,思欲释去重负以介寿臧,蔽自朕心,亟决大计。皇太子贤圣仁孝,闻于天下,周知世故,久系民心,其从东宫付以社稷。唯天所相,朕非敢私。皇太子可即皇帝位,朕称太上皇帝,迁德寿宫,皇后称太上皇后。一应军国事,并听嗣君处分。朕以淡泊为心,颐神养志,尚赖文武忠良,同德合谋,永底于治。

六月十一日,赵构于紫宸殿行内禅之礼,正式禅位于赵昚。

六月十九日,赵昚正式登位临朝,改明年为隆兴元年,立贤妃夏氏为皇后,并发布诏令昭告天下,申明其施政之要:

……置鼓以延敢谏,立木以求谤言……朕躬有过失,朝政有缺遗,斯民有休戚,四海有利病,凡可以佐吾元元,辅朕不逮者,皆朕之所乐闻。朕方虚怀延纳,容受直辞,言而可行,赏将汝劝,弗协于理,罪不汝加。悉意陈之,以启告朕,毋隐毋讳,毋惮后害。自今时政阙失,并许中外士庶直言极谏,诣登闻检、鼓院投进;在外于所在州军实封附递以闻。

此诏令出,群臣欢呼,黎庶欢舞,临安沸腾。

临安七月,七曜高照,七曜盈缩。

七月二日,判建康张浚奉诏抵达临安,君臣相晤于紫宸殿。张浚"力陈和议之非,劝帝坚意以图事功",赵昚以"久闻公名,今朝廷所赖唯公"而嘉许,并加张浚为少傅,进封魏国公,除江、淮宣抚使,节制屯驻军马,取代杨存中宣抚江淮之权。

七月十三日,赵昚诏令:奉太上皇示,追复岳飞原官,以礼改葬,访求其后,特与录用,正式公开地为岳飞平反。并诏令为昔日遭秦桧迫害的官员胡铨、王十朋等人昭雪冤情,委以重任。委任王十朋为起居舍人、侍御史之职;委任胡铨为国子监祭酒之职。

七月十五日,赵昚诏令对朝廷中枢进行人事调整,以陈康伯为左仆射兼中书门下事;擢史浩为中书舍人、翰林学士、知制诰、参知政事;擢辛次膺为参知政事。朝廷两府要津,皆为主战官员所据。

同时,对北伐重镇建康也进行了人事调整:诏令建康留守张孝祥,专助张浚筹划北伐事宜;诏令太府丞史正志(字志道)充任马步军都总管,掌军旅屯戍、训练、守御;诏令知常州叶衡(字梦锡)充任军马田粮总领,掌管粮秣征集调用;诏令知钱塘县赵彦端(字德庄,宗室子弟)充任兵马钤辖,掌军务印用;诏令知建安县韩元吉(字无咎,神宗朝翰林学士承旨韩维的四世孙)充任兵马都监,掌军务管理;诏令徽州新安教授严焕(字子立)充任兵马都巡检,掌管关隘要地防务。

赵昚果断迅速的霹雳举措,立即赢得了群臣的拥护和黎庶的支持,临安街巷已掀起了舆论的高潮,朝政方略的变化真的开始了。

希望来临了,辛弃疾展纸、提笔、濡墨,半年来彻夜难眠之所思,如浪涛汹涌,冲开心闸,聚于笔端,一挥而成《论阻江为险须藉两淮疏》。搁笔举疏详览者三,仍觉未尽其意,未尽其善,挥笔再成《议练民兵守淮疏》以补之。疏成意尽,绕室而思上呈之途:得知府徐公子明启示,舍皇帝六月十九日谕示中"在外于所在州军实封附递以闻"之途,以免关卡扣压或意外丢失,决定派遣辛茂嘉乘"青色的卢"直奔临安,交范邦彦和范若水审酌代呈。

当夜五更时分,辛茂嘉藏两份奏疏于怀中,跨上"青色的卢"向临安奔去。

十一　声震听风楼

八月中秋之夜,当月上东山之时,辛茂嘉经过五天的飞马奔驰,闯进了临安城余杭门,在询问打听中,牵马向一座名叫听风楼的庭院走去。

听风楼是闹市中的一座庭院,因一幢精巧华丽的二层楼阁而得名。四周的高墙,隔绝了墙外的嘈杂喧闹;围绕层楼的层层翠竹,清爽着墙内的幽静安谧;院内的屋舍、花坛、清泉、溪流,相依为景,相映成趣,名副其实地展现了"钱塘倜傥公子"王琚闹中取静的特有习性。

王琚,字伯玉,年约五十岁,乃英宗朝驸马都尉王诜(字晋卿)之孙,其祖母贤惠公主乃英宗皇帝之长女。王琚其人,以早慧(有神童之称)、貌美(有潘安之称)、潇洒(不拘于俗)、风流(与歌伎为友)、性傲(藐视权贵)十字而得"钱塘倜傥公子"之誉。加之其人有乃祖王诜之风,豪情侠义,交游广泛,嗜性书画,轻蔑仕途,遂为"钱塘倜傥公子"之名插上了翅膀,遍闻于大江南北,十年前与"河朔孟尝"范邦彦结交于蔡州新息县。因其二人习性相近,且均与皇室有着血缘关系,在情分上又多了一层亲密。十年间鱼雁相顾,情义弥深。

二月二十日,也就是赵构由建康回驾临安的第二天,范邦彦也至临安,王琚立即移居城外别墅,腾出听风楼供范邦彦父女居住,特留管家、仆役、厨娘多人,供范邦彦父女驱使,并频频设宴广招临安各界头面人物与范邦彦相识,着意为朋友造势张扬。

是日是中秋节,范邦彦和他的女儿范若水兴致极佳。这个中秋节,是他们归宗渡江后的第一个中秋节,且恰在临安,恰是朝廷为岳飞在西湖岸边选定筑墓地址之日,恰是赵眘改宫中猎场为校场,并亲率禁军操练之始,恰是皇恩再次降临范家之时:今日午后申时,吏部官员来访,告知范邦彦之职,已由湖州长兴县县丞调任镇江军节度使判官厅事。

喜事连连啊!特别是范邦彦职务调动一事,使范若水心花怒放:这是信任,这是朝廷对父亲"忠肝义胆"的认同,这是朝廷对父亲"交游广泛,人脉超卓"特殊才智的重视,这是父亲以朝廷命官投入北伐大业的开始,也是对身居建康驿馆的母亲最大最佳的慰藉!她不愿走进玳筵罗列、醉舞霓裳的闹市,也不愿打扰听风楼的管家、仆役、厨娘,便亲自至附近市食店铺,购得几样水果、月饼、佳肴、美酒,并移茶几座椅于庭院,抚琴赏月,让父亲在临安城过一个清静的、舒心惬意的中秋节。

月上东山,竹影婆娑,金风送爽。范若水举杯为父亲作贺,范邦彦举杯为女儿祝福,并声称将于明日向王琚告别,早日返回建康,早日去镇江军就任。父慈女孝,亲情融融。

情之所钟,兴之所至,女儿轻抚琵琶,父亲仰天歌吟,唱起了苏轼的词作《水调歌头·明月几时有》:

明月几时有?把酒问青天。不知天上宫阙,今夕是何年。我欲乘风归去,又恐琼楼玉宇,高处不胜寒。起舞弄清影,何似在人间。 转朱阁,低绮户,照无眠。不应有恨,何事长向别时圆?人有悲欢离合,月有阴晴圆缺,此事古难全。但愿人长久,千里共婵娟。

琴音歌声回荡,惹得月色生烟,烟笼翠竹,形成了月映竹林特有的轻盈清雅的绝妙情景。陡的一声马啸腾起,打破了这份清幽,辛茂嘉牵着"青色的卢"走进翠竹掩映的庭院,范邦彦和范若水在惊诧惊喜中急忙站起迎接。

辛茂嘉带来了辛弃疾"一切安好"的喜讯,还带来了辛弃疾"琴音鱼雁"

的感谢和"灵犀相通"的问候。他从怀中取出辛弃疾写就的两份奏疏,恭敬地呈献于范邦彦,并申述了辛弃疾请求"审酌代呈"的审慎考虑。

范邦彦伸出双手,紧紧抓住辛茂嘉结实的双肩,连呼"感谢",并斟酒三杯,迎接辛茂嘉的到来。

范若水从父亲手中接过辛弃疾送来的两份奏疏,紧紧贴在怀里,泪花蒙蒙,仰望北方夜空,忘情道:"谢天谢地,辛郎终于说话了。"

"青色的卢"望着忘情的范若水,昂首发出一声萧萧悠长的嘶鸣。

夜深了,辛茂嘉在管家的关照下安歇了,"青色的卢"在仆役的侍候下咀嚼着精食黑豆。庭院中,圆月下,翠竹旁,范邦彦父女围石而坐,全然被辛弃疾的两份奏疏吸引了,范若水朗声诵读着——

论阻江为险须藉两淮疏

臣窃唯自中兴以来,驻跸临安,阻江为险。然江之为险,须藉两淮。自古南北分离之际,盖未有无淮而能保江者。然则两淮形势,在今日岂不重哉。臣仰唯陛下垂意边防,规恢远略,沈几先物,虑无遗策。然臣偶有管见,虑之甚熟,诚恐有补万一,唯陛下宽听。

盖两淮绵地千里,势如张弓。若虏骑南来,东趋扬、楚,西走和、庐,苟吾兵无以断隔其中,则彼东西往来,其路径直,如走弦上,荡然无虑。若吾兵断隔其中,则彼淮东之兵不能救淮西,而淮西之兵亦不能应淮东。设使势穷力蹙之际,复由淮北而来,则走弓之背,其路迂远,悬隔千里,势不能及;入吾重地,分兵为二;其败可立而待。古人为兵者,谓其势如常山之蛇,击其首则尾应,击其尾则首应,击其身则首尾俱应,然后其兵立于不败之地。今以两淮地形言之,则淮东为首,而淮西为尾,淮之中则其身也。断其身则首尾不能救,明矣。

三国之时,吴人以瓦梁堰为身,筑垒而守之,而魏终不能胜吴者,吴保其身,而魏徒能去淮西之地也。五代之时,南唐虑周师之来,盖尝求吴人故迹而守之,功未成而周兵至,然犹遣皇甫晖、姚凤以精兵十五万扼定远县,负清流关而守,世宗亦以艺祖皇帝神武之兵当之。虏骑之来也,常先以精骑由濠梁破滁州,然后淮东之兵方敢入寇;其去也,唯滁州之兵为最后。由此观之,自古至今,南兵之守淮,北兵之攻淮,未尝不先以精兵断其中也。况今虏人之势,一犯吾境,其所以忌我者非战也,忌吾有兵以出其后耳。一出其后,则淮北之民必乱,而淮北之城亦可乘间而取,如向之海、泗、唐、邓是也。

今陛下城楚城扬于东,城庐城和于西,金汤屹然,所以为守者具矣。然臣以谓,两淮之中,犹未有积甲储粟,形格势禁。可以截然分断虏人首尾之处。以臣愚见:当取淮之地而三分之,建为三大镇,择沉鸷有谋、文武兼具之人,假以岁月,宽其绳墨以守之,而居中者得节制东西两镇。缓急之际,虏攻淮东,中镇救之,而西镇出兵淮北,临陈、蔡以挠之;虏攻西镇,中镇救之,而东镇出兵淮北,临海、泗以挠之;虏攻中镇,则建康悉兵以救之,而东西镇俱出兵淮北以挠之;东西两镇俱受兵,则彼兵分力寡,中镇悉兵淮北,临宿、亳州以挠之。此苏秦教六国之所以为守,而秦人闻之所以不敢出兵于函谷关也。比之纷纷纭纭,自战其地者,利害不侔矣。

如臣之言可采,乞下两府大臣并知兵将帅,详议速立三镇去处,措置施行。

范若水的诵读声由平和而高扬,由高扬而激越,由激越而气势磅礴。

范邦彦倾听的神采,由专注而惊诧,由惊诧而震撼,由震撼而心潮激荡,热血沸腾,他忘却了手中的酒杯,身边的翠竹,头顶的圆月,忘却了此刻的所在所为,激荡沸腾的心神,随着耳畔清朗的诵读声,驰骋于两淮大地,驰骋于烽烟战火之中。

范若水的诵读声戛然而止。月色溶溶,月光倾泻在这庭院中因这份奏疏陷于极度兴奋而沉默的范家父女身上。

少顷,范邦彦放声打破了沉静:"器大声宏,志高意远,横绝六合。若水,你此刻做何感想?"

范若水仍在沉思之中,似在自语:"高屋建瓴,笔势浩荡,胸中金戈铁马,脑际战火烽烟。父亲,这份智略辐辏的奏疏,真的是出于辛郎之手吗?"

范邦彦朗声回答,神情坚定而自信:"若水,几个月来,我们都低估了幼安的才智谋略,误林中麒麟为战地烈马了。我们只看到幼安'揭竿而起'的报国之心,只看到幼安'决策南向'的一统之志,只看到幼安'夜袭金兵大营'的侠肝义胆,只看到幼安'处人处事'的谦恭潇洒、文武才情,根本没有领略他的大智大勇!辛弃疾,何许人耶?他是人间凤麟,他是当世的谋略天才。"

范若水周身一下子清爽惬意了,她转身扑在范邦彦的怀里,轻声倾诉着:"父亲之言,令女儿心神陶醉啊。"

范邦彦抚着女儿,话语更加亲切清朗了:"幼安的这篇《论阻江为险须藉两淮疏》,是应时而出的战略筹划,是抗金制胜的根本大计,是幼安大智大勇的自然展现!设幼安胸无丘壑,如何能在寥寥数语中,勾画出一幅两淮山川战地图?设幼安胸无雄兵,如何能在寥寥数语中筹划出三镇相倚的战略制胜走向?设幼安胸无古今,如何能在寥寥数语中,总结出自汉末三国以来九百年间南北数度相争的经验教训?设幼安胸无风云,如何能在新的皇帝即位之初,身居千里之外,适时而明确地提出'阻江藉淮'的制胜战略?英雄时势,时势英雄,新的皇帝为仁人志士开拓了发挥才智的时机,大宋的军事天才应时而出现了。若水,快诵读幼安送来的第二篇奏疏吧!"

范若水应诺,急忙捧起辛弃疾的第二篇奏疏,用更加激越清朗的声音读起《议练民兵守淮疏》——

臣闻事不前定不可以应猝,兵不预谋不可以制胜。臣谓两淮裂为三镇,形格势禁,足以待敌矣!然守城必以兵,养兵必以民,使万民为兵,立于城上，闭门拒守，财用之所资给，衣食之所办具，其下非有万家不能供也。往时虏人南寇，两淮之民常望风奔走，流离道路，无所归宿，饥寒困苦，不兵而死者十之四五。臣以谓两淮民虽稀少，分则不足，聚则有余。若使每州为城，每城为守，则民分势寡，力有不给；苟敛而聚之于三镇，则其民将不胜其多矣。窃计两淮户口不减二十万，聚之使来，法当半至，犹不减十万户。以十万户之民，供十万之兵，全力以守三镇，虏虽善攻，自非扫境而来，焉能以岁月拔三镇哉。况三镇之势，左提右挈，横连纵出，且战且守，以制其后，臣以谓虽有兀术之智、逆亮之力，亦将无如之何，况其下者乎。故臣愿陛下分淮南为三镇，预分郡县户口以隶之。无事之时，使各居其土，营治生业，无异平日；缓急之际，令三镇之将各檄所部州县，管拘本土民兵户口，赴本镇保守。老弱妻子，牛畜资粮，聚之城内；其丁壮则授以器甲，令于本镇附近险要去处，分据寨栅，与虏骑互相出没，彼进吾退，彼退吾进，不与之战，务在夺其心而耗其气。而大兵堂堂正正，全力以伺其后，有余则战，不足则守，虏虽劲亦不能为吾患矣。且使两淮之民，仓猝之际，不致流离奔窜，徒转徙沟壑就毙而已矣。

范若水的诵读声停落，范邦彦的啸吟赞叹声飞起："伟哉，亘古少见的发现！若水，你不觉得两淮战场即将出现扫空万古的变化吗？"

范若水神情激越地朗声回答："父亲，女儿的心已被辛郎卓然不群的高论震撼了。辛郎在战略筹划中，破天荒地发现了芸芸之民的存在：民之苦难，民之力量，民之为兵，民之攻守，民之地位，民之伟大。为'阻江藉淮'战略，觅得了立足的基础，觅得了力量的源泉。这真是化平凡为神奇的发现，超越朝廷文武重臣认识胆略上的发现啊！好一个'守城必以兵，养兵必以民'的论点！这不就是对兵、民关系最本质的表述吗？好一个'以十万户之民，供十万之兵，全力以守三镇，虏虽善攻，自非扫境而来，焉能以岁月拔三镇哉'的论点！这不就是对民之力量最实在的估计吗？好一个'无事之时，使各居其土，营治生业,无异平日;缓急之际……则授以器甲,令于本镇附近险要去处,分据寨栅,与虏骑互相出没'的论点!这不就是寓兵于民,兵民一体最精辟的见解吗?好一个'彼进吾退,彼退吾进,不与之战,务在夺其心而耗其气'的论点!这不就是民之攻守战略性的高度概括吗?父亲,这两篇奏疏之成,也许缘于辛郎揭竿而起,投身义军,与芸芸之民有着相依相靠之联系吧?"

范邦彦放声赞许:"言之不诬,言之有理!萧萧长草没麒麟,这就是幼安卓然不群之所在啊!现时朝廷重臣,正在热衷于新政开端的争论:在政务上,参知政事史浩主张遣使于金,报皇帝登位事,以求缓和南北关系;枢密使张浚反对再度遣使报金,示以强硬态度。在军事上,史浩主张坚壁以御金兵攻冲;张浚主张举兵反击。在兵力部署上,史浩主张陈兵瓜洲、采石、沿江防守;张浚主张陈兵泗州,待机歼敌。如此枝节之争,群臣虽随之攘攘,终不得要领!辛郎这两篇奏疏,实为当前朝政之所急需。一言兴邦,一言益国,此其时也。可这兴邦益国之论,却出自一位江阴签判之手,而且这位江阴签判,恰是一位运交华盖的归正人。人微言轻,宫门紧闭,辛郎这两篇奏疏要直达天听,难啊!"

范若水望着父亲沉吟良久,放声急语:"女儿有一途径似乎可行。"

范邦彦神情一振:"快讲!"

范若水神情坚定而自信:"皇帝六月十九日有诏:'自今时政阙失,并许中外士庶直言极谏,诣登闻检院、登闻鼓院投进。'明天,女儿持辛郎之奏疏闯一闯登闻鼓院,试一试皇帝的诏令是否灵验,试一试官员们对皇帝的诏令是否忠诚!"

范邦彦赞许:"要不要老父陪你前往?"

范若水深深一揖:"谢父亲支持,女儿独闯江湖了!"

范邦彦捋须而纵声大笑。

八月十六日午前辰时,范若水以汉隶之笔抄写辛弃疾奏疏为存稿后,便持奏疏原稿至登闻鼓院投进。

登闻鼓院隶属门下省司谏、正言,位于皇宫西华门左侧。时鼓院门前右侧敞开的投进窗前,持章表奏疏投进者十数人,多数为青衿学子,高谈阔论之声鹊起,招徕周围数百人围观,营造了欢愉的争鸣气氛。窗内一中年官员正襟临窗,接待投进。其人浓眉秀目,神情矜持,傲气凌人,呈现着一副规谏讽喻的职业气派,给人一种疏远感,但其接疏、询问、审稿、登记、入卷、付据等录办环节,十分熟练,且出语简练,掷地有声而且不容置疑。轮到范若水投进,窗内官员举目一扫,见其面容、装束为北方女子,便露出几丝轻蔑之色,眉头微微一皱,接过奏疏,草草一览,冷声询问数语,听到的回答是北方口音,微微摇头,提笔在奏疏上批语:"京外官员,当于所在州军,实封附递以闻。"并推奏疏出窗。范若水接过奏疏一览,见是拒收批语,意欲辩解,窗内官员挥手一摆,示意靠边,举手一招,示意范若水身后的青衿学子前行临窗投进,气势严厉肃杀。范若水一时气噎心堵,欲语无声,且无辩解对象,泪水几乎滚落,她咬紧牙关思谋应对之策,突然想到有关士民投进章奏表疏的朝制规定:"凡官员士民的章奏表疏,有关朝政得失、公私利害、军期机密者,无成例通进的,都在鼓院投进,如被拒绝,可至登闻检院投进。"她心头一亮,愤然转身,向登闻检院走去。

登闻检院隶属中书省谏议大夫,位于皇宫东华门右侧。检院门前左侧敞开的窗子,为拱进之处,其建筑模式,与鼓院相同,但门楼比鼓院高出一尺,宽过二尺,其投进之窗,亦比鼓院投进之窗高大宽阔。

是时,检院投进窗前,排队投进者仅五人,皆黔首布衣,年龄均在三十岁左右,儒雅之风,高傲之志,潦倒之状,隐隐透露着这些读书人仕途多舛的坎坷、怀才不遇的愤懑和运交华盖的无奈,他们今天也许都是被登闻鼓院官员逼到这里来的。窗内一位长者,临窗受理投进。其人年约六十岁,身体单薄,面容清癯,一双笑眼,神情慈和,锋不外露,宽阔的前额昭示着高尚的修养和不凡的才情,给人一种亲切感,特别是接过章奏表疏后询问的周到细致、审稿的认真负责,充满了对投进者的尊重和信赖,使投进者或呈章献策,或进疏论政,或举表喊冤,或上书自荐,都得了各得其所的满足。遂即登记在册,分类入卷,开出收据,授投进者曰:"按朝制规定,凡投进的章表奏疏,事关紧急者即日上呈皇帝,否则,五日一次通进。先生所投章表,非紧急章表,将于五日后通进。先生可于十日后持此据来此处查询结果。"窗内长者处事快捷周密,干净清爽,投进者皆拱手作谢而去。

轮到范若水投进了。她神情从容的举止,引起了窗内长者的注意和关切;她口齿伶俐地对鼓院官员"故意刁难京外官员上书"的控告,引起了窗内长者的惊讶和重视;她真情实意地申述京外官员"千里进京投进"的艰苦,引起了窗内长者的感动和同情。窗内长者似乎根本没有看到鼓院官员在奏疏上的批语,带着慈祥的微笑,阅览起范若水投进的奏疏。

耳目一新的奏疏啊!窗内长者蓦地被新奇别致的"标题"吸引了:二十年来,何曾有过这种关于战争全局战略性的奏疏!何曾有人违逆"重文轻武"的朝制而为军事、军情、军旅费心费神的奏疏!他神情严峻了,聚精会神了,急切地把目光投向字里行间……

宏伟的全局战略设想,鲜明的两淮战地图志,准确的敌我双方军事、政治、兵力、企图的精辟分析,高明的战区划分和作战原则的制定,新奇的对两淮战区芸芸众生的同情、信赖、借重和依靠,都是当今朝廷重臣所不能言的!窗内长者激情难耐,不时地拍案叫好,吟诵出声。

长者把目光投向呈献这两篇奏疏的官员姓名上,"江阴签判辛弃疾"七字跃入眼帘,他眸子一亮,猛地抬起头来,大声询问窗前的女子:"辛弃疾?不就是半年前轰动建康城的那个辛弃疾吗?"

范若水急忙回答:"禀报大人,正是此人。"

窗内长者发出感慨:"一鸣惊人,一飞入天,是美玉总会生烟,是人间麟凤,总会啸傲世风世情的!姑娘,辛弃疾既为江阴签判,他的奏疏为什么不于所在州军,实封附递以闻?"

范若水急忙回答："禀报大人，辛弃疾心有三怕……"

窗内长者不解："三怕？怕什么？"

范若水急忙回答："禀报大人，辛弃疾一怕'实封附递'耽误时日，二怕'实封附递'中途失落，三怕'实封附递'遭关卡封杀扣压。"

窗内长者恍悟，话语鲜明磊落："有理！姑娘，你是辛弃疾的什么人？"

范若水微微一笑，话语出口："禀报大人，《诗经》中《击鼓》一诗有句：'死生契阔，与子成说。执子之手，与子偕老。'民女愿与辛弃疾和他的抱负同甘共苦！"

窗内长者笑了："聪慧可爱的姑娘，老夫向你祝贺了！请你转告江阴签判辛弃疾，老夫敬佩他为北伐大业呕心沥血，敬佩他为强军强兵呕心沥血。他的这两篇奏疏，老夫当于今日上呈圣上。"

范若水惊喜若狂，恭敬而语："民女请大人示知名讳。"

窗内长者微笑回答："昏聩老夫梁仲敏。"

范若水突觉"梁仲敏"三字如雷贯耳，话语冲口而出："是右谏议大夫梁大人吗？是三个月前与殿中侍御史吴芾大人联手弹劾昏庸的参知政事杨椿的梁大人吗？"

窗内长者大笑："聪慧的姑娘，你身处京外也知道这些，难得啊！老夫正是右谏议大夫梁仲敏。"

范若水喜泪盈眶："天可怜见，辛郎遇到了好人、贤人，当愁容消散了！"她拱手向窗内右谏议大夫作谢。

十二　奏疏被封杀

辛茂嘉带着范若水带回的"奏疏直达天听"的喜讯，以及她"为君扶病上高台"的决心飞马返回江阴城。

羁居临安城的范家父女，焦急地等待着"天听"后赵昚的回音。

五天过去了，范若水三访登闻检院，得到的回答是：辛弃疾的两篇奏疏已上呈福宁宫，有佳音传出：上已览。范邦彦从友人处获知的讯息，与登闻检院的回答同。父女品茶以欢。

十天过去了，范若水再访登闻检院，得到的回答是：辛弃疾的两篇《奏疏》已在宰执大臣间传阅，有佳音传出：赞赏者众。范邦彦从友人处获知的讯息，与登闻检院回答同。父女饮酒以贺。

又一个十天过去了，范若水五访登闻检院，得到的回答是：近来各地官员投进表章甚多，宫中已不闻有关奏疏事。范邦彦从友人处获知宫中有关辛弃疾奏疏的议论已销声匿迹，父女二人惊诧了，心焦了。

无奈的等待啊，范邦彦父女在难舍、难弃的折磨中，度过了百泉皆咽、枯桑哀啸的严冬，然音信杳无。

在蜡梅竞放、柳园禽鸣的迎春元日，在朝廷年号改为"隆兴"元年之始，王琚走进了听风楼，向范公施拜年礼。

是日的王琚衣着华丽，举止飘逸，虽年岁已过五十，依然展现着"美男子"的风采和生性特有的疏放豁达。他是十天前结束了吴越各地的漫游回到临安的,当头的第一件事,就是受朋友范邦彦之请,设法弄清宫中对辛弃疾的两篇奏疏的议处情状,范若水特意抄写了辛弃疾奏疏的全文供他阅览。为人谋而当忠,受人托而当信,况且是侠义相交的朋友。他果然不负"钱塘倜傥公子"之誉,在短短十天之内,就获知了关于辛弃疾奏疏遭受封杀的种种说法。他偏偏要在这个隆兴元年元月元日的特殊日子里,把朝廷这桩"冤家难找"的封杀事件,和盘摆在范家父女的面前。

王琚偕范家父女进入楼上茶室,范若水已熟知主人以茶待友之习惯,且听风楼侍女忙于元日家宴,便束起围裙,充做点茶侍女,急忙捧出主人专用的荆溪紫砂茶具,置于父亲与主人座位一侧的长案上。

茶炉为朱砂紫色双耳双层,状若古鼎,底盘开口通风漏灰,造型古朴。

茶壶为深紫栗色,菱形握鋬嵌盖多孔,弯嘴,玉色晶莹。

茶盘为八寸圆形浅沿平底墨绿紫砂,浅雕游鱼水草于盘中,雅致迷人。

茶碗为紫红色嵌盖海碗,四周饰有花卉,玉色荧光,精妙天成。

茶盒为海棠红色紫砂,内装碾罗后的新制龙团茶,造型高雅。

茶盏为天青色紫砂,通体透亮,精巧雅致。

茶匙为梨皮色紫砂,晶莹生辉。

茶筅为青竹细丝制作,长约三寸,工艺精巧。

范若水借主人与父亲礼见寒暄之机,迅速地开始了点茶的操作。

范若水巧手取火,燃栎木精炭于茶炉中,茶炉通体透亮火红,神奇精妙。

范若水巧手择水,取一升备好的虎跑泉水于茶壶中,置于炉上,观形辨汤、听声辨汤、闻气辨汤,等待汤以蟹目鱼眼连绎迸跃之状的出现。

范若水巧手点茶,取茶碗及四只茶盏置于茶盘中,用茶匙从茶盒中取出适量龙团茶置茶碗中,取少许蟹目鱼眼连绎迸跃之汤入茶碗,调和均匀,继之量茶受汤,以茶筅击拂,至茶汤面色鲜白,乳雾汹涌,周回旋而不动,遂成范仲淹诗句中"碧玉瓯中翠涛起"之奇观。

范若水巧手分茶,用茶匙收汤面黄白者入盏,弃之;再收汤面青白者入盏,留阻壶中汤沸;分纯白之茶为二盏,分献主人和父亲。

清冽淡雅的茶香从茶盏中飘起,终止了主人和父亲兴致正浓的寒暄。王琚举盏呷了一口而惊呼:"鲜爽芳香,味贯六神,茶艺之妙,见所未见,'范家才女'亦茶艺中的高手啊!若水,这般点茶之技何名?"

范若水恭敬回答:"此技名曰'紫燕拂水'。"

"要旨何在?"

"一个'轻'字。用火要轻,候汤要轻,点茶要轻。轻而生鲜,轻而发爽。"

"师承何人?"

"偷得家母点茶之技,仅形式耳。"

王琚恍然而赞叹:"技出皇室,妙传于'宗室公主'之手,果然不凡啊!范兄,王琚借此'紫燕拂水'之茶,向远居建康的嫂夫人请安致谢了。"

范邦彦举盏感谢:"娇惯之女,百无一长,唯胆大敢为耳,其孝敬王兄之心,确是真诚的。"

王琚与范邦彦举盏相敬,王琚再呷一口,闭目玩味;良久,缓睁双目,致语范邦彦:"鼻口生香,咽喉生津,两腋生风,心旷神怡。范兄,王琚要口无遮拦了!"

范邦彦拱手相邀:"请王兄赐教,邦彦洗耳恭听。"

王琚一开口,就展现了不凡的气势:"如今是'其政闷闷'的年月,皇帝和宰执大臣,都在新政的喧闹中,各唱各调,相互厮斗,纲不见举,目不见张,表面上轰轰烈烈,实际上浑浑噩噩。辛幼安上呈的两篇奏疏不幸在这闷闷的朝政中,被端出,被撕扯,被猜疑,被封杀,被折腾得不知所在了。"

范邦彦似乎早已料到会是这样的结局,神情并不紧张,目光专注地等待着王琚说出朝廷封杀奏疏的凶手和理由。范若水神情从容,在换盏献茶中侧耳以待。

王琚举盏呷茶,灵犀相通地放声谈起:"宫中透漏出的第一种说法是:右谏议大夫梁仲敏确是一位诚人、信人,是他亲自持奏疏呈进福宁宫。皇上阅览后,立即召吏部侍郎、张浚之子张栻进福宁宫,令其持奏疏飞马建康,征询张浚对奏疏之所见。十日之后,张栻从建康回到临安,入宫禀报皇上:'臣父已屯兵马于盱眙、泗州、濠州、庐州,以备来自河南的十万金兵的挑衅。'关于对奏疏的态度,张栻禀报:'臣父赞赏辛弃疾阻江为险须藉两淮之论,但三镇之设、彼此相协及兵民一体的设想,绝非一两年内可就,战事在即,浮言难用。'皇上遂纳张浚之所见而寝之。这就是说,封杀奏疏的是张浚,是张浚的'浮言难用'四字啊。"

范邦彦皱眉头而思索:"'浮言难用'四字当然是荒谬的,'战事在即'四字,却暴露了张浚和皇上的心机。皇上急需一场北伐胜利以昭示其天纵英明,张浚急需一场北伐胜利以显示其长城之重,君臣都在贪近利而舍远谋啊!再说,张浚久于官场,熟知官场倾轧之烈,也许有难言之隐,也许别有所计啊!"他抬头向女儿一瞥,范若水神情依然从容,正在司炉调火,开始了第二种茶艺的治茶。

王琚激烈义愤之声再起:"宫中透漏出的第二种说法是:皇上浏览奏疏后,即发给宰执大臣传阅议处。奏疏得到陈康伯和辛次膺的赞赏,却遭到史浩的猜疑。时史浩与知建康张浚在兵力部署上争论正炽:史浩主张陈兵瓜洲、采石、沿江防守;张浚主张陈兵泗州,待机歼敌。此时,辛幼安的奏疏呈上,史浩疑辛幼安为援张浚而呈献,或受张浚唆使而投进。范兄当知,史浩曾任普安郡王府教授,为皇上夹袋中人物,现已是中书舍人、翰林学士、知制诰、参知政事,数权集于一身,断不可小觑啊!宫中友人透露,史浩持奏疏夜入福宁宫,以'张辛相协'四字语皇上,皇上默然收回奏疏而寝之。这就是说,封杀辛郎奏疏的是史浩,是史浩的猜忌进谗,是'张辛相协'的诬陷。"

范邦彦心头一凛,神惊意骇了:"望文生义,捕风捉影,不期史浩乃猜忌进谗之人。历朝历代忠耿之士的蒙冤遭贬,大都由横遭猜忌而成,特别是对军旅将帅的猜忌迫害,更为残酷。我朝秦桧而成的'莫须有'三字,毁灭了顶天立地的岳家军,史浩罗织的'张辛相协'四字,也要毁灭今之擎天大柱张浚和一个小小的辛弃疾吗？"他转眸向女儿望去，范若水神情依然从容，正在凝神候汤……

王琚的神情变得更为激烈了："宫中透漏出的第三种说法是：皇上接到右谏议大夫梁仲敏呈上的奏疏后，阅览了，留中了，根本没有发给宰执大臣传阅议处。范兄当知，我们这位刚刚坐上龙椅的皇上虽然年已三十六岁，但对军旅之事仍然是浑然无知，他头脑中的'抗金北伐'不过是号角声起，战马奔腾，两军冲杀，非胜即败。对奏疏中所论的'三镇建立''三镇互动''兵民一体'等战略筹划，根本不懂，也无兴趣，只能是草草一览，推向一边，不再理睬。这就是说，封杀奏疏的，是我们的皇上。"

范邦彦心头一震，全然蒙了，他根本没有想到，高唱"抗金北伐"的皇上，竟然是封杀"抗金北伐"战略筹划的凶手。他苦苦咀嚼着王琚刚才说出的每一个字："此说有理啊！我朝太祖陈桥兵变，颠覆了后周江山，建立了宋朝，消灭了当时割据于中原、江南的南平国、后蜀国、南唐国、吴越国、北汉国、南汉国，实现了国家的统一大业。他深知军队对一个王朝、一个帝王生死存亡的决定作用，更准确地说，他确实害怕操于别人手中的军队会颠覆他的赵宋江山，便自作聪明地搞了一次"杯酒释兵权"的活剧，从领兵的将帅石守信、王审琦、张令铎、张光翰、赵彦徽、高怀德等人手中收回了兵权，并制定了"重文轻武""以文制武""兵将分离"等朝制家规，以图赵宋江山的万代永固。天公地道的报应啊，自大宋开国至今的二百年间，除太祖、太宗两位皇帝外，其余九位皇帝，都是军旅上的庸者、懦者、盲者、痴者，而且一代不如一代，导致了军旅不武，国势孱弱，江山沦丧，偏安江南，至今仍然不知悔改。"他义愤难耐，思绪堵心，痛苦地闭上了眼睛。

王琚感应着范邦彦的锥心之痛，提高嗓音说道："宫中透漏出的第四种说法是：皇上下发奏疏交宰执大臣传阅议处，为临安行宫留守汤思退所知，并获得了奏疏的全文，立即进入德寿宫，以'宫中要闻'禀知太上皇，其言语情状，不知其详。适皇上依'五日一朝太上皇'之制请安于德寿宫，太上皇卧床而突然发问:'官家欲将军旅大事托付一归正人耶?'皇上一时蒙了,不敢答对;太上皇再问:'官家欲将祖上江山托付于两淮之民耶?'皇上已知有人进谗,心神慌乱,不敢答对;太上皇三问:'官家信赖的归正人,果有岳飞的德才操守吗?'皇上已知太上皇之所指、所忌、所恨,不敢应对,默然听训;太上皇高声吁叹:'对待军旅的朝制家规,乃太祖皇上亲自制定,至今已二百多年,十代皇帝无人敢违,官家当信而守之。'语毕,闭目自养。皇帝从德寿宫退出,遂寝辛幼安之奏疏。"

范邦彦的心一下子紧缩了,战栗了,说话了:"又是汤思退进宫,又是汤思退进宫后的最高谕示,真是见到鬼了!十个月前,辛幼安在建康行宫的厄运临头,人们传说为汤思退进谗所致,今日奏疏之被封杀,难道又是由于汤思退的口舌?汤思退,奸人秦桧的同党,抗金北伐大业的阴险反对者,为什么总是寸步不离地傍依着太上皇啊!朝廷不是'禅让'了吗?为什么太上皇还在决定朝政,还在决定着皇上的言行举止?甚至连一个小小江阴签判上呈的奏疏也不放过,荒唐至极啊!封杀,不明不白的封杀,糊里糊涂的封杀,封杀者是谁?封杀的理由何在?看不出来,说不清楚啊!从太上皇到皇上,到宰执大臣,到封疆大吏,到临安行宫留守,似乎到处都是封杀者,一个小小江阴签判辛弃疾,其对手敌手何其多啊!痛心疾首啊,朝廷封杀的岂止是辛幼安的奏疏,而是封杀'抗金北伐'的大业和皇上'中兴社稷'的前奏啊!"

此时,执茶筅而点茶的范若水已是森洌之气袭心,冷透骨髓,她着实为她的辛郎担忧,为神情怆楚的父亲担忧了。她急忙分茶入盏,以强作的微笑,献茶于王琚和父亲的面前。

此时的王琚正在思谋恰当之法为范家父女解忧消愁,恰当范若水献茶,他急忙举盏呷茶以佐思,突觉茶香奇异,赞语出口:"醇香甘美,含韵奇异,五内生爽,回味无穷!若水,这般点茶之技何名?"

范若水恭敬回答:"此技名曰'浮光流金'。"

"要旨何在?"

"一个'活'字。用火要'活',候汤要活,点茶要活。活则醇香自生,活则甘美自成。"

王琚慨然而放声赞叹:"好一个'活'字,其实,人的生命本身就是一个'活'字。要活得有情有义,要活得清清爽爽,要活得有滋有味!范兄,今日幼安际遇之状,使我联想到一位古人。"

范邦彦急忙询问:"此人是谁?"

"贾谊。"

"兄有何感?"

王琚高声吟出一首诗作,为范家父女解愁消忧:

> 宣室求贤访逐臣,贾生才调更无伦。
>
> 可怜夜半虚前席,不问苍生问鬼神。

这是唐代诗人李商隐的诗作《贾生》。王琚以西汉英俊才子贾谊喻今日之辛弃疾,极大地安慰了范家父女怆楚悲凉的心境。是啊,西汉之贾谊,年二十二岁呈献《治安策》(又名《陈政事疏》)于汉文帝。今日之辛弃疾,年二十二岁,呈献《论阻江为险须藉两淮疏》于皇上,其英年之举,同也。贾谊的《治安策》乃谋求国家长治久安之筹划,辛弃疾的《论阻江为险须藉两淮疏》,乃谋求北伐大业之战略,其为国为民之志,同也。汉文帝不识清平盛世中潜伏的种种危机,拒《治安策》而不用,酿成了"贾生年少虚垂涕"的悲哀。今之太上皇和皇上,厌恶《论阻江为险须藉两淮疏》而封杀,造成了辛弃疾"报国无门"的悲剧,其命运坎坷之状,同也。无独有偶,英才苦命,古今皆然!范家父女在无奈中,似乎从西汉才子贾谊身上找到了慰藉,怆楚悲凉的神情舒缓了。这不,范若水又在从容轻捷地用另一种茶艺开始了又一轮的操作。

王琚应和着范家父女神情的变化而放声:"范兄,莫再为闷闷的朝政操心了。采石矶的胜利和这次胜利激发起的全国抗金北伐的热潮,造成了年高未老皇帝的'禅让',也造就了已是中年皇子的登基,这似乎是一个时代的结束和一个时代的开始,其实际情状却是另一番情景:禅让者避居德寿宫冷目审视着,受禅者却在盲目的、乐观的、毫无心计地忙乎着,平反冤狱,下诏求言,倡导骑射,亲自操练;真心主张抗金北伐的臣子们,也随着皇帝的'忙乎'而起舞;中枢大臣中那些毫不知兵的文人陈康伯、史浩、辛次膺等,都凑着热闹发表宏论,企图决胜于千里之外;抗金老将张浚似乎也迎合着皇上的'忙乎'调兵遣将,做一战而定乾坤的准备。辛幼安乃江阴签判,位卑人微言轻,但其奏疏字字千钧,其被封杀,反映了宰执大臣的不识珍宝,反映了太上皇的大权在握,反映了皇上的无知、软弱和无奈,反映了抗金老将张浚的急功近利和疏于长远,更反映了'重文轻武''以文制武'的祖传枷锁仍然禁锢当今君臣的心志、灵魂和躯体。范兄,这样的朝政现状,能出现大宋的中兴吗?能出现西汉那样的'文景之治'吗?"

范邦彦凝神静听着,微微点头,王琚毕竟是敢想敢说啊!

范若水巧手治茶,注意力却倾注于王琚的言论中——倜傥公子毕竟气度不凡啊!

王琚气势不减:"范兄,莫再因禅让而登上皇位的皇上操心了。太上皇禅位的是一把龙椅,而不是权力,皇上只能是一个实实在在的傀儡,况且这个傀儡,先天不足,后天骨软,而且年已三十六岁,早已过了进取、冲杀、冒险的岁月,在头顶一片乌云的笼罩下,只怕连'问鬼神'的作为也不会有的。况且,禅让的太上皇年虽高而体健,而刚刚坐上龙椅的皇帝,却有着未老先衰的征兆啊!范公,我们的皇上毕竟不是汉文帝刘恒,断不会有汉文帝'与民休息''减轻赋徭''削弱诸藩'的才智和魄力的。"

范邦彦凝神静听着,心中翻腾着阵阵波涛,王琚名不虚传啊!

范若水在巧手治茶,但其注意力已被"钱塘倜傥公子"的言论吸引:痛快啊,一针见血的痛快!

王琚突然话锋一转,变得平和而亲切:"范兄,你也莫为我们的幼安操心了。我虽与幼安不曾谋面,但从其经历和上呈的奏疏中,已识其心志谋略了。与西汉英俊天才贾谊相比,我们的幼安胜出贾生多多:贾生为文人,多蹙眉敛容之气,幼安资兼文武,有叱咤风云之威;贾生身为博士、太傅,笔墨纵横,终为空谈,幼安身为战士、将领,沙场点兵,气壮山河;贾生遭贬长沙,忧郁失魂,一蹶不振,幼安身居江阴,心在疆场,其志弥坚;更为至要者,贾生寂寞一生,未见其'举案齐眉'之人出现于正史、野史、杂史,幼安霹雳风云,其'与子成说'之姝,正是声誉河朔、建康、临安的'范家才女'啊!"

范邦彦闻言捋须大笑,范若水急忙捧起新治之茶献于王琚和父亲的面前。

浓烈的茶香,立即强化了茶室内乍起的欢愉,更使王琚兴致勃发,他举起茶盏呷了一口,忘情而呼:"茶香浓烈,如酽如酒,五内陶醉,盎然醺醺!若水,此玉液琼浆,何技所治?"

范若水恭敬回答:"此技名曰'道由心悟'。"

"要旨何在?"

"一个'悟'字,悟炉火之精,泉水之魂,悟新茶之韵,茶艺之道。"

"师承何人?"

"偷得家母之技,以赢得王叔一笑耳。"

王琚赞叹:"豪侠的父亲,聪明的母亲,怎能不生出超凡的才女啊!若水,今日围炉点茶,所悟者何?"

范若水恭敬回答:"悟茶道之美,在于自然;悟茶道之神,在于冶情;悟茶道之极,在于纯真;悟茶道之功,在于释难解惑。今日,辛郎'报国无门'之忧,更甚于西汉贾生,恭请王叔教而解之。"

王琚举盏呷茶,稍做沉吟,朗语出口:"我已偷得唐代诗人的诗作半首,特馈赠幼安,请贤侄女为我转达。"

范邦彦、范若水凝神静听,王琚朗声诵起:

莫将心事厌长沙，云到何处不是家。

酒熟餔糟学渔父，饭来开口似神鸦。

王琚停而询问："范兄、若水以为如何？"

范邦彦摇头而语："这是唐代诗人元稹（字微之）所作的《放言》一诗前半首吧？疏放豁达，天籁雅趣，是微之之所期，是当今'钱塘倜傥公子'之所行，只怕年轻气浮的幼安无此缘分啊！"

范若水急忙为王琚斟茶："谢王叔为辛郎指点迷津，侄女若水亦受教了。"语毕，随即吟出这首诗的后半首——

竹枝待风千茎直，柳树迎风一向斜。

总被天公沾雨露，等头成长尽生涯。

范邦彦感慨而语："这首诗大约是元微之任监察御史时因得罪宦官和守旧官僚而遭贬时写的。疏放中含有苍凉，豁达中含有哀怨，元微之心中也有块垒啊！"

范若水放声吟叹："'雨露''天涯''天涯''雨露'，是'待风'的'竹枝'，还是'临风'的'柳树'，就看辛郎的抉择了。"

王琚举盏呷茶，放声赞叹："超凡超群的'范家才女'，这茶风、茶韵、茶香、茶情的高雅清逸，溢布九区啊！"

十三 张浚的"知彼"和"知己"

隆兴元年(公元1163年)正月二日,范邦彦带着女儿范若水和对"闷闷"朝政的愤懑无奈,告别王琚,离开临安城,绕道江阴,回到建康驿馆。他仅仅停留三天,便独自前往镇江,就任镇江军节度使判官厅事之职。留给江阴辛弃疾的,是诉说不清的茫然和"冤家难找"的怅惘;留给夫人和女儿的,是把握不住的现实和毫无把握的未来;自己背往镇江的,是对夫人的眷恋,是对女儿的关切,是对辛弃疾的惦念,是对自己陌生前途的莫测。

"闷闷"的朝政果然不可捉摸,一夜之间,赵眘突然硬朗起来,向群臣端出了一副敢于决事的帝王形象。

隆兴元年(公元1163年)正月九日,赵眘发出诏令,任命史浩为尚书右仆射、中书门下平章事兼枢密使;任命张浚为枢密使、都督江淮东西路军马,开府建康;任命原普安郡王府教授陈俊卿为江淮宣抚判官。

"皇上要出师北伐了!"消息传到建康城,人们欢呼雀跃,奔走相告。范若水急忙把这一消息,托付鱼雁,告知身在江阴城的辛弃疾。

隆兴元年(公元1163年)二月一日,朝廷"密令"送至镇江军营,命令布衣李信甫为兵部员外郎,偕镇江军节度使判官厅事范邦彦,赍蜡书间道中原,策动豪杰之据城有州郡者,举旗起义,迎接王师北伐,并许以官爵。

"皇上要出师北伐了!"范邦彦接到密令感到意外和惊愕,遂向信使询问详情,得知自己为左仆射枢密使陈康伯所荐。再询李信甫情状,信使简要屇时,其人乃深山大儒李侗之子,年约二十七岁,是绍兴二十七年(公元 1157 年)进士,天资聪颖,博学强记,讷于言辞,性温和而近乎呆板,为尚书右仆射史浩所荐。范邦彦心中暗暗叫苦,荐此等学业骄子进入中原行间策反,夷非何思啊!他在待命潜入中原的空隙里,将"北伐即将开始"的消息,修为书信派专人送给江阴城里的辛弃疾。

隆兴元年(公元 1163 年)三月一日,金兵左副元帅、金兀术的女婿纥石烈志宁以二十匹铁骑护送使者进入建康城,致书张浚,索要海州、泗州、唐州、邓州、商州五地及岁币,并威胁说:"如必欲抗衡,请会兵相见。"时金国太保、都元帅完颜昂病亡于燕京(金国称中京),金兵左元帅仆散忠义设大营于汴京(金国称南京),其左副元帅纥石烈志宁年仅三十四岁,虽在海陵王完颜亮专权时期曾任兵部尚书、枢密使、北面都统之职,但因其为人低调,名声不显,才智不彰,故为张浚所轻视,遂针锋相对,复书回答:"疆场上一彼一此,兵家之或胜或负,何常之有。"金国使者持书回。张浚急忙派出飞骑,将金兵使者建康挑衅一事塘报朝廷。

隆兴元年(公元 1163 年)三月十日,金国大规模地进行兵力调动。纥石烈志宁派遣金兵猛克字菫(千夫长)富察特默、大周仁等率兵五千进驻虹县;派遣金兵忒母字菫(万夫长)萧琦率兵一万,进驻灵璧;自带兵马八万居河南睢阳而东顾。张浚侦察得知,急忙派出飞骑,将金兵调动情状塘报朝廷。并做出相应布置,增兵盱眙、泗州、濠州、庐州,以备金兵进犯。

战事一触即发之势惊动了建康城,人们奔走相告,成群结队地拥向府衙门前,欢呼呐喊,支持张浚率师北伐。

战争一触即发之势更是惊动了临安城,赵昚立即做出了强硬的反应,隆兴元年(公元 1163 年)三月二十日,发出诏令:以参知政事辛次膺同知枢密院事,以朝廷重臣皆参与军事决策的事实,彰显对军队的重视。并诏令知建康、枢密使、都督江淮东西路军马张浚立即进京。

隆兴元年(公元 1163 年)四月八日午时,张浚在三十匹铁骑护卫下进入临安。披甲戴胄,气宇轩昂,全然无半点六十六岁老人苍暮之气的张浚,赢得了街道两旁黎民百姓的欢迎和欢呼。

张浚这次进入临安城,是奉赵眘的急召而来。两个月来,朝廷宰执大臣无休止的政见之争,使赵眘心烦意乱,厌恶至极。史浩的"沿江防守"、陈康伯的"再议辛弃疾奏疏"、辛次膺的"调川陕宣谕使虞允文入朝"以及侍御史王十朋的左右弹劾、兵部侍郎胡铨的频频上书,使赵眘心乱如麻,他决定急召张浚入朝,借这位抗金老将的智慧和声威,镇一镇这些自恃才高,不肯相让的宰执大臣,为他的方略决断寻找依靠。

午后申时,赵眘接见张浚于垂拱殿。赵眘也许出于对史浩的尊重,也许为了弥合两个月前史浩与张浚在屯兵方略上的分歧,特意请史浩作陪。

史浩出现于赵眘身边,且神情高傲,气宇骄横,立即引起张浚的惊觉:此公目光诡奇,眉间有杀气啊!在以礼拱手相见中急做思虑,决定直接进入"出师北伐"的主题,以堵塞史浩惯于节外生枝的口舌,便跪拜于赵眘面前,高声禀奏:"臣知建康张浚恭祝圣安。圣上锐意恢复,坚意北伐,江淮东西路十三万将领士卒,跪请圣上驾幸建康,坐镇指挥,以鼓舞我军北伐之志,以震慑金兵南侵之魂。"

赵眘正欲开口,史浩却抢先说话了:"今日形势,先为备守,是为良规。议战议和,在彼不在此,倘听浅谋之士,兴不教之师,敌退则论赏以邀功,敌至则敛兵而循迹,致快一时,含冤万世啊。"

赵眘微微一笑,目视张浚,以察其对史浩所论之反应。不待张浚回应,史浩的话锋直向张浚逼来:"帝王之兵,当出万全,岂可尝试以图侥幸。任何自视甚高的轻率之举,都是愚蠢且不可饶恕的。"

张浚怒火中烧,他讨厌史浩的武断和骄横,但念及史浩曾为普安郡王府教授,与皇上有师生之谊,便咬牙隐忍着。

赵眘见状,望史浩而皱眉,旋即以调解之意致语张浚:"史公行事,一向以谨慎持重而称著,'帝王之兵,当出万全'之说,也是为举兵北伐之胜利着想,魏国公以为如何?"

张浚已体知皇帝之意,急忙避开史浩的话题,拱手禀奏:"圣上,中原久陷,今不取,豪杰必起而收之……"

史浩厉声喝断张浚的话语:"中原必无豪杰,若有之,何不起而亡金?"

张浚隐忍再让:"彼民间无寸铁,不能自起,待我兵至而为内应。"

史浩厉声再喝:"陈胜吴广以鉏耰棘矜亡秦,中原之士待我兵自始内应,算什么豪杰?"

张浚再难隐忍,猛地抬起头来,厉声反诘:"难道畏敌如虎、空谈战和,一味主张防守的懦夫,算得上是豪杰吗?"

史浩结舌目呆,被张浚的气势镇住了。

赵昚发出口谕:"魏国公从建康来,鞍马劳顿,当于驿馆安歇。战和之事,来日再议。"

一场骤然爆发的殿争,被赵昚的一声冷笑压下去了。

是日入夜戌时,赵昚召张浚进福宁殿,以茶待之,以示恩宠。赵昚自然了解史浩主守主和的政见和执拗自愎的脾气,遂不再使史浩参与其事,而请陈康伯作陪。

是夜寝殿的君臣相晤是愉快的、舒心的。张浚怕史浩再次以"主守主和"之论影响皇上抗金北伐之心,便以敌我形势分析谋求皇上的支持!

"圣上,金国太保、都元帅完颜昂于一个月前病故于燕京,谁人接任都元帅之职,将会很快决定。金兵的再度南侵,将会在新元帅接任后开始,这是金国都元帅接任的惯例和惯技,我军当认真对待,断不可有任何疏忽。金兵左元帅仆散忠义半个月前已至汴京,组建南侵大营,其所辖兵马可能于一个月内集结完毕。仆散忠义其人,时年五十一岁,乃金太祖后侄,十六岁带兵作战,勇敢且有谋略,累官至兵部尚书,今年二月,在长城内外平定了契丹人移刺窝斡的反金起义,今统兵南下,战端之启,首图两淮。谍工获悉,金兵将于秋季纵兵南侵,我当信其有而不可信其无;金兵左副元帅纥石烈志宁,时年三十四岁,是完颜宗弼(金兀术)的女婿,曾遣使至建康,索要海州、泗州、唐州、邓州、商州五地及岁币,态度凶顽,传说其人在完颜亮专权时期,曾任兵部尚书、枢密使、北面都统之职,有人议论,是缘于金兀术女婿之名而飞黄腾达。今观其战场布兵,仅以金兵右翼都统萧琦率兵一万屯于灵璧,以金兵左翼都统富察特默率兵五千屯于虹县,似非叱咤战场风云之才。"

赵昚听得认真,他一颗不谙军旅兵要的心似乎一下子开窍了。什么金国都元帅完颜昂,什么金兵左元帅仆散忠义,什么金兵左副元帅纥石烈志宁,似乎都在他的心里活现了。这就是兵法上所讲的"知彼"吗?他望着眼前侃侃而谈的张浚,心里浮起了更为信任的敬意:魏国公乃天赐朕相与协谋之臣啊!

陈康伯虽然也是不谙军旅兵要之臣,但在整体敌我形势判断上,却有着极高的才智,前年(公元1161年)金主完颜亮南下时,他力主抗金,并荐举中书舍人虞允文参谋军事,支持虞允文与金兵决战于采石矶就是他"总揽全局"的表现。他与张浚同庚,同是政和年间进士,同是秦桧专权时的受害遭贬者,且具有相同的政见。他佩服张浚的勇敢,佩服张浚建炎三年(公元1129年)三月粉碎苗傅、刘正彦兵变中为赵构立下的不朽功勋,佩服张浚在绍兴五年(公元1135年)任尚书右仆射兼枢密院事时率领两淮军马大举北伐的气概,佩服张浚遭秦桧迫害被贬出临安二十年的坚贞不屈,更佩服张浚今日以六十六岁高龄仍不顾劳苦、不畏险阻、不避刀矢的战斗豪情。此刻,张浚虽有轻敌之状,却不愿以"询诘""求证"以拂老友之兴致,频频执壶为张浚添茶以助其谈论。

张浚的谈兴更浓了:"圣上,我军战备之状已全面实施:臣以魏胜(字彦威)守海州,以陈敏(字元功)守泗州,以戚方(字计圆)守濠州,以郭振(字仲武)守六合,治高邮、巢县两城为大势,修滁州关山以扼敌冲,聚水军于淮阴,集军马于寿春,已下令两淮守备进入战争状态。海州魏胜,时年四十一岁,多智勇,善骑射,前年(公元1161年)率义士三百人渡淮,取海州,扼守之,数败金兵反攻，民安其政；近一年来，已创制如意战车数百、炮车数十，并推广诸军，专门对付金兵骄横之铁骑。泗州陈敏，时年三十八岁，状貌魁岸，精于骑射，以战功授右武大夫。前年（公元1161年）金兵南侵时，陈敏曾建议我军当乘金人后方之虚，由陈州、蔡州交界空隙处，直捣大梁，其才智胆略确为不凡。濠州戚方、六合郭振，皆三十多岁，春秋鼎盛，矢志北伐，才智谋略，堪为后进之秀，都是可以信赖的。在进攻兵力部署上，臣已令建康御前诸军都统制、淮西制置使李显忠率领精锐甲兵七万屯于濠州，待命出击灵璧之敌；臣已令建康御前诸军都统制邵宏渊将军率领精锐甲兵六万屯于泗州，待命出击虹县之敌。李显忠时年五十一岁，十七岁随父作战，经历大小战斗百余次，有着丰富的战场经验，武艺才智超群，很会带兵，且身先士卒，爱兵如子，曾智擒金兵驻陕西元帅撒里曷，并毙于山崖下，有"关西将军"之称，全家二百余口皆被金兵杀害，太上皇赐名'显忠'，他与金兵有血海深仇，对朝廷怀九天之恩，抗金北伐之志不可动摇，在战场厮杀中，是断不会心慈手软的；邵宏渊时年五十岁，性聪颖灵活，战场上善审时度势，常以奇兵制敌，原为韩世忠元帅麾下的战将，绍兴十年（公元1140年）曾大败金兵于汝州。今以精兵六万全歼虹县五千之敌，当有绝对制胜把握。"

赵眘听得认真，心情兴奋了，腰杆挺直了，一向沉郁的脸上腾起了一层欢愉的生气，一下子显得精明、威风了。他毕竟是一位不谙军旅兵要的皇帝，根本不知战场上的诡谲多变、胜负瞬间，任何一点关于军旅兵要、战场部署的火花，即便是虚幻的、一闪即逝的火花，都会使他感到新鲜、痛快和心跳。他似乎已感知到即将来临的胜利，禁不住赞语出口："魏国公解朕心中之惑啊！"

陈康伯虽然也被张浚充满自信的"知己"所鼓舞，但他毕竟是久历官场的老臣，深知太祖皇帝制定的"重文轻武""重内轻外""兵无常帅""兵将分离"等一系列管制军旅的朝制家规对军旅的束缚和危害，而且已经形成了无法治愈的痼疾。他对两淮驻军的战斗力怀有疑虑，他对前线将领的斗志怀有疑虑,他对李显忠、邵宏渊与其部下的关系怀有疑虑:一个从天而降的陌生将军真能得心应手地指挥一支陌生的军队吗?就连张浚本人对李显忠、邵宏渊的控制力、威慑力也是怀有疑虑啊! 张浚如今指挥的军队,毕竟不像岳飞指挥的岳家军,也不像韩世忠指挥的韩家军,而是张浚从来没有接触过的两淮厢兵。这些厢兵是由从禁军中淘汰出的病弱士卒和诸州乡兵所组成,平时唯供劳役,很少训练,其军事行动,只缉捕盗贼而已,何曾经过战阵? 那些乡兵较有战斗力,近几年来,对抵抗金兵的渗透入侵有所贡献,但毕竟不是禁军,对战场攻守亦知之甚少。这些沸腾于胸的疑虑,他本想向张浚提出,一则可弥补张浚思虑筹划上的疏漏,二则可引起张浚在指挥行动上的惊觉,但皇帝"魏国公解惑"的赞语已出,他便把涌至口唇之上的"疑虑"之语打住咽下了。

张浚自信激越的声音再起:"圣上,敌我情状,洞若观火,金兵至秋必谋南侵,我当乘敌未发而备之。臣返回建康如何行止,恭请圣上谕示。"

赵眘神情勃发,发出口谕:"今日边事,朕倚重于卿。与其被动挨打,莫若主动出击。何时挥师渡江,朕授卿全权,战场攻守,由卿决断。"

陈康伯急忙拱手禀奏:"圣上,渡江北伐,事体重大,请圣上下诏,着三省、枢密院遵旨实施。"

赵眘挥手打断了陈康伯的禀奏:"三省、枢密院宰执大臣各有所思,各有所图,互不相让,争论不休,朕失望至极!朕要独断专行,战场之事,付于魏国公;朝廷之事,付于陈卿。朕当与贤卿二人共荣辱!"

张浚、陈康伯急忙跪地接旨。

历史上那场短促的、轻率的"隆兴北伐"就这样匆忙地决定了。

十四 辛弃疾自察自省

隆兴元年(公元1163年)四月十五日,张浚带着赵眘"战场之事,付于魏国公"的口谕回到建康城,立即开始了"挥师北伐"的战前准备。去年七月由赵眘诏令组建的建康府班子,都是与张浚志同道合的主战派:建康留守张孝祥,一直是抗金北伐的鼓吹者,他的词作《水调歌头·闻采石矶战胜》和《水调歌头·猩鬼啸篁竹》,已唱遍了建康城,现时正在协助张浚制定着北伐的进军方案;建康步马军总管史正志,是绍兴二十一年(公元1151年)进士,在任枢密院编修官期间,曾上呈《论御金五事》和《恢复要览》五篇,主张"无事则都钱塘,有事则幸建康",鼓吹北伐;建康军马田粮总领叶衡,绍兴十八年(公元1148年)进士,志在中原,在常州知府任上,募民耕濒湖圩田,依营田制,政绩卓著;建康兵马钤辖赵彦端,宗室子弟,绍兴八年(公元1138年)进士,素对秦桧专权不满,反对议和,以诗词唱赞北伐;建康兵马都监韩元吉,神宗朝名臣韩维的四世孙,拥护北伐,主张"养威畜力,待机图金";建康兵马都巡检严焕,绍兴二十一年(公元1151年)进士,熟悉江淮山川地要,亦属坚定的主战派。

同仇敌忾,同心同德,张浚一声令下,属下幕僚同声响应,立即行动起来:张孝祥拿出北伐进军方略,呈张浚审定交同僚议论,得众人认同,由张浚下令实施;史正志立即组织军旅分批渡江,进入出发阵地;叶衡立即组织车船马匹,运送粮秣器械、银两,前往濠州、泗州;赵彦端、韩元吉率领参谋军事人员前往盱眙、庐州、海州、唐州、邓州检查战备情状;严焕领精干兵马渡江,奔往淮北战场,检查各处关隘要地的守备。

他们车辚辚,马萧萧,日夜不停地集结兵马,急速开进,出城渡江,一下子使建康城的民众惊动了,沸腾了。

此时,身居江阴官衙的辛弃疾,已走出了一年来身居江阴官衙的孤独、愁苦、焦虑和无奈。他毕竟是一位从刀光剑影中站起来的汉子,有着一种蔑视一切艰难险阻的豪气;在范若水频频传来的"琴音"的爱抚启迪下,在临安、建康不断传来张浚"即将挥师北伐"的讯息鼓舞下,他又重现了"季子正年少,匹马黑貂裘"的雄武神采。

签判之职,是协助地方长官处理日常事务。时任知江阴徐明,字子亮,五十七岁,绍兴余饶人,绍兴年间进士。曾任枢密院编修官之职,为人耿直坦荡,话锋激烈,敢作敢当。绍兴十年(公元1140年)三月,秦桧弄权,反对枢密副使、兵部尚书王庶(字子尚)及岳飞、韩世忠、刘锜等将帅抗击金兵南侵的主张,蛊惑赵构力主退让议和。他猛烈抨击秦桧的投降行径,并语触赵构,遂被贬出朝廷,飘蓬于洪州、信州、江州、池州、建州、台州等地,两年前,飘蓬至江阴。二十二年间,他埋头苦干,勤恳尽职,人望极高,对下属官员,宽厚仁慈,对新来乍到的辛弃疾更是器重有加。辛弃疾写就的《论阻江为险须藉两淮疏》和《议练民兵守淮疏》,他十分欣赏,并建议辛弃疾将两份奏疏直送临安,以避免传寄途中被关卡截杀。二十二年间,他几越任职年限,皆不为晋升,似被吏部官员遗忘。绍兴二十五年(公元1155年),秦桧病亡,被秦桧迫害贬逐的官员皆返回朝廷,恢复原职,唯他由池州而飘蓬于建州、台州、江阴,就是不许进入临安。也许是赵构仍怀有"语触"之恨吧!绍兴三十二年(公元1162年),朝廷禅让,赵昚继位,公开为岳飞雪冤,为被秦桧迫害的官员平反,胡铨、王十朋等人皆被晋升任用,唯他仍晾在江阴府。也许是太上皇仍怀有旧恨吧,也许是赵昚日理万机,虑事难以周全吧!他终于参悟到"语触"之罪,是触及天条之罪,是终生不可赦免之罪。于是,他纵酒自养,纵情自乐,在

"酒熟餔糟学渔父,饭来张口似神鸦"的生活中,以浑浑噩噩、懵懵懂懂的狂放,消解心中的痛苦。他疏于政务,更无须签判协助,便以癫狂之状,斥令辛弃疾搬出官衙前院,移居于官衙后院空旷、宽敞、宁静的屋宇中,为辛弃疾营造了一个舒适、宽松、安谧的环境,让这位年轻的签判在逆境中实现其自省自强的急切追求和潜龙蛰伏般的雄壮抱负。

在此期间辛弃疾闻鸡起舞,纵马黄昏,强健体魄,精励剑术。

他博览典籍,钻研兵书,精读《孙子兵法》《司马穰苴兵法》《尉缭兵法》《吴起兵法》,在这些兵家圣贤的论述中,自省自察。

在阅读兵书中,辛弃疾着重钻研历代战争中的著名战例:齐鲁长勺之战、晋楚城濮之战、吴楚柏举之战、秦赵邯郸之战、秦晋淝水之战等,极有兴致地丰富了他的战略决策智慧,启迪了临阵指挥的果断,感悟了他在敌强我弱形势下如何"以弱胜强""以少胜多"的机变和诡诈,使他窥见了战争中决胜和致败的奥秘。辛茂嘉是他刻苦冥思、以图心悟的见证人。

在历代战争著名战例的研究中,辛弃疾着重于本朝太宗皇帝太平兴国四年(公元979年)六月宋辽高梁河之战、雍熙三年(公元986年)正月宋辽岐沟关之战、太上皇建炎二年(公元1128年)正月宋金长安之战、建炎三年(公元1129年)正月宋金扬州之战、建炎三年(公元1129年)十一月宋金建康之战的探索研究。

前事当鉴,覆车当鉴啊!宋辽太平兴国四年和雍熙三年的两次战争,均败于太宗皇帝既不"知彼",又不"知己",更不知战场实情,盲目攻坚,有勇而无智,遂导致兵败幽州,溃不成军,仓皇南撤,使恢复燕云十六州的计划落空。建炎二年、三年的宋金三次战争,均败于太上皇的苟安妥协、逃窜避战、消极防御,无勇且无智,遂导致军心涣散,斗志尽失,长安、扬州失守,建康被围,江山陷落。

他在哀痛中,潜心于绍兴十年(公元1140年)五月宋金"顺昌之战"的研究,潜心于这次战争中刘锜的"顺昌守卫战"和岳飞的反攻中原战役的解析。

他拜师访友,虚心求教于江阴城内的智者长者,并捧酒奉肴,与师友上司徐子亮作竟夜之谈,聆听教诲,询知当时朝廷战和之争的实情,探知"顺昌之战"筹划的真相,然后综其所知,析其核要,终于在"顺昌之战"的烽烟烈火中,觅得了历史的启迪和历史的殷鉴。

辛弃疾熟读深思,唯心自省,以三日三夜的劳作不息,以刘师嵒老所赠《大宋山川战地要津图志》为母本,两倍放大尺寸精心复制,以自己访问、研读之所得,标识出"顺昌之战"全过程三组阵列示意图,并且悬挂于室内墙壁之上,审视修改,至五月十二日午时,终使这幅《图志》达到他意念中的完善。在这"读图""解图""制图"的完善中,一种震撼心灵的冲动突地从《图志》中跃出,强烈地撞击着他的灵魂,他聚神聚思,集中全部精力,展纸提笔濡墨,一气呵成一篇论文,名曰《论兵·分兵杀虏》。

《论兵》成,汗湿衫,人疲惫,但周身清爽,心情欢愉:该助张公一臂之力了!该报张公关爱提携之恩情了!他猛地打开房门,跨出门槛。范若水和范若湖在徐子亮的陪同下,出现在他的面前。

辛弃疾一下子蒙了、呆了。梦耶?幻耶?这轻盈绰约的身姿,这清甜秀美的形容,这一双诉说着忧思深情的眼睛……他凝眸、定神、辨识,一切都是真的。他张开双臂,猛地抱住了泪珠滚落的范若水……

辛弃疾和范若水似乎不曾听见身边人们的笑声,亲惬地拥抱着。

范若水来到江阴,是情感驱使而来,是形势逼迫而来,是奉母命而来。

今年年初,她随着父亲由临安返回建康,途经江阴,留给辛郎的,是"奏疏遭受封杀"的悲哀,是"冤家难找"的怅惘,是王琚所赠唐人元稹诗作中"竹枝待风千茎直"或"柳树临风一向斜"的抉择。也把她的辛郎的焦虑、苦愁、无奈带回了建康,带给了母亲。四个月来,鱼雁无期,琴音鲜应,辛郎如今情状如何?摧裂心肝的思念令范若水愁肠自结,愁云密布!

父亲前往镇江,就职镇江军节度使判官厅事,忽而又奉诏秘密潜往江北沦陷地策动壮士义举;兄长如山,前往长州(今湖南黔阳)就职卢溪县丞。父兄远行,举家牵心;北望云天,千里音绝;南望烟波,云山重隔。母亲把浩荡流波、难以送达的思念,都寄予咫尺天涯的江阴城,她为辛弃疾操心,怕"焦虑"伤身,怕"苦愁"伤心,怕"无奈"伤神啊!

金兵二十匹铁骑护卫着金国使者进入建康,索要海州、泗州、唐州、邓州、商州五地的狂骄蛮横,带来了战争一触即发的挑衅;老将军张浚义正词严的回答,腾起了抗金北伐的豪情;特别是近一个月来,关于金兵南侵传闻的盈街塞巷,建康驻军车辚辚、马萧萧的频繁调动,明确无误地展示了反抗金兵南侵的战争即将打响。范若水情急了,琴音停滞,眉头紧锁,萎了神采,落了泪珠。母女心通啊。

母亲抚着女儿做出决断:由若湖陪伴女儿,带着辛郎所需之衣物用品、所喜之佳肴美酒,乘快马轻车,奔往江阴城。

范若水走进辛弃疾居住的屋宇,眼前展现的一切,使她的心神悚然,一震桌案上整齐放置的灯盏、烛台、典籍、兵书、文具、图囊,竹床上纷乱堆积着衣物被枕,托出了辛郎学而不息、累而不辍的生活情景;十幅宽为三尺、长为六尺的白绢《大宋山川战地要津图志》布满了室内三面墙壁;白绢上的山峦、河流、湖泊、道路、关隘、村镇,跃然呈现;无数红色、蓝色标识的圆圈,布列成阵;圆圈中用黄砂书写的红、蓝双方将帅的姓名,刺人双目;一股震撼心神的磅礴气势,蓦地从《大宋山川战地要津图志》中喷发而出,感念中滚动的烽烟,凄厉的马嘶,愤怒的呐喊,刀剑相击的霹雳似乎随着震撼心神的磅礴气势同时暴起,使这间宽敞的屋宇,蓦地变为风云激荡的战场。

范若水曾在父亲的书房里见过《河朔山川地舆图》,并且识得山峦、河流等图志标识的基本因素,但像眼前这幅西自川陕、东至海滨、南起闽粤、北抵塞外这样广袤的地舆图志,还是第一次看到。对她的辛郎,范若水由衷敬佩。她出声询问:"辛郎去过川陕吗?"

辛弃疾回答："没有。"

"辛郎去过海滨吗？"

"没有。"

"辛郎去过闽粤吗？"

"没有。"

"辛郎去过塞北吗？"

"没有。"

范若水吁叹："这幅《大宋山川战地要津图志》从何而来？是辛郎想当然吗？"

辛弃疾急忙回答："禀知小姐，十六年前，我的启蒙老师刘瞻(字嵒老)曾赐我《大宋山川战地要津图志》一囊十幅，现仍置于桌案上的图囊之中。此三面墙壁悬挂的《图志》，是我依照刘师所赐《图志》母本，两倍放大复制而成。刘先生年轻时遍游大宋山川，其所赐《图志》乃举步亲历，举目亲视，举笔亲制，费时十年而成。刘先生后任抗金名将刘锜的幕僚，并参与了绍兴十年(公元1140年)五月"顺昌之战"的筹划，其功绩卓然，终遭秦桧迫害而浪迹江湖。"

范若水放声赞誉："良师贤徒，应运而生！这幅《图志》上的三组阵列，也是刘师之所绘吗？"

辛弃疾回答："禀知小姐，这幅《图志》上的三组阵列，是我近两个月来在学习研究历代著名战例中，依据寻访江阴城里贤者长者绘制标识的……"

范若水沉思了，这就是辛郎近两个月来，走出"焦虑、苦愁、无奈"境域的艰苦道路啊？她在凸显的山峦、河流、湖泊、道路、关隘、村镇中，寻找着她的辛郎探索的踪迹……她在三组红、蓝圆圈对峙的阵列中，寻找她的辛郎追索的印记……她在三组阵列红、蓝圆圈双方将帅的姓名中，终于寻觅到她的辛郎所思所求之所得——这一组红、蓝圆圈对峙的阵列，不就是绍兴十年(公元1140年)五月宋金"顺昌之战"战前双方布阵态势的图示吗？这一组红、蓝圆圈交错的阵列,不就是"顺昌之战"战斗过程的图示吗?这一组红色箭头长途奔袭的阵列,不就是岳飞岳家军反攻中原的进军图示吗？重现的岁月,重现的战斗,重现的历史,这三组激荡风云的阵列,展现了二十二年前朝廷抗击金兵南侵的一段辉煌和一段悲哀。这段辉煌,也许就是辛郎两个月来心神向往的生活;这段悲哀,也许就是辛郎几个月来心神惶恐的渊薮。

她为了印证自己的所见所思,轻声询问:"辛郎,这三组阵列,当作何解？"

辛弃疾手指第一组阵列轻声作解:"这组阵列,乃绍兴十年(公元1140年)五月宋金'顺昌之战'前的双方对峙的图示。蓝色竹签所示,乃金兵四路南侵兵马集结之势:这是西路战场,金兵右副元帅完颜杲率领兵马五万,集结于河中、同州两地,准备攻取长安而南下;这是河南战场,金兵骠骑大将军、冀州人李成率领兵马一万,集结于西京洛阳,准备攻取临汝、颍昌(今河南许昌)、临颍而南下;这是中路战场,金兵都元帅完颜宗弼率领兵马十万,集结于东京开封,准备攻取陈州、顺昌、建康;这是东路战场,金兵贝勒聂儿孛堇率领兵马五万,集结于淄州,准备攻取海州、楚州,由海上南下两浙。此四路金兵,齐头并进,颇有鲸吞江南之势。这红色竹签所示,乃我军之对应陈列:在西路战场,我军以川陕宣抚副使胡世将率领兵马三万,集结长安,以川陕都统制吴璘率兵三万,集结于凤翔、兴元,共同抗击金兵完颜杲军;在河南战场,我军以湖北、京西宣抚使兼河南、河北诸路招讨使岳飞率领兵马八万,集结于襄阳、鄂州两地,抗击金兵李成军;在中路战场,我军以淮北宣抚使、雍国公刘锜率领兵马三万,集结于涡口,以淮西宣抚使、济国公张俊率领兵马五万,集结于建康,共同抗击金兵主力金兀术军;在东路战场,我军以京东宣抚使、英国公韩世忠率领兵马五万,集结于楚州,抗击金兵贝勒聂儿孛堇军,并策应中路战场。我军东西四路,成掎角之势,以中路战场顺昌、涡口诸城为防御重点,牵制和阻击金兵。以河南战场岳家军为主力,实行战略反攻。其战略筹划之守备,四个战场配合之密切,均为我朝二百年来抗辽、抗西夏、抗金战争中之少有。"

范若水放声赞誉:"谢辛郎讲解,始知这红、蓝签之中,竟伏有兵马数十万,杀气震撼心神啊!"

辛弃疾手指第二组阵列作解:"这组阵列,是'顺昌之战'示意图。绍兴十年(公元1140年)五月十五日,金兀术派遣精锐铁骑万人,攻占陈州(今河南淮阳),进逼顺昌(今安徽阜阳),顺昌守将刘锜以'男子备战守,妇人砺刀剑'为号召,发动顺昌城全民抗敌,经过六个昼夜的努力,加固了城垣,疏浚了护城河,完成了顺昌城的防御准备。五月二十五日,金兵铁骑万人渡过颍河进抵顺昌城下,刘锜将军派遣兵马五千,乘夜袭击金兵韩姓忒母孛堇(万夫长)扎营的白龙涡,取得了首战胜利;五月二十九日,金兵三路兵马共三万人围攻顺昌城,刘锜将军率领全城军民凭城垣而坚守,经过四个昼夜的连续苦战,以弓弩、礌石、滚木、火罐大量杀伤了攻城的金兵,保持了城池的稳固。金兀术在开封得知进攻顺昌城失败,亲率五万兵马于六月七日进逼顺昌城下,望城垣而轻蔑:'可以靴尖踢倒耳。'刘锜以'背城一战,死中求生'为号召,发动全城男女共同抗敌,并妥加组织,以各种武器和可燃之物置于城垣之上,实行全民上阵,分堞防守。六月九日,金兀术以近十万兵马,层层包围顺昌城,并以主力兵马猛攻东西两城门。时天气酷热,金兵远道而来,十分疲困,刘锜抓住战机,乘夜袭击,以霹雳之势,打垮了金兵装备精良的四千牙兵,极大地鼓舞了全城军民的斗志。六月十二日,金兀术下令长期围困顺昌城,并移寨城西,掘挖沟壕,环城列阵。时天下暴雨,壕沟水溢,平地水深尺余,刘锜将军抓住金兵慌乱之机,出动全城兵马,乘暴雨而夜袭,摧毁金兵营寨,捣毁金兵据点,逼迫金兵夜遁,取得了顺昌城保卫战的胜利。在顺昌城保卫战展开的同时,西路战场,我军吴璘将军、胡世将将军阻击金兵完颜杲军于凤翔府石壁寨,经过三天三夜的苦战,迫使金兵退守武功,保住了长安城。在河南战场,岳家军大败金兵李成军于信阳,进而收复汝州(今河南临汝)。在东路战场,韩世忠将军大败金兵贝勒聂儿孛堇于淮阳(今江苏邳州市),张俊将军率领兵马三万长途奔袭,恢复了顺昌东北战略要地永城。金兵的四路南侵,均被我军粉碎。"

范若水放声赞誉:"世传'顺昌刘锜,智能绝伦',言不诬啊!可惜,智不见用,勇无处施,蹉跎岁月,已于前年忧愤而殁于镇江军中。令人哀痛,令人怀念啊!"

辛弃疾移步于第三组阵列作解:"这组阵列,是岳家军反攻中原的示意图。'顺昌之战'的胜利,保证了河南战场我军强大反击战的开始。六月十八日,岳飞按照'以襄阳为基地,联络河朔,乘其不备,直捣中原,收复故疆'的部署,全面转入反攻;他派遣王贵、牛皋、董先、杨再兴、李宝等将领,率领兵马五万,从襄阳出发,绕道卢氏,从金兵侧翼分别向洛阳、汝州、郑州、颍昌等城发起突然攻击;他派遣梁兴、董荣、孟邦杰等将领,率领兵马一万,暗渡黄河,联络河朔义军策应岳家军北进;岳飞亲率兵马两万,从湖北德安出发,越过信阳,进逼郾城。六月二十日,岳家军收复颍昌,二十四日,岳家军收复陈州,二十五日,岳家军收复郑州,七月二日,岳家军收复洛阳、伊阳、汝州及郾城以西七座县城。七月六日,岳飞率五千轻骑进驻郾城,引诱金兵主力南下决战。七月八日,金兵都元帅金兀术率兵马一万五千直趋郾城,并以'拐子马'布列两翼;七月十日,金兀术增兵一万,发起对郾城的围攻,激战三日,金兵的'拐子马'两翼冲击战术受挫,金兀术再集中号称二十万兵马从开封驰援郾城;七月十二日行至临颍,遭到我军杨再兴将军的截击,受挫于小商桥,损失兵马两千;七月十三日,再遭我军张宪将军的截击,受挫于孟庙,损失兵马上万人;七月十四日,我军岳云、王贵率领主力兵马四万投入战场,与金兵决战于郾城城西,激战五日,金兵副统帅粘罕孛堇和金兀术的女婿夏金吾相继阵亡,金兵大败,金兀术率领兵马退出战场,向开封城逸去,岳飞率兵追击,抵达距汴京开封仅四十五里的朱仙镇,集结兵马,准备向开封城发起更为猛烈的攻击。在岳家军与金兵主力决战于郾城的同时,东路战场,韩世忠将军大败金兵于泇口镇(今江苏邳州市西北),并收复海州;中路战场,张俊将军收复亳州;西北战场,吴璘将军收复陕州;河朔地区,梁兴、董荣、孟邦杰将军联络的各地义军,活跃于中条山、太行山、长城内外,占据垣曲、沁水、怀州、卫州等城,切断金兵的后方交通,在金兵的侵占区掀起了轰轰烈烈的抗捐、抗税、抗征兵、抗夫役的斗争高潮。"

范若水放声赞叹:"伟哉,出神入化的战略筹划!伟哉,群雄联袂的忠勇奋战!伟哉,南北呼应,军民共同造就的辉煌形势!这大约是我朝二百年来抗辽、抗西夏、抗金战争史上最为光彩的一页吧!可惜这最为光彩的一页,在紫电一闪、青雷一鸣的霹雳之后,便沉沦于'可怕长洲桃李妒'的黑暗之中了。辛郎,此刻我最想知道的是,书写我朝二百年来反抗侵略战争史上这最为光彩一页的作者是谁?我朝真有过这等雄才大略的军事家吗?"

辛弃疾高声回答:"有。我朝确实有过这样一位雄才大略的军事家,他的名字叫王庶。"

范若水从来不曾听说过这个名字,神情愕然而专注。

辛弃疾神情肃然而语出:"军事奇才王庶,字子尚,庆阳(今属甘肃)人,崇宁年间进士,时为西北边州名帅种师道将军所重视,通判怀德军。历任鄜延路经略使兼知延安府、利夔路制置使、湖北安抚使等职。其人性聪颖,嗜兵书,善谋善断,知兵知战,有帷幄致远之才,累立战功,为人低调,淡泊名利,故世人少知。绍兴九年(公元1139年)正月,他出任兵部尚书、枢密副使,在当今太上皇为求苟安,向金朝'甘臣服,贬称号'的和议中,他明确支持岳飞反攻中原的建议,并与李纲、张浚将军联署呈表,反对秦桧的妥协投降活动。是他于绍兴十年(公元1140年)正月,在金兀术以反对'河南、陕西属宋'为借口撕毁《绍兴和议》中,见微知著地察觉到金兵将再度南侵的祸心;是他未雨绸缪,暗里派遣大批谍兵深入淮北沦陷区,广泛收集金兵动态,并以'知彼'之明,筹划着应敌之策;是他于绍兴十年三月,以'核查兵员'为名,率领兵部心腹官员,亲临各路主帅幕帐,分别与各路主帅韩世忠、张俊、刘锜、岳飞、胡世将、吴璘等密议抗敌之策,并集各路主帅之才智,制定了周详的战略方针和各个战场战役的设想，特别是在中路战场的重点防御和河南战场的重点反攻上，他三会刘锜，五谒岳飞，充分展现了战略筹划的精深和识人用人的高明。"

范若水急声询问："此人现在何处？"

辛弃疾的话语由激越而哀怨："战争依照王庶的战略筹划打赢了，可朝廷却突然间变卦了。就在岳飞集结兵马于朱仙镇准备攻取故都汴京之际，当今太上皇密令韩世忠、张俊、杨沂中、刘锜等将领从淮北撤退，再密令西路战场胡世将、吴璘将军停止向金兵进攻，置岳飞所部兵马于孤军突出的境地。绍兴十年七月，当今太上皇连发十二道金牌召岳飞撤兵，王庶也在此时突然中风病倒；绍兴十一年（公元 1141 年）四月，岳飞、韩世忠、刘锜等将领被朝廷解除兵权，王庶也在此时被朝廷解除兵部尚书、枢密副使之职；绍兴十一年六月，岳飞被诬下狱，王庶也在此时被贬为向德军节度副使，安置于道州（今湖南道县）；绍兴十一年十二月二十九日，岳飞被害死于风波亭，三个月后，王庶也因愤懑之疾死于道州。"

范若水的神情亦为之怆然："这真是一个血火、刀剑、泪水凝结而成的奇特的战例啊！国运凄凄，军旅凄凄，将帅凄凄，谋臣凄凄，大宋从此进入了一个更加屈辱的时代：当今太上皇烫手似的扔掉了已经到手的胜利，屈膝向金国求和了，海州、泗州、唐州、邓州、商州五地割让了，淮河以北的土地全部沦陷了，绍兴十二年（公元 1142 年）的'壬戌之盟'签订了，金国使者手持誓书进入临安城，册封当今太上皇为宋帝，可悲可哀的宋帝恭顺地遵从绍兴八年（公元 1138 年）、绍兴十一年、绍兴十二年的宋金和议条款，每年以二十五万两白银、二十五万匹锦绢向金国纳贡，以求苟安。乾坤疮痍，黎庶呻吟，谋士流放，将军断头。辛郎，这就是你近两个月来幽居屋宇孜孜以求之所得吗？"

辛弃疾的神情由怆楚而激越："血火沐心，刀剑浴魂，泪水喷涌着不甘屈辱的神志啊！他山之石，可以攻玉。若水，'临昌之战'使我感悟到王庶等人'运筹帷幄'的雄才大略，它使我感悟到王庶等人在'敌我、众寡、强弱、虚实、攻守、进退'等诸矛盾中决疑决断的胆识才智,它使我感悟到王庶等人在决战'营而离之,并卒击之'的高超艺术,它使我感悟到王庶等人在战争中'知民心,使民力'的大胆实践,它更使我省识到自己的愚不知谋、莽而失慎:我去年上呈的奏疏《论阻江为险须藉两淮疏》和《议练民兵守淮疏》,浮浅简陋,与王庶等人的所筹所划相比,实小儿语耳!我眼界狭窄,所见仅两淮一隅;我胸无丘壑,所思仅三镇之设;我才智平庸,所论毫无创见。自省消怨,我已消解了因奏疏遭受封杀而心生的愤懑;自省知耻,我耻于自己无真知灼见取信于朝廷啊!"

范若水神情一振,紧紧握住辛弃疾的手,悄声而语:"几个月来,寤寐思服,辗转反侧,我的辛郎终非凡人。"

辛弃疾伸臂揽范若水之肩而语出昂扬:"我远离朝廷,幽居江阴,目蔽耳塞,报国无门,只能以三日三夜之劳,绘制标识这幅'顺昌之战'图示,呈献于我军统帅张公,期张公能够借鉴'顺昌之战'中战略筹划借重民心民力,再创抗金北伐战争史上的辉煌,并能借鉴'顺昌之战'悲惨结局的教训,时刻警惕朝中奸人的出卖。天意怜我啊,这幅《图志》甫成,你就出现在我的面前。若水,你是我生命中的信使啊。"

辛弃疾"生命中的信使"一语出口,忽而想起在《图志》甫成的心潮澎湃中,一气呵成的书信。他转身捧起桌面上"建议书"——《论兵·分兵杀虏》,双手恭呈于范若水:"这封《论兵·分兵杀虏》是我读识这幅《图志》中的产物,是佐助张公一臂之力的拙见,亦请小姐审阅指教,并转呈张公。"

范若水笑逐颜开,就势依在辛弃疾的怀里,打开《论兵·分兵杀虏》阅览:

> ……只缘虏人调发极难,完颜要犯江南,整整两年,方调发到聚。彼中虽是号令简,无此间许多周遮,但彼中人才逼迫得太急,亦易变,所以要调发甚难。只有沿淮有许多捍御之兵。为吾之计,莫若分几军趋关陕,他必拥兵于关陕;又分几军向西京,他必拥兵于西京;又分几军望淮北,他必拥兵

于淮北。其他去处必空弱。又使海道兵捣海上,他又著拥兵捍海上。吾密拣精锐几万在此,度其势力既分,于是乘其稍弱处,一收山东。虏人首尾相应不及,再调发来添助,彼辛未聚而吾已据山东。才据山东,中原及燕京自不消得大段用力,盖精锐萃于山东而虏势已截成两段去。又先下明诏,使中原豪杰自为响应……

范若水心潮激荡,赞语出口:"虽然文字粗疏,但目光所视,囊括全局,决胜千里。小小签判,指点军机,直逼元戎。辛郎,你这种不知天高地厚的狂妄,就不怕人们的斥责议论吗?话又说回来了,只有这种狂妄,才配得上辛郎的卓尔不群吧!"范若水心潮澎湃,她突然抱住她的辛郎,轻声低语,"谢辛郎信任,我这就轻车快马返回建康,为辛郎勇闯建康府衙!"

辛弃疾紧紧抚抱着范若水致谢。

范若水带着辛弃疾绘制标识的《顺昌之战图示》和建议书《论兵·分兵杀虏》,乘快马轻车,于五月十三日由江阴出发,日夜兼程,于五月十四日午前辰时回到建康城。她不及回家,径闯建康府衙,以江阴签判辛弃疾信使的名义求见张浚大人。府衙值守是位三十多岁的中年人,精明干练,也许因为熟悉辛弃疾这个名字,热情回答:"张帅已于五月十二日渡江视师去了。"范若水请求会见建康留守张孝祥大人,府衙值守热情回答:"留守张公已随张帅出征了。"范若水请求会见建康步马军总管史正志大人,府衙值守点头允诺,在反身请示之后,带着范若水径至史正志办事房,不及报请,史正志疾步迎出。范若水礼拜请安,申明来意,呈献《顺昌之战图示》和"建议书"并请转呈张帅。史正志原为枢密院编修官,对军事《图志》饶有兴趣,并具有极高的识图才能,他接过《顺昌之战图示》及"建议书"恭请范若水入室,设座献茶以待,急忙从力囊中取出《图示》,置于长案之上,逐幅阅览,其认真渴求之状,形似痴迷。阅览完毕,顿足叹息:"此《图示》精妙,辛弃疾之雄心、壮心、良苦用心俱在《图示》中。可惜机缘不遇,迟了时日……"

史正志语歇,打开"建议书"阅览。突现神情凝重肃穆,再现双眉剑扬,神情激越,继而阅读出声,拍案叫绝,沉吟而赞语高扬:"分兵北上,分兵屠虏,明确、简要、精辟的战略设想啊！真是兵家之论,行家里手之论,决战决胜之论！可惜……"

史正志突然失声不语,垂下了头颅。

范若水情急询问:"史大人……"

史正志痛苦地说出:"这场抗金北伐战争,已于昨日打响了。"

范若水骤觉冷气寒心,她打了一个寒战,周身的力气似乎突然一下子消失了,瘫软地跌坐在椅子上。

十五　符离兵败

抗金北伐统帅张浚,五月十二日渡江视师抵达敌前指挥部驻地盱眙后,立即向御前诸军都统制李显忠、邵宏渊发出了向金兵反攻的命令。

五月十三日,李显忠率领兵马七万从濠州(今安徽凤阳)北上,向战略要地灵璧之金兵发起进攻,金兵右翼都统制萧琦率领精兵两万,出拐子马阵,拒李显忠军于灵璧南之陡沟地区。

同时,邵宏渊率领兵马六万,从泗州(今江苏宿迁)南下,围攻虹县(今安徽五河)金兵守将富察特默军。

战争打响的塘报飞马传至临安,朝廷群臣间立即掀起了一场内争。

史浩看到塘报,始知战争已经开始,其出兵大事,不是由三省共议,而是由陈康伯径檄诸将,他感到失权,他感到愤怒,他感到是皇上、陈康伯、张浚合谋而为,是对自己的不信任和侮辱,皇上是惹不得的,张浚是不值得惹的,他决定拿住陈康伯说事,遂怒语道:"我俩俱是兼枢密使,出兵之事竟不与闻,要我这个宰相何用?"并上呈奏表,以辞职表示抗议:

> ……陈康伯欲纳归正人,臣恐他日必为陛下子孙忧。张浚锐意用兵,若一失之后,恐陛下不得复望中原……

弹劾陈康伯的奏疏上呈,史浩所善友朋枢密副都承旨龙大渊,知阁门事曾觌、林安宅等人起而应和，攻击陈康伯和张浚弄权用兵，不计后果。

朝臣们知道，史浩、龙大渊、曾觌、林安宅等人都是普安郡王府的旧人，都是皇上长期倚重的亲信，他们同声讨伐陈康伯、张浚，也许是皇上的旨意，于是便纷纷附和，立即形成了一股弹劾陈康伯、张浚弄权出兵的浪潮。

赵眘慌神了，他惊诧史浩等亲信臣子的非常之举，并为群臣附和之势所震慑，心里暗暗涌起了对这场战争前途的怀疑。

五月十四日，李显忠以迭次连续冲击战术，粉碎了陡沟地区金兵拐子马阵列的阻击，金兵右翼都统制萧琦败走宿州，李显忠收复灵璧，并宣布军令，不杀一人，降者众多。

同时，邵宏渊久攻虹县不下，李显忠亲率兵马驰援，并遣灵璧降卒城下喊话，示谕祸福，金兵守将富察特默献城出降。邵宏渊耻于功不自出，迁忌于李显忠，遂埋下了日后不和的种子。

五月十六日，李显忠、邵宏渊两部兵马十三万，乘胜西进，兵薄宿州城，经过苦战、巷战、激战，全歼城内守敌两万，恢复了宿州城。

五月十七日，李、邵大军攻取灵璧、虹县、宿州的胜利塘报飞马传至临安，朝廷纷乱的气氛骤变，群臣为胜利欢呼，为张浚唱赞，赵眘腹疑消除，豪情再起，传谕群臣并手书寄语张浚："近日边报，中外鼓舞，十年来无此克捷。"侍御史王十朋率先向史浩发起反击，弹劾史浩犯有八罪：一曰怀奸，二曰误国，三曰植党，四曰盗权，五曰忌言，六曰蔽贤，七曰欺君，八曰讪上。并涉及前太府丞、现任建康步马军总督史正志，枢密副都承旨龙大渊，知阁门事曾觌、林安宅等人。

五月十八日，赵眘下诏罢去史浩尚书右仆射、平章事兼枢密使之职，出知绍兴；罢去龙大渊、林安宅之职；晋李显忠为淮南、京东、河北招讨使；晋邵宏渊为淮南、京东、河北招讨副使。

朝廷君臣都沉醉在收复灵璧、虹县、宿州的胜利之中……

五月十九日,李显忠与邵宏渊因开仓犒赏士卒一事发生争执。其事的发生简单而深刻:在攻克宿州城的战斗中李显忠部趋前,邵宏渊部殿后;李显忠一向治军以义,纪律严明,邵宏渊一向治军以利,纪律松弛。李显忠入城后即发布了三条禁令:严禁兵官扰民、严禁兵官抢掠、严禁兵官劫动粮仓银库,并派出执法士卒看守巡视;邵宏渊入城后,按其惯例是纵兵为乐,并要求开放粮仓银库犒赏将领士卒。李显忠严正拒之,邵宏渊怒而忍之。恰在此时,赵眘晋升李显忠、邵宏渊分别为淮南,京东,河北正、副招讨使的诏令到达,更加重了邵宏渊嫉贤妒能、"耻于李后"的不满,遂移兵城外,"止以见钱犒士,士皆不悦"。

李、邵联军由此而解体,李显忠与邵宏渊的矛盾公开爆发了。

五月二十一日,金兵开始反击。金兵左元帅仆散忠义亲率步骑十万,从开封经徐州急奔南下,向宿州城扑来;金兵左副元帅纥石烈志宁亲率精骑五万,从睢阳急奔东进,扑向宿州城。

五月二十二日清晨,西路金兵先锋忒母孛堇瓜尔佳清臣率领精兵一万攻打宿州城西门,李显忠轻视纥石烈志宁之所为,派遣统制张训通率领精兵一万五千出城迎敌。经过激战,金兵退至城西四铺地区,列阵与宋军对峙。

五月二十二日巳时,北路金兵忒母孛堇贝萨率领铁骑一万,以霹雳之势向宿州城进发。李显忠惊骇,始觉事态诡异严峻,采取四项应对措施:立即派出飞骑疾往盱眙大营向张帅禀报军情变化;立即派遣中军统制周宏、前营统制邵世雄(邵宏渊之子)率领兵马一万出城迎击;立即派遣谍骑出城侦察城西城北五十里内的金兵动态;立即派遣亲随幕僚王佐出城,邀请邵宏渊进城商议敌情对策。

五月二十二日午时,城北阻击战取得胜利,金兵退至符离地区,列阵与宋军对峙;幕僚王佐从邵营返回,邵宏渊借身体不适拒绝进城议事;派往城北城西的谍骑先后返回, 带回了可怕的讯息:西路金兵左副元帅纥石烈志宁,率领精骑三万已抵达铁佛地区,驰援退至四铺之敌;北路金兵左元帅仆散忠义率领步骑五万,已抵达夹沟地区,驰援符离之敌。

谍骑禀报未尽,城西城北战场报急,飞马先后驰至。城西战场统制张训通报告:纥石烈志宁亲率精兵三万已对我军形成包围之势,急请派兵驰援;城北战场中军统制周宏报告:敌主帅仆散忠义已出现在符离战场,其所率数万铁骑即将再次发起进攻。

金兵两路反攻的形势,一下子使李显忠纷乱的心绪清醒了、镇定了,他毕竟是声名卓著的"关西将军",是经过无数次险恶战阵磨炼出来的,有着立即进入情况、细致思考、应对险恶境遇的特殊能力,他挥手屏退身边的将领幕僚,在不受干扰的寂静中,思索着决战决胜的决策。

他突然恍悟到前几日攻取灵璧、虹县、宿州的轻易得手,也许是金兵主帅仆散忠义狡诈的谋略,目的是要把自己引至靠近徐州、睢阳的宿州地区。若果真如此,眼前所发生的一切,可能是双方决定生死的一场决战。

他迅速把思索的焦点放在敌我决战的力量对比上:谍骑侦得敌方北、西两路兵马为八万,与我方十三万兵马相比,我占优势。信不得啊,战场上谍骑匆忙中侦得的数字,是不可靠的,"兵以诈立",狡猾的仆散忠义决不会把他的全部兵力暴露于决战之前。"用兵之法,十则围之,五则攻之",仆散忠义是通晓兵法的,以倍数计之,敌方的兵力也许会在十五万至二十万啊!而且我方的十三万兵马中,邵宏渊麾下的六万兵力真能全力抗敌?优势不在我方啊!

他把沉重的思索转向敌我双方的士气上——"战在于治气"。敌军一失灵璧,再失虹县,三失宿州,气果竭耶?"哀兵必胜",胸怀悲愤的军队在"抗兵相加"中是最可怕的。"师直气壮""胜兵如水",我军真的能同仇敌忾,所向无敌吗?前几日三战三捷的辉煌,不已在主帅之间产生了龃龉吗?"战胜而将骄卒惰者,败",战场上千古不爽的至理名言啊!他懊悔前日不该拘于一时之军纪而失之大略。愚蠢而缺少机变!在士气上,我方亦无优势可恃啊!

他把心肠一横,拂去了心头上厚重的愁雾和莫及的追悔,集中全部精力思索着破敌之计。战争原本就是生死相搏，战场原本就没有怯懦者立足之地，兵有正奇，施相为用，今日之势，只能以"置之死地而后生"的忠勇与敌相搏了。他决定采取"北抗西攻，歼敌一翼，争取战场主动"的方案，以邵宏渊的三万兵马阻击北路之敌，迟滞北路金兵进攻的速度；以自己手下现有的四万五千兵马，挟霹雳之势西进，一举歼灭西路金兵左副元帅纥石烈志宁率领的三万兵马，然后挥师北进，与邵宏渊联手，与金兵主将仆散忠义的兵马周旋。他当然知道此招成败的关键，在于邵宏渊能不能全力合作？他有一个基本的估计：邵宏渊新晋淮南、京东、河北招讨副使，断不会因一时龃龉不快而贻误军国大事。遂修书一封，就其所思破敌之策就商于邵宏渊，请他遣兵三万阻击北路之敌于符离。他急招亲信幕僚王佐，嘱其持函飞马城外邵营，并嘱其携带美酒十坛，亲自呈献于邵副招讨使，以示尊重与送征之意。

五月二十二日午后未时，李显忠披挂上马，召集所部将领士卒四万五千人于城内校场，击鼓鸣号，宣誓西进杀敌，将士群情振奋，热血沸腾。将行，亲信幕僚王佐飞马从城外邵营返回，悄悄禀报："信函美酒俱亲自呈献邵帅，邵帅已答应出兵阻击北敌之敌。"

李显忠悄声询其所闻所见，王佐悄声回答："邵帅阅览信函后，笑语身边将领：'当此盛夏，摇扇于清凉之下，且犹不堪，况烈日下被甲苦战耶！'"

李显忠惊心，邵宏渊虚与应付，信不得啊！为防止"北抗"之策失灵，忍痛决定从眼前排列的四万五千兵马中分兵自救：他命令统制刘侁率领精兵一万，疾奔符离阻击北路之敌；他命令统制荔泽率领精兵五千，留守宿州城。他挥剑高呼，率领三万兵马出城，向西路四铺战场疾奔而去。

五月二十二日午后申时，李显忠率领的三万兵马刚刚抵达四铺，北路西路的金兵就发起了第二轮更为猛烈的进攻。

西路战场，金兵左副元帅纥石烈志宁率领的兵马不是三万，而是五万，一下子就冲垮了宋军统制张训通一万五千兵马的防御，与李显忠率领的三万兵马迎头相撞。李显忠举目一扫，神情惊骇。眼前的金兵达五万之众，而且依地势而阵列,威武严整,布阵兵分为三,以一阵为前锋,以二阵为后援,每阵有锋,每锋有后,前后呼应,左右相掎,皆待命而动,俱得战场用兵之奥秘。李显忠惊叹出声,低估了年轻的纥石烈志宁啊!他倒吸了一口凉气,此刻任何一点胆怯和犹豫,都会导致全军斗志瓦解。他举剑大喝一声,发出了全军进攻的命令,身先士卒地率领中军将士五百兵马,向敌阵薄弱的地方冲杀而去。三万士卒应和着李显忠的呐喊,发出惊天动地的冲杀声,向列阵冲锋的金兵杀去。

金兵左副元帅纥石烈志宁披甲戴胄,挥镔铁大刀,率领五百铁骑拍马而出,以疾如飙风的剽悍,截住了李显忠凶狠的冲杀,并以特有的指挥暗号,迅速调整了阵列,从左右相掎的阵列中,突地飞出两千铁骑,向李显忠包抄而来。

双方的八万兵马,在四铺广阔的田野上展开了凶狠的追逐、厮杀、鏖战,杀声嚎吼,烟尘飞扬,血肉飞溅,天地玄黄,落日变得血红了。

在西路战场金兵副帅纥石烈志宁发起第二轮攻击的同时,北路战场金兵主帅仆散忠义率领的十万兵马也向符离前线的一万宋军发起了进攻。阵地前黑压压望不到尽头的金兵,分三路疯狂扑来,咆哮的、震耳欲聋的冲杀声,一下子就使严阵以待的宋军统制周宏、邵世雄懵懂胆寒了,回头看,援军杳无,往前看,金兵逼近。邵世雄惊恐失控,连声嚎吼,带着所部兵马仓皇逃遁;周宏愤而站起,企图阻止邵世雄逃遁,但溃军难制,败局难挽,也率领所部士卒后移。此时,刘佽率领的一万援军赶到,目睹兵马溃散之状,得知邵宏渊避战自保,根本没有派出兵马阻击来敌,连声哀叹败局已定,杯水车薪,无济于事,遂以所部一万援军交给周宏率领迅速退守宿州城,他带着数骑疾向西路战场奔去。

北路战场,宋军因邵宏渊的避战自保而全线溃散,金兵以十万之众的凌厉气势而取胜,仆散忠义不失时机地发出军令:十万兵马分三路从北、东、南三面包围宿州城。

五月二十二日入夜酉时,在血红的落日下坠中,西路战场宋金八万兵马的厮杀鏖战仍在激烈地进行着。双方各有万余兵马的伤亡,似乎未曾影响双方进攻的节奏;长时间搏斗厮杀的体力消耗,似乎未曾影响双方冲杀的势头;夜幕的降临,似乎未曾唤起双方休战的意念;长时间胜负难定的局面,似乎更激发了双方决战决胜的意志;年老的李显忠和年轻的纥石烈志宁似乎都横了心肠,要在这次决战中拼出个高低。就在此时,刘佚飞马驰至李显忠面前,他滚下马鞍,挽住李显忠的马头哭诉,北路战场全线溃败的消息,使李显忠心神俱碎,肠断胆裂,他"哇"的一声吐出血来,染红了马头马鬃,几乎跌下马鞍,幸得夜幕遮掩,不为远处正在激战的将士知晓。

"不可再战啊!"李显忠毕竟是知进知退的统帅。这场决战是输定了,只求输得不要太惨、不要太悲,不要太辱没大宋军旅的脸面。他下令各营将士借着夜幕有秩序地退出战场,退守宿州城。他亲自率领中军将士五千精骑,不知疲倦,不知死活地向金兵左副元帅纥石烈志宁的中军大营冲杀,掩护各营将士的悄然撤退。

五月二十二日入夜戌时,溃散和退守拥入宿州城的宋军三万多人,已经是饥肠辘辘、步履蹒跚、筋疲力尽,似乎连一丝战斗力也没有了。他们中的大部分人,都是从西路战场长时间血战中存活下来的,现时都屈身仆卧于校场上的夜色中,木然地忍耐着、沉默着、等待着。邵宏渊麾下的将领士卒六万多人,在北路战场宋军败如山倒的溃散和金兵势如破竹的追击中,各营将领纷纷率部逃逸,离开大营,连个招呼也不打,抛下了一个孤零零的淮南、京东、河北招讨副使邵宏渊,仓皇地带着中军五千人,惶恐地进入宿州城。战争的突然、残酷、恐惧,使他们失去了往日的骄横跋扈,心惊胆寒地散坐在校场上的夜色中,也在忍耐着、沉默着、等待着。

战场上的溃散、退守,总是和追击相连接的。宋军退入宿州城立足未稳,金兵北路西路十五万兵马就兵临城下,并从四面八方发起了进攻,杀声、喊声、号角声震撼着夜空,震撼着城垣,震撼着城内校场上仆卧、散坐的宋军将领士卒的心。李显忠孤零零一个人来到校场,在越来越嚣张的杀声、喊声、号角声中,俯身看视仆卧于夜色中疲惫不堪的将士,目光中含着致敬,神情中含着问候,沉默中含着危难与共、血肉相连的情感和沉重的焦虑,将士们从地上站起,高喊"杀敌",相搀相扶地走上城头。李显忠泪水滂沱,直挺挺地跪在地上,感激将士们的忠勇情谊。散坐在校场夜色中的邵营五千将士,目睹眼前的情景,"唰"的一声站起,高呼"杀敌",相拥着走上城头。李显忠一阵哽咽,哭出声来。

在金兵四面八方疯狂的进攻中, 城西北角金兵左副元帅纥石烈志宁亲自率领的进攻最为激烈。他以千名射手用硫黄火箭压制城堞宋军的反击,以千名士卒排除护城行马和砦障,以千名士卒横木于护城壕架桥,以千名健勇举去梯登城。李显忠率领中军将士千人,亲临城头捍御。以强弩射杀横木渡壕之敌,以燃物烧毁攀城的云梯,以火罐火球投杀登城之敌,以刀剑斧钺斫杀登上城头之敌。天边的弯月变红了,他以三百士卒的伤亡,粉碎了纥石烈志宁的疯狂进攻。

战场毕竟是生死与共之地。共同的命运消解了李显忠和邵宏渊之间的龃龉,他俩并肩站立城头,远眺着城外四周十里内遍野繁星般闪烁移动的火炬,默默地思索着。十里纵深,五层防线,金兵已稳固了包围圈,并即将发动新的一场攻城冲击;他俩移步城头,倾听着城外田野传来的萧萧马啸声,默默地思索着:金兵在选择攻城的突破口吧?金兵的先锋部队已悄悄地接近护城壕吧? 他俩注目于东南方向苍茫的夜空,城外金营的号角声愈显高昂了,金营的马啸声愈显暴烈了, 李显忠似在自语地开了口:"城外若有三万兵马掩击,我出城而呼应,敌帅仆散忠义当可擒啊! "

邵宏渊听得明白,李显忠在盼望邵营逃离战场的兵马能在此时出现于敌人背后。无奈中的妄想!邵营中的六万兵马都是临时调集凑合的,"兵无常将""将无常兵"的后果啊! 他默默而微微摇头。

李显忠的话语也变得怆楚了:"这是东南方向吧?那片繁星之下,就是张帅驻扎大营的盱眙城吧？"

邵宏渊听得明白，李显忠在期盼着三百里外的援兵。无奈中的妄想！张帅了解此刻这里的危局吗？张帅手中有破敌的十万兵马吗？就是张帅手中有雄兵十万，张帅有驰驱三百里与金兵决战的胆量吗？"将不常兵"，张帅不是当年的岳飞，他手中没有自己的张家军啊！邵宏渊默然而微微摇头。

他俩停步于北面城头，被城外田野上稀疏的火炬吸引了，默默地倚着墙堞思索着。那苍茫远处就是符离城吧？缘何火炬稀疏？是金兵抢掠漫过之地，合围兵马之后，已无须重兵接应吗？是北路敌兵与西路敌兵的衔接之地，合围失协，留下的空当吗？是地处城北，且多河汉，合围疏漏吗？邵宏渊似乎突然间找到了一条摆脱目前困境的道路，开口打破了长久的沉默："李公明鉴，金兵合围之势已成，东、南、西三面皆号鸣马嘶，火炬烧天，金营已添生力军二十万，我以三万兵马相对，多寡悬殊啊！北面合围金兵，聚于城下，凶狠无比，但其纵深，不似东、南、西三面纵深之厚重可畏。"

李显忠听得明白，邵宏渊已无固守城池之志，自己不也对这兵力悬殊的战斗失去决胜的信心吗？符离"火炬稀疏"之状，也许是假象，是陷阱，是阴谋，是仆散忠义抛出的一块钓饵，但与东、南、西三面长约十里、阵约五层的纵深相比，毕竟是容易对付的，因为三万疲惫不堪的士卒，无论如何是冲不破五层刀枪利箭和深壕长沟的防线。再说符离一带的山林水泽中也许藏有邵营逃散的六万兵马。该突围了，乘着斗志尚存、体力尚存、三万兵马尚存，只要拼死一搏，或许还能保住一万多士卒的生命。他放声呼叹："老天，是你未欲我平定中原吗？邵公，我俩并肩突围吧！"

邵宏渊急询："从哪儿突围？"

李显忠戟指城北："符离火炬稀疏……"

邵宏渊拱手："我以李公马首是瞻！"

五月二十二日夜半亥时三刻，李显忠亲率李营中军五千兵马开路，邵宏渊亲率邵营中军五千兵马断后，全军三万兵马杀出宿州城北门强攻突围。李显忠的前锋部队,以强弓火箭、长枪大刀轮番冲杀,冲垮了金兵忒母孛堇贝萨三万兵马组成的合围阵列,杀开了一条血路,保证了全军三万兵马的迅速出城;邵宏渊的断后之军分左右两翼抵挡金兵东西两路的追击,保证了全军三万兵马的迅速北移。宋军疾行至符离,正欲调头东向,遭遇到金兵左元帅仆散忠义率领的三万兵马的堵截,双方六万兵马在符离城东的旷野上展开了生死搏杀。宋军已占上风,就在仆散忠义败退之时,金兵左副元帅纥石烈志宁率领的三万精骑蹑踪而至,一下子就冲垮了断后的邵营五千兵马的抵抗,"宋师大溃,赴水死者不可胜计,金兵乘胜,斩首四千余级,获甲三万"。李显忠和邵宏渊在中军士卒的护卫下得脱死境,宋军三万兵马全部覆没。

符离兵败,惨烈而窝囊啊!

十六 辛弃疾以危言险论成疏

符离兵败了,临安朝廷乱作一团,闹作一团,新的一场朝争骤然腾起,有翻天覆地之势。

符离兵败的塘报是五月二十五日清晨飞马传至临安城的,举朝大骇,骇哑了卯时的早朝,骇呆了主战派的官员,骇动了失意沉默的主和派,骇怒了德寿宫里的太上皇。接着李显忠的"纳印待罪"奏表和张浚的"自劾待罚"奏表先后到达,群臣鼓噪,横议骤起,满朝惶惶,都把攻击的矛头指向枢密使、都督江淮东西路军马、抗金北伐统帅张浚。

五月二十五日午时正点,大内鼓吹振作,军乐腾扬,仪仗阵列,文武群臣跪伏于垂拱殿丹墀下,三分沉寂,七分惶恐。一声鞭响,在引导官尖啸高扬的唱赞声中,赵昚身着戎装出现在垂拱殿丹墀上,神情肃穆,目光炯烈,面对惊诧的群臣,发出了两道诏令:

> 诏令枢密使、都督江淮东西路军马张浚:今日边事,倚卿为重,卿不可畏人言而怀犹豫。前日举事之初,朕与卿任之,今日亦须与卿终之。卿当率海州魏胜、泗州陈敏、濠州戚方、六合郭振所部二十万兵马,奋而再起,据山关以破南侵之敌。
>
> 诏令川陕宣谕使虞允文:接诏后立即入朝受命,不得有误!

群臣愕然而振奋,丹墀下沉寂的气氛似乎骤然消散了。皇上仍在坚持抗金北伐,皇上仍寄希望于张浚,皇上要调采石矶大捷的英雄虞允文入朝主持政务了。

应和着群臣神情的变化,赵昚以慷慨激昂的声音谕示群臣:"符离兵败,北伐受挫,但朕不自馁,朕决不允许敌逞猖狂!朕决定亲征!"

"亲征"二字出口,如炸雷荡空,厉人心神,壮人胆气啊!赵昚的声音未落,前日因反对北伐遭受罢官而尚未离开朝廷的原尚书右仆射、平章事兼枢密使史浩凄然站起,号啕大哭,悲声呼号:"圣躬系天下之安危,系黎庶之福祉,万万不可轻动啊!臣以家身性命劝阻圣上亲征!"

赵昚如突遭冷水浇头,一下子蒙了。

监察御史尹穑应和着史浩的横空"劝阻"囔地站起。他阔步走到群臣阵列之前,屈膝跪倒,挺直腰杆,昂起头颅,以强项傲慢之状引得了群臣的注目。

尹穑,字少稷,时年四十岁,齐鲁兖州人,建炎三年(公元1129年)南渡。其人颇聪慧,博学有文,曾得当时身为签书枢密院汤思退的赏识,荐于宰相秦桧,赐以进士出身,任枢密院编修官。去年赵构禅位前,晋尹穑为监察御史。在群臣心目中,此人为汤思退夹袋中的人物。

赵昚在懵懂中警觉了。

尹穑跪在赵昚面前高声禀奏:"圣上,符离兵败,不可再寄希望于张浚了!张浚拥兵跋扈,指挥无能,导致丧师辱国。诚如史大人前日之预言:此次兵败之后,圣上不得复望中原啊!圣上,张浚植党于朝,私交陈康伯、辛次膺、胡铨、王十朋、陆游、朱熹、洪迈等人,以势众要挟朝廷,以谬论诋毁良知,其拥兵弄权之罪,亦不可赦啊!"

有恃无恐的架势,杀气腾腾的话语,秦桧弄权时的蛮横气派,尹穑的叫喊向人们传达了一个可怕的讯息:一直隐蔽在太上皇身边的汤思退要走向前台了,德寿宫里的太上皇已经有所动作了。

赵眘的心神立马乱了,似乎忘记了刚刚说出口的"亲征",把全部心思都转移到德寿宫太上皇已经开始的动作上。他毕竟是在钩心斗角的皇宫长大的,从小就练得了韬晦的特殊本领,他决定以忍气吞声,装聋作哑应对眼前凶险的变中之变。

陈康伯、辛次膺惶恐懵懂了。皇上至孝,德寿宫太上皇的一个脸色,一个眼神,一个喷嚏,都会使靠着禅让上台的皇上失魂落魄的。尹穑演出了一段"跳加官",一个新的秦桧就要出台了,他俩感到一阵心寒。

主战派的俊彦胡铨、王十朋、陆游、朱熹、洪迈等人素来鄙视尹穑的为人,本想迎头予以痛击,但皇上的蹙眉失神和陈康伯、辛次膺的低头沉默,使他们一下子也觉得心怯气短了。符离兵败毕竟是丧师辱国,毕竟是给了主和派一个反对北伐的口实啊!

主和派的大小人物如兵部侍郎周葵、枢密都承旨钱端礼、都督府参赞军事王之望、淮西干办公事卢仲贤和前日因反对北伐而罢官尚未离开朝廷的知阁门事龙大渊、曾觌、林安宅等人,挟着尹穑的腾腾杀气,相继站起,行至群臣阵列前跪倒,形似禀奏,实为声讨,弹劾张浚"轻躁出师,误国明甚",批判张浚"名曰守备,守未必备;名曰治兵,兵未必精",并揭发李显忠、邵宏渊"纵兵聚财""盗用库银"。

赵眘终于忍耐不住了,猛地站起,拍案怒吼,力尽气竭地喊出两个字:"散朝!"

群臣在破碎嘶吼的"散朝"声中目瞪口呆,赵眘无力地跌坐在龙椅上。

尹穑骄横中透漏出的信息,很快就得到了证实:

六月四日,德寿宫传出了太上皇召见吏部侍郎、张浚之子张栻时的训示:"说于卿父,今国家举事,须量度民力、国力。闻契丹与金相攻,若契丹事成,他日自可收卞庄子刺虎之功。若金未有乱,且务恤民治军,待时而动可也。"

太上皇的这个"训示",是说给"自劾待罚"的张浚听的,更是说给要"亲征"的赵昚听的。太上皇已把金国的败亡寄希望于契丹,寄希望于"卞庄子刺虎",靠禅让登上皇位的螟蛉子赵昚,知趣地向太上皇"行孝"屈服了。

六月八日,赵昚下诏,晋临安留守汤思退为醴泉观使兼侍读。侍读之职,等同侍讲,可以为皇上进读书史、讲说经义了。含意是分明的,靠禅让而上台的皇上仍需要学习啊!皇上自下诏令,为自己请了一位老师。

六月九日,赵昚下诏,晋兵部侍郎周葵为参知政事。用意明显,一向反对抗金北伐的周葵,该参与朝政的决策了。

六月十一日,赵昚下诏,诏令川陕宣谕使虞允文为湖北、京西宣谕使。含意分明,虞允文不必进京入朝了。

六月十二日,赵昚下诏,降张浚为江淮东西路宣抚使。不言而喻,削去都督江淮东西路军马的实权,保留枢密使的虚职,只是为了军旅的稳定,等待分阶段处理吧!

六月十五日卯时早朝,赵昚召对群臣于垂拱殿丹墀,以苍凉的声音"下诏罪己",自罪"决策失误""任用非人""自愎拒谏""自取其辱"。群臣默然。主战臣僚陈康伯、辛次膺、陈俊卿、胡铨、王大宝、王十朋、陆游、朱熹、洪迈等人凄然落泪,有的人竟哭出声来。一锤定音,皇上认错了,抗金北伐的旗帜落地了。

六月十六日,主战派年轻俊彦胡铨、王十朋、王大宝等十余人,以辞职表示抗议。

六月二十日,赵昚下诏,罢辛次膺参知政事兼枢密使之职。

六月二十一日,赵昚下诏,罢李显忠淮南、京东、河北招讨使之职,贬至筠州安置,旋再责徙潭州;罢邵宏渊淮南、京东、河北副招讨使之职,贬至南安军安置,仍征其盗用库银。

七月四日,赵昚下诏,晋汤思退为尚书右仆射、平章事兼枢密使;恢复龙大渊、曾觌、林安宅知阁门事。朝政大权全部落入汤思退之手。

恰在此时,金兵左副元帅纥石烈志宁遣使携书进入临安,以四项条件逼和:

一、通书称叔侄,金为叔、宋为侄。

二、索取唐州、邓州、海州、泗州四地归金。

三、岁贡银绢如旧。

四、归还叛臣及归正人。

以上四项若不应诺,当俟农隙进战。

屈辱,屈辱,更甚于二十一年前"绍兴和议"的屈辱啊!尚书左仆射陈康伯,江淮东西路宣抚使张浚,湖北、京西宣谕使虞允文等起而上疏反对议和;汤思退以"大言误国,以邀美名"斥之,并"提请"赵昚"以符离之溃为戒",赵昚饮恨默然。汤思退借皇上之名,诏令都督府参赞军事王之望为通问使,诏令知阁门事龙大渊为通问副使,前往金兵占领的宿州城,与金兵左元帅仆散忠义开始了南宋历史上屈辱的"隆兴和议"。

为了保证宋金和议的不受干扰,赵昚下诏罢陈康伯尚书左仆射、平章事兼枢密使之职。

为了保证宋金和议的成功,赵昚下诏晋汤思退为尚书左仆射、平章事兼枢密使。

主张隆兴元年抗金北伐的官员,在符离兵败后的朝廷内争中,全军覆没了。

在朝廷内争、主战派官员"全军覆没"的过程中,远离朝廷、身居江阴的辛弃疾,在官衙后院宁静、宽敞的居室内,冒着溽热,面对墙壁上两淮地区的战地图志,苦熬心血地琢磨着意外的、离奇的符离兵败。

轰动江阴城的关于符离兵败的漫天传闻,使他心乱如麻。

范若水从建康送来的关于符离兵败导致"建康恐慌"的"琴音",使他忧心如焚;王琚派人从临安送来的关于符离兵败导致"朝廷搏杀"的"盛况",使他肝胆欲裂;范邦彦从镇江军派人送来的关于符离兵败的详尽始末,释解了他心底的疑窦,启迪了他探索符离兵败真相、成因的勇敢追求。

他以兵家的目光审视着五月十三日至五月二十三日的这场战争。这场战争只是在淮南地区东西宽约五百里,南北长约四百里的狭小区域内进行,交战双方事先都没有舆论和力量的动员,都没有战略目标的制定,都没有战区的划分,其兵力投入,双方各为十多万兵马。严格地说,这场战争连一次战役也够不上,只能算是一场蚕食与反蚕食、预防和反攻的战斗,在军事上其影响和作用都是有限的。但这场战斗对大宋来说,却有着重大的、深刻的政治含意:它表达了大宋新登基的皇帝赵眘抗金北伐、恢复旧疆的决心;它表达了朝政将转向一个新的时代。可惜它要向世人表达的一切,都被这场失败的战争断送了、毁灭了。

再看五月十三日骤然展开的灵璧、虹县战斗。张浚在战术运用上,确实有着英明的决断,他分别以数倍于敌人的兵力,以一日一夜千里奔袭的霹雳神速,相继攻取灵璧、虹县两座城池,首战大捷,首战完胜,深谙攻战精髓,书写了三十年来宋军抗金战争史上辉煌的一页,震慑了敌人,张扬了军威,鼓舞了民心士气。特别是宋军主将李显忠临阵决策的"善待敌俘""攻心为上",不战而屈虹县之敌,亦为三十年来宋军抗金战争史上之所罕见。

五月十六日至五月二十三日的宿州之战中,金兵统帅仆散忠义和纥石烈志宁的狡诈剽悍,宋军主将李显忠初战时的审势不明、审敌有误,宋军战斗中的主将副将失和等重大事件,在辛弃疾的头脑中一闪而过,他聚集全部精力,注目于战争逆境中的宋军士气上。兵法上有语:"战在于治气。""一人投命,足惧千夫。"战场上打的就是士气啊!李显忠在逆境中临阵决策的"据城为倚""分兵出击""北抗西攻"等战斗部署,是进攻士气的张扬,是歼敌士气的张扬,特别是关爱士卒、身先士卒的亲兵情怀和作风,更是人格上、道德上士气的张扬。"必死则生,幸生则死",宋军士卒,包括邵营士卒,都以同仇敌忾的豪情壮志,在敌众我寡、血肉横飞的战场,演出了视死如归、撼天动地的人生活剧,更是三十年来宋军抗金战争史上所罕见的。

战争是人打的,战争中总是要死人的,杀敌一千,自伤八百,是战争中铁的规律,故历代兵圣兵贤判断战斗的胜负,都是以双方兵力的损耗作为主要依据。据传闻塘报的统计,在这十一天的战争中,金兵伤亡人数约为一万五千,其中亡者五千多人,灵璧、虹县战斗中投降者两万余人;宋军伤亡人数约为一万四千,其中亡者四千余人,溃散者近四万人。若这个传闻准确,则双方在兵力损耗上基本持平。而宋军溃散的近四万兵马,或散于农村,或没于山林,若朝廷能及时派遣将领游骑潜往宿州地区,访而集之,劳而慰之,聚而教之,这四万溃散兵马,仍有可能收拢成军,都是可以借重的抗金力量。

辛弃疾以兵家的目光审视着宋军突围中的符离兵败,那是一场不战而溃的荒唐兵败。溃于将昏,溃于卒蒙,溃于无所守,溃于无号令,溃于兵将乌合,溃于兵将情疏。究其缘由,溃于朝制祖训中的"兵将分离""兵无常帅"啊!可这种自废武功、自毁长城的朝制祖训,是说不得、议不得,诅咒不得、变更不得的。两百年来宋军反抗侵略的战争史上,此种不战而溃的丑剧屡屡出现,执权者视而不见,遂成为遗传性的、不知医治、不敢医治的顽疾!

他以兵家的目光审视着符离兵败后的两淮形势。五月二十五日,金兵统帅仆散忠义和纥石烈志宁抓住宋军符离兵败之机,挥师东进,再次占领灵璧、虹县两座城池,并分兵东攻泗州,南攻濠州,立即遭遇到泗州守将陈敏、濠州守将戚方战而有备的顽强阻击;海州守将魏胜,六合守将郭振奉张浚之令,分别驰援泗州、濠州,从侧翼形成围歼金兵之势;滁州守将阮林亦奉张浚之令,戒备关山要津,待机驰援。金兵主帅仆散忠义惧而率部退守灵璧、虹县,重新形成十一天战争前宋金的对峙态势。此种态势的形成充分展现了张浚战前二线战略筹划的精明,并逼迫金兵统帅从战场走向议和。

对这场十一天的战争,辛弃疾作出了胜败得失的判断:

仗是打败了。但这场反击战由我发起，破几十年来战和之权操于金兵之手的常例，一扫往日被动挨打之态势。自信之姿，奋勇之姿，敢打敢拼之姿，为几十年来宋军抗金战争史上之所罕见。一可嘉也。

仗是打败了。但在这次战争中，宋军将领士卒，虎气生风，胜亦壮烈，败亦壮烈，一扫往日战场上沉靡之状。二可嘉也。

仗是打败了。但符离兵败后，二线战略筹划的得当，有效地遏制了金兵的进攻，且反败为胜，一扫符离兵败的阴影，军民同仇敌忾之气腾起于两淮城镇乡村。三可嘉也。

综合而论之，抗金北伐，自有定谋，谋出圣心，黎庶拥护，绝非符离兵败一事可以轻易改变。朝廷主和派公卿吠声汪汪，借机攻讦讨伐，或愚不知兵，或祸心作浪，徒见符离兵败之癣疥，而不知秦桧式的自毁长城、媚敌和议乃是最可怕、最可恨、最卑劣的祸国殃民。他们要毁灭的，不仅是这场战争负有责任的张浚、李显忠等忠勇的将士和这场战争中呈现的胆略士气，还有皇上锐意中兴的豪气豪情和抗金北伐、收复旧疆的壮心壮胆啊。

他热血沸腾，激情难捺，不避位卑，不避言轻，秉烛达旦，在书写上呈论文《不以小挫而沮吾大计》中，满怀激情地为张浚的"战和之权在我"叫好：今日之师，乃为祖宗陵寝而发，为二帝复仇而发，为二百年境土而发，为中原吊民伐罪而发，今后之对金之战，当以张浚为师，主动攻敌，勿坐而待敌之攻；他满怀义愤为符离兵败辩解：符离兵败，给国家造成了重大损失，但与秦桧弄权时奉行的媚敌投降政策造成的损失相比，微不足道；他满怀敬仰为战场上士卒们"一人投命，足惧千夫"的士气唱赞：战虽败，志不馁；身虽亡，浩气存；他义正词严地告诫朝廷主和派公卿：恢复自有定谋，非符离小胜负之可惩，而朝廷公卿过虑，不言兵之可惜也。古人言"不以小挫沮吾大计"，正以此耳。

黎明至，论文成。他手持文稿，直奔府衙前院徐明的住室呈审请教。甫进前院，见徐公身着白绨衣袍，长发覆面，袒胸露腹，避夜间室内苦热之疾仰卧于窗前青竹躺椅闭目养神,似有轻微鼾声传来;躺椅旁堆放的建康名酿秦淮春,或立、或卧、或开坛滚落、或密封待启,杂乱无章,酒香四溢。他轻步前行,悄抵躺椅,以察其醉醒,不及驻足,徐公自语怆然:"悲哀的结局啊!李显忠贬至潭州,邵宏渊贬至南安,辛次膺罢官,陈康伯免职,主战者全军覆没。一个不漏地全军覆没啊!不,还有一个降职而未贬逐的张浚,在不死不活的等待着发落……"

辛弃疾趋前请教:"徐公……"

徐明似乎不曾听见,仍在闭目自语:"汤思退又一次升官了,大权在握了,派出了使团,去宿州城与金兵和议了。可怜的张浚,也许将成为这次和议祭坛上的祭物,大劫难逃啊!"

辛弃疾心痛难忍,怒吼而发:"不,这是断乎不可的!徐公,在这个时候,总得有人说话啊,弃疾虽位卑人微,但绝不敢嵌口沉默。"

徐明蓦地睁开眼睛,从覆面的散乱长发中射出炯炯目光,接着忽地挺身坐起,恢复一副刚毅严峻的形容。

辛弃疾双手捧文稿呈上:"徐公,这是学生近日研讨符离之战的一篇奏疏,名曰《论符离之战》,意欲上呈天听,请徐公审阅指教。"

徐明接过辛弃疾手中的奏疏,急切地阅览着,神情由惊骇而激越,而高扬。他蓦然闭上眼睛,似一尊石佛,默默地思索着:"这是一篇奇文,敢于在鸣暗中为张浚呐喊,敢于在鸦号中为符离之战而高吟,敢于在失败中为士卒'一人投命,足惧千夫'的士气而欢呼。

"这是一篇奇文,是招惹'长洲桃李妒'之作。斥鹦笑鹏,奸佞非贤,是朝廷之痼疾;深文周纳,设陷炼狱,是公卿之惯技。这篇论文若为汤思退之流所得,则足以招致碎身灭族之灾。坦荡的辛弃疾,率真的辛弃疾,你如此心系军旅,情系军旅,就不怕招惹杀头之祸吗?但能因此而阻止辛弃疾这篇论文上呈天听吗?一年前《论阴江为险须藉两淮疏》和《议练民兵守淮疏》的惨遭封杀,已使你饱尝'报国无门'的凄苦;一个月前《顺昌之战图示》及其建议书

《论兵·分兵杀虏》的'泥牛入海',更使你饱尝'请缨无路'的悲凉;今日这篇叱咤风云的奏疏,也要胎死于偏僻的江阴城吗?"

"以明防前,以智虑后",古人临危时的教训啊!该为辛弃疾寻找一个"报国"的门头了,开辟一条"请缨"的道路了!想到临安城里"下诏罪己"的赵眘,盱眙军中"自劾待罚"的张浚,建康城里忘年之交步马军总管史正志,一条为辛弃疾解困解难的办法在胸中隐隐形成。徐明猛地从躺椅旁抓起一坛密封的秦淮春,用牙齿启其坛塞,仰天鲸饮,似在以酒化解胸中的块垒,似在以酒浇灌胸中的豪情。鲸饮而尽,掷酒坛于背后而高吟:"小小签判,归正之人,蜷伏浅池,竟作龙吟虎啸之呐喊,骇世惊俗,可喜可贺啊!荒草麒麟,今日大宋,更需要一篇纵论天下形势的《隆中对》啊!"

辛弃疾急忙趋前聆听教诲:"徐公……"

徐明已是醉语喃喃:"你的这篇惊天动地的奏疏,由老夫替你上呈吧!"

辛弃疾急忙拱手致谢。

徐明此时才真的发出了惊天动地的鼾声。

十七 赏心亭上的歌声

两个月后的十一月下旬，徐明以其私人之谊，把辛弃疾的《论符离之战》和他荐举辛弃疾"绝非池中物"的信函，派遣专人送交建康马步军都总管史正志的第二天，被降职为江淮东西路宣抚使、"自劾待罪"的张浚在几匹随骑陪伴下，奉诏从前线盱眙大营前往临安。他要途经建康，向这个北伐重镇告别，向府衙内的属下、朋友告别，便冷冷清清地走进了建康城。因为他的途经建康事前不为人知，故建康府衙的官吏们对他的迎接，也就呈现出意外、惶恐和冷冷清清的无奈。

冷清的建康府衙里的人们，都因为他的突然归来，沉重地经受着符离兵败后艰危政局中又一次厄运的袭击。

是啊，近来从宿州城传出消息，宋金和议中，金兵统帅仆散忠义蛮横地要求宋廷严惩发起这场战争的主帅，并要求交还投奔江南的所谓"归正人"。这不就是对着张浚来的吗？

而近来皇帝发出诏令，离奇地恢复了建炎年间（公元 1127—1130 年）早已撤销的御营使司机构，并以太上皇的亲信、秦桧的心腹、官封同安郡王的杨存中为御营使，使两淮兵马成为皇帝直接掌管的军队，其实质军权由太上皇掌管。这不也是对着张浚来的吗？诏令中任命依附汤思退的户部侍郎钱端礼为两淮宣谕使，并令其速赴盱眙大营视事，这不就是直接剥夺了张浚的兵权吗？

　　张浚奉诏要进入临安城了，徐明预言的张浚"降职而不死不活等待发落"的日子终于临头了。藤蔓相连，祸福与共，其张浚遭灾遭难，主帅麾下的幕僚参将还能逃脱贬逐诛伐吗?建康府衙里的冷清气氛，一下子变得奇冷奇寒而彻心彻骨了。

　　建康马步军都总管史正志是这次战争中留守建康、负责供应前方需用物资的唯一官员，他对迎接张公的归来，负有特别的、义不容辞的责任。为了驱散府衙内沉闷的冷清，他立即吩咐府衙内上下人等，立马甩掉哭丧的脸面，端出一副笑容，分批地向张公晋见请安，在府衙内营造起欢愉的气氛;他亲自告知庶务官员，在府衙内悬灯结彩，在赏心亭摆酒设宴，要隆重地为张公接风洗尘。

　　三个月来背着符离兵败重压返回建康的军马田粮总领叶衡、兵马钤辖赵彦端、兵马都监韩元吉、兵马都巡检严焕等，见史正志之行，会史正志之意，都强作欢愉，走进张浚歇足之所，天南海北地热闹起来。特别是建康留守张孝祥，三个月前居盱眙大营，闻符离兵败而昏迷病倒，被士卒千里劳累抬进建康城救治。三个月来，自囚于室，自责自戕，不能自拔，致使形容憔悴，瘦骨棱棱，步履蹒跚，风吹欲倒。今突觉府衙人语哗哗，热气腾腾，惊而询之，得知张公归来，遂拄杖出屋，直抵张浚歇足之所，众人相拥而泣，相泣而喜泪滂沱，着实的真情激发起府衙内久违的欢乐。

　　夜初酉时，月上东山，迎接张浚的酒宴在下水门城头赏心亭上举行。赏心亭上辉映月色的华灯，把真情伴有强作的欢乐，传向城楼下的秦淮河。秦淮河两岸多彩多姿的亭台楼阁和河面上纵横停泊的画舫轻舟，应和着赏心亭上青溪勾栏乐伎们演奏的管弦曲音，击节唱和，形成了月色中天上人间仙音神曲相契相合的画面。

　　六十六岁的张浚，此时的神情是沉凄的、悲壮的、强作欢愉的。符离兵败的阴影，仍然浓重地压抑着他的心胸;前线副将邵宏渊的自溃自散，仍然强烈地锥刺着他的灵魂。雪白的须发，浑浊的眸子，显露了他的失意与悲哀;弯曲的腰身,强作的欢愉,透露着他内心的痛苦和不甘失落的挣扎。

他心里十分清楚,这次奉诏进入临安,也许是他的军旅生涯和政坛生命的终结。可终结于一场历时仅为十三天的攻防之战,他感到窝囊;终结于战场上一位将军的自溃自散,他感到悲哀;终结于一位刚刚登上大位的皇帝之手,他感到痛苦。这窝囊、悲哀、痛苦的终结,都是源于深居德寿宫的太上皇和太上皇庇护倚重的秦桧余孽汤思退,他感到有冤难申、有恨难雪啊!

更让他心痛的是,随着他军旅生涯、政坛生命终结的同时,将有一群抗金北伐国策的拥护者,因株连之冤而遭贬流放、含恨终生。临安朝臣中主战官员的"全军覆没"不用说了,眼前这些春秋鼎盛、才华横溢的朋友也要随他跌入万劫不复的境地吗?他耐着心痛鼻酸,打量着眼前三十一岁的张孝祥、三十二岁的严焕、三十七岁的史正志、四十一岁的叶衡、四十二岁的赵彦端、四十五岁的韩元吉,泪水模糊了双眼。今后二十年间,也许不会再有"抗金北伐"的慷慨壮举了。他怆然地闭上了眼睛,制止了老泪的滚落。

青溪勾栏杖子头柳盈盈原是一位才情超群兰心蕙质的歌女,她审时度势,摒弃了往日里开场演出的几十种缠绵柔荡的词作,而选用三国时期一代枭雄曹操的诗作《短歌行》。她确信这首激荡人生、深邃豪迈的诗作,一定会在眼前宴席间诸君的心灵,撞击出青雷紫电般的火花。她的轻声低唱飞向城楼下的秦淮河,河岸亭台楼阁里的歌女,都卷上珠帘;河面画舫轻舟上的歌女,都仁立船头。她们都仰望着赏心亭,知心知音地轻声唱和:

> 对酒当歌,人生几何?
> 譬如朝露,去日苦多。
> 慨当以慷,忧思难忘,
> 以何解忧?唯有杜康。
> 青青子衿,悠悠我心。
> 但为君故,沉吟至今。

呦呦鹿鸣,食野之苹。

我有嘉宾,鼓瑟吹笙。

明明如月,何时可掇。

忧从中来,不可断绝。

越陌度阡,枉用相存。

契阔谈宴,心念旧恩。

月明星稀,乌鹊南飞。

绕树三匝,何枝可依。

山不厌高,海不厌深。

周公吐哺,天下归心。

　　月色如水,歌声如诉。一代枭雄曹操在《短歌行》中抒发的豪迈苍劲的风云之气,强烈地撞击着张浚和他的属下的心胸。史正志神情镇定了,叶衡神情振作了,赵彦端的神采呈现了皇族特有的矜持,韩元吉的眉宇间又浮起了诗人的潇洒,严焕的神态又恢复了昔日的严谨,疾病缠身的张孝祥也显得双眉伸展了。他们都似乎不再沉沦于符离兵败的羞愧绝望,而是对这次难说难诉的符离兵败的原委,兴起了不甘心、不气馁的追觅探索。他们纷纷把目光投向年老的张浚,尊敬的长者似乎正在沉浸于《短歌行》城楼上下歌女们情意相融的唱和中,须发上颤动的苍凉消失了,眸子里显露的失落隐没了,弯曲的身板突地挺直了,昔日军人的风采和威严曤地硬朗朗地显现在须发间、眼神里、神采上。人啊,总得有一股"对酒当歌"的豪气豪情啊!

　　月色如水,歌声如诉,情意隽永,惹人深思。一代枭雄曹操在《短歌行》中抒发的思贤如渴的真挚情怀,强烈地震撼着张浚及其属下的灵魂。他们原本都是文人,都是进士出身,都是怀着强烈的"志在中原""恢复故疆"的追求,走出朝廷"重文"的高贵殿堂,走进了朝廷"轻武"的卑下境地,他们都被军旅中的官兵视为"兵家""贤人",他们又作为军旅之人而渴望"兵家""贤人"能够强化军旅。他们对曹操在《短歌行》中抒发的"思贤若渴"有着强烈的共鸣，联系到眼前的实际遭遇和对张浚的特殊情感，他们的思绪变得更为复杂了。

此时的张浚全然沉浸于《短歌行》所抒发的"思贤若渴"和自己亲历的感受中："自己原是一个位卑人微的文臣，任职枢密院编修。建炎三年（公元1129年）三月五日，在'行在'杭州发生了惊骇天下的'苗刘兵变'。御营统制官苗傅和御营右军副都统制刘正彦以'清君侧'为名，杀掉了同签书枢密院事王渊（字几道），劫持皇帝赵构和隆裕太后，囚禁于显忠寺，勒令赵构禅位于太子旉（时年仅二岁），并改年号建炎三年为明受元年。朝廷群臣噤若寒蝉，屈而从之。时自己血气方刚，潜至平江，以礼部侍郎之名义起而抗争，倡议勤王，得军中兵家贤人韩世忠、刘光世等人的响应，杀回杭州，平息了政变，遂使赵构复位。赵构奖励忠贞，除自己知枢密院事，并出任川陕宣抚处置使。自己由一个位卑人微的文臣，一跃而为一方军旅统帅，如此鱼跃龙门之遇，无他，乃军中兵家、贤人相助而成。军中兵家、贤人，终究是决定着国家社稷之安危啊！建炎四年（公元1130年）八月，金兵统帅完颜宗弼偕所部娄室，韩常二路兵马二十万人，入侵关中，企图占据西安，进而攻取四川。自己以川陕宣抚处置使之职，居邠州大营檄召熙河经略使刘锡、泾原经略使刘锜、权永兴军经略使吴玠、秦凤经略使孙渥、环庆经略使赵哲五路兵马四十万人迎敌。因自己陌生于军旅，且不识战场用兵之妙，其迎敌方略，全赖军旅出身的刘锡、刘锜、吴玠筹划，并决定与金兵决战于富平地区。九月二十四日，决战打响。秦凤路经略使孙渥以五万精兵阻击金将韩常所部三万兵马于富平城东高阜关隘，激战竟日，金将韩常中矢伤目，后撤十里扎营避战；泾原经略使刘锜，以五万兵马阻击金将娄室所部五万兵马于富平城北芦苇泽地，以强弓利箭重创金兵，泽地水为之赤；熙河经略使刘锡、权永兴军经略使吴玠、环庆经略使赵哲，各率所部五万兵马迂回北进，直逼王寮镇金兵大营，并展开凶猛猛烈的围攻，使金兵统帅完颜宗弼陷于重围，我军胜利在望。战场风云莫测啊，恰在此时，富平城北的金将娄室知前进无路，遂扭转马头，以四万拼死之兵,冲向环庆经略使赵哲。赵哲其人亦位卑文臣,性聪颖,博学多智,亦有胆识,因勤王有功而迁居军旅高位,但不知征战,不知战场之险恶,更不知战场血肉相搏之残酷,在金兵疯狂的冲杀呐喊中,蒙了,呆了,傻了,在数十骑随从心腹蜂拥下,竟失去计算,弃阵地而逃,其所部将领效尤,各自率部逃逸。可怕的战况逆转啊!一人之失,牵动全局诸军大溃。完颜宗弼乘势反击,几个时辰之后,富平失守,邠州告急,自己胸无应变之策,怒斩赵哲,仍不能制止败退之势,赖军旅出身的刘锜、刘锡、吴玠全力佐助,才制止了金兵的进攻,才保住了自己头上'川陕宣抚处置使'这顶衔头。富平之败感悟至深:无论官位高低,无论天资贤愚,不经过几年的战场历练,骨头终究是酥软的;只有经过战火烽烟历练的汉子,在关键时刻,才能砥柱于中流啊!"

随着歌女们轻声低唱《短歌行》的婉转跌宕,张浚的神情,由深思而凝重,由凝重而怅惘,由怅惘而慷慨悲凉。他的心志思绪,似乎与魏武帝曹操在《短歌行》中的心志思绪相通了、融合了——

"忧思难忘"啊,大宋军中的兵家贤人韩世忠、刘光世,凄凉地消失了;岳飞、张宪,凄惨地消失了;刘锜、吴玠,含恨含悲地消失了,连一个名不显赫、语不惊人、功不震主、在这次战争中一日一夜连取三城的李显忠也消失于潭州了。

"悠悠我心",如今大宋军中的猛士何在?除了海州的魏胜、泗州的陈敏、濠州的戚方、六合的郭振、楚州的李实之外,也就是眼前的孝祥、正志、叶衡、彦端、元吉、严焕了。他们现时虽然够不上军中的兵家、贤人,但愿今后的军旅生涯,能够把他们造就成精忠报国的岳飞、韩世忠、刘锜、吴玠。

"周公吐哺",这是一个即将消失的年老军人至诚至切的希望。

他举杯站起,和着管弦曲音高吟:"孝祥安国,文坛上的战士,战场上的谋臣。你的词作,拉开了这次符离之役的序幕;你的筹划,演出了这场战争一日一夜连取三城的奇迹。就是在符离兵败之后,你卓有远见的筹划,很快稳定了我军的阵脚。我感谢你啊!

"正志致道，'无事都钱塘，有事幸建康'伟大国策的创造者。谶语有灵啊，这次符离之役把你从临安'幸'到了建康，承担了马步军都总管的重任。这场战争从我方来讲，打的就是你啊，你训练的士卒，你演练的战法，你培养的士气。你的辛苦操劳，已在战场上得到了可歌可泣的展现。只是由于我的年老昏庸，用人不当，毁掉了一场原本可以获得胜利的战争。我感谢你，我向你致歉啊！

"叶衡梦锡，仿营田制的创造者和实施者，我朝农事粮秣的专门家。这场战争十多万兵马，吃的原是你啊！你居军马田粮总领之职，使十多万人的军队兵强马壮、粮秣充盈，谈何易啊！就是在十三天的战斗中，你措置的江淮民兵，推车挑担，随军前行，保证了战场的吃穿打用，功莫大焉。此战虽败，你的作为和功绩将永远留在十多万将士的心里。我感谢你啊！

"彦端德庄、元吉无咎、严焕子文，在这场战争的攻防实施中，我依靠的就是你们啊！你们或为宗室贵胄，或为名臣后裔，或为文坛名士，为了这场战争的胜利，亲历战场，各负其责，各尽其职，或与将领并肩，祸福与共；或与士兵同行，出生入死。我之所见，不唯有文人之豁达潇洒，更有着军旅将士的刚毅坚忍。我向你们致敬啊！"

张浚举起酒杯，以悠悠之心，悠悠之情，向他的属下敬酒。

斯文有传，师酒敢饮耶！赵彦端、韩元吉、严焕等人同时站起，举杯向张浚行弟子之礼，和着管弦曲音而歌：

> 对酒当歌，人生几何？
>
> 譬如朝露，去日苦多。
>
> 慨当以慷，忧思难忘，
>
> 以何解忧？唯有杜康。
>
> 越陌度阡，枉用相存。
>
> 契阔谈宴，心存旧恩。

歌罢,与张浚碰杯共饮,神情肃然。

斯文有传,师酒敢饮耶!史正志、叶衡举杯站起,向张浚行敬师之礼,和着管弦曲音而歌:

> 对酒当歌,人生几何?
> 譬如朝露,去日苦多。
> 慨当以慷,忧思难忘,
> 以何解忧? 唯有杜康。
> 明明如月,何时可掇?
> 忧从中来,不可断绝。

歌罢,与张浚碰杯共饮,神情怆然。

斯文有传,师酒敢饮耶!张孝祥举杯扶桌站起,向张浚深深一躬,以苍凉无力之声和着管弦曲音而歌:

> 对酒当歌,人生几何?
> 譬如朝露,去日苦多。
> 慨当以慷,忧思难忘,
> 以何解忧? 唯有杜康。
> 山不厌高,海不厌深。
> 周公吐哺,天下归心。

歌罢,神情凄然地与张浚碰杯共饮,终因体力不支,倾身而倒,赖身边史正志竭力保护搀扶,跌坐于椅,面色苍白,气短而吁。

张浚失声而呼:“孝祥,是我累你至此啊。”

张孝祥已是无力宽慰年老的长者,他含笑望着张浚,微微摇头。

聪明的柳盈盈,为了宽慰张孝祥病情折磨的身心,为了扭转赏心亭内怆楚凄凉的气氛,急令乐伎们管弦更张,率领歌伎们唱起张孝祥几个月前曾经震撼建康城的词作《水调歌头·猩鬼啸簹竹》。酒席间的史正志、叶衡等府衙官员神情一振,高声唱和,立即强化了歌声的雄壮激昂。

猩鬼啸簹竹,玉帐夜分弓。少年荆楚剑客,突骑锦襜红。千里风飞云厉,四校星流慧扫,萧斧剉春葱。谈笑青油幕,日奏捷音同。　诗书帅,黄阁老,黑头公,家传鸿宝秘略,小试不言功。闻道玺书频下,看即沙堤归去,帷幄笑从容。君王神武,一举朔庭空。

战歌是壮心的。酒席间的张浚神情一凛,心神似乎获得了极大的宽慰,他闭上眼睛,身倚椅背静听着、品味着,"玉帐夜分弓""谈笑青油幕"的帷幄筹划情状又浮现于心头。"风飞云厉""星流慧扫"的士卒雄姿又"日奏捷音同""一举朔庭空"的希冀期盼,似乎仍活跃在年老的胸臆激情中。

战歌是凌志的。酒席间的史正志、叶衡、赵彦端、韩元吉、严焕等人,浩气勃发,心中又沸腾起炽热的浪潮。他们举杯豪饮,以酒佐歌,心底蓦然地升腾起一种希望和寄托。寄托于张浚、陈康伯能够闯过难关东山再起,皇上能够真的"神武"于抗金北伐大业……

恰在此时,府衙当值官员手捧黄绫牒函,神情惶恐地闯进赏心亭,声音颤抖地急声禀报:"朝廷飞马送来紧急牒函……"

赏心亭上的人们,惊于当值官员的神情话语,顿时色变。

张浚似有所预感,曜地站起,厉声道:"讲!"

当值官员呈上牒函,期期禀报:"皇上谕示:罢张孝祥建康留守之职,即刻进入临安听审。"

张孝祥手中的酒杯脱落,"当"的一声摔得粉碎。他病弱的身躯也软绵绵地瘫倒在栏杆旁……

年老的张浚骤然间像是衰老了许多，他颓然地仰天呼号："君王神武啊！"

赏心亭的华灯灭了。

秦淮河的华灯灭了。

建康府衙的华灯灭了。

府衙内的官员们都在经受着朝廷贬逐风潮逼向建康府的折磨——

叶衡、赵彦端怀着揪心的惶恐，在府衙内客厅里，接待着送来"皇帝谕示"的使者。他们以美酒佳肴为使者接风，以违心的谦恭向使者求情——恳请使者放宽张孝祥进入临安"听审"的时限。

韩元吉、严焕怀着沉痛的惶恐，伴着郎中在张孝祥的住室里，护理着昏迷不醒的张孝祥。

史正志怀着焦虑的惶恐，搀扶着哀痛至极、步履蹒跚的张浚来到自己的住室。他怕哀痛至极的老人独居一室会增添寂寞忧伤，更怕老人经受不起这种追杀式的打击而出现意外。他为老人治茶解酒、谈笑解忧，殷勤备至。

张浚知史正志殷勤关切之意，心存感激，长吁一声，哀声而语："大宋不幸啊！从绍兴十一年(公元 1141 年)岳飞遇害、韩世忠罢官之后的二十年间，人心悲寒，人才凋敝，军旅更甚。各路统兵将帅，除京西制置使吴拱、荆南都统制李道、四川宣抚使吴璘这几位行伍出身的老兵外，其余几乎都是素不知兵的文臣，而且几乎都对军旅有着鄙视、厌恶、畏惧之心态。唯孝祥虽为文官，体单力薄，然志在中原，情亲军旅，对战地风云有着浓厚的兴趣，对战场上的两军相搏的奥秘，有着特殊的悟性。这次符离之战的筹划，展现了他在军旅上罕有的才智，我爱之、重之，实为未来希望之寄托。谁知命运多舛，天地悖扭，意外的'符离兵败'，毁掉了他的躯体；意外的'朝廷追杀'，毁掉了他的心灵。我哀孝祥之不幸，更哀军旅之后继无人啊！"

张浚的哀声吁叹和老泪滚落,强烈地撞击着史正志战栗的心,他突然想起两个月前由范若水亲自送来的、辛弃疾绘制的《顺昌之战图示》和建议书《论兵·分兵杀虏》,突然想起前日由江阴知府徐明派人呈献的辛弃疾的"奏疏"《论符离之战》,他强烈地意识到也许只有辛弃疾才能宽慰眼前这位老人怆楚凄凉的心。他急忙从书柜中取出《顺昌之战图示》和建议书《论兵·分兵杀虏》呈献于张浚面前,恭敬禀报:"张公于五月十二日渡江北伐,五月十四日,江阴签判辛弃疾派人以此《图示》和建议书呈献张公。时开战在即,学生怕干扰军务,未能及时呈达,今日面呈张公。"

语毕,史正志置《图示》于长案,点亮室内四角蜡烛,并悬挂琉璃明灯于长案上空,恭候张浚审视观赏。

张浚曜地站起,走近长案。

他原是顺昌之战的发起者、组织者之一,眼前的情景,勾起了他二十多年前沉痛无奈的心碎情伤啊!

"绍兴七年(公元1137年)十二月,金国调集三十万兵马,分四路南侵,以武力逼迫宋廷投降。西路战场,金兵主帅完颜杲率领兵马五万,据河中、同州欲攻取长安而南下;河南战场,金兵骠骑大将军李成率领五万兵马,据洛阳欲攻取临汝、颍昌而南下;中路战场,金兵都元帅金兀术率领兵马十万,据开封欲攻取陈州、顺昌而直逼建康;东路战场,金兵贝勒聂儿孛堇,率领兵马五万欲攻取海州、楚州而南下。时秦桧任宰相,据实权,行妥协投降之策,封杀岳飞'以襄阳为基地,联络河朔,乘其不备、长驱以攻中原'的奏疏,赵构为苟安求存,按照秦桧的谋划,'甘臣服、贬称号'地与金兵和议(第二次《绍兴和议》),向金朝称臣纳贡。时自己任尚书右仆射兼知枢密院事,与兵部尚书、枢密副使王庶,江西制置使李纲联署上疏,支持岳飞'长驱以攻中原'的主张,反对秦桧的妥协投降,在朝廷掀起一场激烈的斗争。结果李纲病亡,自己被贬出局,闲居永州,成了远离军旅的旁观者、牵肠挂肚的思念者、坐卧不安的问讯者。可圣心毕竟是莫测的,也许为了躲避'妥协投降'的恶名,也许为了保持'抗金北伐'的桂冠,也许为了安抚可哀的死者和可怜的贬者,在贬逐主战臣子的同时,竟意外地赞扬了岳飞'长驱以攻中原'的主张,并大张声势地指令残存于朝廷的王庶进行抗击金兵四路南侵的筹划。人间的事物果真是安危相易、福祸相生啊,绍兴十年(公元 1140 年)五月,金兵再次废弃和议,再次以四路兵马南侵逼迫朝廷投降,顺昌之战被迫按王庶的筹划打响,而且打赢了,反攻中原得手了,王师直逼故都汴京,金兵准备渡河北遁。可结果是:诏令班师,岳飞遇害,韩世忠致仕,刘锜罢官,王庶发配道州,胡世将调离军旅。自己远离朝廷,闲居永州,成了一个孤独的凭吊者,凭吊战场上胜利者的悲哀,忠耿坚贞者的冤情,军旅的不幸,以及执权者的荒唐和一个王朝的不可救药。”

张浚把目光投向第一组《顺昌之战战前态势图示》上,二十四年前积压于心底的抑郁情愫轰地喷发了:“这浓缩于七尺见方白绢上的万里山川、四大战场,呈现我宋军的雄威之势,壮烈心神啊! 四大战场上,吴璘部、胡世将部与金兵主帅完颜杲部的对峙,岳家军王贵部、牛皋部与金兵骠骑大将军李成部的对峙,刘锜部、张俊部与金兵都元帅完颜宗弼部的对峙,呈现出剑拔弩张、杀气腾腾的严峻阵势! 而刘锜主力的伏兵顺昌和岳飞主力的陈兵襄阳,使西起川陕,东至淮阳、楚州的整个战场,呈现出操之有术的自信。这就是王庶战略筹划的精妙所在!我更惊讶者,不仅是这昔日战场上精妙态势的再现,而是再现这种精妙态势的绘制者。辛弃疾何许人耶?一个顺昌之战打响时出生的孩子,一个对这场战争毫无所知的齐鲁汉子,一个奉表南下不到两年的归正人,竟能如此神奇地绘制出这场战争打响前的态势图示,而且鲜明准确地展示了王庶战略筹划精妙之所在。若非天生之才,孰能为之? ”

张浚把目光投向第二组《顺昌之战战斗过程图示》,他的思绪也随而融入当年艰苦卓绝的顺昌攻防战中:“顺昌城的攻防战打了二十七天, 守将刘锜将军以三万兵马和全城三万男女黎庶,据城堞与金兵周旋,以礌石、滚木、火罐、弓弩杀伤金兵数千之众,创造了大宋战争史上守城时日之最。在二十七天的攻防战中,金兀术五次增加攻城兵马,最后增至十三万之多,而顺昌城仍岿然不动,创造了大宋战争史上一座城池抗击敌军人数之最;在二十七天的攻防战中,刘锜把握有利时机,三次发起夜间出城奇袭,歼灭金兵精锐万余人,创造了大宋战争史上据城防守中主动出击死敌人数之最。顺昌城,一块磁石,吸引了金兵的主力;顺昌城,一座磨盘,磨损着金兵的生命、信心和时间;顺昌城,一条'栈道',掩护着岳家军的'暗度陈仓'。这是王庶战略筹划的'灵魂'。难能可贵啊!当年王庶运筹帷幄的精妙所在,竟被年轻的辛弃疾看到了,再现于人间了!"

张浚猛地揭去《顺昌之战战斗过程图示》,《岳飞反攻中原图示》展现在他的面前,红蓝箭头相搏的战场、漫天翻滚的烽火烟云、撼天动地的金戈铁马,使他的神采飞扬了:"这气势磅礴的图示,准确地再现了王庶顺昌之战战略筹划的高潮。西路战场,代表吴璘部、胡世将部的红色箭头,由兴元、长安直射金兵大营凤翔、武功;河南战场,代表岳家军张显部的红色箭头,由信阳直射金兵大营颍昌;中路战场,在顺昌城激战的同时,代表张俊部的红色箭头,由建康直射金兵辎重要地永城;东路战场,代表韩世忠部的红色箭头,由楚州直射金兵大营淮阳。八方呼应,天地合力,烘托着岳飞率领的北伐主力八万精兵,由襄阳出发,长驱千里,挺进中原。半个月内,以摧枯拉朽之势,收复洛阳、汝州、陈州、郑州等广大地区。同时,派遣梁兴、孟邦彦等将领,率部北渡黄河,联络太行山义军,相机收复失地,截断金兵的后方供应,策应岳家军北进。七月八日,岳家军与金兵都元帅金兀术决战于郾城地区,破金兵主力精锐'拐子马',取得了郾城大捷;七月十三日,再败金兵十三万于颍昌地区,射杀金兵先锋、金兀术的女婿夏金吾,阵斩金兵副统帅粘罕索字堇,进军朱仙镇,直逼故都汴京。"

张浚的目光凝固在这幅承载着大宋军旅荣誉和尊严的图示上,心潮澎湃:"天道不灭啊,二十二年来,随着岳飞的含冤被害,尘封泯灭的这场大宋战争史上最为辉煌的杰作,竟然被一个年轻的江阴签判辛弃疾用笔墨、才情、心血、胆识再现了、复活了。这是天道的有意安排吧？这幅图示分明是掌握了这场战争大量的、真实的资料形成的。在人亡事泯二十二年的今天，这个年轻的齐鲁汉子是如何获得这些的……他竟然获得了。想起来了，去年（公元1162年）正月上旬，这个年轻人代表山东义军首领耿京来到建康，商定南北应和进军中原谋略。据说，耿京这个决策南向的战略决策，就是这个年轻人提出的；去年正月下旬的一个晚上，虞允文曾以'岳飞再现'四字赞誉这个年轻人，并会见辛弃疾于赏心厅宴席间；去年八月间，朝廷曾转来这个年轻人的两份奏疏，一份是《论阻江为险须藉两淮疏》，一份是《议练民兵守淮疏》。当时粗略一览，亦觉新颖别致，但未细思，就放下了。此刻思之，这个年轻人确实不同凡响，而自己却以'官位''门第'看人，疏漏了英才啊！眼前这幅图示的展现，不就是这位年轻兵家才智、胆识、气度的流露吗？天道怜惜大宋，这个辛弃疾与王庶的心是相通的啊！这幅图示为什么要在符离之战打响前急急呈献？耐人寻味啊！只能有一个解释：辛弃疾身居江阴，却时时关注着即将打响的符离之战，他要借昔日'顺昌之战'王庶精妙的战略筹划鼓励我、提醒我、警示我……可惜我无王庶之才，而这幅图示又偏偏迟到了两日……"

张浚突然想到随这幅图示而来的辛弃疾的建议书，急忙转过身去，从几案上拿起建议书，坐于烛光下急切地阅览着：

……只缘虏人调发极难，完颜要犯江南，整整两年，方调发到聚。彼中虽是号令简，无此间许多周遮，但彼中人才逼迫得太急，亦显易变，所以要调发甚难。只有沿淮有许多捍御之兵。为吾之计，莫若分几军趋关陕，他必拥兵于关陕；又分几军向西京，他必拥兵于西京；又分几军望淮北，他必拥兵于淮北。其他去处必空弱。又使海道兵捣海上，他又著拥兵捍海上。吾密拣精锐几万在此，度其势力既分，于是乘其稍弱处，一收山东。虏人首尾相应不及，再调发来添助，彼卒未聚而吾已据山东。才据山东，中原及燕京自不消得大段用力,盖精锐萃于山东而虏势已截成两段去。又先下明诏,使中原豪杰自为响应……

张浚阅览完毕,闭目沉思良久,唏嘘而赞叹:"分兵杀虏之策,针对敌虏弱点而发,从实从简的战略决策啊!辛弃疾心智之深,目光之远,我不及啊!若早识辛弃疾此策,或可避免符离之失。可惜我已是桑榆之暮,无缘无福与这位年轻兵家相处相晤了。"

史正志在一旁看得清楚,辛弃疾呈献的图示和建议书确已排解了张浚心头的哀伤。他急忙捧出辛弃疾的奏疏《论符离之战》呈献:"张公,这是江阴知府徐明前日派人送来的辛弃疾上呈的一份奏疏,名曰《论符离之战》。"

张浚猛地抬起头来,史正志急语:"辛弃疾对符离之役有独特看法,与朝廷重臣所论截然不同。"

张浚语出:"念!"

史正志高声读起:

……臣负抱愚忠,填郁肠肺。官闲心定,窃伏思念:长久以来,对金战和之权,皆握于金兵之手,我只能屈而从之,例成被动挨打之势。燕山之和未几而京城之围急,城下之盟方成而两宫狩远。秦桧之和,反以滋逆亮之狂。彼利则战,彼倦则和,诡谲狙诈,我实何有?今日之"符离之役"乃为祖宗陵寝而发,为二帝复仇而发,为二百年境土而发,为中原吊民伐罪而发,一扫往日被动挨打之势,展现自信之姿、奋勇之姿、敢打敢拼之姿。今后对金之战,当以张浚德远为师,主动攻敌,勿坐而待敌之攻。

符离兵败,计其所丧,与秦桧之和相比,实癣疥耳。朝廷主和公卿,吠声汪汪,借机攻扞讨伐,或愚不知兵,或祸心作浪,徒见符离兵败之癣疥,而不知秦桧式之媚敌和议,乃自毁长城,祸国之根本,殃民之生命。臣窃谓恢复自有定谋,非符离小胜负之可惩。古人云:"不以小挫而沮吾大计。"臣之所论,正以此耳……

史正志诵读之声停落。

张浚呼号之声腾起:"天道不灭啊!石破天惊,字字雷动,扫我心虚,去我气馁,壮我肝胆,辛弃疾知我心啊,张浚此生别无所求了。致道,这份奏疏当立即焚毁!"

史正志惊诧:"张公……"

张浚的呼号声更显苍凉:"我要为大宋军旅保存一位天才的兵家,为北伐大业保存一丝希望。"

史正志一时转不过弯来。

张浚声情更切:"致道,这份奏疏上的每一个字都会成为招忌招谗的借词,都会成为招贬招杀的罪证。金人与朝廷和议的谈判中,以索地、岁币、称号、还中原归正人为四大先决条件,这份奏疏出现于朝廷,等于辛弃疾自投罗网啊!再说,去年年初,辛弃疾以五十铁骑夜袭五万金兵大营,擒拿叛逆张安国的壮举,威震天下,当时皇帝仅授以八品小吏的江阴签判,就是一种征兆啊!"

史正志恍悟点头,走向屋角点燃奏疏,高高举起,请张浚亲自验证。火焰升腾,张浚神情穆然,雪白的须发迎着升腾的火光抖动。他激情磅礴,声吼如雷:"天道不灭啊,为了圣上宣示的恢复大谋,为了黎庶心中不灭的北定中原,为了辛弃疾这份奏疏中唱出的大智、大谋、大略,我将于明日前往临安,以辛弃疾所论辨明是非,伸张正义,奋力拼争,死而后已。"

史正志手中的奏疏燃尽了,纸灰飞扬,飘向琉璃灯,飘向长案前白发苍苍的张浚。

十八 回光返照

张浚拖着衰敝至极的身躯和哀痛至极的心情，以军人败而不馁的姿态，在几匹随骑陪同下，跟随着传送"皇帝谕示"的使者，经过八天的鞍马颠簸，于十二月六日午后申时进入临安城宫城的东华门，受到执权宰相汤思退的心腹、知阁门事兼干办皇城司曾觌的迎接。

曾觌，开封人，时年五十四岁，以父荫补官。绍兴三十年（公元 1160 年）赵昚为建王时，曾觌任建王府内知客，充侍卫之职，亦为内侍迁转之阶；建王受禅当皇帝后，曾觌知阁门事兼干办皇城司，拱卫皇城，侦察民臣动静，是赵昚的亲信耳目。

此时的曾觌一身文臣装束，几分儒雅之气，与张浚热情地会晤之后，吩咐礼部官员带领张浚的随骑去东华门外的驿馆安歇，他亲自安置张浚于西湖赤岸的班荆驿馆。

班荆驿馆是临安城最为高雅、最为豪华的驿馆，是"北使到阙"安歇之所，主要任务是接待北国使者。

驿馆主事王抃，时年三十岁，为人机巧，善言辞，原是赵昚为普安郡王时的侍从，后为国信所小吏，去年出任班荆驿馆主事。张浚虽然曾为朝廷重臣，今日是首次涉足此处，颇有惶恐不安之感。

曾觌异常殷勤，亲自捧乳糖酒果以飨，并亲自酌龙团茶以敬，神情异常谦恭地说："请老将军在此处安歇消劳，万勿外出，皇上随时都可能召老将军进宫请教。"

张浚拱手应诺。

曾觌侧目吩咐侍候在旁的王抃道:"好生照顾张老将军,不得有任何差池!"

王抃俯首称是。

曾觌向张浚长揖告别,含笑而去。

曾觌知阁门事的气派,兼任干办皇城司的威风,使张浚骤然恍悟——自己已被曾觌软禁了。

在曾觌安置张浚于班荆驿馆的同时,汤思退急匆匆地走进了赵昚居住的福宁殿,内侍押班甘昇恭敬迎上。

甘昇,时年二十一岁,性沉静,有心机,赵昚为建王时,进入建王府任记事,深得信任。赵昚因内禅登基后,为福宁殿内侍押班。

甘昇悄声告知汤思退:"皇上现在书房,神情愠怒而冷峻。"

汤思退微微点头,放慢脚步,移至书房门前,门扉虚掩未合,目光穿缝隙望去,皇上果然端坐御案之前,倚椅闭目,蹙眉疾首,御案上散乱着的几份奏疏,一下子触动了他敏感的警觉:那是枢密院编修官朱熹上呈的奏疏吧?那是永康布衣陈亮上呈的《中兴论》吧?这就是皇上此时"倚椅闭目""蹙眉疾首"的缘由吧?该杀的朱熹!该杀的陈亮!汤思退心里急剧调整着应对皇帝询问的策略和巧妙整治张浚的办法,不自主地停止了脚步。

此时书房里的赵昚,确是因朱熹和陈亮的奏疏而"闭目沉思""蹙眉疾首":"这几个月来,符离兵败的重压和打击,主和朝臣的反扑和逼迫,朝廷有增无减的纷争混乱,特别是德寿宫太上皇冷脸冷目的训示、谕示和暗示,使朕一下子乱了方寸,失去了主见,失去了良知,自投罗网地成了符离兵败的罪魁祸首,成了是非不分、毫无抗拒能力的软弱昏君。汤思退借着太上皇的脸色、目光、口舌,通过朕的嘴巴、笔墨,亲自惩罚、贬逐了忠于自己的将领张浚、李显忠,贬逐了忠于自己的朝臣王十朋、王大宝、张焘、陆游、胡铨、汪应辰、刘珙等人,贬逐了忠于自己的中枢重臣陈康伯、辛次膺、虞允文,使朕成了名副其实的孤家寡人。汤思退还借着太上皇的脸色、目光、口舌,通过朕的嘴巴、笔墨,使他自己成了朝廷的主宰,使他的心腹爪牙曾觌、龙大渊、卢仲贤、王之望、钱端礼等人占据了朝廷要津,使朕成了由臣子们提线摆弄的木偶。什么'和议'?什么'中外欣然'?什么'幸得苏息'?不就是要朕割地予金、赔款予金、称金国皇帝为叔吗?屈辱啊,悲哀啊,德寿宫的乌云时时罩压在朕的头顶,使朕成了一个有名无实的假皇帝,难道还要朕认贼作父、称臣于金,做一个不知羞耻的儿皇帝、侄皇帝吗?就在这个时候,枢密院编修官朱熹的奏疏上呈了,永康布衣陈亮及其上呈的奏疏《中兴论》发解至京了,而且摆上了朕的案头,拯救了朕失落的灵魂,召回了朕沉沦的心志,在朕的心头掀起了强劲的急浪狂涛……朱熹在奏疏中发出的呼号使朕热血沸腾啊!'非战无以复仇,非守无以制胜。'明明白白、简简单单的治国真理。可这几个月来,朕却为这个简单的真理饱受屈辱!朱熹阐述的'攘外之道'启朕心智啊!'古先圣王所以攘外之道,其本不在威强而在德业,其备不在边境而在朝廷,其具不在兵食而在纪纲。'一针见血、一语中的的抨击!'德业'?朕的'德业'何在?'朝廷'?朝廷不是在备战,而是在妥协和议!'纪纲'?现时的朝廷还有纪纲吗?朱熹的谏言是电闪雷鸣,撼朕心神的。'愿开纳谏诤,黜远邪佞,杜塞幸门,安固邦本。四者为先务之急,庶几形势自强而恢复可冀矣!'善哉斯言,伟哉斯言,'邪佞'是谁?'幸门'何在?'邦本'为何?朕何尝不知,朕何尝不想'黜远''杜塞''安固',可朕此时是无能为力啊!陈亮上呈的《中兴论》,煌煌数千言,大义凛然,智略横生,砺朕心志,壮朕胆识啊!朕赞赏陈亮在《中兴论》中关于'北伐'必要性的论述:'臣窃唯海内涂炭四十余载矣,赤子嗷嗷无告不可以不拯,国家凭陵之耻不可以不雪,陵寝不可以不还,舆地不可以不复,此三尺童子所共知,曩独畏其强耳!'霹雳雷动之声,特别是在符离兵败之后,在群臣高唱和议之时,更显芒彩灿然。此情此志,与朕心相通!朕赞赏陈亮在

《中兴论》中关于'北伐'紧迫性的论述:'自古夷狄之强未有四五十年而无变者,稽之天时,揆之人事,当不远矣。不于此时早为之计,纵有他变,何以乘之?万一虏人惩创更立令主,不然,豪杰并起,业归他姓,则南北之患方始,又况南渡已久,中原父老日以殂谢,生长于戎,岂知有我?'切切倾心之语,沉沉深远之论,一介布衣胜过高冠公侯。此情此志,亦与朕心相通啊!朕赞赏陈亮在《中兴论》中关于'朝政改革'的论述:'今宜清中书之务以立大计,重六卿之权以总大纲,任贤使能以清官曹,尊老慈幼以厚风俗……立纲目以节浮费,示先务以斥虚文,严政条以核名实,惩吏奸以明赏罚,时简外郡之卒以充禁旅之数,调度总司之赢以佐军旅之储……中兴之功可跷足而待也。'切切实实的见解,崇尚实情的谏奏,中兴社稷之策,朕乐于听闻,乐于施行啊!朕更赞赏陈亮在《中兴论》中关于'攻守进取之道'的论述:'夫攻守之道,必有奇变,形之而敌必从,冲之而敌莫救,禁之而敌不敢动,乖之而敌不知所往,故我常专而敌常分,敌有穷而我常无穷' '至进取之道,必先东举齐,西举秦,则大江以南,长淮以北,固吾腹中物……襄汉者,敌之所缓,今日之所当有事也,控引京洛,侧睨淮蔡,包括荆楚,襟带吴蜀,沃野千里,可耕可守,地形四通,可左可右' '朝廷以移都建康,且建行宫于武昌,以用荆襄,以利中原……'雄论纵横,气盖山河啊!陈亮甫胸藏甲兵,有绛灌之才,虽为布衣,堪称国士,朕当虚席以待,请教释疑!"

赵昚猛地睁开眼睛,欲传旨召见陈亮,汤思退在门外高声请见,并随声起而推门闯入,疾步趋前,匍匐于御案前,高声禀奏:"臣汤思退叩见圣上。"

赵昚似乎沉梦乍醒地愣住了,他心目中的陈亮倏然消失,御案前跪伏昂首的汤思退,睁着一双圆圆的眼睛,嘲笑似的盯着他,他周身一凉,突然感到一股森冷之气逼来,心神有些紧张了。

汤思退的禀奏声适时再起,猛烈地撞击着赵昚紧张的心神:"禀奏圣上,今日午前,太上皇召臣进入德寿宫,神情忧郁地询问枢密院编修官朱熹和永康布衣陈亮上呈奏疏的情状,臣据实禀奏。太上皇谕示:'当此符离兵败之晦气方消、宋金和议之热风方起、中外欣然、幸得苏息之际,朝廷安定高于一切,对挑动朝廷纷争的一切杂音,当严加管束,勿使妖惑成灾。'太上皇训示:'枢密院编修朱熹,官居七品,也像那个名叫陆游的编修官一样,狂傲忘形,自视甚高,公然诋毁大政国策,亦当调离枢密院。'太上皇还教训老臣,身为朝廷宰执,当主动为皇上排解忧烦。臣遵太上皇慈恩训诲,已令御史台官员对朱熹上呈的奏疏,详加辨析,批驳其荒谬之论,其如何处置,臣听候圣上决定。对于陈亮,臣已按'不报'朝例,令婺州发解使押解布衣陈亮返回永康。"

赵眘目瞪口呆,几乎喘不过气来。他因朱熹、陈亮的两份奏疏而勃发的激情、壮心,刹那间粉碎了、失落了。他痛恨御案前这个阴险奸诈的臣子,痛恨这个倚恃太上皇而作威作福的小人,他心底一股屈而不服的报复念头萌生了……

汤思退在跪伏昂首禀奏中,看到了赵眘失魂落魄,在这可怜的失魂中,似乎流露出些许的不服和憎恨,他着意提高了声调,要用更为阴损的谋略,粉碎这个软弱皇帝的任何不满和反抗:"禀奏圣上,原尚书右仆射兼枢密使兼都督江淮东西路兵马张浚,已于今日午后回到了临安。"

赵眘听得真切,他急速地判断出汤思退此时的晋见是为处置张浚而来。他示之以神情恍惚,似无反应。

汤思退加重了禀奏的语气:"臣已令曾觌安置张浚于班荆驿馆,并令驿馆官员好生款待。"

赵眘听得真切。他震惊地感到,张浚此时已被汤思退软禁了,他仍示以昏庸愚钝:"张浚回临安途中,鞍马劳顿,身体可好?"

汤思退的神情话语变得沉重了:"禀奏圣上,据派往建康送去'谕示'的使者禀报,张浚奉诏进入临安途中,曾绕道进入建康府衙。"

赵眘听得真切,故作惊讶:"哦……"

汤思退挺直了腰身,语气也显得神秘了:"据送达'谕示'的使者禀报,张浚在建康府与'进京听审'的张孝祥进行了密谈,并与建康府官员聚宴于赏心亭,还召建康歌伎唱和,公然为'进京听审'的张孝祥叫屈。"

赵眘听得真切,故作愤怒:"真有这样的事?"

汤思退急忙回答:"有,确有其事。据送达'谕示'的使者禀报,张孝祥在赏心亭酒宴中,饮酒过量,昏迷不醒。张浚借其酒醉,擅自决定张孝祥缓期'进京听审',故张孝祥违背圣上谕示仍滞留建康府衙。"

赵眘听得真切,以拳击案,离座起立而徘徊,呈现出无所举措之窘状。

汤思退的眸子随着赵眘的徘徊而转动,在为皇上解窘中实施着筹划已定的处置张浚的杀机:"禀奏圣上,张浚进京而绕道建康,或许是出于平息建康府官员因符离兵败而产生愤愤不平的离心之气;张浚为张孝祥'进京听审'缓解,或许有着为其属下承担罪责的义气考虑。臣奏请圣上,应尽早召见张浚,以释解张浚胸中的狐疑和不满,也许还会听到张浚关于符离兵败的'自劾待罚'。"

赵眘停步而询问:"卿的意思是要朕连夜召见张浚?"

汤思退急忙回答:"不!夜深矣,圣上当安歇了。臣以为明日早朝是圣上召见张浚的最佳时机,若张浚能'自劾待罚',不仅能使德寿宫太上皇担心的'朝廷纷争再起'从根本上消失,而且还可能得到朝廷群臣的谅解。"

赵眘发出了喜忧难辨的笑声,高声为汤思退的奏请叫好:"好,就在明日早朝召见张浚,朕要听听张浚的'自劾待罚'!"

汤思退叩头告退,发出了嘲讽难辨的笑声。

十二月九日的早朝照例在垂拱殿前举行,照例是一次有事奏请、无事退朝、重臣打盹、皇帝呵欠的无味答对。就在这群臣习以为常的无聊、无趣、无味的"照例"中,汤思退经过昨日夜间劳神焦思的串联、筹划,已安排了围剿张浚的周密阵势。

丹墀上照例摆置着御案御椅、罗伞扇屏,禁军侍卫拱卫而立,托出早朝的威严。但人们很少注意到,今天率领禁军侍卫的竟是汤思退的心腹、左武大夫兼枢密院都承旨、知阁门事龙大渊,而且是甲胄在身。他的具体任务是,在赵昚罪责张浚时,干净利索地拿下张浚,彻底扳倒朝廷主战派最后的一面大旗。

丹墀是百官聚集,依次而立,匆忙而混乱。但人们很少注意到,原兵部侍郎、现任参知政事周葵(字立义),谏议大夫尹穑(字少稷),参知政事兼同知枢密院事王之望(字瞻叔),使金通问使、淮西干办公事卢仲贤,户部侍郎兼枢密院都承旨钱端礼(字处和)等朝廷重臣,都袖藏弹劾奏表,情绪高昂地处于临战状态,时刻准备按照汤思退的眼色,向张浚发起猛烈的攻击。

而在工部、御史台、枢密院的官员行列里,有几位精明的中年官员,目不转睛地盯着工部侍郎张阐、右正言陈良翰、枢密院编修官朱熹。这被盯的三位,都是现时朝廷里屡屡于早朝中公开反对和议的死硬主战官员;这些奉命监视盯梢者的任务,就是在这三位主战人物意欲发言时,抢先开口,不给主战人物分秒散布谬论的机会,使张浚处于孤立无援的绝境。

突然丹墀下百官行列尾端的嗡嗡嘈杂声戛然停止, 人们惊讶地回头望去,曾觌率禁军士卒数人,陪着一位老者走来。老者须发皆白,形容清癯,步履沉重而蹒跚,神情沉郁而凛凛逼人。是张浚?是罢了官职,"自劾待罪"的张浚啊!人们在惊讶中看到张浚似乎是被禁军士卒看押而来,都惊骇失色地瞠目结舌、鸦雀无声了。朱熹、张阐、陈良翰几乎是同时跨出行列欲迎接张浚,早朝卯时的钟声恰在此时敲响,赵昚在钟声中,由汤思退等人护卫走出垂拱殿,走向丹墀,群臣急忙依次归位,庄穆跪拜,高呼"皇上万岁"。把孤零零就地跪倒迎接皇帝圣驾的张浚,留在丹墀下宽阔的夹道上。

丹墀上身倚御椅的赵昚,一眼就看见了夹道上孤零零的跪拜者,也看出了其人就是他半年来经常思念的张浚,心里陡地感到一阵悲凉。他忍着心头的酸楚,佯作不知地放声询问:"跪于丹墀下夹道上者,何人耶?"

侍立身边的汤思退急忙高声禀报:"禀奏圣上, 其人是原尚书右仆射兼枢密使兼都督江淮东西路兵马张浚。"

赵昚听得出来,汤思退的高声回答,主要是唱给丹墀下群臣听的,也是为侮辱罢了官职的张浚而发的。他提高嗓音再次询问："是符离兵败后'自劾待罪'的张浚吗？"

汤思退高声回答："禀奏圣上，正是此人。"

赵眘道："宣原尚书右仆射兼枢密使兼都督江淮东西路兵马张浚阶前跪见！"

汤思退似乎是情急忘形，忘记了皇帝身边的宣谕官的存在，竟然不顾宰执身份高声宣诏："诏原尚书右仆射兼枢密使兼都督江淮东西路兵马张浚德远阶前跪见！"

汤思退接二连三地高声唱着张浚被罢去的官职的侮辱，更坚定了张浚拼死一搏的心志，他高声唱赞"谢圣上隆恩"，接着挺身站起，大步行至丹墀前跪倒，昂首禀奏："臣原尚书右仆射兼枢密使兼都督江淮东西路兵马张浚叩见圣上，敬祝圣上万寿无疆！"

赵眘凝眸打量着阶前跪地禀奏的张浚：须发白了，形容瘦了，腰身弯了，比起九个月前奔往前线的形容衰老多了。这都是朕近几个月来不智不勇地向主和重臣妥协退让造成的恶果！朕后悔而难以明言啊！张老将军，你能给朕以智慧、力量、支持吗？他故作疾言厉色地开了口："张浚，别来无恙？今日早朝，朕要听一听符离兵败你'自劾待罪'的供词！"

"供词"二字，雷霆般地调动了百官们紧张沉闷的神经，丹墀上的汤思退，神情昂扬了；干办皇城司龙大渊，面呈杀气。丹墀下的百官，神情肃穆了。主和派官员周葵、尹穑、王之望、钱端礼等人都竖起了耳朵，捕捉着张浚供出的每一句话，以便作为定罪的证据；主战派官员朱熹、张阐、陈良翰等人都振作了精神，时刻准备声援张浚。

张浚此时被皇上说出的"供词"二字弄蒙了，震怒了，思路突然滞碍，神情激越而难以冷静，紧急时，已被焚毁的辛弃疾的奏疏《论符离之战》忽地浮上他的心头，他借着辛弃疾的才智，挺身怒目，放声答对："禀奏圣上，臣张浚的供词是：符离之战乃为祖宗陵寝而发，为二帝复仇而发，为二十年境土而发,为中原吊民伐罪而发,何罪之有?而且,一扫几十年来宋金战守中的被动挨打之势,展现了我军自信之姿、奋勇之姿、敢打敢拼之姿,改写了几十年来战和皆操于金人之手的历史,其功大焉!"

张浚这异常强硬的答对,惊骇了早朝中所有的人,所有人都蒙了。

赵眘却心神一振,几乎叫出声来:张浚关于符离之战必要性的论述,与陈亮的论点何其相似乃耳,英雄所见略同啊!他突然感到自己的胸腔也胆壮气顺了,便佯作愤怒地放声询问:"奇异的煌煌之论啊!如此说来,连你的符离兵败也是有功吗?"

张浚依然挺身昂首,以强硬的姿态答对:"禀奏圣上,符离兵败丧师辱国,臣为主帅,自然有罪。但细作辨析,符离兵败,败于将领临阵失和,而非败于战略筹划有失。且兵败符离的第二天,战略筹划中的二线军旅,海州陈胜、泗州陈敏、濠州戚方都及时投入战斗,阻击了金兵的南下,很快扭转了战局。圣上明察,符离兵败确有损失,损兵几万,丢失已夺得的城池三座,损失粮秣辎重以十万计。但与秦桧弄权时与金人的和议投降的损失相比,实癣疥耳,且有实质上的区别。朝廷主和公卿,对符离兵败的损失吠声汪汪,对秦桧和谈误国的损失国格,损失土地,损失财物却只字不提,这种自毁长城之举,不是愚不知兵,就是祸心作浪。"

张浚强硬激越的答对声在垂拱殿前滚动着,百官们都瞠目结舌地静听着。主和派官员震慑于张浚的铮铮声威,心神打怵了:毕竟是一方统帅,不同于参知政事辛次膺的实诚,道不同就主动请辞让位;更不同于尚书左仆射陈康伯的清高,耻于与汤思退争斗就一走了事。张浚是军人,是临危不惧、视死如归的主儿,眼前的情状就是证明,是千万惹不得的。主战派官员震撼于张浚的磊落坦直,心神沉重了:毕竟是一方统帅,有胆量,有担待,有拼死一搏的豪气,但在这皇帝昏庸、奸佞操权的朝廷,这种忠心赤胆的将帅的归宿,只能是凄惨的风波亭。

此时的赵眘神情激越,双眉飞扬。张浚的铮铮言论,使他惊讶,使他激动,使他感到亲切而合乎情理,似乎是心灵相通地说出了他的所想所思。张浚如此这般地辨析符离兵败的得失,替朕出了半年来憋屈在胸中的窝囊气啊……

此时的汤思退已愤怒与悔恨杂煎于心胸:愚蠢啊,低估了张浚这个气数将尽的对手!愚蠢啊,选错了时间,选错了地点,竟给这个对手提供了一次君臣会晤的时机和一个展示其才能的舞台!他咬紧了牙关,抽紧了腮帮,紧锁着眉头,用仇恨的目光向丹墀下的卢仲贤、王之望发出了攻击的号令。卢仲贤、王之望同时跨出行列,直奔阶前张浚左右,成夹击之势地跪倒欲奏。

张浚在挺身昂首禀奏中,时刻注视着丹墀上皇帝身边汤思退的反应,汤思退因仇恨而变形的面目,他看得真切;汤思退怒目发出号令的伎俩,他看得明白;当卢仲贤、王之望同时出现他的左右时,他真切地感到威胁的逼近,他转眸一扫,竟是自己熟悉的卢仲贤和王之望,便扭转话头,向卢仲贤和王之望发起了先发制人的打击:"禀奏圣上,臣奉诏回京,途中闻各州府官员士民传言使金通问使卢仲贤至宿州,金兵统帅仆散忠义惧之以威,卢仲贤惶恐失节,依从布萨忠义之意而划定四事:其一,欲通书称叔侄。其二,欲得唐州、邓州、海州、泗州四地。其三,欲岁币银绢之数如旧。其四,欲归彼叛臣及归正人。圣上明察,'通书称叔侄',圣上的名分何在?国家的名分何在?'欲得四州',祖宗的陵寝何安?'欲岁币银绢之数如旧',我百姓之民脂民膏,金人欲壑难填啊!'欲归彼叛臣及归正人',民心士心不可失啊!如此辱国无状,奸狡多妄之徒,难道不应当严惩吗?"

卢仲贤原为淮西干办公事,曾是张浚的属下,在张浚声色俱厉的斥责下,早已耷拉了脑袋。

张浚及时地将弹劾声讨的矛头指向王之望:"知参政事兼同知枢密院事王之望充金通问使,其辱国欺君行径,更甚于卢仲贤。他出使宿州,会见金兵统帅仆散忠义,竟欺君妄为,许割唐州、邓州、海州、泗州于金人,使仆散忠义不折一兵一卒而取得四千里要害之地。何其丧心病狂啊!并以妥协投降的言

228

论,泛滥于朝廷。其论曰:'窃观天意,南北之势已成,未易相兼,我之不可绝淮而北,犹敌之不可越江而南。'圣上明察,这种不知是非,不知强盗的糊涂通问使,还不应当撤职查办吗?"

王之望神情惶惶,木呆地望着丹墀上的汤思退求救。张浚不等汤思退做出反应,立即向汤思退影射而去:"圣上明察,据说王之望这种媚敌卖国的言论,竟然得到朝廷某些重臣的赏识。这种荒唐现象的出现,确实有着可怕可悲的原因。秦桧主和,阴怀他志,卒成前年之祸,八年来,秦桧的卖国大罪未正于朝,致使其党羽复出为恶。乞圣上明而鉴之,铲而除之。"

张浚这最后的一搏,直击汤思退的要害,百官的神情骤然紧张,千百只似电的目光在同一时刻"唰"的一下,一齐投向汤思退。汤思退在群臣的目光共指中,急了,火了,暴怒了,发疯似的趋前欲争。赵昚机敏地以厉声呵斥张浚"住口"的决断,堵住了汤思退的嘴巴,随即发出第一道诏令:

> 和议之事,当审慎进行。索地、岁币条款,可再作商议;名分、归还归正人条款,断不可行,朕不愿自取其辱,朕不愿失去中原士民之心。着通问使卢仲贤、王之望切实施行。

主战派官员茫然也,泄气了,张浚激越的禀奏落空了。

主和派官员抒气了,活跃了,皇上驳斥了张浚的奏请,和议之事再次占据上风,连汤思退仇恨变形的面目也恢复了正位。

卢仲贤、王之望死里逃生般地高呼"皇上万岁",叩头领旨。

赵昚发出第二道诏令:

> 罢枢密院编修官朱熹编修官之职,除武学博士。

主战派官员沉默了,伤心了,张浚激越的禀奏招祸了,他们更为不解的是,根本不知兵事的朱熹,竟然当了武学博士。

主和派官员兴奋了,交头接耳了,嗡嗡议论了:醉心北伐、思维缜密、议论激进的朱熹降职了,离开了枢密院,进入学舍,讲授他根本不懂的武学去了。这是半个月前朱熹猖狂答对于垂拱殿并呈献奏疏的报应啊!汤思退的双眉舒展了,但脸上依然是捉摸不透的严峻,他心里明白,太上皇的意志终究是决定一切的。

沉默的朱熹走出枢密院行列,走到阶前跪倒,高呼"皇上万岁",叩头领旨。

赵昚发出第三道诏令:

> 复张浚尚书右仆射、同平章事兼都督江淮东西路兵马之职。朕要强军备战,再次抗金北伐。

炸雷霹雳,群臣全都懵懂了。

张浚在似悟未悟的懵懂中高呼"皇上万岁",叩头领旨。

赵昚望着懵懂的汤思退纵声大笑,高声谕示:"汤卿,从现时起,你与张浚,携手处理朝政吧!"

汤思退仍在懵懂之中,他懵懂地跪倒叩头,在触地的刹那间,忽地恍悟了:"愚蠢的皇帝学会弄诈了,懦弱的帝王试图挺直腰杆了! 今日早朝,你愚弄的不是汤思退,而是德寿宫的太上皇啊!"

汤思退仇恨满胸,猛地抬起头来,用高昂近乎破裂的声音喊出:"臣汤思退,领旨……"

十九　晚霞沉没了

张浚仕途生涯的回光返照，给日益沉沦的南宋王朝增添了一抹光彩，唱出了一位矢志北伐的老兵生命临终前怆楚壮烈的挽歌。

隆兴二年(公元1164年)年节刚过，赵眘在张浚的鼓舞、筹划、奏请下，第二次掀起了中兴大业、强军备战的高潮。

正月六日，赵眘为了加强枢密院的职能，诏令工部侍郎张阐(字大猷)为同知枢密院事，诏令右正言陈良翰(字邦炎)任枢密院都承旨。

正月七日，赵眘为了加强兵部职能，诏令宗正少卿胡铨任兵部侍郎。

正月十日，赵眘为了稳定后方秩序，诏令湖北、京西制置使虞允文率领兵马，征剿广西作乱诸盗。

正月十五日，赵眘为了充实江淮都督府力量，诏令淮西招抚使李实、淮东招抚使王彦、吏部员外郎龚茂良(字实之)任江淮都督府都视军马。

正月二十日，赵眘下令赈济归正人，诏令全国州府、官庄、义田、寺院，以亲情友谊、钱粮用物切实优容南来的归正人，给其耕地，给其住屋，促其产生"归属"之感，加速其与当地黎庶之融合。

二月一日，赵眘借金朝无理扣押使金通问使胡昉事件，下令中止宋金"宿州和议"。汤思退以太上皇名义挑战皇帝权威："宗社大计，当禀奏太上皇而后从事。"赵眘予以痛斥："金人无礼如此，卿犹欲议和。今日形势，非秦桧时比，卿议论，秦桧不若。"明白无误地以秦桧喻汤思退，汤思退惊骇。

二月十日，赵昚下令调整北伐前沿重镇建康府的成员——

诏令建康留守张孝祥出知荆南府，建康城黎庶欢腾。因符离之战而积劳成疾的张孝祥不再是"进京听审"，而是升官调动了。

诏令建康府马步军都总管史正志出任建康留守。建康城黎庶欢腾，史正志接替张孝祥留守之职，顺理成章，天公地道。

诏令江阴签判辛弃疾出任江南东路广德军通判，以加强宁国、郎溪、广德一线的防守。江南东路广德军归建康节度使节制，建康黎庶欢腾，才得其用，智得其展，圣上英明啊！

三月一日，赵昚诏令张浚视师江淮，按其谋划，亲自组织实施战略上的"强军备战"。

回光返照的张浚似乎摆脱了一切羁绊，在只争朝夕的切实奋斗中，演出了一幕波澜壮阔的活剧——

他放手招徕山东、淮北忠义之士一万两千人充实建康、镇江两军，作为再次北伐的先锋部队。这些新招徕的义士大部分是去年辛弃疾夜袭济州金兵大营时召唤而回，却被朝廷遣散，沦落于淮北的山东义军士卒，都是家在中原的归正人。

他放手召集淮南壮士及江西群盗一万余人，充实万弩营，作为再次北伐的特种部队以攻坚陷阵，交付泗州守将陈敏统之，要求其严格管理，严格训练，务必去其山林匪气，成为纪律严明的精兵。万弩营新的气象出现，特别是六千名江西山林汉子的加入军旅，引起泗州军民的强烈关注。这些人原本都是青年农民，因反对贪官及苛捐杂税而聚啸山林，而且都能吃苦耐劳，并练就了一身博斗厮杀的本领。他们献身军旅，不仅改变了自己的身份，找到了生命的正当归宿，壮大了军旅的战斗力，而且安定了社会秩序。

他大胆地征用了符离之战中金兵投降将领萧琦。萧琦是契丹望族，其种族曾遭金兵暴虐杀戮，被迫屈于金人，与金人有着切肤之恨。张浚察其心头之痛，放手令其率领所部士卒五千余人，重返河朔契丹族居住之地，约为应援。萧琦感激张浚之义为,不负所约,以奇袭游击金兵于大河上下,金人患之。

他放手发动江淮黎庶百姓参加战场建设。凡战地要害之处,均筑建城堡,借民众之力,强化防守;凡水网地区,积水为匮,增置战船,出没芦荡以扰敌,扬我所长。

雷动江淮,威震四野啊!张浚的强军举措,立即引起了南北朝野强烈的关注和反应。

在大江南北,特别是在江淮地区,军民人等,欢呼雀跃。军营沸腾着操练声,校场滚动着厮杀声,江南各地的年轻归正人成群结队地奔向江淮军营,淮南壮士投笔从戎者络绎不绝。军威昂扬,民心振奋,"强军备战"切切实实地呈现出不曾有过的新面貌。

在淮北金兵大营里,金兵统帅仆散忠义和他的属下将领都被宋营出现的异常情状弄蒙了,惊呆了。宋营何时有过这等高昂的士气?他们一面调集兵马以防备宋军的突然进攻,一面派遣使者至临安,以"决战江淮"的架势向宋廷施加压力。

在临安,张浚在江淮战区的所作所为,已成为群臣议论的主要话题,赞成者多,反对者少,赞成者多为年轻位低的官员,反对者都是位高权重的大臣,特别是三个月来默不作声的汤思退。他看得清楚,张浚在赵眘的默许下,不断地强化军旅的地位和实力,全然是对朝制"重文轻武"明目张胆的挑战;召集大量的归正人进入军旅,全然是对朝制"重内轻外"别有用心的破坏;对江西群盗的招募入伍,全然是对朝制"有匪必剿"的公开背叛;特别是对契丹望族萧琦的率兵放归,全然是一种通敌卖国行径。其中的任何一条罪行,都是够得上杀头的。他想到两百年来皇室不可触动的家规和遗传给赵室子孙猜疑昏庸的心性,想到现时深居德寿宫的太上皇,该再一次修理这位心志宏远、胆小骨软的赵眘了,该不择手段地对付这个拿着生命作赌注的张浚了。

三月下旬,朝廷组成的三个犒劳军旅慰问团的活动,把张浚的"强军备战"推到了最高潮。这三个犒劳团分别由谏议大夫尹穑、户部侍郎钱端礼、知参政事王之望率领，分别犒劳采石矶、京口、泗州三地的驻军。他们以黄金白银犒劳"强军备战"的各营将领，以美酒肥羊犒劳辛苦操练的全体兵卒，以临安歌舞活跃军营生活，他们居高临下地代表着皇恩浩荡，并以"亲情友谊"走访各营的归正人、"淮南壮士""江西群盗"。无处不在的管弦歌舞三日不绝，直使得军营中的将领士卒，如坐春风，感激涕零。这种罕见的、热情的拥军活动，由采石矶、京口、泗州的最高将领派出飞骑急报盱眙的都督府，张浚和都督府的官员们，都惊喜地为朝廷重臣对"强军备战"的态度转变而欢欣鼓舞、放声叫好了。

在都督府官员欢欣鼓舞、放声叫好的同时，只有一个人冷着脸子，皱着眉头，默默地低头沉思着。他就是原吏部员外郎、现任都督府都视军马龚茂良。

龚茂良，字实之，福建莆田人，时年四十七岁，绍兴九年进士，入吏部任员外郎。其人性聪颖，头脑冷静，行事稳健。张浚喜而重之。

龚茂良也许由于长期供职于吏部，他熟知朝廷纷争的内幕，熟知朝廷风云变幻的莫测，熟知太上皇和赵眘父子关系中种种难于言明的隐秘，故对朝廷这次罕见的犒劳军旅活动心存疑虑，而且是越疑越虑，越虑越疑。

四月六日夜晚，他神情凝重地走进主帅张浚的军帐。张浚热情迎接，并亲自斟茶飨这位忘年之交。

龚茂良皱着眉头，捧茶作谢，坦然语出："张公，茂良近日常思我朝历史上抗击敌人南侵之状，有两件事例萦绕心头而不散。一是'景德之胜'，一是'靖康之祸'。"

张浚的神情专注了，举茶相应："实之有思，必有所得，恭请赐教。"

龚茂良无谦恭之语，呷茶一口，放下茶杯，郑重语出："'景德之胜'，本于能断；'靖康之祸'，在于致疑。"

张浚的神情凝重了，他敬重这位幕僚的思维敏捷，更敬重这位幕僚的处事缜密。"景德之胜"与"靖康之祸"的提出,引起了他沉重而认真的思索——

景德元年(公元1004年),辽兵大将萧挞览率兵十万南侵,朝廷重臣王钦若、陈克尧奏请真宗迁都南逃,群臣附和。唯宰相寇准力排众议,主张发兵抗击,真宗决断纳寇准之议,并率兵亲征,与辽兵激战于澶渊城下,重创辽军,射杀辽军大将萧挞览,遂成"澶渊之盟"。"景德之胜,本于能断",实中肯之论啊!

靖康元年(公元1126年)正月,金兵统帅完颜宗望率领东路军十万兵马,围攻汴京,军民强烈要求抵抗,太学生陈东、欧阳澈等聚众请愿,并歃血盟誓于宫门。钦宗迫于军民压力,起用主战的兵部侍郎李纲据城抗击金兵,重挫金兵势头,大长了军民联手守城的士气。但钦宗心怀猜忌,暗中掣肘,在佞臣黄潜善、汪伯彦的怂恿下,派遣使者向金兵呈"悔过书",声称"自太上皇与大圣皇帝,浮海结约,岁月已深,遂割燕云,恩义至厚,质诸天地,共著誓书,使聘交驰,欢盟无间。止缘奸臣误国,容纳叛亡,岁币愆期,物货粗恶,遂令信誓殆成空文,邻国兴师,职由于此"。并许割太原、中山、河间三镇及河北、河东大片领土,换得金兵于二月撤围离去。朝廷由致疑而丧心病狂,以"专主战议"的罪名贬谪李纲,诛杀太学生陈东、欧阳澈,自毁长城,尽失民心。是年十一月,金兵再度南下,金兵统帅完颜宗翰以东路军、西路军二十万兵马围攻汴京。此时的朝廷,长城已毁,勤王无师,汴京城破,钦宗请降。"靖康之祸,在于致疑",亦为中肯之论!

张浚仍在沉思中,龚茂良的质疑迎面袭来:"请问张公,我们眼前的处境,是类于'景德之胜',还是类于'靖康之祸'?"

张浚定神了,一时转不过弯来。是啊,三个月来江淮战区的形势变化太喜人了,战略筹划的实施太顺利了,军营中高昂的士气,特别是新召集入伍的归正人和江西山林好汉的高昂士气太鼓舞人了,这些新奇的现象,不都是皇上正确决断的所得吗?不都是类于"景德之胜"的展现吗?但这一切似乎得来的太容易了,容易得使自己心神不宁。

张浚的默而不语,使得龚茂良的言辞变得更为激烈了:"请问张公,朝廷三个犒军团的来临,真的是对我们三个月'强军备战'的肯定吗?这三个犒军团里为什么没有主战的官员参加?而率团的大臣,为什么偏偏是尹穑、钱端礼、王之望三人?而犒劳的驻军为什么不是与敌对峙的海州、邓州、唐州,而偏偏是采石矶、京口、泗州?"

张浚心头一凛,痛苦地闭上了眼睛:一个多月来,自己人在江淮,心在江淮,疏漏了临安的汤思退和他阴险的心肠,糊涂啊!该亡羊补牢了。

龚茂良见张浚仍默而不语,大声吼出:"张公明察,这三个冠冕堂皇的犒军团,都是对着新召集入伍的归正人来的,都是对着新入伍的江西聚啸山林的好汉来的,都是对着进入军营的淮南壮士来的。一句话,都是为了罗织张公的罪行来的啊!如今的朝廷,不会再有'景德之断'的。至高至上者已非大权在握的真宗,朝廷中枢已无忠耿敢为、矢志抗敌的宰相寇准。这种打着犒劳军旅旗号而阴行其事的决断,只怕又是汤思退与德寿宫合谋的杰作,是又一次名副其实的'靖康之疑'啊!尹穑、钱端礼、王之望何许人耶?他们是靖康年间的黄潜善、汪伯彦,是绍兴年间秦桧弄权岁月的万俟卨、何铸,他们都是颠倒黑白、罗织罪名、炼狱害人的高手。黄、汪在朝,李纲无功;万、何行狱,岳飞毙命。张公,茂良惧怕军旅中的归正人,将成为张公'容纳叛亡'之罪证;茂良惧怕军旅中的'江西好汉'将成为张公'招降纳叛'之罪证;茂良惧怕军旅中的'淮南壮士',将成为张公'居心莫测'之罪证;茂良更惧怕战略中的'萧琦之约'将成为张公'纵敌为患'之罪证啊!若果其如此,不仅张公三个月的创新之举成为泡影,江淮军旅的士气前程,都将遭受前所未有的摧残啊!当务之急,是以'景德之断'对付'靖康之疑'。请张公速回临安,以江淮备战空前热烈的壮举,鼓舞皇上中兴之志和北伐之勇,防止皇上因听谣诼而变卦。请张公速回临安,以景德年间宰相寇准磊落无畏的气概,面对群臣,理直气壮地赞扬归正人的忠义、'淮南壮士'的忠信、'江西好汉'的忠勇,以当仁不让、义无反顾的气势,堵住德寿宫太上皇的嘴巴。请张公以江淮备战的真情实况,批驳尹穑、钱端礼、王之望之流的诬陷谣诼,把反击的矛头直接对准汤思退,以'擒贼擒王'的气势,震慑朝中那些只知妥协投降的'和议迷'。"

张浚猛地睁开眼睛,忽地站起,放声称赞:"好!实之之论与我心通,我这就直奔临安!"

张浚的话语刚出,军帐外蓦地腾起一阵急促的马蹄声和嘈杂的马啸声,张浚、龚茂良惊诧,帐外夜值小校入内禀报,说朝廷来人了。

张浚疾步走出军帐,一队铁骑十余人,在月色中高喊着"圣旨到"的敕语,扬鞭策马,径直向主帅军帐冲来。张浚凝眸望去,是知閤门事兼干办皇城司曾觌。曾觌望见张浚,跳下马鞍,热情拱手,异常亲切:"张公,皇上有诏,命曾觌亲自送达。"

张浚愕然,急忙跪倒。

曾觌举诏,高声宣示:"皇帝诏令:召尚书右仆射、同平章事兼都督江淮东西路兵马张浚,入朝议事。"

张浚立即恍悟到厄运的降临,一切都晚了,来不及了。他声音苍凉凄楚地高呼:"臣张浚接诏谢恩。"

夜色茫茫,军营里响起了悲凄咽哑的号角声。

二十　张浚罢官

张浚随着曾觌于四月十八日午时回到临安城。他的两名随从仍去东华门外的驿馆安歇,他仍被"安置"在西湖赤岸的班荆驿馆。迎头得到的"接待",是福宁殿年轻的内侍押班甘昇适时送达的一道谕示:

　　罢江淮都督府。

"江淮都督府"这个机构轰地撤销了,这个机构的主帅自然罢去了,这个机构中所有的幕僚将领自然赋闲了。始料不及的"恩遇",张浚一下子蒙了。

福宁殿内侍押班甘昇望着骤然失神的张浚,微微摇头,神情怅然地离去了。

曾觌侧目吩咐侍候在身边的驿馆主事王抃:"好生照顾张老将军,不得有任何差池!"

王抃躬身应诺。

曾觌神态异常谦恭地叮嘱张浚:"请老将军在此处安歇消劳,万勿外出,皇上随时都可能召老将军进宫请教。"语毕,长揖告别,含笑而去。

一时懵懂的张浚,蓦地从曾觌临别的诡异"含笑"中发觉到一种隐秘的莫测,他的神志猛地清醒了。这迎头砸来的"谕示",不就是龚茂良所担心的"靖康之疑"吗?怒火在胸中燃烧,他感到一阵头晕,失控地跌坐在室内的软榻上,整个人似乎一下子全然瘫软了。

天空传来了雷霆霹雳的咆哮,顷刻间黑云漫卷。

雷声的霹雳,使张浚焦灼痛楚的心神振作了;雨声的淅沥,使张浚冒火烦躁的心神冷静了。他毕竟是几十年在战场上摔打的军人,经过瞬间的慌乱之后,他立即稳住了心志,做出了判断:此刻当务之急,是制止皇上的动摇,是鼓励皇上顶住德寿宫的压力,是挽救江淮战区三个月来切实的、有效的、别开生面的战备,是再一次坚定皇上"抗金北伐"的决心和信心。他曜地站起,落座书案前,展纸提笔,写下了他几十年来最短、最急切的一份奏疏:

臣尚书右仆射、同平章事张浚,荷恩深重,情急意切,请见圣上。

奏疏成,掷笔于案,封奏疏于夹袋中,高声唤来王抃,坦诚求助:"此奏疏急急,请主事即刻上呈大内,务必亲自呈交福宁殿当值官员。"

王抃深知皇上对张浚的特殊倚重。他慨然应诺,接过奏疏,冒雨奔向大内,并且忠实地交到大内福宁殿当值官员的手中。

"情急意切"的奏疏呈上了,心焦意乱的等待开始了。

一天过去了,两天过去了,三天过去了,大内音信杳无。枯坐驿馆的张浚,坐卧不安:难道奏疏被执权佞臣截获封杀了?福宁殿遍布着汤思退的耳目啊。为了冲破执权佞臣可能的封杀,更为了向皇帝表达臣下坐卧不安等待的忠诚,他再次书写奏疏:

臣尚书右仆射、同平章事张浚,荷恩深重,情急意切,二次请见圣上。

奏疏成,他再次唤来王抃,坦诚求助:"奏疏上呈三日,音信杳无,我心急啊!请主事再持奏疏进入大内,务必亲自呈交福宁殿内侍押班甘昇大人,请求他尽快呈献圣上。"

王抃似乎被张浚的神情感动,慨然应诺,接过奏疏奔向大内,并且忠实地把奏疏亲自交给了内侍押班甘昪。

坐卧不安的等待啊,四天过去了,五天过去了,六天过去了,大内音讯杳无。枯坐驿馆的张浚,消瘦了,憔悴了,心底怅惘了:难道皇上真的要改变"抗金北伐"的初衷吗?真的要抛弃"抗金北伐"的旗帜吗?皇上生性是软弱的,生性软弱的皇上更需要臣下的忠耿热血和铿锵胆气保驾护航啊!他第三次书写请见奏疏:

　　臣尚书右仆射、同平章事张浚,荷恩深重,情急意切,三次请见圣上。

奏疏成,他第三次唤来王抃,坦诚求助:"奏疏连连呈上,如泥牛入海,我惦念至切,身心将毁。乞主事三次操劳,再呈奏疏于大内,若能设法亲自呈奏疏于圣上书房案头,张浚将感激不尽,铭记五内。"

王抃仍以恭顺的态度待之,连连点头,以示同情张浚此时的处境,慨然接过奏疏,奔向大内,并且以昔日普安郡王府亲信侍从的身份,通过甘昪亲自呈张浚奏疏于福宁殿书房御案。

心身将毁的等待啊,二十天过去了,他第八次"请见圣上"的奏疏已上呈三天,大内仍然是音信杳无。枯坐驿馆的张浚,心寒了,意冷了,痛苦而百思不解:宫中究竟出了什么事情?汤思退又使出了什么阴招?德寿宫又传出了什么暗示?朝臣们都雌伏于汤思退的脚下吗?皇上真的要抛弃矢忠北伐的臣子?江淮战区现时的战备情状如何?金兵统帅仆散忠义和纥石烈志宁近日又有什么动静? 茫然不知啊,自己真的成了聋子、瞎子、呆子!

他呆坐案前,双手支撑着消瘦的面颊,两行老泪潸然而下,凭吊着堵噎在心头不屈、不服、不甘、不了的叹息和悲哀:"怀念往昔战场上挥师冲杀的岁月啊!那是意气风发的岁月,虽然有着屡屡的失败和种种的遗憾,但心志是昂扬的,希望是壮丽的,而且与自己并肩承受时代苦难的,有忠心报国的岳飞鹏举,有勇冠三军的韩公世忠,有威震敌胆的刘锜信叔,有骑射超群的吴玠晋卿。如今,他们成仁了,取义了,只留下一个孤独的张浚,在孤独中苟延残喘着……

"怀念往昔在朝廷与奸人秦桧相搏相斗的岁月啊!那是是非分明、惊心动魄的岁月,虽然最终是失败了,遭贬了,在欲诉无声、欲哭无泪中苦熬了二十年,但心志是壮烈的,希望是火热急切的,而且与自己并肩承受朝代苦难的,还有同心同志的陈公康伯、辛公次膺、洪皓光烈、洪适景伯、洪遵景庐、胡铨邦衡、张公元幹等忠耿之士。如今康伯长卿再次被罢官,次膺起季被迫致仕,洪皓光烈已病故雄州,元幹仲宗已消失于江湖,胡铨邦衡转蓬于国史馆编修、国子祭酒、兵部侍郎之间,再次遭忌遭疑,洪家兄弟景伯、景庐闲居朝廷,才不见用。只有自己忝居高位而动辄得咎,四顾无援,形影相吊,尸位素餐啊,是该默然消失了。"

年老的孤独,衰敝的孤独,更增加了孤独的凄苦。张浚毕竟是雄心未泯,他不甘心这凄苦晚年的折磨,心头蓦地涌现出军事生涯中最后一次筹划指挥的符离之役:"那是一场气势磅礴、功败垂成、苦涩难忘的战斗啊!由于自己的用人不当,招致了战场上的失败,招致了主和朝臣的弹劾围攻,招致了皇上抗金北伐决策的动摇,招致了主战官员的遭罚遭贬,招致了军旅斗志的低落。罪愆深重啊!身处被勘被审的境地,顶着无奈,耐着屈辱,失去了争辩的勇气,失去了抗争的信心,只能承受听天由命、任人宰割的惩罚。可护佑自己的'天',不是头顶上九重笼罩的烟云,而是战场同生共死的朋友孝祥安国、正志致道、叶衡梦锡、端彦德庄、元吉无咎、严焕子文等人,他们以战斗友情宽慰我,以青春锐气激励我,分担了我的痛苦忧伤;而帮助自己的'神',不是庙堂上权力无边的至尊,而是江阴城里位卑人微的签判辛弃疾。是他在短短的一道奏疏中,以高屋建瓴的兵家目光,剖析了符离之役的'精义'所在。震撼了自己,启迪了自己,拯救了自己,通过去年十二月九日垂拱殿前早朝中自己'借智借能'的强硬答对,也震撼了皇上,也启迪了皇上,也拯救了皇上。皇上再次高扬起'抗金北伐'的旗帜,并神奇地下达了名曰'视师江淮',实为'备战江淮'的谕示,为一个因打了败仗而听勘听审的罪臣,提供了一次夕阳晚霞的机遇,提供了一个完善其坎坷人生的最后舞台,这都是年轻的兵家天才辛弃疾之所助啊! 也许皇上'备战江淮'的'谕示'来得太神奇了。自己竟然忘乎所以地招募数以万计的齐鲁、淮北忠义之士进入军旅,并充实建康、镇江两军。这些忠义之士,几乎全是家在中原的归正人,这些归正人是一群不屈服于金兵压迫的硬汉,是失去家园故土、不畏艰难险阻的壮士,他们仇恨在胸,忠于大宋,忠于大宋皇帝,是最具有战斗力的一群,若加以教导训练,会成为军旅中的中坚骨干。当然自己也知道朝制祖制对待中原归正人之策是'疑而不用'。可这'疑而不用'的朝制祖制正确吗?不可通融变更吗?特别是在战场上。三个月前,皇上下诏'赈归正人',不也是一种对朝制祖制的通融变更吗?战争时期,战场之上,胜利高于一切。也许这次'备战江淮'机遇来得太宝贵了。自己竟然胆大妄为地招募江西六千余名接受招安的聚啸山林的好汉进入军旅,并充实万弩营。这些曾聚啸山林的'群盗',原本都是衣食无着、起而造反的青年农民,有着吃苦耐劳的本性,更因环境所使,都有着高超的武艺和强健的体魄,如今迷途知返,愿为国家出力,愿为抗击金兵南侵而拼命,若善加待之,善加教育,会成为军旅中能征善战的钢铁之军。战争是什么? 是刀剑相击,是血肉相搏,是生命相决,在这相击、相搏、相决中,王公贵族的子弟敢吗? 能吗? 愿意吗?学堂书院里文质彬彬的学子敢吗? 能吗?愿意吗? 醉心于歌场酒楼的俊男靓女敢吗? 能吗? 愿意吗? 浪迹于妓院、赌场的哥们、爷们敢吗? 能吗? 愿意吗? 只有这些衣食无着,敢以生命作赌、聚啸山林的汉子才能搏击战场上的风云啊!自己当然知道,朝制祖制对待聚啸山林的'造反者'是'杀无赦'。可这'杀无赦'的朝制祖制就不能通融变更吗?特别是在战争时期,为什么要在同一时期内前方杀敌、后方杀斩自己的臣民呢?为什么不可以招募这些迷途知返的雄武臣民奔上战场抗击侵略之敌呢?这不是犯傻犯呆吗? 几个月前,皇上下诏,命虞允文调兵'讨广西诸盗'的诏文中,不也有'重在招抚'四字吗?也许皇帝在'抗金北伐'国策上的高声叫卖太振奋人心了,自己竟然毫无顾忌地重用了金兵降将、契丹族首领级人物萧琦,并让其携带原有兵马五千人返回族居之地河朔,以偏师纵横于金兵背后。这完全是战略筹划的需要、结友对敌的需要、用兵制胜的需要,是战场上军旅主帅职权的正常运用啊! 自己当然知道,朝制祖制对待外族之策是'非我族类,其心必异'。可怕的'非我族类,其心必异',真是荒唐至极,完全是自缚手足。"

张浚思虑至此,心神一震,倒吸了一口凉气,联想到二十天来八呈奏疏而皇上拒而不见的诡异情景,时任吏部侍郎的长子张栻和时任承奉郎的次子张杓二十天来不见踪影、不闻声息的诡异情景,他心慌了,坐不住了,徘徊于室内,迅速做出了决断:闯大内! 见皇上! 陈述"江淮备战"的实情,阻止皇上因各方进谗在基本国策上可能出现的又一次动摇。他打开马夹包裹,取出朝冠朝服,披挂在身,凭借这一套标志着权位的行头,以保证他进入大内的畅通无阻!

他猛地打开房门,王抃快步跑上楼梯,急声禀报:"张老将军,内侍押班甘昇大人到。"

张浚诧异,驻足于住室门口。年轻的福宁殿内侍押班甘昇走上楼梯,行至张浚面前神情庄穆地捧出圣谕,轻声说道:"请张老将军接受圣谕。"

张浚急忙跪倒。

甘昇打开圣谕,高声宣示:

罢张浚尚书右仆射、同平章事。

一个"罢"字,在张浚的心头炸响了霹雳。他失神地伸出颤抖的双手,接过圣谕,叩头触地,高声唱赞:"臣张浚接旨谢恩……"

甘昇望着扑地不起的张浚,微微摇头,神情怅然地离去。

　　王抃望着扑地不起的张浚，一声叹息，转身快步送甘昇下楼去了。

　　张浚慢慢地抬起头来，他的目光似乎一下子浑浊了，他的头发似乎一下子全白了。

　　失神的张浚，在痛苦的折磨中，终于清醒地接受了这个担心的、不愿接受的荒唐现实：自己又一次被皇上抛弃了！"无官一身轻"的感觉又一次浮上心头，是该致仕离开朝廷与病恙缠身的老伴相濡以沫了，是该向懦弱、可怜、多变的皇上告别了。可在他这苍凉无奈的心底，他仍然惦念着懦弱的皇上眼前不可捉摸的处境。只可惜罢官之躯，无力护驾啊！他凄然地写下了"请求致仕"的奏表，并亲自投进登闻鼓院。登闻鼓院的当值官员知道他的处境，以处理特殊奏章的方式处理他的奏章，一刻不停地径呈福宁殿。

　　福宁殿音信杳无。

　　他惦念着江淮战区战备情状的莫测，但削职之将，无能为力啊！他含泪写下了第二份"请求致仕"的奏表，并亲自投进登闻鼓院。登闻鼓院的当值官员，同情他的遭遇，接过他的奏表，一刻不停地径呈福宁殿。

　　福宁殿音信杳无。

　　他惦念着建康、镇江军营里那一万两千名归正人的命运，可削职之将，已无力阻止啊！他泪滴衣襟，写下了第三份"请求致仕"的奏表，并亲自投进登闻鼓院。登闻鼓院的当值官员，理解他的心情，接过奏表一刻不停地径呈福宁殿。

　　福宁殿依然是音信杳无。

　　他惦念着万弩营六千名江西山林好汉的安危，惦念着敌后河朔地区契丹族首领萧琦及其五千兵马的艰难处境，惦念着建康府衙的朋友史正志、叶衡、赵彦端、韩元吉、严焕及调往荆南府的张孝祥等面对的莫测灾难。欲治其罪，何患无辞，株连之灾，惊心惊魂啊！他忍泪含悲地写下了第四份，第五份，第六份"请求致仕"的奏章，并亲自投进登闻鼓院。登闻鼓院的当值官员，赞赏他的执着，敬仰他的为人，接过他的奏表，一刻不停地径呈福宁殿。

福宁殿还是音信杳无。

他惦念着江阴签判辛弃疾和辛弃疾的前程：是否已调任广德军通判之职？是否要当作归正人处理？"木秀于林，风必摧之；堆出于岸，流必湍之；行高于人，众必非之。"削职罢官之老朽，爱莫能助啊！他连连发出"辛郎、辛郎"的呼唤，写下了第七份"请求致仕"的奏表，并亲自投进登闻鼓院。登闻鼓院的官员们，肃然列队于窗前向他致敬，接过他的奏表，一刻不停地径呈福宁殿。

福宁殿似乎已全然麻木了，音信杳无。

他惦念着他的长子张栻、次子张杓的命运："狂风吹我心，西挂长安树。"一个月来，不闻声息，不见踪影，心劳神碎啊！他泪水滂沱地写下了第八份"请求致仕"的奏表，并亲自投进登闻鼓院，就在他捧起奏表送进窗口的刹那间，他的两腿发软，体力不支，在挣扎中跌倒在窗前，昏迷不醒。登闻鼓院的官员们惊慌了，蜂拥而出，抬他进入室内，安躺于长桌之上，请来医生治疗。雇得街面轿车，将他送回班荆驿馆卧床休息。

张浚半月之内八上"致仕"奏表并昏倒于登闻鼓院的酸辛事迹，半日之内，轰动了临安城。

就在张浚昏倒在登闻鼓院的第二天卯时早朝之后，兵部侍郎胡铨马嘶萧萧地闯进班荆驿馆，探视因病卧床的张浚。驿馆当值官员惊诧惊骇，急忙禀报驿馆主事王抃，王抃急出"迎接"。不待王抃开口，胡铨以居高临下、不容置疑的口气吩咐："速于驿馆歌舞厅摆设酒宴，要上最佳的酒，要制最佳的肴，要请临安城最佳的歌伎、乐伎伴宴，要请张浚之子吏部侍郎张栻、承奉郎张杓及住在东华门外驿馆的两名随行侍役参加。"

王抃乃官场人物，他敏感的神经立即意识到朝廷对张浚的处理可能有变，遂立马应诺，在探得张浚已被皇帝加官为"少师"之后，便组织驿馆官员紧张地忙碌起来。

胡铨，字邦衡，号澹庵，吉州庐陵人，时年六十二岁，建炎三年（公元

1129年)进士。其人精明干练,有胆识,敢决断,重名节,以耿烈直言誉于朝,以抗金北伐为己任。建炎年间,金兵渡江南侵,他于赣州招募丁壮,抗击金兵,保卫乡里,甚得民心,并以功绩入朝,任枢密院编修官。绍兴八年(公元1138年),秦桧弄权,通敌议和,他上书怒斥秦桧罪行,乞求皇帝赵构杀斩秦桧及其党羽参政孙近、使臣王伦,声震朝野,被朝廷除名,编管新州,再贬谪吉阳军。秦桧死后,移居衡州;赵眘继位,起用于国史院编修官、国子监祭酒,现任兵部侍郎之职。近日,他以"今日和议若成,则有可吊者十;今日决绝和议,则有可贺者亦十"激烈论点,上书朝廷,旗帜鲜明地为罢官的张浚鸣冤,震动了朝廷,引起汤思退及其党羽的疯狂围攻,也震动了福宁殿里的皇上。昨日深夜,赵眘急召胡铨入福宁殿晋见,胡铨以为是"可吊可贺"的奏疏招祸,以"不避不阿"的耿介态度进入福宁殿,晋见皇上于御书房。愁眉苦脸的赵眘在接受胡铨的跪拜请安之后,赐座赐茶,根本不谈"可吊可贺"奏疏之事,却拿出张浚上呈的"请见圣上"的八份奏疏和"请求致仕"的八份奏表,交胡铨阅览。待胡铨阅览完毕,赵眘并不询问其所思所见,而是展纸提笔,写就一道诏令,付于胡铨。胡铨接过一看,其诏令是:

加张浚少师,任保信节度使、判福州。

胡铨鼻子一酸,泪水盈眶。圣上有情,保全了张浚啊!他离座跪倒,替张浚向皇上谢恩,他的话尚未出口,赵眘已是泪眼蒙蒙,怆然语出:"朕知张浚!朕敬重张浚!朕不信张浚有非分之想!他八次'致仕'之情,朕不忍批准、不能批准,也不敢批准啊!朕失信、失义、失情,只能保全他一个壮心不已的晚年。你替朕传达这份心意,并请他早日离开这是非之地吧!"

胡铨哽咽无语,叩头触地,泪珠滚落。他听得出来,这"非分之想"四字说明,确有人要置张浚于死地了。

赵眘忍痛闭上眼睛,泪珠滚落在胸襟。

胡铨走进张浚卧病的住室,见张浚仰面而卧,双目紧闭,双眉紧锁,面色苍白,气息微微,呈现出癯瘁衰敝之状。他心境凄然,趋步床榻前,亲切地唤了一声:"张公……"

张浚微微睁开眼睛,识得胡铨,眸子一亮,挺身坐起而未遂,仰跌在卧枕上,气喘吁吁。胡铨急忙坐于床榻边,以手抚之,张浚怆然而泪出,紧紧抓住胡铨的双手,凄声而语:"是邦衡吗?邦衡教我,我胸中疑窦累累,悲愤重重,如此不明不白地死去,心不甘啊!"

胡铨亦怆然而泪下。此时的张浚在近一个月含冤忍辱的挣扎之后,再也经不起任何恶言恶行的打击了,而此时他惦念、等待的信息,恰恰是汤思退蓄意制造的恶言恶行。隐而不提,瞒而不告,是对朋友的情义操行吗?在这即将分别的时刻,总不能让蒙冤受辱的张浚糊里糊涂地离开临安城,走向远离战场、苟且生命的福州城啊!看来只能先以皇上有苦难言的这道特殊诏令,维系张浚濒于毁灭的生命了。他强堆笑容,故作轻松地说道:"张公,胡铨此时来访,是奉圣上谕示而来。"

张浚的神情有些兴奋了。

胡铨的话语更现急切:"昨夜,圣上召我于福宁殿御书房,谈及张公,圣上有语:'朕知张浚!朕敬重张浚!'张公,圣上这般恩宠,至高至上啊!"他隐去了赵眘话语中"朕不信张浚有非分之想"这关键的一句,是怕张浚承受不了啊!

张浚的神情呈现惊诧之状,出语连连:"这是真的?这是真的吗?"

胡铨的话语更现真挚:"圣上以张公上呈的八份'请见圣上'的奏疏和八份'请求致仕'的奏表赐我阅览,足见圣上对张公心态举止的殷切关怀。"

张浚的神情呈现激越之色,目光中透出急切的关注。

胡铨的话语更现深沉:"圣上放声感叹:'这八份致仕之请,朕不忍批准,不能批准,也不敢批准啊!'遂御笔亲书诏令一道,着胡铨转示于张公。"

张浚的神情骤然凝重了。

胡铨取出皇上亲笔书写的诏令宣示：

加张浚少师，任保信节度使、判福州。

张浚闻声挺身坐起，慌悚出声："这……"

胡铨把"诏令"交给张浚："张公勿疑。这道诏令，圣上已于今日卯时早朝中，向群臣宣示了！"

张浚接过诏令，不及着履，面对大内方向跪倒，叩头触地，失声痛哭："圣上，臣张浚叩谢天恩。可臣真想知道，何以有眼前这猝然而至的朝政国策变更啊！"

胡铨急忙搀扶张浚落座于软榻之上。张浚拱手向胡铨请教："邦衡，请告知我这朝政国策猝然变更的真相。"

胡铨急忙端起几案上的茶壶为张浚斟茶解忧，但茶壶是空的，"失势茶绝"的官场箴言浮上心头，他凄然蹙眉，微微摇头，无奈地放下茶壶，唉声谈起："张公容禀，朝廷已决定用金银玉帛买和平了。"

张浚目瞠而不解："买和平？和平可买吗？"

胡铨苦笑作答："靖康元年（公元 1126 年），'靖康之议'成，钦宗不就是用金银玉帛买和平吗？绍兴八年（公元 1138 年），'绍兴和议'成，我们现时的太上皇不就是用金银玉帛买和平吗？绍兴十一年（公元 1141 年），第二次'绍兴和议'成，我们现时的太上皇，不就是第二次用金银玉帛买和平吗？前几日，汤思退已派遣宗正少卿魏杞、康湑等人出使金兵大营，要用更为昂贵的代价，从金兵统帅仆散忠义的手里买得和平，我们大宋将要在买来的和平中发达兴旺了。"

张浚哀声痛呼："前车之覆，后车不鉴，天亡大宋啊！和平是可以用金银玉帛买的吗？斑斑历史，全是血痕！邦衡，你还记得吗？靖康元年正月，金兵统帅完颜宗望率兵马六万围攻汴京，钦宗惊慌失措，弃李纲及其所部九万护城兵马不用,鬼迷心窍地派遣佞臣李邦彦赴金兵大营议和,以每年岁贡黄金五百万两、白银五千万两、绢帛一百万匹、牛马一万头,割让太原、中山、河间三镇高昂代价,换取金兵解围北撤,遂买得了和平。可这个买来的'和平',只有短短的九个月,金兵在收讫朝廷付于金银玉帛、牛马土地之后,于同年十一月,更以十五万兵马南侵,再次围攻汴京。钦宗不知悔改,仍派出使者愿以黄河以北的土地百姓和更多的金银玉帛购买和平,可此时金兵索要的,是大宋朝廷的性命。他们乘着飞雪发起攻击,几个时辰之后,汴京城破,徽宗、钦宗被俘,皇宫遭劫,京城轰毁,宋室南迁。钦宗买来的和平,原是家国的毁灭啊!邦衡,你还记得吗?绍兴八年用金银玉帛买得的和平,更是一场荒唐的闹剧。是年三月,金兵副元帅完颜昌(挞懒)废黜伪齐刘豫以后,扬言挥师南下的声威,使饱受战败流离的太上皇心惊胆寒,依照奸相秦桧的进言,派遣使者至金兵大营议和,成'绍兴和议':以宋对金纳贡称臣,岁贡白银二十五万两、绢帛二十五万匹,宋金以黄河为界的代价,换取金兵停步于江淮。算是买得了和平。可这次买得的'和平',仅仅只有两年,绍兴十年(公元 1140 年),金兵统帅完颜宗弼发动政变,杀掉完颜昌后,即废去'绍兴和议',出兵夺取陕西、河南,进军江淮,遇到岳飞、韩世忠、刘锜、张俊等将领的顽强阻击,特别是岳飞统率的八万岳家军,挺进中原,连战皆捷,消灭金兵主力,兵临故都汴京城下,呈现北渡黄河收复故疆之势。可朝廷金牌频发,下令各路兵马停战班师,自毁长城,并以'宋向金称臣,宋金间西起大散关,东沿淮河之线为界,宋割让唐州、邓州、商州、泗州、和尚原、方山原六地与金,宋向金岁贡白银二十五万两、绢帛二十五万匹',外加岳飞的性命、韩世忠的致仕、刘锜的罢官等血泪汪汪的代价,从金兵统帅完颜宗弼手中买得了和平。可这个'和平',是奴隶驯服的和平,是奇耻大辱的和平,是国库空虚、村落萧索、军心涣散、民心失落的和平,至今已有二十多年。可我们的朝廷还在重复地做着这个'用金银玉帛买和平'的荒唐梦。邦衡,此时我心之所急、所望、所挂牵者,是江淮战区的战备,是一万两千名齐鲁、淮北的'归正人'的情状和六千名江西山林好汉的命运啊。"

胡铨知道，张浚所牵所系的是这次朝政国策猝然变更的起因和爆点。该坦然地让这位年老衰敝的朋友知道江淮战区凄凉的现状了。他神情深重地开了口："朝廷为了早日买得'和平'，圣上已任命汤思退都督江淮军马，已任命太上皇的亲信殿前都指挥使杨存中为同都督，已任命通金使王之望和户部侍郎兼枢密都承旨钱端礼宣谕两淮。王之望、钱端礼出手阴毒，上表诬张公'飞扬跋扈，费国不资'；诬江淮战备是'名曰备守，守未必备；名曰治军，兵未必精'；上表罢去江淮战区守将、参政官张深、冯方等人，并下令停止了备战事宜，向金兵统帅仆散忠义传送了急切求和的信息。"

张浚皱着眉头、咬紧牙关静听着。

胡铨神情沉重地讲述着："王之望、钱端礼对两淮的'宣谕'是刀刀见血：建康镇江两地军营中张公招募归正人已被钱端礼遣散了；万弩营中张公招募的山林好汉已被王之望分批押回江西了。"

张浚悲愤难耐，紧紧地咬着牙关。

胡铨忍着愤怒讲述着："汤思退更加丧心病狂，下令罢筑寿春城，辍修海船，毁拆水柜，撤销海州、泗州、唐州、邓州之戍守。张公所行制的一切，均已毁灭殆尽。"

张浚以拳击几，痛声呼号："天日昭昭！历朝历代有这样买'和平'的吗？寡廉鲜耻，丧心病狂啊。"

胡铨急忙宽慰张浚："张公，你千万不要着急。"

张浚打断胡铨的劝慰，拱手相求："邦衡，请告知我，是谁筹划了这等荒唐透顶的方略？真的是一直高唱'抗金北伐'的圣上吗？邦衡，我此刻已是心乱如麻，语无伦次了。"

胡铨此时确实被张浚悲愤、真切的忧国忧军之情感动了，也以悲愤、真切的心音回应："筹划、倡导这个罪恶方略的是秦桧的余孽汤思退。决定实施这个罪恶方略的自然是我们的圣上，但圣上是真心而做，还是违心而为，我就不敢说了。朝廷有人议论,说这次朝政国策的猝然变更,源于德寿宫,源于德寿宫里那位已禅让其皇位而仍把握着实际权力的太上皇。"

张浚倒吸了一口凉气,结舌不语,眉宇间暴起的一股悲愤之气,也骤然消失了,浮起了一层绝望的痛苦:"可怕啊,预感成真了!二十多年来,一点一点积累的希望,又一次毁灭在他的手里,说不得了。从建炎元年(公元1127年)康王赵构继承皇位起,自己就以太常寺主簿、殿中侍御史、知枢密院事等职伴随于左右,自己对赵构太了解了。金兵穷追不舍的追杀,护卫将领苗傅、刘正彦在'行在'的恐怖兵变,已彻底轰毁了康王赵构的雄心壮志;在仓皇逃命的流离颠沛中,全然跌入了祖宗遗传的爱贤嫉贤、恐惧猜疑的泥潭,跌入了祖宗遗传的以文制武、自毁长城的恶性漩涡;眼前这朝政国策的猝然变更,就是这种恐惧猜疑、自毁长城的必然结局啊!"

悲哀的验证,痛苦的验证,使张浚全身的血液似乎全然冷却了,他无力地、自语似的喃喃询问:"德寿宫如此倒行逆施,我们的圣上难道无所抵制吗?"

胡铨苦笑回答:"张公忘记了,我们大宋是以孝治天下,我们的圣上是天下至高至极的孝子啊!"

张浚无力地点头、摇头:"难道满朝臣子都是这般至高至极的孝子吗?"

胡铨苦笑回答:"人一上百,形形色色,朝臣中自然会有'孝未至高至极'之人。枢密院都承旨陈良翰反对和议,反对汤思退的倒行逆施,并称赞张公'军政忠勤',已被圣上下诏罢官了;侍御史周操反对王之望、钱端礼乱军毁军的卑劣行径,称赞张公'人望所归,不当去国',已被圣上下诏贬逐了。张公不必惊讶,这只是又一次大规模清洗主战臣子的开始,大凡'孝未至高至极'之人,都不会逃过这一劫的。"

张浚泪流满面,出语苍凉:"我,我罪愆深重,当罚、当贬、当死啊。"

胡铨急忙收起怆楚无奈的苦笑,向眼前这位痛不欲生的朋友,抛出宽慰人心的希望:"可圣上除授张公为'少师'的诏令,却是值得关注探究的。少师、少傅、少保之职,在荣誉、职能上,仅次于太师、太傅、太保,表明了圣上对张公才智、抱负的敬重,也含有对张公的希望和寄托。而'保信节度使、判福州'之职,却是实权在握,自然含有'退而待进'之意。天意从来高难问,圣上如此安排,也许是英明深远之举。"

张浚似乎在琢磨着赵昚这道诏令的"英明深远",他皱着眉头,沉默着、思索着。

胡铨悄声为张浚送去了一把打开心头愁结的钥匙:"张公明白,我们的圣上也是一位多变的帝王啊……"

张浚仍然皱着眉头思索着。

王抃推门进入,拱手向胡铨、张浚禀报:"宴席已备,客人已到,歌伎乐伎已陪席等候,恭请二位大人示知。"

张浚望着胡铨,神情茫然。

胡铨笑语张浚:"张公,我们借班荆驿馆王抃大人的美酒佳肴,为圣上的诏令谢恩唱赞吧!"

张浚忽而恍悟,邦衡之来,除传达圣恩之外,是代圣上为自己送别啊!他笑而点头,在胡铨的搀扶下挣扎站起。

二十一 举大白,听《金缕》

王抃的工作效率确实是惊人的,在两个时辰内,创造性地制作了一个奇特丰美的酒宴。

他吩咐驿馆花匠,以数百盆盛开的红色牡丹、玫瑰、月季装饰歌舞厅,并组成各式图案围绕烘托红木制作的餐桌座椅,着意营造出一种炽热炙人的欢乐气氛,向张浚荣升"少师"祝贺,并向张浚近一个月来在班荆驿馆遭受的冷遇道歉。驿馆主事,迎来送往,总得变幻着脸色行事啊!

他吩咐驿馆厨师去美食城武林园,分赴各著名酒楼定做其看家佳肴。计有:和丰楼的西湖醋鱼,三元楼的荷叶蒸肉,太平楼的糟蟹野鸭,五间楼的姜醋生螺,杏花楼的螃蟹清羹,桃花楼的栗子白腰,荷花楼的三脆羹,太和楼的栗子甘露饼,春风楼的蒸食子母龟、骆驼蹄、鹅项、蟹黄、仙桃、火棒、春茧、剪花、蜜辣馅等,在鲜花丛中的红木餐桌上,聚集了临安城美食中色味俱佳的精华。他要用宴请朝廷王公宰执的高规格礼数,显示对张浚的尊敬;要以勤勉认真的作风,博得张浚的好感。驿馆主事,迎来送往,吃喝之事,大意不得啊!

他吩咐驿馆官员,立即去东华门外驿馆接来张浚的两个亲随出席酒宴,并于张浚住室一侧空屋安置,以便时刻照应侍奉张浚。驿馆主事,迎来送往,什么人都得侍候好啊!

他亲自进入朝廷恭请张浚之子、吏部侍郎张栻,承奉郎张杓进入驿馆出席酒宴，并就一个多月来多次阻止张栻、张杓进入驿馆探望父亲之事道歉，以"身不由己"四字取得了张栻、张杓的谅解。驿馆主事，迎来送往，得拱手时拱手，得叩头时叩头啊！

他亲自去了大内御库，以与御库主事的攀谈交情，取回一箱大内特制的美酒蔷薇露。这是酒中的极品，是太上皇的专用酒，此酒一上桌，宴席就上了最高档次，也算是为张浚的荣升"少师"锦上添花了。驿馆主事，迎来送往，名堂大着哩！

他亲自去了金波桥勾栏，会见了女杖子头唐安安，以重金请其率领乐伎歌伎至班荆驿馆伴宴。唐安安是班荆驿馆的常客，近几年来，金国使者到阙的接见宴会，都是由她的乐班伴宴的。此时王抃的匆忙驾临之请，她以为又是伴宴金国使者，便以"已有主约"拒绝。王抃长揖哀求，唐安安拒情愈坚，王抃只得以"伴宴张浚荣升少师"之事相告，唐安安慨然允诺，并决定率十二人乐班前往。十二人乐班伴宴，是堂会中接待王公宰执的最高礼数，足以彰显张浚的尊贵，也足以彰显王抃四通八达的人脉人望了。驿馆主事，迎来送往，对谁也得低头弯腰啊！

班荆驿馆最华丽的酒宴，最高贵的美酒，最美味的佳肴，最高礼数的最佳乐班，为张浚壮心不已的晚年，唱起了最为怆楚的挽歌。

张浚在胡铨、王抃的陪同下，刚一踏进红色花朵撩心耀眼的歌舞厅，扑面而来的是气势磅礴的华丽乐章。唐安安年约二十岁，形容秀丽，发髻高悬，着绿色紧腰起肩衣裙，呈落落飘逸之风，放喉而歌，其声裂石穿云、怡情爽神。张浚倾耳听辨，乃柳永的词作《望海潮·东南形胜》，他的心全然沉浸在这婉转的乐曲和美妙的歌声之中：

> 东南形胜，三吴都会，钱塘自古繁华。烟柳画桥，风帘垂幕，参差十万人家。云树绕堤沙，怒涛卷霜雪，天堑无涯。市列珠玑，户盈罗绮，竞豪奢。　　重湖叠巘（yǎn）清嘉，有三秋桂子，十里荷花。羌管弄晴，菱歌泛

夜,嬉嬉钓叟莲娃。千骑拥高牙,乘醉听箫鼓,吟赏烟霞。异日图将好景,归去凤池夸。

临安城"烟柳画桥""市列珠玑""十里荷花""三秋桂子"的繁华富庶和湖光山色,终于敌不过亲情的折磨,就在唐安安高歌"异日图将好景,归来凤池夸"的希冀中,席间两位身着戎装、泣咽泪流的中年亲随,离席急趋于张浚面前跪倒,呼了一声"将军",痛哭失声;张浚的两个儿子张栻、张杓也离席扑到张浚面前跪倒,抱住父亲的双腿痛哭。

唐安安愣住了,停止了歌唱,乐伎歌伎们愣住了,停止了弹奏。

王抃愣住了,一时不知所措,胡铨也愣住了,他没有想到这场父子离别的悲哀竟会在这宴会的开场曲中提前到来。

张浚悲慨默然,仰面闭目,在儿子和亲随的泣咽声中,两行老泪顺着面颊流淌。

歌舞厅沉寂哀痛了,满目的红色花朵似乎映红了张浚面颊上流淌的泪水。血红的泪水啊!

张浚猛地睁开眼睛,目光如电如炬,起脚踢开眼前跪伏泣咽的儿子,愤声呼号:"走开!你们的泣咽,辜负了临安城豪华富庶的灿烂辉煌!你们的泪水,辜负了大宋都城宜人醉人的珠玉锦绣!你们的悲切,辜负了班荆驿馆酒肴奇葩的奇情奇趣!你们的哀痛,辜负了金波桥勾栏动人魂魄的仙曲妙音啊!传说中,金国统帅完颜亮有慕于柳永这首词作中的'三秋桂子''十里荷花',遂起投鞭渡江之志。你们的泣咽泪水,也败坏了朝廷用这些天下奇有的豪华富庶、珠玉锦绣、仙曲妙音购买和平的伟大朝政国策啊!在这用金银珠玉买得的'和平'中,我加官'少师'了,我出任'保信节度使、判福州'了,皇恩浩荡啊,我要借这大内特制的美酒蔷薇露向英明的圣上敬酒谢恩了。"

人们都被张浚怆楚的呼号声震撼了,哀伤了,沉默了。

在人们震撼的哀伤中,张浚大步走到酒桌前,恭敬地捧起酒坛,斟酒满杯,高高举起,朝着大内的方向跪倒,高声禀奏:"圣上,罪臣张浚叩谢圣上九天之恩。先贤有语:'循名而求实。'臣蒙圣上加'少师'之诏,愧疚于心。圣上以不忍人之心,行不忍人之政,臣铭记五内,永远不敢忘记啊。"

其意未尽,其声哽咽,他洒酒于空,叩头触地而不起。

唐安安打破了歌舞厅里的沉默,她疾步趋前,搀扶起年老的张浚入座,斟酒以敬,咽泪出声:"张老将军,唐代诗人杜甫有诗句说:'江湖多白鸟,天地有青蝇。'天下的白鸟总是多的,天下的青蝇总是少数,在这'青蝇间白黑'的荒唐岁月,老将军的心底冤情,天下的黎庶百姓,都是清清楚楚的。金波桥勾栏的歌伎乐伎向老将军敬酒了!"

张浚接过酒杯,向眼前的歌伎乐伎们致敬,放声高吟:"无言不雠,无言不雠啊,我感激于心!"语毕,他猛地饮尽杯中酒,整个人似乎一下子变得硬朗了。

唐安安转身吩咐乐伎歌伎们弹唱起岳飞的词作《满江红·怒发冲冠》为张浚伴宴:

怒发冲冠,凭栏处、潇潇雨歇。抬望眼、仰天长啸,壮怀激烈。三十功名尘与土,八千里路云和月。莫等闲、白了少年头,空悲切。 靖康耻,犹未雪。臣子恨,何时灭?驾长车,踏破贺兰山缺。壮志饥餐胡虏肉,笑谈渴饮匈奴血。待从头、收拾旧山河,朝天阙。

这是一首壮烈的歌,是岳飞用生命写就的。在琴音歌声的轻抚哼吟中,张栻、张构兄弟向父亲诉说一个多月来汤思退倒行逆施、造谣诬陷的卑鄙伎俩和阴毒用心。张构年轻性躁,直言告知:"汤思退之迫害父亲,无所不用其极。他指使亲信上表,弹劾父亲招募万名归正人进入军营是'阴有所图';他指使亲信闹事于早朝,诬陷父亲招抚六千名江西山林好汉充实万弩营是'招降纳叛',他指使亲信上书德寿宫太上皇,诬陷父亲派萧琦率五千兵马潜入敌后是'暗伏杀机';并指使亲信散布舆论,诬陷父亲在江淮备战中的所为'漠视祖制,别有用心'。"

诬陷成狱,诬陷杀人啊,这全然是秦桧"莫须有"法术的再演,人们的神情都悚然沉重了。

张栻年长多思,急忙接过弟弟的话题,举酒向胡铨致敬:"肝胆古剑,波涛浮萍。愚侄感谢胡叔救援家父之恩,更感谢胡叔顶着朝廷主和投降者掀起的邪风恶浪,上呈奏表,痛斥和议,为家父争得了一个体面的晚年。"

胡铨急忙以他言避之。

张浚恍然,放声急语:"栻儿,详情禀知!"

张栻急忙拱手禀告:"父亲,汤思退及其追随者欲置父亲于死地。胡叔毅然而出,借早朝之机,宣读奏表,自招攻击。其奏表总结了自靖康(公元1126年)迄今凡四十年,三遭大变,皆在和议的惨痛教训,皇皇千言,以'可吊者十,可贺者亦十'为结语,文风磊落,实属千古奇文,震动了朝野,也震动了福宁殿里的圣上。"

张浚急令:"立即取来此文,我要拜读!"

不等张栻回答,张杓拱手禀告:"父亲,胡叔奇文,堪誉古今,儿已熟记于心,愿背诵于父亲。"

张浚惊喜,拱手请示于胡铨:"邦衡……"

胡铨急忙拱手回答:"有劳贤侄了,我正要请张公指点!"

张杓拱手感谢:"谢胡叔,愚侄僭越了!"

张杓凝神静气,唐安安轻抚琵琶,歌舞厅骤然间肃穆清雅,人们凝神倾耳,张杓和着琴音背诵声起——

臣兵部侍郎胡铨谏议和之言曰:自靖康迄今,凡四十年,三遭大变,皆在议和,则金之不可与和彰彰矣。今日之议若成,则有可吊者十,请为陛下极言之:

真宗时,宰相李沆谓王旦曰:"我死,公必为相,切勿与契丹媾和。"王旦殊不以为然,既而遂和,海内干耗,王旦始悔不用李沆之言。可吊一也。

中原讴吟思归之人,日夜引领望陛下拯溺救焚;一与敌和,则中原绝望,后悔何及!可吊二也。

海州、泗州,今之藩篱,咽喉也。彼得海州、泗州,且决吾藩篱以瞰吾室,扼吾咽喉以制吾命,则两淮决不可保;两淮不保,则大江决不可守;大江不守,则江、浙决不可安。可吊三也。

绍兴戊午,和议既成,秦桧建议遣大臣分往南京交割归地;一旦渝盟,遂下亲征之诏,金复请和。其反复变诈如此,秦桧犹不悟,奉之如初,卒有前年之变,惊动辇毂,太上谋欲入海,行朝居民一空。覆辙不远,忽而不戒,臣恐后车又将覆矣。可吊四也。

绍兴之和,首议决不与归正人,口血未干,尽变前议,一切遣还,如程师回、赵良嗣等聚族数百,几为萧墙之忧。今必尽索归正人,与之则反侧生变;不与则敌不肯但已,必别起衅端。可吊五也。

自秦桧当国二十年间,竭民膏血以奉金人,迄今府库无旬月之储,千村万落,生理萧然,重以蝗虫、水潦。自今复和,则蠹国害民殆有甚焉。可吊六也。

今日养兵之外,又有岁币;岁币之外,又有私觌;私觌之外,又有正旦、生辰之使;正旦、生辰之外,又有泛使。生民疲于奔命,帑廪涸于将迎。可吊七也。

侧闻金人嫚书,欲书御名,欲去国号大字,欲用再拜,议者以为繁文小节,不必计较。臣窃以为议者可斩也。夫四郊多垒,卿大夫之辱;楚子问鼎,义士之所深耻;献纳二字,富弼以死争之。今强敌横行,与多垒孰辱?国号大小,与鼎轻重孰多?献纳二字,与再拜孰重?臣子欲君父屈己以从之,则是多垒不足辱,问鼎不必耻,献纳不必争。可吊八也。

臣恐再拜不已,必至称臣;称臣不已,必至请降;请降不已,必至纳土;

纳土不已,必至衔璧;衔璧不已,必至舆榇;舆榇不已,必至如晋帝青衣行酒,然后为快。可吊九也。

事至于此,求为匹夫,尚可得乎? 可吊十也。

窃观今日之势,和决不成。倘陛下毅然独断,追回使者魏杞、康湑等,绝请和之议以鼓战士,下哀痛之诏以收民心,如此则有可贺者亦十:

省数千亿之岁币。一也。

专意武备,足食足兵。二也。

无书名之耻。三也。

无去大之辱。四也。

无再拜之屈。五也。

无称臣之愤。六也。

无请降之祸。七也。

无纳土之悲。八也。

无衔璧、舆榇之酷。九也。

无青衣行酒之惨。十也。

去十吊而就十贺,利害较然,虽三尺童稚亦知之,而陛下不悟。春秋左氏谓无勇者为妇人,今日举朝之士皆妇人也。如以臣言为不然,乞赐流放窜殛,以为臣子出位犯分之戒。

张杓背诵之声刚停,张浚赞誉之声飙起:"振聋发聩,鞭辟入里之论,这是明辨是非!邦衡啊邦衡,你比我心胸开阔,你比我见识高远,你确有经天纬地的才智豪情啊! 我在'罪当灭族'中得到的'少师''保信节度使''判福州'的衔头,是你用'出位犯分''流放窜殛'忠臣之志、良臣之魂换来的啊! 我感谢你了!"

胡铨急忙拱手回答:"张公谬奖了! 我身为兵部侍郎,却对危害军旅之祸无力阻止,对张公遭诬遭陷之灾无力消除,尸位素餐啊!我所呈空泛之论、悲哀之论,只是一种心灵痛苦的呻吟罢了,比起张公的大举、大为,现文人的渺小可怜啊!我在这份奏表中以'出位犯分'自罪,以'流放窜殛'自期,乃为张公强兵强军的理想所感召,愿与张公共进退啊。"

张栻神情凄然而进语:"父亲,胡叔因这份奏表,已遭汤思退及其追随者的疯狂围攻,群犬吠声,哄吵'贬逐''流放',其势甚为嚣张。福宁殿已传出胡叔将转为'工部侍郎'之说。"

张浚的话语内疚而哀伤:"我累邦衡,我累邦衡啊!'行色秋将晚,交情老更深。'邦衡,你还记得十三年前你写的那首《醉落魄》吗?"

胡铨茫然摇头,转而思索。

张浚谈起:"绍兴八年(公元1138年),宋金绍兴和议成,秦桧用银绢土地买得了和平,追随者张灯庆祝,宫中一派辉煌。时太学讲席张伯麟(字庆符)过中贵门,见华灯盛设,怒从中起,愤然题壁云:'夫差,而忘勾践之杀尔父乎?'以讽朝廷认贼作父。秦桧闻而大怒,下伯麟于狱,捶楚无全肤,流放于吉阳军。邦衡时为枢密院编修官,侠骨侠胆,怒而上书,力诋和议,为伯麟鸣冤,并请斩秦桧之首以谢天下。秦桧怒,一贬邦衡于韶州,再贬邦衡于新州,三贬邦衡于吉阳军。"

胡铨感慨而放声:"想起来了,那首《醉落魄·百年强半》,是我与伯麟在吉阳军相会时唱和之作,时在绍兴二十一年(公元1151年)九月十五日,我俩流放于南天已是十三个年头。唱和之作,只是表达贬谪之臣的凄凉心境罢了!"

张浚高声而呼:"不!那首词作《醉落魄·百年强半》之流传天下,脍炙人口,不唯表达了贬谪之臣的凄凉心境,更是表达了邦衡慷慨悲歌的豪放和忠耿报国的赤诚。邦衡,你二十六年前为救援伯麟而遭贬,二十六年后,又为救援我而招灾,侠骨侠胆,光耀千秋!大恩难报,张浚愚钝,既无诗资,又无词商,只能借花献佛——借邦衡的词作,谢邦衡的大义大恩了。唐侠女,请赐我一曲《醉落魄》吧!"

唐安安高声应诺,指挥乐班弹奏起《醉落魄》,宴会厅骤然扬起幽愤激昂的乐曲。年老的张浚用苍凉沙哑的嗓音唱起:

百年强半,高秋犹在天南畔。幽怀已被黄花乱。更恨银蟾,故向愁人满。　招呼诗酒颠狂伴。羽觞到手判无算。浩歌箕踞巾聊岸。酒欲醉时,兴在卢仝碗。

张浚苍凉沉重的歌声,唱出了贬谪之臣困居天南两广十三年的痛苦之情,连天上的圆月也饱含着哀愁。好一句"酒欲醉时,兴在卢仝碗"啊,唐代诗人卢仝有饮茶诗云:"一碗喉吻润,两碗破孤闷,三碗搜枯断,唯有文字五千卷,四碗发轻汗,平生不平事,尽向毛孔散……"这首词作《醉落魄》,不就是贬谪之臣,用狂放之语,吐诉心中的不平事吗?

张浚声哑了,他举起酒杯,神情怆然地向胡铨告别:"'兴在卢仝碗'啊!邦衡,我将以你为范,'诗酒癫狂'地前往福州,'浩歌箕踞'地欢度幸福的晚年。"哽咽中倾杯而饮。

胡铨垂泪了,他举起酒杯一饮而尽,哽咽而语:"'酒欲醉时',哀怨悲愤相煎,心中郁结的千言万语,难以诉说,也不便、不敢诉说啊!二十六年前,我因伯麟一案遭贬,张元幹不顾个人安危,词作《贺新郎·梦绕神州路》为我送行。其词中抒发的磊落之气,沉郁之风,与此时胡铨崇敬张公的心境全然相通!胡铨仅以'高山仰止'之情,借花献佛,献与张公。唐侠女,请赐我一曲《贺新郎》吧!"

唐安安急声应诺,指挥乐伎们弹奏起苍劲高亢的《贺新郎》。

胡铨垂泪击节唱起:

梦绕神州路。怅秋风,连营画角,故宫离黍。底事昆仑倾砥柱?九地黄流乱注?聚万落千村狐兔。天意从来高难问,况人情易老悲难诉。更南浦,送君去。 凉生岸柳销残暑。耿斜河，疏星淡月，断云微度。万里江山知何处？回首对床夜语。雁不到，书成谁与？目尽青天怀今古。肯儿曹，恩怨相尔汝？举大白，听《金缕》。

在抑塞磊落的歌声中，胡铨等人举酒为张浚饯行，张浚均一饮而尽。

豪情凌云，酒量有限啊，张浚已是醉意醺醺了，他举起酒杯，昂首高呼："圣上，罪臣张浚叩首禀奏：君臣之义，无所逃于天地间。臣荷两朝厚恩，久居重任，今虽去国，唯日望上心感悟。苟有所见，安忍弗言。上如欲复用张浚，张浚当即日就道，不敢以老疾为辞。"

翌日清晨丑时三刻，天色朦胧，疏星未隐，晨风习习，张浚率两名亲随，按原定出发时间提前半个时辰，悄悄前往福州。清晨寅时二刻，胡铨、张栻、张杓、唐安安赶到驿馆为张浚送行，班荆驿馆夜值官员告知张浚偕亲随离去之状，胡铨、唐安安神情凄然，张栻、张杓兄弟哭拜跪倒。

《金缕曲》的旋律还在人们的心头旋绕，张浚行至余干县突染病恙，卧床于街巷旅舍。其病来势凶猛，腹泻，呕吐，发热，盗汗，亲随急忙延请当地名医诊治，并精心奉养，但病情日炽，间有昏迷之状呈现。亲随惊慌无措，请求返回临安医治，张浚厉声回拒："我任在福州，当死，亦应在福州任上！"并命令亲随搀扶上马，赶往福州。亲随遵令从病榻搀起，但双腿无力着地，遑论上马。张浚神情颓然，遂卧床倚枕，闭目静思，心力亦随而尽矣。静思良久，神情稍见昂扬，话语亦显清晰有力，吩咐亲随置几于床上，取笔墨纸砚上呈，倚被手书付二子张栻、张杓，其文曰："吾尝相国，不能恢复中原，雪祖宗之耻，即死，不当葬我先人墓左，葬我衡山下足矣。"并令一亲随持书信返回临安，亲付其子张栻、张杓。持书亲随似知将军病情已危，临行时以军礼向将军告别，张浚欣然目送亲随离去。

当持书亲随抵达临安，把书信交付张栻时，张浚凄凉地病故于余干县街巷内一家狭小的旅舍里，享年六十七岁。侍于病床前者，唯一忠诚的亲随。

张浚病故的噩耗传进临安,其所善友朋如虞允文、胡铨、王十朋、刘珙等皆痛而大哀,各于家中设灵堂以祭,念其昔日提携之恩,悼其坎坷的一生;其子张栻、张杓哀痛辞官,归里守孝,遵照父亲遗嘱,葬父亲于衡山下,植短松、斑竹伴一青冢。

张浚病逝了,"隆兴和议"签订了。其内容是:一、宋帝正皇帝号,不再称臣,金、宋二帝以叔侄相称。二、改"岁贡"为"岁币",银、绢各为二十万两(匹)。三、宋割商、秦地于金,两国地界恢复"绍兴和议"原状。大宋朝廷用尊严、银绢、土地再一次买得了"和平"。

张浚病逝的噩耗传到江淮各地军营,军营里都吹响悲凄的号角声哀悼。哀悼死于"用玉帛买和平"国策中的张浚,哀悼先于张浚死于这种荒唐国策中的军中统帅:宗泽死于建炎二年(公元1128年)、吴玠死于绍兴九年(公元1139年)、李纲死于绍兴十年(公元1140年)、岳飞死于绍兴十二年(公元1142年)、韩世忠死于绍兴二十一年(公元1151年),刘锜死于绍兴三十二年(公元1162年)。如今,张浚凄凉死去,三十多年来大宋军旅中一代志在中原、收复故土、抗金北伐的统帅,都凄凄惨惨地死绝了,其志未伸、其仇未报、其耻未雪啊!号角声咽,号角声寒,号角声哀漫山川。长城崩坍,军营的将领士卒都在含泪泣咽啊!

张浚病逝了,汤思退得意了,和议有功、抗金有罪的邪风邪气弥漫朝廷,大狱再兴。汤思退及其爪牙把排除异己的刀尖,指向朝廷里那些为张浚喊冤叫屈的官员,旅中那些坚定执行张浚决策的将领以及建康城里那些与张浚同心同志的官员。

二十二 汤思退对主战派的追杀

建康城七天来也在含泪泣咽！张浚病逝的噩耗，是九月二十日传进建康城的。

在愁满五内、痛断九肠的建康府衙里，建康留守史正志及其同僚们顶着朝廷着意而为的漠视和冷落，在大厅里摆设灵堂，作七日七夜之大祭。

大树已倒，风雨无遮了。在祭祀张浚英灵的短短七天七夜里，霹雳般的凶讯袭来：太上皇的亲信将领、殿前都指挥使杨存中督师江淮了，泗州守将陈敏被罢官，濠州守将戚方被调离，六合守将郭振被贬逐。一叶知秋，汤思退排除异己的追杀已在江淮开刀，很快就会杀向建康城的。

九月二十七日是七日大祭礼成的日子，灵堂的哀痛气氛，更显得凄苦沉重。长条祭案上四停粗大的白色泪烛仍在燃烧着，烛泪已是滴堆盈案，高为五尺、宽为三尺的漆黑灵牌和灵牌上"张公德远之灵"六个金色大字，在烛光烟雾中闪现着。

在烛光惨淡、烟雾缭绕的灵堂前，建康留守史正志、建康军马田粮总领叶衡、建康兵马钤辖赵彦端、建康兵马都巡视严焕、建康兵马都监韩元吉和从江阴城匆匆赶来的辛弃疾，整装顶冠，臂戴黑纱，执礼甚恭地依次焚香祭祀，然后依次跪拜于灵牌之前，用默默的哀思，向张浚的英灵，做最后的、最崇高的敬礼和送别。

时危知险啊！此时的史正志确已陷于"汤思退很快就会杀向建康城"的

焦虑中。他是建康府的最高长官,有着保护属下同僚的责任,况且这些属下同僚,都是与自己同心同胆的战友。他凝眸注视着烛光烟雾中闪现的灵牌,张浚晚年"壮心不已"的形影隐约地闪现在他的面前,旋而化作去年十二月初赏心亭宴会后住室相晤的情景,同时似乎响起了那种亲切苍劲的话语:"我要为大宋军旅保存一位天才的兵家,我要为北伐大业保存一位资兼文武的统帅啊!"他周身一凛,张德远的音容笑貌消失,冥迷中眼前呈现出汤思退挥刀追杀的血泪情景,第一个承受伤害的,不是自己,不是叶衡梦锡,不是彦端德庄,不是……而是从江阴城匆匆赶来的辛弃疾。他转头向辛弃疾望去,心底倏然腾起默默的哀叹:胆识过人的辛弃疾,被张公视为未来"兵家""统帅"的辛弃疾,你的头上有着一顶归正人的幞头,招疑招忌、招灾招祸啊!他泪眼蒙蒙,着实为年轻的辛弃疾担忧了。

此刻的辛弃疾,目光生寒,面色铁青,凝眸注视着烛光烟雾中闪现的灵牌,似乎又一次看到了张浚那一面之识的形容。这五个月来,朝政国策的突然变更,张浚的罢官病逝,使他的心志灵魂又一次经受到油煎火烤的哀痛折磨。这是短短四年间哀痛祖父病亡、哀痛耿京遇害后第三次冶铁淬火般的折磨啊,他整个人突然间显得更加深沉、更加干练、更加丘壑在胸了。

辛弃疾调往广德军任通判的"诏令"是二月十日颁布的,由于主和派监察御史尹穑以"身为归正人""原职任期未满"为由而举表弹劾,加之吏部主和派官员暗中配合,致使"诏令"下达到江阴府衙已是四月十八日(恰是张浚被软禁于临安班荆驿馆之日),江阴知府徐明接到"诏令",立即催促辛弃疾赴建康府报到,速赴江北广德军大营就任,并于官衙后院住室窗外树下,简备酒肴,为其送行,切嘱"机遇难再,当瞻张德远马首驰骋疆场,创建功业"。他遂于四月二十日携"诏令"到达建康府衙,会见留守史正志,请求即时前往江北广德军大营。史正志此时尚不知张浚已被软禁于临安班荆驿馆,见"诏令"大喜而呼:"迟到的'诏令',但还是冲开吏部的关卡到达了!幼安副广德军，解张公'江淮备战'江南东路之忧，当欢宴三日作贺。再说，幼安离开建康已逾一年有半，这般匆匆而来又匆匆离去，我也无法向'范家才女'交代啊！"遂循常例安排辛弃疾暂居于建康驿馆，与范邦彦居住的庭院只有三五庭院之隔。

天地同心啊，两地相思的一对恋人重逢了，相聚了。是日夜初，范若水倚在辛弃疾的怀里，望着东山升起的明月轻吟："感谢张公从'符离兵败'中崛起，感谢张公在江淮备战中想到了辛郎，感谢史公为我留住了一个想要'匆匆离去'的辛弃疾。"

时运莫测啊！就在辛弃疾回到建康城的第二天，"张浚被召回临安""罢江淮都督府"的消息同时传来，闷雷击石般地粉碎了辛弃疾心头乍起的欢愉、希望和憧憬，他敏锐地感觉到又一场厄运的逼近。

就在这范家庭院失落了琴音歌声的当天入夜时分，范邦彦从镇江军营悄然回到建康。他是接到王琚的来函急赴临安，特绕道建康看望久别的妻女家人，并借机打听辛弃疾的情状。恰遇辛弃疾回到建康，又出现在眼前，他焦虑沉重的心绪，似乎得到了一丝宽慰。

深夜灯下，亲人相聚于厅堂，范邦彦以其特有的经历与才智留下了一篇颇有见识的"建康夜话"："张德远晚年的军旅所见所行，确有撼天撼地之威。江淮备战不仅震撼了朝廷里的昏庸大臣，也震撼了宿州金兵大营里的奸狡将帅。金兵统帅仆散忠义为阻止江淮备战的完成，出手迅速果敢，以阴阳交织的拳法，直击临安君臣的要害。一方面频繁地、大张旗鼓地调动兵马，以大军南侵之势威逼恐吓；一方面暗遣使者，以和议相诱，并行离间之谋。临安朝廷畏敌如虎的执权者，为取悦敌人，首先拿张德远开刀，罪以'违背朝制祖制'，遂有'召张浚进入临安''罢江淮都督府'之倒行逆施，并捡起了'以玉帛买和平'的荒唐国策。莫说政坛上的事情光怪陆离，其实是简单而明了：一个软弱的朝廷，其朝政国策大都是为迎合敌人的需要而制定的，只是披了一层遮羞布罢了。莫要唏嘘哀叹！朝廷'以玉帛买和平'的买卖，将由阴通暗行升格为公开遣使议和,而且会不惜血本,求得尽快签字画押,以昭示其天纵英明。四大条件,朝廷将会在几番忸怩作态之后,都会全盘接受;建康府衙将会成为朝廷执权者关注的重点, 深得秦桧真传的汤思退是断不会疏漏建康府这帮张浚的追随者。不必惊奇,不必惊慌,我们的朝廷惯于玩一批官员倒下,另一批官员站起的游戏,是非曲直是不必说的,要说也得等到几十年后,其实几十年后,一切是非曲直也无须说了。张德远的命运,也许会更为悲惨,断不会至此为止。他是一面旗帜,是岳飞死去后仍然坚持北伐的旗帜,是冷落二十年不改初衷的旗帜,是平反复出后再度领兵北伐的旗帜,他的力量在于民心,更在于军旅。朝廷要'以玉帛买和平'了,此旗必倒。是蹈韩世忠之途,致仕退隐,倒于林泉,还是蹈岳飞之路,削职罢官,倒于冤狱,丢失性命,就取决于金人逼迫的轻重缓急了。现时的朝廷是扑朔迷离,是怪象环生,在不绝于耳的'以玉帛买和平'的鼓噪声中,不见继居大位者的形影,不闻继居大位者的声息;似曾相识的,是禅位闲居者的老调重弹,是昔日秦桧言论的拙劣再版。朝廷真的要在一种声音中寿终正寝吗?难道继居大位者真的甘做傀儡木偶?难道平反复出的耿介之臣胡铨、刘珙、王十朋等人真的昏了神志,甘愿第二次沦落蓬蒿草塘吗?难道那些高喊北伐的重臣陈康伯、陈俊卿、金安节、虞允文等人真的都哑了口舌,丢失了晚节吗? 地火在沉默中运行,火山将在沉默中爆发!况且金兵南侵最终要得到的,不只是岁币、玉帛、几州土地和甘做'儿皇帝''侄皇帝'的恭顺跪拜,而要的是全盘的大宋疆土社稷和这一群不争气的'儿皇帝''侄皇帝''孙皇帝'的老命啊!但愿临安城里那位继居大位者的肉体里,血液里,骨髓里,还残存着他的祖先在陈桥兵变、夺得后周江山时的那股血性,在韬晦,在等待,在酝酿着血性的爆发!"

三更复四更,句句滚玉珠,风云灯下起,豪气拂星空。辛弃疾陷入了深思。

鸡鸣了,范邦彦在翌晨的几声鸡鸣中,悄然前往临安去了。他在这篇"建康夜话"中所预言的一切,在以后的几个月里,几乎都灵验了。张浚虽然没有消失于林泉、丧命于牢狱,但恓恓惶惶地死于旅途中一个冷清的小镇中的一条冷清小巷内的一个冷清的旅店里,对一位叱咤风云的军旅统帅来说,实在是饮恨千古的悲哀和无奈;他在这篇"建康夜话"中所期盼的继居大位者的"血性爆发"至今没有出现,但软弱的继居大位者,对一位蒙冤顶罪的军旅统帅,不顾头上重压,竟下诏命以"少师,保信军节度使、判福州"的衔头,也算是胆大妄为了。这也许是一个传送信息的"菱蒿芦牙",至少赢得了辛弃疾遥远而急切的关注。

此时的辛弃疾,在张浚的灵堂前,暗下决心要继承张浚的遗志,不负所期,在这黑云摧城的艰难时刻,做出明智的抉择,以应对险恶的现在和莫测的未来。

就在人们默默哀祭和辛弃疾默默凝思的抉择中,府衙当值官员,手捧黄绫文书,惊恐失神地闯进大厅灵堂,直奔至留守史正志面前,失声禀报:"朝廷飞马送来谕示,建康留守史正志奉召入朝。"汤思退穷追不舍的钢刀,终于杀进了建康城,而且第一刀就落在建康留守史正志的头上。

天公地道,这般天谴地罚,舍我其谁? 能为同伴遮风避雨,求之不得啊! 史正志曜地站起,焚香祭告,高诵屈原"九歌"中的《国殇》宣告七日大祭礼成:

> ……
> 出不入兮往不反,平原忽兮路超远。
> 带长剑兮挟秦弓,首身离兮心不惩。
> 诚既勇兮又以武,终刚强兮不可凌。
> 身既死兮神以灵,子魂魄兮为鬼雄。

号角声呜呜响起,衬托着同僚们苍劲激昂的《国殇》复诵声,形成了天地间雄威悲壮的震撼,送别张浚的英灵光耀九霄。

史正志面对同僚,发出了人们意想不到的邀请:"皇恩浩荡啊!能蹈张公的脚印步入临安城,乃人生的一大快事。快事当举酒以贺,我决定今日酉时三刻,在赏心亭设宴向诸君告别,敬请诸君光临!"

又是一种雄威悲壮的离别啊,人们含泪点头应诺。辛弃疾在这种别样离别的鼻酸心痛中,四个光灿灿的大字跃上心头——辞职漫游。

辞职漫游,是应对险恶的现在和莫测未来的一种大胆抉择啊!

史正志望着若有所思的辛弃疾,关爱之情溢于言表:"烦幼安代我邀请'范家才女'务必光临今夜的告别酒宴,我有求于她,也有求于范老先生啊!"

辛弃疾点头,他不仅表示应诺,更是感谢史正志兄长般的关怀啊。

二十三 凭栏长啸

　　赏心亭上的告别宴会于傍晚酉时开始。夕阳西下的余晖，透过片片彩云，为赏心亭涂抹了一层伤心的碧色。秦淮河在黄昏的薄雾中沉寂着，河面上的轻舟画舸和岸边的楼阁回廊似乎都遗失了灵魂，喑哑了喉嗓。远处汹涌的长江浪翻风吼，拍打着西去的船帆，在晚霞的飘落消散中，展现着逆水行舟的艰险。亭子里告别、送别的人们史正志、叶衡、赵彦端、韩元吉、严焕、严焕的侍女"俏丽笑笑"、辛弃疾、范若水等，都带着"七日大祭"死别的憔悴和此时此地生离的哀伤，围着酒桌而坐，以故作豁达的神情，举杯痛饮着，放声谈笑着。

　　就在这生离哀于死别的故作豁达中，青溪勾栏杖子头柳盈盈登上了赏心亭。

　　柳盈盈在人们的沉默举杯迎接中落座于密友"俏丽笑笑"的身边，神情凄然，自觉罚酒三杯，以示迟到之疚，然后斟酒两杯，行亲朋献酒之礼，举杯向史正志送行。史正志举杯以应，碰杯尽饮，神情亦为之凄然。柳盈盈轻抚琵琶，弹奏起词牌中的名曲《念奴娇》，"俏丽笑笑"以洞箫相佐。

　　琴箫同吟，音律妙曼，沉郁凝重的《念奴娇》啊！席间的人们心神一颤，噤声屏息：聪明的勾栏女侠，你在用唐代著名歌伎念奴的神奇往事，渲染着这赏心亭上的哀伤！

　　琴箫同吟，神韵清婉，柳盈盈心凄目泫，以玉振锦裂之声唱起：

秋风万里,湛银潢清影,冰轮寒色。八月灵槎乘兴去,织女机边为客。山拥鸡林,江澄鸭绿,四顾沧溟窄。醉来横吹,数声悲愤谁测? 飘荡贝阙珠宫,群龙惊睡起。冯夷波激,云气苍茫,吟啸处,鼍吼鲸奔天黑。回首当时,蓬莱方丈,好个旧消息。而今图画,谩教千古传得。

此歌一出,席间更显沉寂。

这首《念奴娇·秋风万里》是北伐志士、词坛名家张元幹遭秦桧迫害,身陷牢狱之作,沉郁而悲壮,坦荡而从容。聪明的勾栏女侠在此特殊的境遇中,以张元幹喻史正志,借张元幹之词作为史正志送行,真是劳其心力情感,聪敏多情而得体啊!

席间人们随着柳盈盈沉郁的歌声,都沉浸在二十年前那桩荒唐而残酷的冤案中。绍兴八年(公元 1138 年),秦桧再次弄权主和,时任枢密院编修官的胡铨上书力斥和议,乞斩秦桧及其爪牙参政孙近、使者王伦三人。秦桧恨之,除胡铨名,编管新州。时寓居于老家福州长乐的张元幹不顾个人安危,挺身而出,作《贺新郎·送胡邦衡谪新州》一词,为胡铨送行,其刚正不阿、大义凛然的气概和词作中飞扬悲壮之风、抑塞磊落之气,震动词坛,震动朝野,震动临安城。秦桧恨极而追杀,囚张元幹于临安天牢,并削籍为民。这首慷慨悲愤的《念奴娇·秋风万里》吐诉了张元幹在天牢中怆楚愤懑的心声,"吟啸处"确实是"鼍吼鲸奔天黑"啊!十七年后的绍兴二十五年(公元 1155 年),秦桧病死,张元幹冤情得雪,脱得天牢,但仍见疑于赵构,不被起用,没于蓬蒿,志不得伸,才不见用,于绍兴三十一年(公元 1161 年),结束了坎坷的一生,殁于何处,其说不一,只有流传的几十首诗词,托着他不朽的英名,留在人间。

当《念奴娇·我来吊古》的歌声刚刚停落,倚栏远眺的辛弃疾一声长啸,借着《念奴娇》的铿锵音律放声吟歌:

　　我来吊古,上危楼、赢得闲愁千斛。虎踞龙盘何处是?只有兴亡满目。柳外斜阳,水边归鸟,陇上吹乔木。片帆西去,一声谁喷霜竹?　　却忆安石风流,东山岁晚,泪落哀筝曲。儿辈功名都付与,长日唯消棋局。宝镜难寻,碧云将暮,谁劝杯中绿?江头风怒,朝来波浪翻屋。

　　这是一首即席填词之作,它气势磅礴,一气呵成,强烈地震撼着席间人们的心神。

　　史正志愣住了,叶衡瞠目了,赵彦端惊诧了,韩元吉凝神了,严焕睁大了眼睛,抚琴的勾栏女侠和"俏丽笑笑"奇异了。人们都把目光投向倚栏吟歌的辛弃疾,心中腾起激情难禁的赞叹——资兼文武的辛弃疾,胸藏甲兵的辛弃疾,横刀立马的辛弃疾,不意竟然是深谙曲词、文思泉涌,风骨雄似苏东坡,词魂直逼张元幹,捷才之敏堪比古人七步曹子建啊!奇才奇篇,一个硬朗朗的军旅中人,一举闯进了大宋瑰丽灿烂的词坛。连横吹玉笛的范若水也惊奇她的辛郎的一鸣惊人,玉笛中飞出的音律似乎也多了几分婉转。

　　这确是一首血淋淋的吊古之作!史正志心神紧缩。"虎踞龙盘何处是?只有兴亡满目。"言之不诬,一语惊心!六朝覆亡的痕迹,已使帝业形胜的钟山,失去了"龙盘"的高傲和"虎踞"的威风,只留有"一片降旗百尺竿"的凄凉了。"却忆安石风流,东山岁晚,泪落哀筝曲。"沉痛的联想,锥心的悲哀!"淝水之战"的辉煌胜利,并没有赢得东晋孝武帝司马曜对谢安(字安石)的信任,谢安只能以"长日唯消棋局"残度晚年了。忠诚见疑,功高招忌,原是历朝历代不变不绝的"天经地义"啊!

　　这也是一首泪汪汪的伤今之作!叶衡心神战栗。词家有灵犀,词家有慧眼:"柳外斜阳,水边归鸟,陇上吹乔木。片帆西去,一声谁喷霜竹?"斜阳,飞鸟,风声,孤帆,连这赏心亭上的琴声、箫声、笛声,不就是当今大宋江山飘忽不定的写照吗?好一句振聋发聩的呼号,"江头风怒,朝来波浪翻屋",暗喻着大宋江山的未来啊!

这也是一首亮铮铮的袒心明志之作！韩元吉、赵彦端、严焕以词家、画家的敏锐，感悟着辛弃疾的心志情怀。辛幼安的爱国深情，凝结在沉郁悲壮的低吟中，凝结在热烈豪放的气势中；辛幼安的忠君情怀，凝结成这首词作的词魂词胆，发出了悲壮苍凉的高歌苦吟："宝镜难寻，碧云将暮，谁劝杯中绿？"闻之惊心，思之伤怀，一个不被信任的归正人从心底发出的哀号啊！

横吹玉笛的范若水也在"宝镜难寻，碧云将暮，谁劝杯中绿"的高歌苦吟中惊心惊魂了：心身承载着屈辱忧愁的辛郎，直面大宋社稷艰危的现实，哀伤着忠贞遭疑的处境，仍然自作多情地幻想着能如古之渔人，从秦淮河里捞得一面神奇的铜镜，尽显自己忠耿的五脏六腑，让朝廷最高执权者审视摔打，以去其猜忌猜疑啊！天可怜见，秦淮河里真的有这种神奇的宝镜吗？就是真有，不是已被古之渔人捞去了吗？

辛弃疾的高歌苦吟停歇了，一首流传于世的《念奴娇·我来吊古》诞生了，赏心亭席间的人们都耐着心跳，屏着呼吸，沉浸在这首新出现的《念奴娇·我来吊古》的意境中，等待着辛弃疾的"二唱传其要"和"三唱传其神"。

仍在凭栏远眺的辛弃疾，仍陷于这首词作产生的极度沉思中，他似乎忘却了长句词作一歌三唱的酒席间的惯例，似乎忘却了琴声、箫声、笛声的反复催促，似乎忘却了席间人们焦灼的等待，他此刻真的是视而不见，听而不闻的"痴呆"了。

柳盈盈知辛弃疾痴情陷词中一时不能自拔，这是即席填词中词作者常有的情状，便急出救援，以其博闻强记的职业才能和清甜圆润的歌喉唱起：

> 我来吊古，上危楼、赢得闲愁千斛。虎踞龙盘何处是？只有兴亡满目。柳外斜阳，水边归鸟，陇上吹乔木。片帆西去，一声谁喷霜竹……

及时的"二唱"救援，成功的词作上片阕歌吟，把辛弃疾登上危楼所见的山川形胜、斜阳、归鸟、片帆、乔木及由此而引发的兴亡感慨和词作者孤独、空虚、愤懑的情怀,淋漓酣畅地送进了席间人们的心灵。人们在"二唱传其要"的感悟中,赞赏着柳盈盈的不凡才情和机敏。

琴声、箫声、笛声演奏着《念奴娇》的音律,柳盈盈开始了词作下阕的歌唱:

　　却忆东山岁晚……

此句歌声出喉,不及飞扬,却戛然而止,人们惊诧抬头,不约而同地把目光投向柳盈盈,柳盈盈已是泪湿琴弦。

席间的人们凄然地沉默着,凭栏远眺的辛弃疾在一片沉寂的宁静中缓过神来,他转过身躯,茫然地望着眼前的一切。

泪流满面的柳盈盈在晚风的哀鸣中疾声致歉:"辛大人,对不起,我记忆失误,错将'却忆安石风流'唱成'却忆东山岁晚',漏掉了东晋征讨大都督谢安将军,影响了大人词作中惺惺相惜的吊古情怀。"

席间的人们用目光向柳盈盈送去默默的敬意,辛弃疾仍在茫然中。

柳盈盈继续着疾声致歉:"辛大人的这首《念奴娇·我来吊古》,虽为即席之作,但出语风动云滚,篇成电闪雷鸣,实为大宋词坛的一朵奇葩,堪比苏公的词作《念奴娇·大江东去》! 我喜爱,却无过耳不忘之才;我赞赏,却无尽释彻悟之智。大人记叙中'东山岁晚,泪落哀筝曲''宝镜难寻,碧云将暮''江头风怒,朝来波浪翻屋'的绝妙佳句,确已使我泪漫心田,血涌五内,可终不能彻悟其衷魂神韵啊!辛大人,你的这首词作,是'天以震雷鼓群动'的战歌,是'佛以鸿钟惊大梦'的梵音,你就是天神,你就是大佛,柳盈盈愿以心血歌喉,使这首《念奴娇》响彻建康城。请大人再次歌吟传神以赐教。"

辛弃疾举酒向柳盈盈致谢,连饮三杯,语出怆楚:"什么'天神'?什么'大佛'?弃疾只是一个从齐鲁山寨投奔大宋朝廷的归正人!只是一个热爱大宋军旅的义军士卒!只是一个时时刻刻关注着大宋军旅的自作多情的旁观者!

我深深地崇敬着大宋军旅统帅张公德远以及他的追随者、践行者。我视其为兄长，战友！此时此地，再目睹张公元幹含冤含悲的结局，已降落在建康府，降落在史公致道的头上，心神战栗而不知所措啊！ 我心痛，哀伤，不能自持，也无能为力，只能效张公元幹之哀，借词坛名曲《念奴娇》为史公致道送行。心之所思，苦结成句，情之所至，夺口而出，急不择言啊。"

辛弃疾凄然而落座。

史正志站起，斟酒三杯，放声高吟："'肝胆一古剑，波涛两浮萍。渍墨窜旧史，磨丹注前经。'这是唐代诗人韩愈酬答他的朋友、监察御史张彻的几句绝唱，也是此刻赏心亭上的绝妙写照啊！"

席间人们的神情更加凄苦了。

史正志又饮了一杯酒，话语更显沉重："'古剑浮萍'，堪叹千古啊！此刻，我有求于诸公者：在这'可怕长洲桃李妒'的时日，当以功在不舍的坚韧，坚守职位，善自应对即将到来的更为猛烈的淫风淫雨，万勿为奸人所图！辛幼安，我不该留你在此盘桓数日，快离开建康城这是非之地，快去广德军就任通判之职吧！广德军地处江北，为战略要冲，以幼安资兼文武之才，韬光养晦，暂收锋芒，以待时日，定会获得千古传奇的'秦淮宝镜'，向世人展示其忠耿心肠！"

史正志举起酒杯欲饮，辛弃疾囔地站起，话语斩钉截铁："不！我决定辞去广德军通判之职！"

史正志和席间的人们都愣住了，范若水也神情惊诧。

辛弃疾从怀中取出一份备好的"辞呈"，呈于史正志面前："史公，感谢你挽留我在此盘桓数日，使我开阔了眼界，增长了见识，感受到高处的严寒，领悟到'长洲桃李妒'的可怕！这是我辞去广德军通判的呈文，请史公转呈朝廷！"

史正志情急了："幼安，你这是为什么啊？"

辛弃疾出语铿锵："为了张公壮志未酬的含恨而死！为了史公你这'莫

须有'的被召入朝！也为了一个'决策南向'的归正人忠贞不移的尊严。史公明鉴,在这'可怕长洲桃李妒'的是非颠倒中,总得有人说话,总得有另一种声音撞击天听！我要让皇上知道,抗金北伐是时代之音,是谁也压制不住的！我要叫朝廷的奸佞们知道,天下有无数矢志抗金北伐的张浚和史正志,是天牢地牢关不下、害不尽的！我要让那些倡导和叫嚷'以玉帛买和平'自毁长城的奸佞们心惊胆战、寝食不安！"

史正志情受感染而高呼:"雄哉幼安！壮哉幼安！我心痛而情难禁啊！天南地北已无你立足之处,今辞官去职,何以安身？何以自处啊？"

辛弃疾的声音也有些哽咽了:"谢史公关爱！辞官去职,我自由了,我将举步漫游！我要上天入地,寻得那面千古传奇的'秦淮宝镜',映出一颗赤红跳动忠君爱国的心,献给皇上,献给朝廷,献给普天下的父母兄弟,献给即将走向临安的我的兄长兼师长的史公致道！"

史正志神情激越,饮尽杯中之酒,跨步向前,紧紧抱住声音哽咽的辛弃疾,接过手中的辞呈,泪水被面。

泪流满面的柳盈盈猛地拨动琴弦,高歌《念奴娇·我来吊古》。

弯月疏星,夜色茫茫,整个建康城,似乎都在聆听着这首豪情壮志、吊古伤今的救亡之歌。

二十四 范府之夜

翌日清晨,史正志带着辛弃疾的辞呈"奉召入朝"地走向命运莫测的临安城,留下的是对辛弃疾命运莫测的担心和眷念。

赏心亭送别酒宴后的第二天,辛弃疾即席填词的词作《念奴娇·我来吊古》,通过柳盈盈的管弦交响和着意传唱,已响彻建康城。辛弃疾这个名字再次在建康城轰响传诵。

赏心亭送别酒宴后第三天的午时, 范邦彦从临安回到了阔别五个月的"范家庭院"。

而此时的辛弃疾,正在他居住的驿馆屋舍里,经受着"漫游"出发前情感上最缠绵、最痛苦的折磨。在这离情难耐的三天里,他宽慰着心上人范若水情意缠绵的担心,隐瞒着心上人范若水关于"漫游"真实去向的询问。在范若水反复弹唱的《念奴娇·我来吊古》的琴音歌声中,他悄悄地进行着"漫游"出发的准备。

他吩咐辛茂嘉去骡马市场,卖掉相伴十年、视为"战友"的坐骑——"青色的卢"。辛茂嘉惊诧而不忍不解,他吁叹而宽慰十二弟,也在宽慰自己:"下马观花,看得真切,用不着骑马招摇过市了!再说'青色的卢'从五年前在四风闸随我们举兵起义,往返奔波为我的命运操劳,该歇息了。即使今后屈驾拉车拉犁于农家田野,也是一个归宿,不用担心刀剑飞矢的伤害了。"

辛茂嘉理解了，照办了。

他吩咐辛茂嘉从市场店铺购置江南游侠标志性的穿戴用物：短衫、紧裤、宽带、革囊、芒鞋、青巾。辛茂嘉迟疑而不解，他相谑而解嘲：“'漫游'也叫'浪迹'，就是行踪不定的江湖流浪，没有这样一套'行头'谁信你呀！今后我们就要像江湖浪人那样到处混饭吃了。所幸我俩还学得一点武艺，可以摆地摊耍把式挣几个烧饼充饥。如果碰上好运，也许还会为大户人家看庄护院。”

辛茂嘉笑了，办妥了。

他吩咐辛茂嘉去渡口雇得一叶南下吴门的扁舟。辛茂嘉询问吴门何在，他吁叹作答：“吴门可是春秋时吴国的京城啊，'吴王宫里醉西施'，西施居住的春宵宫不能不游！可岁月沧桑，只怕那里的春宵宫已是瓦砾无存了。”

辛茂嘉高声应诺。扁舟启航的时间，定于明日清晨寅时三刻。

他吩咐辛茂嘉从保管的文书函件中，取出在耿京大营时为便于谍工活动而伪造的“番汉公据”，并令其携带几份密缝于衣物之中。辛茂嘉心头一震：这“番汉公据”乃沦陷地州府派遣公务人员北上燕京而经燕京府衙批准的通行证啊！在这骤然的震撼中，他突然意识到辛弃疾的“漫游”的不同凡响，在办理妥切之后，轻声说道：“眼下就剩下这两只皮箱的存放保管了。这皮箱里装的全是兵书、典籍、诗文、奏稿，都是兄长珍爱之物，范家庭院也许是最安全的存放处。”

辛弃疾眉头一皱，默默闭上了眼睛，心底涌起一股凄苦的苍凉：“是啊，是该去范家庭院向心上人范若水告别了！痛苦的告别啊！她是自己一见钟情的女子，是两年零八个月来时刻想念的女子，是自己视为生命相交的唯一女子。我不惋惜失去自己二十多年来坎坷的生命，却实实在在地不愿失去一位九生难遇的红颜知己啊！心如乱麻的告别啊！'辞职''漫游''寻觅秦淮宝镜'是一时心血来潮的决定吗？不，哀世乱世，国无宁日，家无安时，人命如草芥，人生是苦旅，只有拼死的一搏，也许会搏出一片自强自立的天地。今晚去范府的告别，也许就是这场关乎生死命运相搏的开始啊。”

辛弃疾沉思未了，庭院门外突地响起一串清脆的呼唤声，辛茂嘉报告是范府侍女范若湖的声音。辛弃疾与辛茂嘉急忙出屋迎接。范若湖走进庭院，笑盈盈地施礼禀报："向辛大人请安。我家老爷今日午时从临安归来，得知辛大人将漫游江河湖海，十分高兴，特于今晚酉时设家宴为辛大人壮行。我家老爷、夫人、小姐恭请辛大人务必光临。"

辛弃疾闻得范邦彦从临安归来，且设宴为自己壮行，心头一热，急忙拱手应诺："谢若湖小姐前来赐知。请回禀范老爷、夫人、小姐，弃疾当按时进府请安。"

范若湖笑盈盈施礼应诺。

辛弃疾借机吩咐辛茂嘉，持两只皮箱随若湖前往范府请求存放保管。

范府为辛弃疾壮行的酒宴于酉时正点在厅堂举行。厅堂内悬挂的十二盏名曰"绛蜡""兰膏""炫炬""瑶光"等雅致精巧的大型华灯和缭绕于银光流彩间的仙曲妙音，营造了厅堂里天宇般的灿烂辉煌。

银光流彩照耀着琴台前的"范家才女"。此时此刻的范若水，已经用欢快的琴音启动了壮行的酒宴。她急弄琴弦，琴音似悬河狂吼，万马奔腾，气势之烈，夺神销魂！

今日乐上乐，相从步云衢。

天公出美酒，河伯出鲤鱼。

青龙前铺席，白虎持榼壶。

南斗工鼓瑟，北斗吹笙竽。

姮娥垂明珰，织女奉瑛琚。

苍霞扬东讴，清风流西歈。

垂露成帷幄，奔星扶轮舆。

仙曲浩歌,恢宏恣肆!辛弃疾全然痴迷于范若水的弹奏歌唱中。

这是汉乐府中那首名为"艳歌"的游仙之作吧。天公献酒,河伯献鱼,东方的青龙七星铺排筵席,西方的白虎七星把壶斟酒,南斗六星击鼓弄瑟,北斗七星品笙吹竽。神奇的瑶台群仙欢聚图,竟让范若水用歌喉十指搬进了范府厅堂,开始了这六情交织、五味相融的慷慨壮行。他凝眸不移地注视着弹奏吟唱的范若水,心神激荡了,像忧亦忧,像喜亦喜。心上人啊,在这送别酒宴的开始,你给了我一股澎湃心潮的豪气和一腔释去哀伤的轻松情怀啊!

范若水似乎感应到辛弃疾激越澎湃的心境,弹奏吟唱起更为激扬炽热的琴音歌声。

在这更加激扬炽热的琴音歌声中,范如山之妻张氏偕厨娘女仆捧上了精美的佳肴:沙鱼脍、莲子鸭、牡蛎炸肚、麻炊鸡虾、羊舌托胎、花炊鹌脯、五味酒酱蟹、润熬獐肉炙。

张氏对辛弃疾低语:"这八样佳肴,分别是汴京天桥西曲院街遇仙酒楼、王楼山洞、清风酒家、鹿家分茶的看家菜肴,是故都汴京佳肴的代表,其香色风味,迥异于建康佳肴。婆母今日下厨,亲手烹制,特飨幼安。"

辛弃疾看得真切,听得分明,有的佳肴,是前所未闻,见所未见,其五色集锦,六味洋溢的亲情联想,已使胸中波起潮生:汴京难忘,慈母之爱,镌刻五内啊!他抬头望着慈祥含笑的赵氏,泪水湿目了。

在更加激扬炽热的琴音歌声中,管家郭思隗兴冲冲地捧来两坛美酒,置于酒桌之上。辛弃疾转眸一瞥,酒坛贴红上的龙飞凤舞四个大字跃入眼帘,他禁不住惊诧出声:"'箔屋风月'!传说中韩家军决战决胜的甘露琼液啊!"

范邦彦纵声大笑,击掌语出,声震屋宇:"幼安言之不诬!美酒'箔屋风月'的出现和驰名,全赖一位天下奇女。"

"一位天下奇女"吸引了所有的人,庄穆和宁静笼罩了厅堂,连范若水也停止了歌唱,压低了琴音。

范邦彦提高了嗓音:"这位天下奇女,就是韩帅韩世忠的夫人梁红玉。梁夫人原是京口歌伎,才貌俱佳,心高气傲,慕韩帅之忠勇,主动献身于韩帅为妻,此为一奇。建炎四年(公元1130年),韩帅以八千水军截击金兀术率领的十万兵马于黄天荡,梁夫人亲执枹鼓助战,与金兵相持四十八昼夜,此为二奇。后金兀术突破江防逃脱,梁夫人上呈奏疏,请求皇上治韩帅战功未竟之罪,此为三奇。绍兴六年(公元1136年),韩帅出任京东淮东路宣抚处置使,置司楚州,创建军府,时遍地荆棘,马无粮秣,人无居所,梁夫人亲自垦荒播种,劈竹建房,并居于竹条搭建之屋,俗称'箔屋',与士卒同甘共苦,此为四奇。绍兴十年(公元1140年)五月,金兵统帅金兀术撕毁宋金和约,率领兵马四十万,分陕西路、河南路、淮西路、淮东路南侵,大敌压境,太上皇惶恐无措,起用岳飞、韩世忠、吴璘、刘锜等抗金将领迎敌。韩元帅以三万兵马阻击金兵十万于泗州、濠州,挫败了金兵的猖狂进攻。在奉命收复一千里外的河南汝州的艰险战斗时,韩元帅决定以三千精兵长途奔袭,在三千精兵出发时,梁夫人尽出自己在'箔屋'酿造的美酒'箔屋风月'数百坛为三千西征将士壮行,此为五奇。美酒励志,美酒壮胆,美酒生力,三千精兵三日三夜驰骋一千里,以雷霆霹雳之势,直扑金兵汝州大营,歼敌两千,收复了战略要地汝州城,配合了刘锜将军'顺昌决战'的胜利。汝州奔袭战的胜利,不仅壮大了韩家军的声威,也使美酒'箔屋风月'驰誉军营内外。绍兴十一年(公元1141年),韩帅被迫致仕,愁居林泉,即以此'箔屋风月'为伴,苦度壮心不已的悲愤岁月。这次我从临安归来,带回'箔屋风月'数坛,原是为自酌自饮以怀念矢志抗金的韩帅和五奇天下的梁夫人。谁知机遇天缘,幼安有举,真乃人生之快事啊!耳边歌曰:'天公出美酒。'绝妙至极,我将以韩、梁前辈决战决胜的美酒'箔屋风月'为幼安壮行!"

语毕,范邦彦起手打开酒坛,酒香喷飞而出,弥漫厅堂。侍女叫好,仆役欢呼,一齐拥向酒席落座,范若水也在酒香弥漫中停止了《汉乐府·艳歌》的弹唱,步入酒席,举起酒杯,厅堂里掀起了举酒壮行的炽热。

美酒佳肴,觥筹交错。人们举杯为辛弃疾不凡的"气势"唱赞。

席间,范邦彦托出几封信笺放在辛弃疾的面前,神情豁然而话语亲切:"幼安即将漫游江河湖海,自然是人生快事,定会增其知识,长其才智,但江湖多有风波,艰危莫测。为幼安游得舒心,我特以这几封书信为幼安保驾护航。"

辛弃疾领略其语中深意,急忙打开几封书信一览,都是燕京、榆关、大定的几位江湖人物的姓名、住址及拜见的江湖暗语。他心头一震:自己心中之所计,终究是瞒不过谋略里手啊!一股热流沸然上涌,他急忙收起书信,举起酒杯向范邦彦致谢。

赵氏命侍女捧出白银五百两,置于酒桌旁的几案上,举起酒杯,望着辛弃疾殷殷叮嘱:"听说幼安为漫游之备,已卖掉了心爱的坐骑。思虑不周啊!吴越、湖广、川陕之地,虽有舟楫之便,但也有山岳之艰,靠两只脚板步量江河湖海,费力费时!若因劳累过度而染病旅途,那会耽误幼安心中所计的。仅以五百两白银作助,愿幼安买得名驹骏马以代步,飞渡关山,早日竟其心愿,早日归来。"

辛弃疾心里酸楚了:这是母亲的关怀,这是母亲的叮咛,这是母亲放心不下的挂牵啊!他举酒豪饮以遮掩心中翻江倒海的激情,以连连的点头回答母亲的爱怜。

张氏从卧室捧来一袭崭新的裘衣,为辛弃疾壮行:"江河湖海,云遮雾埋,冬日将至,风冷雪寒,这件裘衣轻而生热,三年前如山为御北国风寒而制,不及使用,即随父母南归而至建康。今日敬赠幼安,以表达如山远在辰州卢溪为幼安壮行之意。美酒一杯,祝幼安漫游江河湖海,尽收天下风云!"

辛弃疾急忙站起,以豪情豪饮回报人们的真诚祝福。

在这豪情豪饮的高潮中,范若水向着父亲、母亲、嫂子敬酒,她豪饮三杯,爽朗而语:"父亲以锦囊为辛郎壮行,母亲以银两为辛郎壮行,嫂子以裘衣为辛郎壮行,我要用自己的心,自己的魂,自己的一切为辛郎壮行。"

厅堂里的人们全都愣住了,所有的目光都投向了出语惊人的范若水。

范若水为众人斟满了"箔屋风月",举杯请求:"父亲、母亲、嫂子,古诗有句:'虎啸谷风起,龙跃景云浮。同声好相应,同气好相求……但愿长无别,合形作一躯。'父亲、母亲、嫂子,我决定今夜与辛郎成婚,请父亲、母亲恩准。"

天外惊雷啊!管家、厨娘、侍女、家仆听真了,变呆了,变傻了。才情任性的小姐,这个"决定"真吓人啊!范邦彦僵了:骇世惊俗,前所未有!"但愿长无别,合形作一躯",这大约是古人诗句中最大胆、最坦荡的歌吟了!赵氏愣了!如此违背"女戒"的大胆妄为真要贻笑于人间吗?张氏蒙了:我家小姑,果然不凡!这惊心动魄的"决定",可真是诗句中"同声好相应,同气好相求"的忠实写照啊!辛弃疾似乎在刹那间的惊喜中缓过神来。爱之所驱,情之所至,轻蔑"女戒",一扫世俗,其气势胆量令我五内赞叹而提心吊胆啊!他欲起座说些什么,被范若水投来的目光一扫,急忙落座而低下头颅。厅堂里宁静极了……

范若水望着沉默中神情惑然的父亲、母亲,从容坚定地祖露出自己的心迹:"父亲、母亲,辛郎要'上天入地'了,我能不以身相许吗?辛郎要'上下求索'了,我能不用妻子的情感相伴吗?辛郎要以生命相搏了,我能不用妻子的灵魂随行吗?今天午后,我已尽自己所能,营造了我与辛郎成婚的洞房。"

人们惊诧的目光一下子变得更加凝重了。范家老夫妇在倏然间目光接触之后,神情也显得庄穆沉重。辛弃疾的心神,此刻已陷于喜忧交织的困惑中:他赞赏心上人的大胆、泼辣、真挚,他忧虑今夜成婚之后莫测的命运和莫测的未来,他害怕给他的心上人留下追悔莫及的伤害,更害怕给他的心上人留下终生抱憾的悲哀。要从久远着想,要从长远计,千万不能图一时之快而孟浪行事啊!他咬紧牙关了,痛苦的心境似乎变得宽舒了,人之为人,终须拿得起,放得下啊。

聪明的范若水似乎察觉到辛弃疾神情的变化,移步于他身边,轻声说道:"辛郎,此事事先未征得你的同意,你生气了吧?莫怪我的鲁莽,我知道你的心,两年来,你不也盼望我俩有这一天吗?"

辛弃疾微笑点头,应和着范若水无畏无惧的气势。范若水挽起辛弃疾的手臂,向席间的人们发出了邀请:"父亲、母亲、嫂子,我和辛郎邀请你们观看我俩的洞房……"

范邦彦在女儿祖露心迹时,悄然关注着辛弃疾神情的变化,从其隐隐的惊诧、惊喜、困惑、沉思、微笑中,他已猜得辛弃疾对女儿这突然大胆的决定已做出了应对的决断。尊重辛弃疾的决断吧,女婿的任何决断,对女儿来说都是甜蜜的、幸福的。他向夫人投去灵犀相通的一瞥,便应和着席间人们的"啧啧"赞叹声开了口:"不愧是我'河朔孟尝'的女儿,展现了我们范家祖传的家风:别出心裁,敢言别人之不敢言,敢为别人之不敢为。我的先祖范蠡,以才智谋略兴越灭吴,在功成名就之后,抛却权势,携美人西施泛舟五湖,并成就了另一番伟业,成了世人敬仰的财神爷陶朱公,何其风流!我的另一位先祖范增,在鸿门宴上,挥起宝剑,击碎了刘邦呈献的玉斗,何其豪壮!可惜项羽目光短浅,不用其谋,最终自毁了伟业。三十年前,我以贫穷潦倒的一介书生,勇敢地追求一位美丽的宗室公主,历时三年,锲而不舍,终成人间最幸福、最美满的一对眷属。这位公主,就是若水的母亲啊!"

席间的人们笑声鹊起,跟随着范家老夫妇,走出厅堂,拥向范若水居住的闺房。

范若水尽其所能营造的洞房,门前没有铺设新娘"脚不染尘"的青布布条或毡席;门口没有悬挂供来宾抢取吉祥彩缎布条的"利市缴门红";门内没有放置新郎倒行引导新娘走向鸳鸯床榻的巨大铜镜;中央没有悬挂欺骗作怪的凶神恶煞的"虚帐";鸳鸯床榻前,没有摆放供女客嬉戏撒掷的金钱彩果;只有几支蜡烛的微光模糊着这洞房里的一切。

范邦彦的目光中呈现出一种无奈,赵氏的眉宇间呈现出浓重的凄苦,张氏的双眉低垂了,管家、侍女、厨娘、仆役的心里都浮起一种清冷:衰世年月,仓促时日,就这样委屈心傲命薄的小姐了。

在人们失望的同情惋惜中,范若水和三位女仆几乎是同时点亮了洞房四角的四盏华灯,精巧的华灯用柔和的光芒,托出了这花烛洞房简练而迷离的情景。书架、窗扉上跳出的大红"囍"字,为这清冷的洞房增添了喜气洋洋的暖流;床榻旁造型别致、绘有菊花图案的青瓷熏炉,散发着醉人的阵阵麝香的芬芳;床榻上空,一袭绘有龙凤呈祥图案的锦帐落下,笼罩着红木制作的床榻,在灯光烛火摇曳不定的照耀下,闪现着床榻上绘有鸳鸯戏水图案的被衾和绘有翡翠鸟交颈相欢图案的锦枕。

梦境般的神奇啊,让观赏的人们的心头,蓦地消失了清冷和失望,腾起了别样不同的感受,有人称奇,有人叫好,有人心醉神痴。张氏陡地产生了羡慕之情:五年前的九月九日,自己与南伯(范如山字)成婚于蔡州新息县城,由于家翁时任新息县令,且交游极广,前来祝贺的亲朋宾客多达千人,设棚宴饮,三日不歇。拜见、敬酒、迎来、送往,直闹得南伯精疲力竭,着床即睡,自己也是筋骨散架,力气全无,哪有什么花烛之夜,浓情蜜意,全然是昏头昏脑,苦不堪言。我家小妹不愧"才女"之称,借时借势,真的营造了一个宁静温馨的二人天地。她轻步走近范若水,附耳低语:"嫂子真羡慕你的花烛洞房,幼安也……"

范若水紧握着嫂子的手,正要感谢嫂子的赞美支持,范邦彦豁达潇洒的称赞声响起:"大胆地去繁取简,大胆地去粗取精,大胆地去俗取雅,江南男女成婚的习俗应当重新写了!只有我'河朔孟尝'的女儿才能营造出这样简练的花烛洞房啊!夫人你以为如何?"

赵氏望着女儿范若水微微摇头,语出:"'去繁取简'是好,但'拜家庙,认祖宗'之礼也要去掉吗?'去粗取精'是好,但新郎新娘'合髻'之礼也要去掉吗?'去俗取雅'是好,但新娘'五更拜堂'之礼也要去掉吗?"

范若水正欲辩解,范邦彦急声应和夫人:"夫人所言极是。'拜庙认祖'之礼乃宗族家室延续兴旺之孝举,新郎新娘'合髻'之礼乃结发为夫妻的神圣礼典,新娘'五更拜堂'之礼乃新人融入家庭的庄重开端。此三大礼数,不仅不能缺失,且当隆重举行!"

赵氏嗔然望着丈夫笑了。

辛弃疾仍在沉思着。

范邦彦随即做出安排："思隗老弟，'拜庙认祖'之礼请你安排实施。鉴于辛、范两家的家庙，都沦陷于金兵铁蹄之下，只能在厅堂设置祖宗灵位祭告了。辛家祖先猝不及考，就设置幼安祖父讳辛赞公之神位；范家祖先，当设置讳范蠡公之神位。"

郭思隗急声应诺。

范邦彦吩咐儿媳张氏："如山媳妇，新郎新娘'合髻'之礼烦你在厅堂安排实施。记住，新郎新娘的髻式变化要大，两绺发丝的结合要紧要牢，以示命运情结之深厚久长。"

张氏执礼应诺。

范邦彦对赵氏转身而语："夫人，'五更拜堂'之礼该变通处理了。变通无他，你我权做新郎的父母，接受儿媳若水的'五更拜堂'。夫人，礼为人设，我俩到时当粉墨登场，担任'答贺''赏贺'的角色了。"

赵氏含笑连连点头。

范邦彦随即吩咐身边的侍女："若湖，'五更拜堂'之礼，由你在正堂安排。正堂桌案两侧，置高背靠椅各一把；桌案正中，置镜台、铜镜；镜台前置绛石香炉，香炉两侧置青铜蜡台，蜡烛要用朱红三尺佛堂烛，线香要用檀粉无烟菩提香。记住，四更鼓响，焚香燃烛。"

若湖应诺。

范邦彦拱手向身边的上下人等致语："今夜三更时分，在厅堂重开酒宴，拜托各位为辛郎和若水的匆促婚礼深夜操劳，我这里先行致谢了！"

人们以热情的回答应诺，并欢快离去。

人们都为三更时分的婚礼忙碌去了，洞房真的成了二人世界，灯光烛火编织了温馨的宁静，温馨的宁静托出了辛弃疾和范若水怦怦跳动的心音。

送走父母，掩上房门，坐在床榻前的范若水在酒席间激荡人心的豪情豪气,骤然间消散殆尽了:眉梢挂愁,泪水蒙眼。

"辛郎啊,我不顾《女戒》的束缚,不顾家人的惊骇,当着众人的面,把自己的一切都交给了你,为你壮行,为你解忧,我看得见,一团爱恋之火在你胸中燃烧,但你却耐着烈火的炙烤不动声色;我看得见,强烈的情爱在你心中沸腾,你却耐着滚烫的煎熬不言不语。辛郎啊,你在折磨着自己,也在折磨着我这颗行将碎裂的心啊!"

此刻的辛弃疾,确实在耐着爱火的炙烤,一颗怦怦跳动的心,似乎要跳出嗓闸:"心上人啊,我的沉默是感激,感激你无所畏惧地给予了我的一切;我的沉默是图报,思谋着也能像你一样无所畏惧地把一切奉献给你;我的沉默也是幸福甜晕了头脑,以致心神茫然而不知所措啊。"

辛弃疾疾步走到床榻前,把他的心上人范若水紧紧地抱在怀里。

范若水落泪了,泪水浸湿了辛弃疾的面颊,窃窃的话语响在辛弃疾的耳边:"我怕啊,我怕北国的严寒,塞外的风沙,我怕飞雪掩埋道路,我怕坚冰封锁关卡,我怕百密一疏,我怕……"

辛弃疾用强烈的亲吻宽慰着心上人的泣咽,他用悲壮的追求释解着心上人的担忧:"唐代诗人李贺不是有这样几句诗吗:'大漠沙如雪,燕山月如钩。何当金络脑,快走踏清秋。'寒气凛凛,是男儿用武之地;弯月如钩,是男儿逞雄之时。我要从严寒、风沙、飞雪、坚冰中觅得那面传说中的'秦淮宝镜',实现自己'辞职''漫游'的追求,报答你这碧玉烈火般的情怀。"

范若水心醉神迷了,紧紧倚在辛弃疾的怀里,声音颤抖:"带着我的心愿与祝福,带着我一生中仅有的一次花蕾绽开吧!'合形作一躯',永远无分离。"

辛弃疾把心上人抱得更紧了,私语窃窃:"我,我也怕啊!我怕时运莫测的诡谲,会给你带来追悔不及的伤害;我怕命运多舛的无奈,会酿就此生难酬难报的遗憾;我更怕这巫山云雨的缠绵温柔,会使我软了筋骨脚板,走不出这甜蜜洞房的门槛啊!"

范若水在甜蜜的享受中，品味着她的辛郎委婉的吐诉，突觉沉稳切实了：这上天入地的"漫游"，这上下求索的"漫游"，确实是命运莫测、后果莫测啊！辛郎怕挫伤我激越冲动的情意，以超越凡人的自律自制，宽慰保护我——保护着我的现在和未来。这才是他无私深沉的爱啊！我理解了，我赞同了。范若水用更加强烈的激情拥抱着她的辛郎，放声而语："我要一个真情真爱、长相厮守的辛弃疾，也要一个恣肆汪洋、纵横天下、心系黎庶的辛弃疾。至亲至爱的人啊，我理解你，支持你，等待你，三年五年，十年八年，直至青丝变白，天荒地老。"

辛弃疾的心结释解了，他紧紧拥抱着心上人，话语也爽朗了："请你再给我一年时间，我要给你一个奇特而辉煌的婚礼：我要把五彩'告示'贴遍全城街巷，要建康城的人们知晓议论：辛弃疾娶了'范家才女'为妻；我要用翠竹、松枝、彩带、彩旗在家门前搭建迎亲台，请来青溪勾栏、桃叶渡勾栏、长干里勾栏、胭脂井勾栏的朋友，弹唱起燕赵情歌，以展现'范家才女'的不同凡响；我要用五花马亲自迎娶你，扶你上马，为你牵马坠镫，堂堂正正地走过十里长街，以赢得人们的惊奇、惊讶和惊叹；我要用百花美化咱俩的洞房，营造出一个花的世界，使你融合于百花之中，成为百花中的女神；我要在喜庆鞭炮的震天轰鸣中，手捧觅得的'秦淮宝镜'，倒退而行，亮出我的赤心赤胆，真情真爱，引导你踏着长长的红色地毯，步入洞房……"

范若水沉醉在辛弃疾的怀抱里、话语里，低声赞叹着："这样一个惊世骇俗的婚礼，只有我的辛郎才能想得出来。可这还要等一年的时间。一年，三百六十五个难熬的朝朝暮暮啊！"

辛弃疾情意切切地宽慰着怀抱中的亲人："朝朝暮暮，你都在我的心坎里。记着，黎明时分，当你睡醒后听到窗外的第一声鸟鸣，那就是我对你清晨的问候；午时正点，当你听到窗外翠竹林里滚动的簌簌声响，那就是我对你午间的祝福；暮色降临，当你看到北国天宇出现第一颗亮星，那就是我对你默默的关注；风雨时日，电闪雷鸣，你莫惊慌，那是我想你过甚，向你发出的亲热呼唤,那是我情思激越,向你传送的鱼雁讯息,是我借助雷电之力昭告天下:一年以后的朝朝暮暮,辛弃疾与范若水将朝夕厮守,永不分离。"

三更鼓声中,范府上下人等都踏着三更鼓声拥进厅堂,拥进了一个大变了模样的世界:几十支红烛跳动的光焰,增添了厅堂里的辉煌;几十幅纸剪的大红"囍"字,映出了厅堂里火热的氛围;重开酒宴的筵席已移至厅堂中央。"拜庙认祖"的仪式设置在厅堂正面;新郎新娘的"合髻"之礼设置在厅堂左侧,几案上置铜镜、短剪、发盘、红丝、香囊等物,以便在"合髻"礼成之后,收乱发、红丝于香囊之中,为"结发同心"留作永远志物;"五更拜堂"之礼设置在厅堂右侧,桌案上置铜镜、红烛、线香等物,并置公婆"答贺""赏贺"的礼品,均以红绸包裹,上覆金色"囍"字,桌案前地上,摆有团垫两只,供新郎新娘跪拜之用。整个厅堂似乎已完备了这匆促婚礼所需的一切。人们在"咚咚"的三更鼓声中,噙着喜悦,屏着气息,耐着心跳,不约而同地倾听着厅堂外回廊里的动静,等待着新郎新娘的出现。

三更鼓声停歇了,在蓦然呈现的沉静中,辛弃疾和范若水携手并肩地再现在厅堂门口,人们的目光在齐刷刷的投送中惊诧地一闪,喜悦的心跳跌落了,闪动的目光凝住了。

旧衣旧衫,依然故我。

范若水挽着她的辛郎走进厅堂,对着惊诧沉默的人们深深一躬,放声说道:"感谢大家的深情厚意,辛苦操劳!我怀着歉疚和兴奋的心情禀报大家:我听从辛郎的心意,今夜三更辛弃疾与范若水的匆促婚礼延期举行!"

赵氏脸色变白,范邦彦收敛了微笑……

范若水微微一笑,立即做出了回答:"婚期延至何时?一年以后的今天——九月三十日!"

人们一下子释解了。

范邦彦的心情,突然感到一种轻松:夜半匆促的婚礼,毕竟是一种违背常情的沉重,终被任性的女儿轻松地改变了,也算是一种突如其来的轻松啊!他把赞赏的目光投向女儿身边的辛弃疾,此子自制自律的超凡心力是来源于铁血疆场的陶冶吧,把女儿托于此子,可以放心了。他随即把赞许的目光投向心底压抑着不爽不快的老伴……

赵氏此时确已被任性女儿的突然决定弄糊涂了,这是真的吗?她把目光投向眼前含笑不语的辛弃疾。

机灵的范若水,看到母亲的变化,轻步走到赵氏身边,搂着母亲,几分撒娇地说道:"母亲呀,你别看辛郎呼啸山林、纵横疆场,可虑事的精细,胜过你女儿多了。他竟然认为这三更时分的匆促婚礼,不仅委屈了女儿,更是愧对母亲的尊贵和爹爹的声威。母亲呀,辛郎可怜巴巴地恳求女儿给他一年时间,他将为女儿奉献一个奇特的、震动建康城的辉煌婚礼。母亲呀,女儿已经答应了他,你就点个头吧?"

赵氏嗔怪地推开女儿,把"点头"应诺的决定,推给了身边的丈夫:"范郎,有女任性如此,蛮横如此,你作为严父,就不能管一管吗?"

范若水借势移步于范邦彦背后,伸出双手,按摩着父亲的双肩,绘声绘色地描述了一番辛弃疾为她允诺的一年后的婚景。

美妙而天花乱坠的情景,由女儿亲口说出,豁达倜傥的范邦彦真的为辛弃疾这种奇特的许诺而感动。他举起双手,紧紧抓住女儿的灵巧之手,放声赞叹:"有女任性如此,钟情如此,坚定如此,老父只能痛快顺从了。夫人,你也点个头吧!"

赵氏笑着点头。

范若水急忙招呼含笑观察着的辛弃疾:"辛郎,你怎么变呆变痴了,还不赶快向你一年后的岳父岳母谢恩!"

辛弃疾急忙应诺,双膝跪倒在范家老夫妇面前谢恩。

范若水在人们爆起的笑声中,走到范府管家面前,急切地执礼请求:"郭叔,求你了,快撤去这婚宴的专用美酒'女儿红',快换上将士出征的决胜琼酿'箔屋风月'。"

郭思隗已知其意,高声应诺,立即吩咐家仆撤走"女儿红",换来"箔屋风月"酒花飞溅,酒香飘扬,范若水见此情景,一颗心突地紧缩了、颤抖了!壮丽而豪饮的离别,不也是离别吗?她移步于辛弃疾身边,低声耳语:"辛郎,我真怕自己突然间又改变了主意! 别怪我,我要硬着心肠撵你出发了。"

辛弃疾望着双眼噙着泪水的范若水,默默点头。

范若水粲然一笑,从酒桌上举起酒杯,神情激越,出语铿锵:"碰杯壮别,齐鲁习俗;放歌送行,燕赵遗风。我请求大家用豪饮壮歌为我的辛郎送行,我这里敬酒致谢了! "

范若水语毕,猛地饮尽了杯中酒。

拿得起、放得下的范若水感动了厅堂里所有的人。人们争相从酒桌上举起酒杯,为辛弃疾壮行!

范若水落座于琴案前,拨弄琴弦,放声高歌:

男儿何不带吴钩? 收取关山五十州。
请君暂上凌烟阁,若个书生万户侯。

"男儿何不带吴钩?收取关山五十州。感谢你的鞭策,感谢你借来唐代诗人李贺长吉诗句伴着我勇往前行! 深情难诉,大恩难报,我只能借来唐代诗人李贺诗作《致酒行》中的诗句,向你作谢告别了! "

辛弃疾和着琴音放声唱起:

我有迷魂招不得,雄鸡一声天下白。
少年心事当拏云,谁念幽寒坐呜呃。

歌罢辛弃疾快步离去,厅堂里的人们在灯光烛火的辉映中,望着辛弃疾匆匆离去的背影⋯⋯